Jennifer L. Armentrout

CURSED

W0382717

Jennifer L. Armentrout

CURSED

Die Hoffnung liegt hinter der Dunkelheit

Aus dem Amerikanischen von Michaela Link

IVI

Lesen was ich will!
www.lesen-was-ich-will.de

Von Jennifer L. Armentrout liegen im Piper Verlag vor:
Frigid (Serie)
Deadly Ever After
The Dead List
Cursed – Die Hoffnung liegt hinter der Dunkelheit

Unter J. Lynn liegen im Piper Verlag vor:
Wait for you (Serie)

Die im Buch genannten Zitate entstammen:
O. Wilde, Das Bildnis des Dorian Grey.
Übersetzung u. Anmerkungen von Ingrid Rein,
Nachwort von Ulrich Horstmann. Reclam 2010.

J. D. Salinger, Der Fänger im Roggen.
Neubearb. der deutschen Übersetzung durch Heinrich Böll. Rowohlt 1966.

MIX
Papier aus verantwortungsvollen Quellen
FSC® C083411

Deutsche Erstausgabe
ISBN 978-3-492-70589-9
© Jennifer L. Armentrout 2012
Titel der amerikanischen Originalausgabe:
»Cursed«, 2012
© ivi, ein Imprint der Piper Verlag GmbH, München 2020
Satz: Satz für Satz, Wangen im Allgäu
Gesetzt aus der Albertina
Druck und Bindung: CPI books GmbH, Leck
Printed in the EU

Für meine Freunde und meine Familie

Kapitel 1

Etwas Weiches und Warmes – eindeutig handgroß – legte sich auf meine Brust und schob sich dann weiter hinauf. Warum erwartete ich wohl, einem heißen Typen in die babyblauen Augen zu blicken, als ich die Lider aufschlug? Vielleicht, weil ich gerade den besten Traum meines Lebens gehabt hatte. Aber an die ausgewaschenen, gespenstisch blauen Augen, die mich dann wirklich ansahen, hatte ich natürlich nicht gedacht.

Auf meiner Brust saß ein Hamster, dessen weißbraunes Fell mit Schmutz bedeckt war. Ich hatte Erdreste auf dem Nachthemd und kleine Steinchen auf der Bettdecke.

Ich schrie.

Erschrocken huschte der Hamster von meiner Brust und verschwand unter der Decke. Ich selbst sprang wie von der Tarantel gestochen aus dem Bett und wäre um ein Haar mit dem Gesicht zuerst auf dem abgetretenen Teppich gelandet. Ich spurtete los, und am liebsten hätte ich dabei wieder geschrien. Das Herz schlug mir bis zum Hals, als ich das Zimmer meiner kleinen Schwester erreichte. Die Tür stand sperrangelweit offen und gab den Blick auf das Bett frei. Es war leer. Ich suchte mit den Augen das Zimmer ab, in das nur einzelne Strahlen des ersten Morgenlichts fielen, und entdeckte Olivias zarte Gestalt in den Schatten.

Sie saß mit dem Rücken zur Tür und gesenktem Kopf auf dem Boden, sodass nicht viel mehr von ihr zu sehen war als ihre rote Lockenpracht. Als ich ins Zimmer trat, stolperte ich über eine ihrer Puppen, deren Anblick mich den Hamster kurz vergessen ließ. Ihr war ein Arm herausgedreht worden. Zudem hatte Olivia das Gesicht der Puppe mit einem Edding attackiert, die Augen übermalt und ihr »SIEH« auf die Stirn gekritzelt – das schien die Krankhaftigkeit auf die Spitze zu treiben.

Meine Hände wurden feucht. »Olivia …«

Sie erstarrte. »Ember? Ich habe heute Morgen etwas Schlimmes getan. Du wirst mir sehr böse sein.«

Beunruhigende Worte von einer Fünfjährigen, aber ich wusste bereits, was sie getan hatte. Ich trat um das Bett herum, obwohl ich am liebsten davongelaufen wäre. Manchmal machte Olivia mir eine Heidenangst. »Was habe ich dir gesagt, Olivia?«

Sie legte den Kopf schräg und schaute zu mir auf. Ihre grünen Augen schwammen vor Tränen, sodass sie glänzten wie Smaragde. »Es tut mir leid.« Ihre Lippen zitterten. »Squeaky hat Angst gekriegt, als ich ihn mit ins Haus genommen habe. Er ist weggelaufen, bevor ich ihn festhalten konnte.«

Irgendwie brachte ich ein Lächeln zustande, während mein Blick auf ihr Nachthemd fiel. Der Baumwollstoff war voller Erde, und auch ihre kleinen Arme und Finger waren ganz schmutzig. Der Schuhkarton auf ihrem Schoß war völlig verdreckt.

Es war derselbe Schuhkarton, in dem ich Squeaky gestern Abend im Garten beerdigt hatte.

Ich kniff die Augen zusammen und reihte im Geiste alle

Kraftausdrücke aneinander, die mir einfielen. Mir hätte klar sein sollen, dass sie das tun würde. Ein heftiger Schauer durchlief mich.

Olivia konnte Totes einfach nicht in Frieden lassen.

»Es tut mir leid«, flüsterte sie. »Aber Squeaky hat mich lieb, und er brauchte mich.«

Ich kniete mich vor sie. »Squeaky hat dich nicht gebraucht! Olivia, du darfst das nicht jedes Mal tun, wenn eins von deinen Haustieren stirbt. Es ist nicht richtig. Es ist unnatürlich.« So wie es unnatürlich gewesen war, die tote Taube ins Leben zurückzuholen, die sie neulich in der Einfahrt gefunden hatte. Oder Smokey, die Katze, die sie am Straßenrand entdeckt hatte.

»Aber ... bei dir habe ich es doch auch gemacht«, beharrte Olivia.

Ich öffnete den Mund, doch was konnte ich dagegen schon einwenden? Olivia hatte das tatsächlich vor zwei Jahren bei mir getan, und ich war jetzt genauso unnatürlich wie Squeaky. Sogar noch unnatürlicher ... »Ich weiß, und glaub mir, ich bin dir dankbar. Aber du darfst damit nicht immer weitermachen.«

Sie wich ein wenig zurück. »Tu das nicht.«

Ich schaute auf meine Hände, es war mir gar nicht bewusst gewesen, dass ich sie nach ihr ausgestreckt hatte. Frustriert ließ ich sie in den Schoß fallen. »Wenn etwas stirbt, bedeutet das, dass seine Zeit gekommen ist zu gehen. Das weißt du doch.«

Olivia sprang jäh auf die Füße. »Du willst mir Squeaky wegnehmen.«

Der Geruch des Todes, der dem Schuhkarton anhaftete, stieg mir in die Nase. Entsetzt fragte ich mich, ob ich auch so roch. Der Drang, an mir zu schnuppern, wurde übermächtig.

»Bitte, nimm mir Squeaky nicht weg«, jammerte sie und

steuerte bereits auf einen Olivia-mäßigen Anfall zu. »Ich verspreche auch, es nicht wieder zu tun. Lass mich bloß Squeaky behalten! Bitte!«

Ich starrte sie an.

Olivia versteifte sich, wurde ganz reglos. »Ember, bist du mir böse? Bitte, sei mir nicht böse.«

»Nein.« Ich seufzte. »Ich bin dir nicht böse, aber du musst mir versprechen, das nicht noch einmal zu machen. Und diesmal will ich, dass du es ernst meinst.«

Sie nickte eifrig. »Versprochen! Dann darf ich Squeaky behalten?«

»Ja. Geh schon und hol den dummen Hamster.« Ich stand auf und seufzte. »Er saß zuletzt unter meiner Bettdecke.«

Ein strahlendes, wunderschönes Lächeln glitt über ihr Gesicht, als sie herumwirbelte und in mein Zimmer lief. Ich folgte ihr langsam, und beim Blick auf die misshandelte Puppe bekam ich eine Gänsehaut. Die Tür zu meinem Zimmer hing schief an ihrer verbliebenen Angel. Unser Haus war alt, aus der Zeit des Sezessionskriegs. Alles darin war schief und krumm. Farbe löste sich in Streifen von den Wänden wie Schlangenhaut. Es roch nach Tod und Verwesung.

So, als sei das Haus vor zwei Jahren gestorben.

Wie sich herausstellte, kauerte Squeaky immer noch unter meiner Decke und tat dort Gott weiß was. Olivia drückte sich das zappelnde Fellknäuel ans Gesicht. »Ich darf dich behalten!«

Ich faltete die Hände, damit sie nicht zitterten. »Setz Squeaky in seinen Käfig und mach dich für die Schule fertig, Olivia. Wir werden … so tun, als sei das nicht passiert, okay? Putz dir die Zähne.« Ich hielt inne. »Und komm gar nicht erst auf die Idee, heute zur Schule dein Prinzessinnenkleid anzuziehen.«

Sie blieb in der Tür zu meinem Zimmer stehen. »Aber ich bin eine Prinzessin.«

»Nicht in der Schule. Jetzt lauf.« Ich zeigte auf ihr Zimmer und versuchte, das Rumoren in meinem Magen zu ignorieren.

Olivia hüpfte durch den Flur, vollkommen ahnungslos, wie verkorkst wir beide waren. »Normal« stand nicht auf der Liste mit Attributen, die uns beschrieben. Ich war mir nicht einmal sicher, ob »menschlich« dabei war.

Allein im Badezimmer, schaute ich auf meine zitternden Hände und befahl mir, mich zusammenzureißen. Ich konnte es mir nicht leisten, die Nerven zu verlieren. Olivia brauchte mich, und für sie musste ich stark bleiben. Ich betrachtete mein Spiegelbild und zwang mich zu einem Lächeln.

Und auf meiner Schläfe entdeckte ich den größten Pickel aller Zeiten.

Na toll.

Ich duschte rasch, lief in mein Zimmer, zog die erstbeste saubere Jeans an, die ich finden konnte, und schnappte mir eine Strickjacke von der Rückenlehne meines Schreibtischstuhls. Ein enges Top wäre viel hübscher gewesen, doch dann hätte man die Narben gesehen, die sich kreuz und quer über meine Arme zogen. Anscheinend konnte Olivias heilende Berührung nicht alles in Ordnung bringen.

Letztes Jahr im Sportunterricht hatte eins der Mädchen – Sally Wenchman – beim Umziehen die Narben gesehen. Sally hatte mir den Spitznamen »Frankenstein« verpasst, und er war kleben geblieben.

Ich schnappte mir meinen Skizzenblock und stopfte ihn in meine Schultasche. Auf dem Weg nach draußen schnappte ich die hautfarbenen Handschuhe vom Stuhl und streifte sie mir über. Unter dem langärmligen Shirt verschwanden die Handschuhe fast, von denen die anderen Kids dachten, ich würde damit die Narben verstecken wollen.

Das stimmte nur zum Teil.

»Bist du fertig?«, brüllte ich, während ich die Treppe hinunterpolterte. »Wir haben noch ungefähr zwanzig Minuten.«

»Ja«, kam die gedämpfte Antwort.

Ich folgte dem Klang ihrer Stimme und fand Olivia am Tisch, wo sie Müsli aß … in ihrem Prinzessinnenkleid. Verdammt. Das Kind war schon seltsam genug, auch ohne dass es jeden Tag dasselbe verdammte Kleid trug. »Olivia, was habe ich dir gesagt?«

Sie sprang vom Tisch auf, stellte ihre Müslischale ins Spülbecken und drehte sich mit einem schelmischen Grinsen wieder zu mir um. »Jetzt ist es zu spät, um mir etwas anderes anzuziehen.«

Entgeistert starrte ich sie an. »Du bist so ein ungezogenes Balg.«

Sie kam zu mir, sah mich unsicher an und legte langsam und vorsichtig ihre Finger um meine behandschuhte Hand. Als ich nickte, fasste sie fester zu, und ihre Welt war wieder in Ordnung.

Seit zwei Jahren konnte ich Olivia nicht mehr ohne irgendeine Art von Grenzschicht zwischen ihrer Haut und meiner berühren. Wenn sie hinfiel und sich das Knie aufschlug, konnte ich ihr keinen Kuss geben, um sie zu trösten. Wenn sie weinte, konnte ich sie nicht in den Arm nehmen. Ich erinnerte mich nicht einmal mehr daran, wie sich die Nähe eines anderen Menschen anfühlte. Dieser ganze superspezielle Todesberührungsmist war echt ätzend.

Olivia war gerade auf dem Trip, sie besäße übermenschliche Kräfte, daher tat ich, als ließe ich mich von ihr zum Haus hinaus zu meinem Jeep ziehen. Sein stumpfes Schwarz gab ihm eine etwas lebensüberdrüssige Ausstrahlung, und er brauchte neue Reifen und Bremsen. Trotzdem, er war mein Baby. Ich konnte die glatte Metallhülle streicheln und die Hände über seine weiche Innenausstattung gleiten lassen, soviel ich wollte. Es war schön zu wissen, dass der Jeep von meiner toxischen Berührung nicht umkippen und sterben würde.

Auf dem ganzen Weg zur Schule redete Olivia von nichts anderem als von einem neuen Spielzeug, das sie gesehen hatte. Es kostete mich meine gesamte Selbstbeherrschung, nicht den Kopf auf das Lenkrad zu schlagen. Bevor sie vor ihrer Grundschule aus dem Wagen sprang, beugte sie sich zu ihrem obligatorischen Luftkuss vor. Aus der Nähe betrachtet, ließ sich nicht leugnen, dass wir Schwestern waren – wir hatten die gleichen dunkelroten Locken und Sommersprossen.

»Sei nett zu den anderen Kindern heute«, rief ich ihr ins Gedächtnis. »Und fass in Gottes Namen nichts Totes an.«

Sie bedachte mich mit einem ziemlich erwachsenen Blick, bevor sie in einem Wirbel aus Rosa und Glitter den Gehweg entlangrannte. Einen Moment lang saß ich bloß da und sah zu, wie sie zwischen den anderen kleinen Menschen verschwand. Dad hatte oft gesagt, Olivia habe eine alte Seele, und ich hatte das erst vor Kurzem wirklich verstanden.

Ich schaute auf die Uhr am Armaturenbrett – noch fünf Minuten, um es in die Schule zu schaffen, ohne schon wieder zu spät zu kommen. Das Sammeln von Verspätungszetteln war zu einer Art Hobby geworden. Eines Tages würde ich eine hübsche Collage aus rosa Papier mit knallroter Schrift zusammenhaben, die ich für Olivia an den Kühlschrank hängen konnte. Sie stand auf Rosa.

Zehn Minuten später ließ ich mich mit einem weiteren Verspätungszettel in der Hand und mit verstimmter Miene auf meinen Stuhl sinken.

»Schon wieder?«, flüsterte der Junge mit dem hellbraunen Haar neben mir.

Ich warf ihm einen herablassenden Blick zu, dem er mit

einem breiten Grinsen begegnete. »Was meinst du denn, Adam?«

Immer noch grinsend, zuckte er die Achseln. »Vielleicht solltest du nicht so lange schlafen.«

Adam Lewis war der einzige Mensch auf der Allentown High, der nach dem Unfall nicht aufgehört hatte, mit mir zu reden. Er war zwar meine Sandkastenliebe, aber auch ihm hätte ich nicht sagen können, dass ich zu spät gekommen war, weil meine kleine Schwester im Morgengrauen ihren toten Hamster ausgegraben und ihn wieder zum Leben erweckt hatte. Schließlich wollte ich ihn als Freund behalten.

Adam warf mir einen verwirrten Blick zu. Er war auf eine nerdige Art süß, doch uns verband wirklich nur Freundschaft. Mehr konnte es nicht werden. Niemals.

Unsere Lehrerin kniff die Augen zusammen und verzog die Lippen zu einem dünnen Strich. Mrs Benton duldete kein Gequatsche in der ersten Stunde, was ihre Unbeliebtheit bei den Schülern noch verstärkte. Ich wandte mich wieder meinem Arbeitsheft zu und begann vor mich hin zu kritzeln, während ich darauf wartete, dass es zur ersten Pause klingelte. Immer wieder dachte ich an das, was Olivia getan hatte, während ich die alte Eiche vor dem Klassenfenster abzeichnete.

Mein Baum sah allerdings ganz anders aus als der draußen. Statt mit meiner Zeichnung einzufangen, wie die Morgensonne die Blätter rot und golden leuchten ließ, hatte ich mich für dicke Wolken im Hintergrund entschieden und jeden Ast heruntergezogen, sodass der Baum ganz zackige Konturen besaß.

Meiner Skizze mangelte es an Leben. Genau wie mir.

Ich hatte keine Ahnung, wie es Olivia gelang, Tote ins Leben zurückzuholen. Vielleicht war sie schon mit dieser Gabe auf die Welt gekommen, aber es hatte eines unvorsichtigen Autofahrers und verbeulten Metalls bedurft, um vor zwei Jahren ihr einzigartiges Talent zutage treten zu lassen.

Ich war in dem Wagen gestorben, zusammen mit Dad.

Diese New-Age-Typen waren totale Lügner. Es gab kein helles Licht am Ende eines dunklen Tunnels. Keine Engel, die darauf warteten, dich mitzunehmen, keine verstorbenen Angehörigen, die in den Schatten herumlungerten. Da war nichts, absolut nichts gewesen ... bis ich gespürt hatte, wie *irgendetwas* an mir zerrte, mich in meinen Körper zurückzog. Es hatte nicht wehgetan, doch ich hatte mich seltsam leer gefühlt – beinahe so, als wäre ein Teil von mir in dem schwarzen Abgrund geblieben. Vielleicht hatte ich meine Seele irgendwo im Jenseits zurückgelassen.

Als ich mühsam die Augen geöffnet hatte, war mein Blick zuerst auf Dad gefallen. Er hatte furchtbar ausgesehen – wirklich tot, und Olivia konnte ihn nicht erreichen. Die Sanitäter, die Ärzte – keiner von ihnen hatte Probleme dabei gehabt, mich zu berühren. Ich erinnerte mich daran, gedacht zu haben, dass ich vielleicht nur geträumt hatte, gestorben zu sein.

Als ich nach Hause gekommen war, wo sich alles so daneben und unwirklich anfühlte, hatte ich begriffen, dass ich nicht einfach bloß Mist geträumt hatte. Sushi war das erste Opfer gewesen. Mit seiner zerquetschten Nase und dem einen Auge war der Kater so ziemlich das Hässlichste gewesen, was ich je gesehen hatte, aber ich liebte ihn. Ich hatte ihn hochgehoben, und er war ungefähr sechzig Sekunden später gestorben. Mehrere tote Zimmerpflanzen später war mir klar geworden, dass etwas mit mir nicht stimmte – und zwar ganz und gar nicht.

Ich hörte auf, irgendetwas anzufassen. Von jetzt auf gleich.

Seltsamerweise hatte Olivias Fähigkeit, Tote wieder zum Leben zu erwecken, ganz unterschiedliche Auswirkungen, je nachdem, bei was sie ihre Kräfte einsetzte. Tiere hatten am

Ende Augen wie meine, doch ihre Berührung brachte niemandem den Tod, wie meine es tat. Ich war mir nicht sicher, ob das bei jedem Menschen so sein würde, den sie zurückholte, und ich wollte es eigentlich auch nicht herausfinden.

Der schrille Ton der ersten Pausenglocke riss mich aus meinen Gedanken. Ich sammelte meine Sachen ein und folgte Adam in den überfüllten Flur.

»Warum bist du denn heute Morgen zu spät gekommen?«, fragte er.

Ich zuckte die Achseln. »Ich habe verschlafen. So was kommt vor.«

Er bedachte mich mit einem zweifelnden Blick, und ich fühlte mich schrecklich dabei, ihn anzulügen. Also schaute ich lieber rasch auf sein Shirt. Die Aufschrift darauf lautete: *Ich stehe auf Trophy Wifes.* Nett.

Ich wechselte das Thema. »Glaubst du, wir schreiben in Geschichte eine Arbeit?«

Er nickte, seine Augen leuchtend blau hinter dem Brillengestell aus Draht. »Ja. Hast du dafür gelernt?«

Ich versuchte, dem Gedränge der Schüler auszuweichen, und lächelte Adam an. »Was hast du gesagt?«

Adam verdrehte die Augen. »Hast du dafür gelernt?«

»Oh. Olivia war gestern Abend besonders zuwendungsbedürftig …«

»Freak«, sagte Dustin Smith, Kapitän der Footballmannschaft und ein Vollidiot.

»Du warst mal mit ihr zusammen«, warf ein anderer Junge ein. »Sie ist *dein* Freak, Dustin.«

Ich war wirklich mal mit ihm zusammen gewesen, traurig, aber wahr. Mit fünfzehn, als ich noch beliebt war und noch jemanden berühren konnte, war tatsächlich etwas zwischen uns gewesen. Dustin und ich hatten uns geküsst … *ziemlich oft sogar.* Dann hatte ich mich in die schwarze Witwe verwandelt.

Die Chancen standen also ziemlich gut, dass ich als Jungfrau sterben würde.

Freak und Jungfrau in einem – das war kaum zu toppen.

»Mann, ich versuche, diese Zeit meines Lebens zu vergessen«, sagte Dustin. »Könntest du es bitte unterlassen, das anzusprechen?«

Meine Finger schlossen sich um den Träger meiner Tasche, und ich starrte auf den schmutzigen Boden. *Schau weiter auf den Boden,* dachte ich. *Wenn du hochschaust, wird alles bloß noch schlimmer.* Aber ich hörte leider nie auf die vernünftige, logische Stimme in meinem Kopf. Fast gegen meinen Willen hob ich den Kopf und funkelte Dustin an.

Er machte einen Satz nach hinten und riss die Hände hoch, als wolle er mich abwehren. »Herrgott noch mal! Sieh mich nicht mit deinen toten Augen an, du Freak!«

»Hey!«, brüllte Adam und stellte sich vor mich. »Rede nicht so mit ihr.«

Dustin machte einen Schritt auf Adam zu, als wolle er ihn schlagen, doch es war nur ein Täuschungsmanöver. Ich wusste es, und Adam wusste es, wir zuckten jedoch beide zurück. Dustins Publikum brach in Gelächter aus, und das Wort »Freak« machte immer noch die Runde, als sie sich längst wieder verzogen hatten.

»Was für ein Arschloch«, murmelte Adam. »Mensch, weißt du was?«

»Was?« Heiße Tränen brannten mir in den Augen und drohten herunterzukullern, und ich hasste mich dafür, dass ich mich von einem Idioten wie Dustin so aus der Fassung bringen ließ.

»Dir ist doch wohl klar, dass er eines Tages unsere Autos auftanken wird. Jetzt hält er sich für eine große Nummer, doch er wird bis zu seinem Tod an der Tankstelle seines Vaters arbeiten.« Adam schlug die Tür zu seinem Spind zu, und seine

Miene wurde sanfter. »Em, lass dich nicht so fertigmachen von ihm. Du bist besser als er und all seine Freunde.«

Ich blinzelte hektisch. »Sind meine Augen wirklich so gruselig?«

Adam schluckte, und er brauchte einige Sekunden, um zu antworten. »Nein … sie sind nicht gruselig, Em. Sie sind einfach anders, das ist alles.«

Ich seufzte. Wem wollte er etwas vormachen? Meine Augen *waren* gruselig. Das Komische war, dass sie früher einfach nur langweilig braun gewesen waren, doch nach der ganzen Sterberei hatten sie sich verändert. Jetzt hatten sie einen ganz hellen Blauton – irgendwie wie die Farbe des Himmels an einem bewölkten Tag, wenn die Welt wie unter Wasser zu sein schien. Die Leute dachten, das sei auf das Trauma durch den Unfall zurückzuführen.

»Em?«, fragte er. »Wollen wir heute Abend zusammen abhängen? Wir könnten Pizza bestellen. Diesmal deine Lieblingspizza – ohne Peperoni – nur Paprika und Pilze.«

»Klar.« Ich räusperte mich und zwang mich zu einem Lächeln. Adam fragte nie, warum ich es nicht mochte, berührt zu werden. Er akzeptierte es einfach – *akzeptierte mich*. Er machte das Leben hier erträglich. »Ich muss Olivia von der Schule abholen und einkaufen gehen, aber du kannst gerne rüberkommen.«

Adam lächelte sichtlich erleichtert. »Gut …«

Das zweite Läuten ertönte und entlockte Adam ein Stöhnen. Er hatte als Nächstes Biologie. Heute würde er Frösche sezieren. Ich stieß mich vom Spind ab und wollte Adam gerade mitfühlend anlächeln, als mir aus heiterem Himmel diese Zeile aus Macbeth in den Sinn kam: *Etwas Böses kommt daher.* Ich spähte über meine Schulter.

Mein Blick fand ihn sofort.

Er war groß – sogar noch größer als der irre große Adam.

Dunkelbraunes Haar fiel ihm in Wellen über die Stirn. Sein Gesicht war faszinierend und anziehend, mit breiten Wangenknochen und einem entschlossenen Mund. Nicht auf konventionelle Weise gut aussehend, aber auf universelle Weise reizvoll. Selbst von dort, wo ich stand, konnte ich erkennen, dass seine Augen fast schwarz waren.

Sein Gesicht hatte etwas unheimlich Vertrautes, als hätte ich ihn schon öfter im Vorbeigehen in einer Menschenmenge gesehen. Er schaute auf, und unsere Blicke trafen sich. Er sah mich so durchdringend an, dass ich einen Schritt rückwärtsging und fast mit Adam zusammengestoßen wäre.

»Em? Alles okay bei dir? Was starrst du da an?«

Ich wirbelte herum. »Siehst du nicht den Typen da drüben?«

Adam runzelte die Stirn. »Welchen Typen?«

Ich drehte mich wieder um und blinzelte. An der Stelle, an der der Junge gestanden hatte, war jetzt nichts. Er konnte unmöglich einfach durch den langen, schmalen Flur verschwunden sein. Und es war offensichtlich, dass Adam den Jungen von Anfang an nicht gesehen hatte. Wurde ich jetzt obendrein noch verrückt? Bildete ich mir einen sexy neuen Typen ein, der neben unserer dürftigen Vitrine mit den Sportpokalen stand?

Es hätte schlimmer sein können, musste ich zugeben. Wenn ich schon halluzinierte, dann sollte es wenigstens ein heißer Typ sein und nichts Ekliges.

Kapitel 2

Für den Rest des Tages kreisten meine Gedanken um den heißen Typen. Wie armselig war das denn? Mein Gehirn musste sich irgendwie erbarmt haben, denn es hatte mir die einzige Sorte Mann erschaffen, die ich berühren konnte – einen Fantasiemann. Als Sally mir das Englischbuch vom Tisch stieß, zog ich lediglich eine Augenbraue hoch. Als Dustin und seine Kumpels sich mir nach dem Mittagessen in den Weg stellten, war ich viel zu beschäftigt, mich an alle Einzelheiten des Gesichts meines heißen Typen zu erinnern, um ihnen große Aufmerksamkeit zu schenken.

Am Ende des Schultages tauchte Adam wieder an meinem Spind auf, allerdings ohne seine Brille. »Was ist mit deiner Brille passiert?« Ich stopfte alles bis auf mein Mathebuch zurück in den Spind. Man konnte sich drauf verlassen – Mathehausaufgaben gab es immer.

»Was glaubst du wohl? Dustin, die Dumpfbacke, hat sie mir im Sportunterricht weggenommen.« Er warf sich seine Tasche über die andere Schulter.

Für einen flüchtigen Moment erwog ich es, meine Handschuhe herunterzureißen, den Flur entlangzulaufen und Dustin wie ein psychotischer Affe auf den Rücken zu springen. Seufzend schlug ich meine Spindtür zu. »Das wievielte Mal war das jetzt?«

»Das vierte, seit die Schule wieder angefangen hat. Mom wird mich umbringen.«

Wir gingen zum Hinterausgang. »Es ist doch nicht deine Schuld.«

»Versuch mal, ihr das zu erklären. Sie benimmt sich, als sei jede Brille ein vermisstes Kind.« Er hielt die Tür auf und ließ mich an sich vorbeigehen. »Ruf die Polizei! Es ist wieder eine verschwunden!«, rief er und griff sich ans Herz. »Es müssen sofort überall Suchanzeigen für die Brille aufgehängt werden.«

Ein Bild von Mr Potato Heads Brille und Nase schoss mir durch den Kopf, und ich kicherte.

Adam strahlte. »Also, sind wir noch für heute Abend verabredet?«

»Nur wenn du glaubst, deine Mom rastet nicht zu sehr aus.« Ich blieb neben Adams zerbeultem Ford Taurus stehen. Er hatte einen Eins-a-Parkplatz, gleich in der ersten Reihe. Da ich immer zu spät kam, stand ich ganz hinten auf dem Parkplatz bei den Dauerkiffern und Schülern, denen ein Schulverweis kurz bevorstand. Ich sah ihn stirnrunzelnd an. »Bist du dir sicher, dass du ohne Brille fahren kannst?«

Er tat so, als sei er gekränkt. »Ich bin ja nicht blind. Nur Schilder, Autos und Menschen sehe ich nicht.«

»Dann ist ja alles gut.«

»Und davon abgesehen«, sagte er und öffnete die Tür zur Rückbank und warf seine Schultasche in den Wagen. »Bis ich mich aus dem Haus schleiche, hat Mom sich wieder gefangen. Bist du dir sicher, dass du keine Hilfe beim Einkaufen brauchst?«

»Ja, ich komme schon klar.« Ich ging los, bevor er darauf bestehen konnte, was er jedes Mal tat, wenn er wusste, dass ich noch Besorgungen machen musste. »Ich schicke dir eine SMS, wenn ich fertig bin.«

Er verabschiedete sich von mir, indem er kurz zwei Finger hob, bevor er sich hinter das Lenkrad schob. Mit einem Stoßgebet sah ich zu, dass ich ihm schnell aus dem Weg kam.

Kurz nach Adam verließ ich mit meinem Jeep den Parkplatz. Glücklicherweise endete für Olivia die Schule eine Stunde später als für mich, sodass mir ein wenig Freizeit blieb. Vor dem Unfall wäre ich jetzt ins Einkaufszentrum oder ins Kino gefahren. Stattdessen steuerte ich nun den einzigen frei zugänglichen Ort in Allentown an, den kein anderer Mensch meines Alters aufsuchen würde – die öffentliche Bibliothek.

Drei Minuten später hielt ich vor dem niedrigen, zweistöckigen Gebäude und schnappte mir meine Tasche. Kühle, abgestandene Luft begrüßte mich, als ich die Glastür aufstieß. Mrs Compton war dort, wo sie immer war, nämlich hinter dem Tisch an der Ausleihe. Ein freundliches Lächeln hob ihre Mundwinkel nach oben, als sie mich sah. Sie schob sich einen Stift in ihren grauen Haarknoten und lehnte die füllige Hüfte an die Theke.

»Wie war die Schule, Ember?«

»Würg.«

Sie lachte und schüttelte den Kopf. »Wenn du erst in meinem Alter bist, wirst du auf deine Highschoolzeit zurückblicken und dich wieder zurückwünschen. Glaub mir.«

Unwahrscheinlich, aber ich lächelte, als ich zu meinem Platz am Fenster ging. Auf einem Sessel, der schon bessere Tage gesehen hatte, machte ich es mir bequem und holte meine abgegriffene Ausgabe von *Das Bildnis des Dorian Gray* hervor. Ich hoffte, ein oder zwei Kapitel für meinen Aufsatz lesen zu können, bevor ich Olivia abholen musste.

Ich klappte das Buch auf und bereitete mich innerlich auf Oscar Wildes schräge Schreibweise vor. Es waren erst zehn oder fünfzehn Minuten vergangen, als ein Schatten das Sonnenlicht blockierte, das durch das Fenster hinter mir fiel. Ich hob den Kopf, und mein Herz geriet ins Stolpern.

Ich halluzinierte anscheinend wieder, denn mein heißer Typ stand vor mir.

Die Sonne umgab ihn mit einem Strahlenkranz und ließ ihn unwirklich erscheinen. Sein faszinierender Mund verzog sich zu einem schiefen Grinsen, und eine Locke seines braunen Haares, die im Licht rötlich leuchtete, fiel ihm in die Stirn. Obwohl ich blinzelte, verschwand er nicht.

»Hi«, sagte er mit einer tiefen, weichen Stimme, bei der mich ein angenehmer Schauer überkam.

Ich sah mich um, um zu schauen, ob sonst noch jemand ihn bemerkt hatte, doch niemand war in der Nähe. Mein Blick kehrte zu ihm zurück. Von Nahem war er tatsächlich atemberaubend mit dem zerzausten Haar und der olivfarbenen Haut. Seine pechschwarzen Wimpern mussten den Neid jedes Mädchens erregen, dessen Weg er kreuzte.

Er fuhr sich mit einer Hand durchs Haar und wippte auf den Fersen. Das verlegene Schweigen dehnte sich in die Länge, und mir wurde plötzlich schmerzhaft bewusst, wie sehr ich mich in den vergangenen zwei Jahren verändert hatte. Früher war mir immer etwas Witziges und Kokettes eingefallen. Jetzt starrte ich bloß zu ihm hoch wie eine Idiotin. Eine tiefe Röte stahl sich in meine Wangen und kroch mir den Hals hinunter.

»Ähm … ich habe dich schon ein paar Mal hier gesehen«, versuchte er es noch einmal und schaute auf das Buch in meinen Händen. »›*Ich wusste, ich stand jemandem von Angesicht zu Angesicht gegenüber, dessen bloße Persönlichkeit so faszinierend war, dass sie, wenn ich es zuließe, mein ganzes Wesen, meine ganze Seele, ja selbst meine Kunst vollkommen in ihren Bann ziehen würde.*‹«

Ich riss die Augen auf. »Was?«

Sein schiefes Grinsen verwandelte sich in ein strahlendes

Lächeln, und mir blieb die Luft weg. »Das ist ein Zitat aus *Dorian Gray.* Einem meiner Lieblingsbücher.«

Heiß *und* klug. Und anscheinend war er ein echter, realer Junge. Ich starrte ihn immer noch an. Endlich riss ich mich aus meiner Trance. Ich klappte mein Buch zu, verschränkte die Arme und schob die Hände in die Achselhöhlen in der Hoffnung, die Handschuhe verbergen zu können – so sinnlos das war. »Ich habe dich hier noch nie gesehen. Du wärst mir aufgefallen.«

Mit seinen dunklen, warmen Augen schaute er mich direkt an. »Wäre ich das? Wie schmeichelhaft.«

Am liebsten hätte ich mich unter dem Tisch versteckt – oder wenigstens meine brennenden Wangen. Verlegenheit und Verwirrung lösten immer einen Fluchttrieb in mir aus. Ich schob mein Buch in die Tasche und machte Anstalten aufzustehen.

»Ich wollte dich nur ein bisschen aufziehen.« Er hob die Hände. »Tut mir leid. Ich wollte dich nicht verlegen machen.« Er deutete mit dem Kopf auf den Stuhl mir gegenüber. »Hast du was dagegen?«

Ich griff nach dem Riemen meiner Umhängetasche und sah ihn an, hin- und hergerissen zwischen dem Wunsch wegzurennen und hier bei ihm zu bleiben. Abgesehen von Adam sprachen Jungs so gut wie nie mit mir. Nun, es sei denn, um mir eine Beleidigung an den Kopf zu werfen. »Ich ... ich muss gleich weg.«

Jetzt lächelte er so strahlend, dass sich meine Benommenheit vorübergehend sogar noch verstärkte. Er schob sich auf den Stuhl und lehnte sich über den kleinen Tisch, der uns voneinander trennte. »Du kommst oft her, nicht wahr?«

»Ja.« Ich ließ die Hände in meinen Schoß fallen und hoffte, dass er die Handschuhe noch nicht bemerkt hatte. »Ich ... ich habe dich heute in der Schule gesehen.«

Er zog seine dunklen Augenbrauen hoch, lehnte sich auf seinem Stuhl zurück und verschränkte die Arme vor der Brust. »Ach ja?«

»Ja. Du hast neben unserer Vitrine mit den Pokalen gestanden.« Das klang unbeabsichtigt vorwurfsvoll, meine Umgangsformen ließen ernsthaft zu wünschen übrig. Ich versuchte, es wiedergutzumachen. »Wechselst du auf unsere Schule?«

»Ich habe sie mir angesehen.«

Ich schürzte die Lippen. Das war keine Antwort. »Du bist neu in der Stadt.«

»Muss eine kleine Stadt sein, wenn ich dir aufgefallen bin.« Er legte den Kopf schräg und sah mich mit seinem durchdringenden Blick forschend an. »Ich komme auch aus einer Kleinstadt. Übrigens, ich habe mich noch gar nicht vorgestellt. Hayden Cromwell.«

»Hayden Cromwell?« Sein Name ging mir wie von selbst über die Lippen. Ich begriff, dass er darauf wartete, dass ich ihm nun ebenfalls meinen Namen nannte, und ich wollte es gerade tun, doch mein Handy fing genau in diesem Moment an, auf dem Tisch herumzuhüpfen, weil der Wecker im Vibrationsmodus losging. Ich sprang auf und grapschte nach dem Telefon. »Tut mir leid. Ich muss weg.«

In einer fließenden Bewegung stand er auf und schob die Hände in die Taschen. »Darf ich dich nach draußen begleiten?«

Das Mädchen in mir kreischte begeistert auf und vollführte einen Freudentanz, aber ich verpasste ihr schnell einen Klaps auf den Kopf. »Nein. Ähm, nein danke. Das ist nicht nötig, mein Wagen steht direkt vor der Tür.«

Enttäuschung blitzte kurz in seinem Gesicht auf, die er aber rasch hinter einem Lächeln verbarg. Ich schob mir wieder die Hände unter die Achseln und wandte mich ab, bevor er noch etwas sagen konnte. Ich war ein wenig traurig darüber, dass ich nicht länger bleiben und mich mit ihm unterhalten konnte, doch welchen Sinn hätte das gehabt?

»Es war nett, mit dir zu reden, Ember.«

Meine Beine hörten auf, sich zu bewegen, und ein Schauer lief mir den Rücken hinunter. Langsam drehte ich mich um. »Ich habe dir meinen Namen gar nicht gesa...«

Er war nicht mehr da.

Ich suchte mit den Augen zwischen den schmalen Regalen und Gängen nach ihm. Der Typ war über einen Meter achtzig groß, unmöglich konnte er einfach so verschwinden. Ich war mir ziemlich sicher, dass ich mir »Hayden Cromwell« nicht eingebildet hatte. Und meinen eigenen Namen hatte ich kein einziges Mal erwähnt. Das war jetzt schon das zweite Mal, dass er plötzlich verschwand, als sei er von einem Vakuum verschluckt worden.

Verstört lief ich aus der Bibliothek, ohne mich von Mrs Compton zu verabschieden. Dicke, graue Wolken waren aufgezogen und warnten vor einem frühherbstlichen Gewitter. Ich lief zu meinem Auto und wagte einen Blick über meine Schulter.

Ich schaute direkt zu dem Fenster, vor dem ich gesessen hatte. Ein dunkler Schatten, groß und schlank, stand dort. Als ich unwillkürlich einen Schritt nach hinten machte, stieß ich gegen die Autotür, und mein Herzschlag beschleunigte sich. Da stand er und beobachtete mich.

Hayden Cromwell.

Schaudernd wirbelte ich herum und stieg in den Jeep. Ich brauchte nicht noch einmal hinzuschauen, um zu wissen, dass er immer noch dort stand. Herumlungerte – das war das Wort, das meine Mom benutzt hätte, wenn sie noch mit mir geredet hätte. Der Typ *lungerte herum.* Alle Härchen auf meinem Körper stellten sich auf.

Heiß oder nicht, jetzt war mir wirklich unheimlich.

Selbst wenn ich noch immer einen Jungen hätte berühren und tatsächlich schwanger werden können, würde ich nicht in einer Million Jahren Kinder haben wollen – das hatte mich der Umgang mit Olivia gelehrt. Meine kleine Schwester hatte eine ihrer Launen – eine finstere Stimmung der Vernunftlosigkeit. Seit ich sie von der Schule abgeholt hatte, konnte ich ihr nichts recht machen.

Olivia wollte ein Spielzeug wiederhaben, das sie vor *fünf Monaten* verloren hatte.

Dann wollte sie zu McDonalds.

Dann wollte sie in den Zoo, es war zum Heulen.

Und auf keinen Fall wollte sie in den Supermarkt. Deswegen gab sie auf der Veranda sogar eine Extravorstellung für die Nachbarn, mit Geschrei und auf den Boden werfen. Ihre plötzliche Abneigung gegen das Einkaufen war sehr merkwürdig. Olivia liebte es, heimlich irgendwelchen Kram, den wir uns nicht leisten konnten, in den Einkaufswagen zu werfen.

Sie starrte zu mir hoch, und ihre Lippen zitterten. »Ich will nicht!«

Ganz sanft nahm ich sie am Arm und hob sie auf die Füße, während unsere neugierige Nachbarin, Katzenlady Jones, durch einen Spalt ihrer Jalousien zuschaute. Sobald ich Olivia losließ, fiel sie erneut auf die Knie. Ich hätte direkt von ihrer Schule in den Laden fahren sollen, aber ich hatte das Geld in der Schreibtischschublade in meinem Zimmer liegen lassen.

»Olivia!«, zischte ich. »Steh auf. Das ist total peinlich für mich.«

Dicke Tränen rollten ihr über die Wangen. »Wir müssen da nicht hin!«

Ich stemmte die Hände in die Hüften. »Was sollen wir dann essen, Olivia? Wer geht stattdessen einkaufen? Mom?«

Sie schaute mit finsterer Miene und vorgeschobener Unterlippe zu mir auf. »Ich will nicht mitgehen.«

»Ach, komm schon!« Ich griff wieder nach ihr, aber sie streckte mir mit einem Blick auf meine behandschuhte Hand die Zunge heraus. Ich schloss die Augen und zählte bis zehn. »Pass auf, ich lasse dich hier draußen, wenn du dich nicht wieder einkriegst.«

Mittlerweile umklammerte Olivia heulend mein Bein.

»Na schön«, murmelte ich und humpelte los, meine ungehorsame Schwester als Ballast am Bein. Ich kramte die Schlüssel heraus und schaffte es, die Tür zu öffnen. Es war, als zöge ich einen vierzig Pfund schweren Sack Kartoffeln hinter mir her. »Olivia, bitte. Ich würde heute Abend wirklich gern Adam einladen. Das wird nicht gehen, wenn du dich so aufführst.«

Sie schluchzte weiter, als hätte ich allen ihren Barbiepuppen den Kopf abgerissen – das hatte ich einmal getan, nachdem sie meinen Skizzenblock zerfetzt hatte, weil Squeaky neues Streu brauchte.

Aber verdammt, das Kind war stark. Es klammerte sich den ganzen Weg bis zur Küche an mich und ließ sich erst auf die verzogenen Fliesen sacken, als ich ein Saftpäckchen aus dem Kühlschrank nahm.

»Willst du das?« Ich schüttelte das Päckchen, gerade eben außerhalb ihrer Reichweite.

Ihre Augen verengten sich, und sie langte nach dem Päckchen.

»Okay. Du kannst das und auch Kekse haben, wenn du aufhörst zu weinen.«

Olivia streckte wimmernd die Hand nach dem Saft aus. »Können wir nicht morgen fahren?«

»Nein.« Ich zog den Strohhalm ab und schob ihn aus seiner Plastikhülle. Langsam stach ich den Strohhalm in den Deckel und nahm einen Schluck, während sie weiter wimmerte. »Hmm, wirklich köstlich.«

»Na gut!«, rief sie.

Triumphierend reichte ich ihr das Saftpäckchen. »Was ist denn eigentlich mit dir los?«, fragte ich.

»Ich will einfach nicht einkaufen. Ich habe ein schlechtes Gefühl dabei, Emmie.«

Ich verdrehte die Augen, riss den Schrank auf und hatte den Griff in meiner Hand. Na großartig. Schrank fast leer, Griff ab. »Wir müssen etwas zu essen besorgen, und zwar sofort.« Stirnrunzelnd griff ich hinein. »Wir haben nur noch Käsemakkaroni und grüne Bohnen in der Dose.«

»Ich mag Bohnen.«

»Wir können heute Abend nicht nur grüne Bohnen essen, Olivia.« Ich ging zum Kühlschrank. Der Rest Gemüsesuppe war verschwunden – also hatte Mom irgendwann heute beschlossen, etwas zu sich zu nehmen. Ein Schritt zurück ins Land der Lebenden, richtig?

Während Olivia schmollend am Küchentisch hockte, kritzelte ich mir rasch eine Einkaufsliste zusammen. Ich hätte morden können für Doritos, das Budget reichte jedoch nur für Doritos *oder* Milch.

Olivia trank gern Milch.

Ich machte ihr eine Portion Käsemakkaroni, die sie ins Wohnzimmer mitnahm, um sich einen Zeichentrickfilm anzusehen. Wahrscheinlich war das nicht die beste Zwischenmahlzeit vor dem Abendessen. Kinderlachen und Gesang lullten mich ein bis zu einem gesegneten Zustand geistiger Leere, während ich das Geschirr vom vergangenen Abend spülte. Hoffentlich hatte Olivia bis zur Fahrt zum Laden bessere Laune. Ich war nicht in der Stimmung, ein schreiendes Kind durch die Lebensmittelabteilung zu zerren.

Seufzend trocknete ich mir die Hände ab und ging nach oben, um Geld zu holen. Ich versuchte wirklich, die Alltagssorgen nicht an mich heranzulassen. Ich wollte nicht ins Grübeln kommen – nicht über Dad oder das Leben, das ich durch den Unfall verloren hatte, nicht darüber, wie Olivia mich hatte zurückholen können oder warum ich seither nichts Lebendes mehr berühren durfte. Ich wollte nicht allzu genau darüber nachdenken, dass ich die einzige Bezugsperson für ein kleines Mädchen war, das auf alle Fälle etwas Besseres verdiente als mich. Sie brauchte eine Mutter – eine richtige. Doch alles, was sie hatte, war eine Schwester, die sie nicht berühren konnte, und eine leblose Hülle von einer Mutter, die sich in ihrem Schlafzimmer versteckte.

Manchmal hätte ich am liebsten das Gleiche getan wie Mom – »scheiß drauf« sagen und einfach verkümmern. Wer könnte mir daraus einen Vorwurf machen? Wer würde dann jedoch auf Olivia aufpassen? Aus dem Nichts musste ich an Hayden Cromwell denken. Inzwischen – einige Stunden nach dem seltsamen Zwischenfall in der Bibliothek – war ich mir ziemlich sicher, mir nur eingebildet zu haben, ihn am Fenster stehen zu sehen.

Niemand, der so gut aussah, hatte einen Grund, sich so unheimlich zu verhalten.

Ein kurzer Blick in Moms Zimmer weckte den gleichen Drang in mir, den ich jedes Mal verspürte, wenn ich nach ihr sah – das Bedürfnis, ihr hemmungslos etwas an den Kopf zu werfen. Sie lag lang ausgestreckt auf dem Bett, eine zerbrochene, wunderschöne Puppe mit dunkelroten Locken und Porzellanhaut. Mom war zu absolut nichts zu gebrauchen. War es überhaupt menschenmöglich, so viel zu schlafen, wie sie es tat? Vielleicht tat sie oft nur, als schliefe sie. Ich wusste es wirklich nicht. Mit jedem Tag, der seit dem Unfall verstrichen war, war meine Mom einfach weiter verblasst. Genau wie die Erinnerung an das Gesicht meines Dads.

Ich trat an ihr Bett und schlang mir die Arme um den Leib. »Mom?«

Schweigen.

»Mom, falls … falls du mich hörst, Olivia braucht dich wirklich.«

Nichts.

Ein Brennen schoss meine Kehle hinauf, und meine Brust fühlte sich an, als läge eine Zentnerlast darauf. »Sie verdient etwas Besseres. Sie braucht dich als Mom.«

Immer noch nichts.

Ich wirbelte herum und verließ ihr Zimmer. Das Gewicht auf meiner Brust blieb, während ich mir gerade genug Geld für das Allernötigste nahm.

Uns gingen langsam die Mittel aus. Dads Lebensversicherung würde im nächsten Jahr aufgebraucht sein. Was sollte ich dann tun? College kam nicht infrage. Verdammt, vielleicht wurde es sogar nichts mit meinem letzten Jahr auf der Highschool, weil ich mir früher als geplant einen Job suchen musste.

Unten wartete Olivia auf mich, ihr Gesicht war von dem Geheule von vorhin ganz fleckig. Ich schaute weg und kam mir wie eine totale Versagerin vor. »Bist du so weit?«

Sie senkte das Kinn und zog ihre winzigen Schultern hoch. Während wir nach draußen zum Jeep gingen, sprach sie kein Wort mit mir. Als sie sich auf der Rückbank anschnallte, beäugte ich die Nadel der Tankanzeige und zählte im Geiste das noch übrige Geld.

»Emmie?«

Ich sah sie über die Schulter hinweg an. »Was ist?«

Ihre großen Augen leuchteten wie Jade. Etwas in ihnen ließ mich stutzen. Mir war plötzlich unheimlich zumute, und meine Hände zitterten.

»Ich habe ein ganz schlechtes Gefühl«, sagte Olivia und knibbelte an einer Glitzerperle auf ihrem Kleid. »Wie damals, bevor … bevor Daddy gestorben ist. Weißt du noch? Dieses Gefühl habe ich jetzt wieder.«

Natürlich erinnerte ich mich an *dieses Gefühl.*

Olivia war zum Zeitpunkt des Unfalls drei gewesen, und ich hatte kaum auf das Geplapper geachtet, das aus ihrem Mund gekommen war.

Doch ich erinnerte mich noch immer daran.

Sie hatte sich über die Rückbank gebeugt und nach meinem Arm gegriffen. »Etwas ganz Schlimmes wird passieren«, hatte sie geflüstert.

Und ich hatte sie stirnrunzelnd betrachtet und meinen Arm weggezogen, verärgert, weil unsere Eltern sich mal wieder stritten – ihretwegen. Ich schüttelte diese Erinnerungen ab und rieb mir die Stirn. Kopfschmerzen kündigten sich an.

»Emmie?« Olivia umklammerte die Rückenlehne meines Sitzes.

Ich zwang mich ihr zuliebe zu einem Lächeln. »Es wird nichts Schlimmes passieren. Versprochen.«

Sie wirkte skeptisch, und das war wie ein Schlag in die Magengrube.

»Wir sind ja nur kurz in dem Laden, und später kommt Adam dann rüber. Du magst Adam doch, oder?«

Sie ließ die Lehne los und sackte nach hinten. »Ja.«

»Okay. Gut«, flüsterte ich.

Da Olivia mir erfolgreich Angst eingejagt hatte, dauerte die Fahrt zum Laden länger als sonst. Ich gab höllisch acht auf Ampeln und andere Autofahrer. Mit einem Seufzer der Erleichterung bogen wir schließlich auf den hinteren Teil des ziemlich vollen Parkplatzes ein.

Regenwolken verdunkelten den Himmel und ließen mehrere der Straßenlaternen anspringen. Dicke Tropfen klatschten auf die dicht stehenden Bäume rings um den Parkplatz. Ich schaute auf die Uhr auf meinem Handy und stellte überrascht fest, dass es schon fast sieben war.

Olivia hüpfte von der Rückbank und trödelte dann hinter mir her. »Darf ich den Einkaufswagen schieben?«

Ich begrüßte die veränderte Stimmung. »Versprich mir, dass du diesmal keine alten Leute umfährst, und wir haben einen Deal.«

Olivia kicherte und drängelte sich zwischen mich und den Einkaufswagen. Es gab keinen Deal. Hinter einem Einkaufswagen war sie der personifizierte Tod auf Rädern, doch es half mir, sie im Auge zu behalten, und so würde sich außerdem ein weiterer monumentaler Anfall verhindern lassen.

Alte Leute, seid auf der Hut.

Ihr Kopf reichte kaum bis zum Griff hinauf, als sie den Wagen zentimeterweise durch die Schiebetür schob. Der Laden war für einen Donnerstag erstaunlich voll, mit Frauen in hochhackigen Schuhen und Männern, die stirnrunzelnd auf ihre Einkaufslisten blickten.

Olivia rammte den Tisch mit Bananen und dann meine Waden, als ich stehen blieb, um nach einer Tüte mit Äpfeln zu greifen. »Piep! Piep! Piep!«, kreischte sie, während sie den Wagen nach hinten zog.

Ich humpelte zum Brot und schnappte mir einen Laib. In meiner Gesäßtasche vibrierte mein Handy. Also klemmte ich mir das Brot unter den Arm, zog das ramponierte Teil heraus und klappte es auf. Es war eine Nachricht von Adam: *Gibt's was Neues?*

Sind immer noch im Laden. Schreib dir, wenn wir fertig sind, antwortete ich ihm.

Keine fünf Minuten später las ich: *Du bist zu lahm. Okay. Schreib mir.*

Grinsend ging ich wieder zu unserem Einkaufswagen. Ich wusste nicht, was ich ohne Adam gemacht hätte. Ich warf das Brot in den Wagen. »Olivia, was hast du da im Gesicht?«

Sie wandte sich schnell ab. »Gar nichts.«

»Papperlapapp. Du hast weißes Pulver auf den Lippen und –

oh mein Gott!« Ich schaute mich schnell um und war dankbar, dass niemand in der Nähe war. »Hast du wieder Donuts gegessen? Die sind nicht umsonst, Olivia!«

»Nein!«

»Du kleine Lügnerin.« Ich kniete mich vor sie hin, wischte ihr mit dem Ärmel meiner Strickjacke über die Lippen und versuchte, nicht zu lachen. »Wie kannst du so etwas tun?«

»Sie sollten sie nicht so hinstellen, wenn sie nicht umsonst sind.«

Mir klappte der Unterkiefer herunter, und dann konnte ich mir ein Lachen nicht länger verkneifen. »Du bist so ungezogen!«

Kichernd wand sie sich aus meinem Griff. Gott sei Dank gab es keine weiteren Mundraubattacken. Ich arbeitete meine Liste ab, und Olivia entschied sich für eine Tüte Oreo-Kekse. Ich hatte den Geschmack bereits auf der Zunge und würde somit auch auf meine Kosten kommen.

Ich stöhnte, als ich die Schlangen vor den Kassen bemerkte. »Das wird ... Olivia!« Zu spät. Sie verlor die Kontrolle über den Einkaufswagen und knallte damit von hinten gegen einen muskulösen Mann. Ich langte nach dem Wagen und errötete heftig, als ich ihn zurückzog. »Das tut mir wirklich leid! Meine Schwester wollte nicht ... Scheiße.«

Dustin Smith starrte mich an und rieb sich mit einer Hand das getroffene Bein. In der anderen hielt er eine Limonadenkiste. Der Blick seiner braunen Augen ruhte kurz auf meiner Schwester, dann sah er mich an. »Du solltest das Balg besser in den Griff bekommen.«

Wut schoss in mir hoch. Es war eine Sache, mich blöd anzumachen, aber meine kleine Schwester? Ich stellte mich vor Olivia und schirmte sie ab. »Sprich nicht so über meine Schwester.«

Er feixte. »Ich kann reden, wie ich will.«

Es juckte mich in allen Fingern, meine Handschuhe auszuziehen. »Nicht über sie.«

»Das ist echt stark.« Dustin lachte. »Was willst du dagegen unternehmen? Mir deine Essensmarken ins Gesicht werfen?«

Ich *wünschte,* uns hätten Essensmarken zugestanden, aber ich errötete trotzdem. »Du bist ein Mistkerl.«

»Und du bist ein frigider Freak«, zischte er.

So viele schlagfertige Erwiderungen lagen mir auf der Zunge. Keine davon wäre für die Ohren einer Fünfjährigen geeignet gewesen. Ich drehte mich um, um Olivia zu schnappen und einfach um Dustin herumzugehen, aber sie wich meiner behandschuhten Hand aus. Sie trat direkt vor Dustin hin, ihre kleinen Hände zu Fäusten geballt.

Dann trat sie ihm gegen das Schienbein.

Dustin war so schockiert von der Zwergenattacke, dass er die Limonadenkiste fallen ließ. Braune Flüssigkeit explodierte auf den Fliesen und lief in schmutzigen Bächen zischend über den Boden. Die rechte Seite seiner Hose war ebenfalls durchnässt. Bis zu diesem Moment hatten wir keine Aufmerksamkeit erregt, doch jetzt drehten sich mehrere Kunden um und betrachteten den Schlamassel.

Mir war durchaus klar, dass ich Olivia hätte anbrüllen sollen, weil sie Dustin getreten hatte, aber eine Seite in mir, die wirklich unreife Seite, jubilierte insgeheim über die Röte, die sich schnell auf seinem Gesicht ausbreitete.

»Alle Achtung«, sage ich. »Du hast dich von einem kleinen Mädchen fertigmachen lassen? Wie würden das wohl deine Freunde finden?«

Bevor Dustin antworten konnte, schob ich Olivia und den Wagen zu der Kasse, die am weitesten von der Sauerei entfernt war. Ich biss mir auf die Unterlippe, um nicht zu lächeln, als ich mich neben ihr auf den Boden kniete. »Olivia ...«

Ihre Wangen waren gerötet, ihre Augen glänzten. »Er war gemein zu dir.«

»Ich weiß, aber du darfst nicht einfach Leute treten, wenn du sie gemein findest.« *Selbst wenn sie das und noch mehr absolut verdient haben,* fügte ich im Stillen hinzu.

»Warum nicht?«

Ich schob den Wagen weiter. »Weil es auch gemein ist, Leute zu treten, Olivia. Und du willst doch nicht so ein gemeiner Mensch sein wie er, richtig?«

Sie verschränkte die Arme vor der Brust und zog einen Schmollmund. »Nein.«

»Also, es wird nicht mehr getreten?« Ich richtete mich auf und legte die Sachen aus dem Einkaufswagen aufs Kassenband. »Na gut. Okay.« Sie drängelte sich zwischen den Wagen und das Regal mit den Schokoriegeln. »Kann ich jetzt meine Kekse haben?«

Ich schüttelte lächelnd den Kopf. »Im Auto.«

Olivia bedachte die Frau mittleren Alters, die unsere Einkäufe zusammenrechnete, mit einem Lächeln und Gekicher – jetzt auf einmal das altkluge Kind und nicht mehr das Ninja-Kind, das gerade Dustin getreten hatte. So war meine Schwester. Sie verfiel innerhalb von Sekunden von einem Extrem ins andere. Ich übernahm den Einkaufswagen und schob ihn über den Parkplatz. Es hatte geregnet, während wir im Laden gewesen waren, und Olivia bestand darauf, auf dem Weg zum Auto durch jede einzelne der riesigen Pfützen zu springen. Ich ließ sie sich ins Auto setzen – mit der Packung Oreos –, während ich die Lebensmittel in den Kofferraum räumte. Sie plapperte davon, was sie in der Schule gelernt hatte, irgendetwas, das mit sich reimenden Wörtern zu tun hatte. Bis ich den Kofferraum geschlossen und den Einkaufswagen zurück zu einem Stand in der Nähe gebracht hatte, war es in unserer Ecke des Parkplatzes dunkel und einsam geworden.

Ich schaute auf mein Handy und stöhnte, als ich sah, wie spät es war. Olivia würde sofort ins Bett gehen müssen, wenn wir nach Hause kamen, und ich bezweifelte, dass Adam so spät noch rüberkommen wollte, vor allem, da ich noch Mathehausaufgaben vor mir hatte.

Als ich das Handy zurück in die Hosentasche schob, trat hinter einem großen Truck, der neben meinem Jeep parkte, ein großer, breiter Schatten hervor.

Ich erstarrte, und das Herz schlug mir plötzlich bis zum Hals.

Dustin stand zwischen mir und meinem Auto, die Beine seiner Hose immer noch durchnässt. Für eine Sekunde wusste ich nicht, was ich tun sollte, aber ich beschloss, um ihn herumzugehen und ihn zu ignorieren.

»Du findest dich wohl witzig, wie?«, rief er erbost.

Ich ging weiter, mein Magen ein einziger Knoten. Nur noch ein paar Schritte – das war alles.

»Hey! Ich rede mit dir, Freak!«

Ich wirbelte herum. »Mein Name ist nicht ›Freak‹. Ich heiße Ember. Das weißt du.«

Dustin lachte. »Du bist, was immer ich dir für einen Namen gebe. Freak? Miststück? Hure? Was auch immer.«

»Ich bin frigide *und* eine Hure?« Ich verdrehte die Augen und wandte mich ab. »Wirklich durchdacht, Dustin.«

Eine Sekunde später packte Dustin mich am Arm und wirbelte mich herum. »Ich muss etwas eingenommen haben, als ich dachte, du wärest meine Zeit wert, weißt du das?«

Ich entriss ihm meinen Arm. »Soll mich das beleidigen? Ernsthaft?«

»Du glaubst, du hättest in dem Laden gegen mich gepunktet? Das wird dir noch leidtun. Ich werde dir jeden einzelnen Tag zur Hölle machen.« Er lachte. »Darauf kannst du dich verlassen.«

»Wenn du meinst.« Ich senkte den Blick. »Hast du dir in die Hose gemacht?«

Sein Arm schoss so schnell vor, dass ich die Bewegung gar nicht registrierte. Ich knallte mit dem Rücken gegen die Beifahrerseite des Trucks. Der Schreck ließ mir die Luft aus den Lungen weichen.

»Emmie?«, hörte ich Olivia aus dem Jeep leise rufen.

Dustin baute sich direkt vor mir auf, und eine Ader pochte an seiner Schläfe. »Du bist nichts weiter als ein Freak voller Narben. Ja, Sally hat mir erzählt, dass du total zerschnitten bist.« Er lachte höhnisch. »Du bist einfach abstoßend.«

Es hätte mich nicht verletzten sollen, doch das tat es. Tränen brannten mir in den Augen, als ich mich von dem Truck abstieß und wieder um Dustin herumging. Ich würde nicht zulassen, dass er mich weinen sah. Auf gar keinen Fall …

Wieder packte er mich am Arm und wühlte in seiner Tasche herum. »Wie vernarbt bist du? Sally hat gesagt, dein ganzer Bauch sei voller Narben.« Er zog sein Handy hervor und lachte. »Wie wär's, wenn wir eine kleine Vorstellung geben und ich es in der Schule erzähle? Noch besser, wie wär's, wenn ich ein paar Fotos mache?«

Hinter dem Rauschen des Blutes in meinen Ohren hörte ich Olivia nach mir weinen. »Tu das nicht!« Ich zuckte zurück, aber sein Griff wurde noch fester.

Zu spät. Dustin schob mir die Hand unter das Shirt. In diesem Sekundenbruchteil, noch bevor seine Haut meine berührte, fragte ich mich, wann Dustin zu einem solchen Bastard geworden war. Er war nicht immer *so* schlimm gewesen.

Dann lag jedoch seine Hand auf meinem Bauch, auf meinen Narben. Das erste Mal seit zwei Jahren, dass ein anderes menschliches Wesen mich berührte, und ich hätte am liebsten gekotzt.

Seine Augen wurden riesig. Das Telefon fiel ihm aus den schlaffen Fingern und zerbrach auf dem Pflaster.

Alles verlangsamte sich. Ein Schauer lief mir den Rücken hinunter, und mir krampfte sich der Magen zusammen. Übelkeitserregendes Grauen drang wie Gift in meine Adern, vertraut, aber unwillkommen. Es bäumte sich auf, nahm Angriffsposition ein, und dann schlug es seine spitzen Reißzähne in mein Fleisch. Es war das gleiche Gefühl, das ich kurz vor meinem Tod gehabt hatte.

Die Zeit schien zum Stillstand zu kommen.

Dustins Augen loderten auf, als die erste Welle von Schmerz über ihm zusammenschlug. Er sackte auf ein Knie, und die Adern auf seiner Stirn traten hervor, während er den Mund zu einem stummen Schrei aufriss. Seine Hand lag noch immer auf meinem Bauch, als könne er nicht loslassen.

Ich packte seinen Arm, doch er begann zu zucken, als hätte er einen Krampfanfall. Seine normalerweise gebräunte Haut wurde teigig fahl, und seine Hände verkrampften sich.

Als seine Augen in ihren Höhlen nach hinten rollten, kippte er um wie eine Marionette, der man die Fäden durchgeschnitten hatte.

Schwer atmend stand ich über ihm. »Dustin?«

Er rührte sich nicht.

Ich schlang mir die Arme um die Taille, aber das half nicht, das heftige Zittern zu unterbinden. Ich kniete mich hin und starrte auf seinen Brustkorb. Eine Sekunde verstrich. Fünf Sekunden und dann zwanzig, und seine Brust hatte sich immer noch nicht bewegt. In meinem Magen brodelte es, und es warf mich fast um. Rasch stand ich auf und schüttelte den Kopf.

Er war tot – Dustin war tot.

Und ich hatte ihn umgebracht.

Kapitel 3

Ich wusste nicht mehr, wie ich wieder in den Wagen gestiegen war, aber ich saß hinter dem Lenkrad und starrte durch die Windschutzscheibe. Die Schlüssel bohrten sich durch die Handschuhe in meine Handfläche.

»Emmie?« Olivias Stimme zitterte.

Ich hatte Dustin getötet. Wieder rumorte etwas in meinem Magen – seltsam, denn ich hatte kein Abendessen gehabt. Jeder Muskel in meinem Körper schien zu erstarren. Dann hörte ich, wie eine der hinteren Türen geöffnet wurde. Ich fuhr herum. »Nein! Mach nicht die Tür auf, Olivia!«

Sie hielt inne, und ihre Unterlippe zitterte. »Was passiert hier?«

Meine Hände bebten, als ich mich wieder umdrehte. »Nichts … nichts passiert.«

Olivia stieß ein Schluchzen aus. Es war leise und sanft, aber herzzerreißend. »Emmie, ich habe Angst.«

Mir ging es nicht anders. Ich hatte gerade jemanden getötet – einen Klassenkameraden, einen Jungen, mit dem ich früher gegangen war. Dustin hatte eine Mutter und einen Vater, einen kleinen Bruder und Freunde. Menschen, die ihn liebten und die ihn vermissen würden.

Irgendwie war mir schon klar, dass ich etwas unternehmen musste – jemanden anrufen, zur Polizei gehen. Sagen, was geschehen war. Doch was dann? Man würde mich verurteilen, doch ich bezweifelte, dass ich im Gefängnis landen würde. Eine Forschungseinrichtung klang wahrscheinlicher. Was sollte dann aus Olivia werden? Sie würde in ein Heim gegeben werden, und das reichte aus, mir Albträume zu bescheren. Das durfte ich nicht zulassen, doch ich konnte auch nicht einfach weggehen. Mein Blick fiel auf meine behandschuhte Hand. Verzweiflung stieg in mir auf und schnürte mir die Kehle zu.

Was hatte ich getan?

Jemand klopfte ans Fenster. Olivia stieß einen gedämpften Schrei aus. Erschrocken fuhr ich in meinem Sitz herum. Ein Mann, ich schätzte ihn auf Ende zwanzig oder Anfang dreißig, spähte durch das Fenster auf der Fahrerseite.

»Mach die Tür auf«, befahl er mit einer Stimme, die verriet, dass er daran gewöhnt war, dass Menschen ihm gehorchten.

Ich sah ihn wortlos an. War das ein Cop? Er sah nicht aus wie einer, es sei denn, Cops in Pennsylvania trugen mittlerweile lange Westernmäntel und Cowboyhüte. Beinahe hätte ich gelacht.

Sein Mund war ein harter Strich, der Unterkiefer verkrampft. »Mach die Tür auf, Ember.«

Mein Herz tat einen weiteren verrückten Satz. Ich drückte die Verriegelung herunter, bevor der Mann die Tür aufreißen konnte. Es gab keinen Grund, warum dieser Fremde meinen Namen hätte kennen sollen. Genau wie Hayden in der Bibliothek. Zwei Fremde an einem Tag, die wussten, wie ich heiße, das kam mir unwahrscheinlich vor.

Der Mann schlug gegen das Fenster, das bebte, jedoch nicht zersprang.

Olivia auf der Rückbank wurde immer unruhiger, was mich jäh aktiv werden ließ. Mit zitternden Händen schob ich den Schlüssel ins Zündschloss.

»Lass das!« Der Mann zog am Türgriff, als wolle er die ganze Tür herausreißen. »Ember!«

Der Instinkt zu fliehen war übermächtig. Ich drehte den Schlüssel um und trat kräftig aufs Gaspedal. Gerade erhaschte ich noch einen Blick darauf, wie der Mann zurücksprang, bevor die Reifen einen Bordstein mitnahmen.

Wir erreichten die Hauptstraße, und ich atmete bebend ein.

Olivia schniefte. »Emmie, was ist los?«

Ich umklammerte das Lenkrad. »Es tut mir leid, Olivia. Es tut mir so leid.«

Sie begann wieder zu weinen, und ich nahm an, sie wusste, was auf dem Parkplatz passiert war. Vielleicht war es das, was sie vor ein paar Stunden gespürt hatte. Es war tatsächlich etwas Schlimmes passiert. Olivia hatte mich gewarnt, aber ich hatte nicht auf sie gehört.

»Es tut mir leid«, sagte ich noch einmal.

Olivia weinte nur noch heftiger.

Als wir endlich zu Hause ankamen, hatte die innere Erstarrung bereits die Oberhand über mich gewonnen. Blind räumte ich die Lebensmittel weg und befahl Olivia, ins Bett zu gehen, ohne sie anzusehen. Ich setzte mich ins Wohnzimmer und ignorierte Adams Nachrichten. Bei jedem Auto, das am Haus vorbeifuhr, erwartete ich blitzende rote und blaue Lichter. Bei jedem merkwürdigen Geräusch von draußen spähte ich aus dem Fenster in der Erwartung, den Cowboy oder die Polizei auf unser Haus zustürmen zu sehen.

Heiße Tränen brannten mir in den Augen, flossen aber nicht, während ich auf mein Handy starrte. Mehrmals griff ich in der festen Absicht nach dem Telefon, bei der Polizei anzurufen und mich zu stellen. Bestimmt hatte man Dustins Leiche inzwischen gefunden, und obwohl meine Berührung keine sichtbaren Spuren an ihm hinterlassen hatte, konnte sein Tod unmöglich als natürlich betrachtet werden. Dann dachte ich jedoch an Olivia … und an Mom. Es war weniger die Frage, wer sich um sie kümmern würde, die mich zögern ließ, als die Tatsache, dass ich sie nicht verlieren wollte.

Irgendwann in der Nacht kam Olivia die Treppe herunter und krabbelte aufs Sofa. Behutsam legte sie den Kopf in meinem Schoß. Dann endlich kamen die Tränen, strömten mir über die Wangen, während ich mir die Hände fest unter die Achseln klemmte.

Den Rest der Nacht wurde ich von der Vorstellung gepeinigt, wie ich versehentlich Adam berührte oder, schlimmer noch, Olivia. Immer wieder ging ich im Geiste meine Begegnung mit Dustin durch. Hätte ich Zeit gehabt zu verschwinden, bevor er mich angefasst hatte? Hätte ich irgendetwas anders machen können?

Schlaf wollte sich in dieser Nacht nicht einstellen. Nicht dass ich irgendeine Art von Ruhe verdient hatte. Als es Zeit wurde, Olivia für die Schule fertig zu machen, weckte ich sie sanft. Sie hob den Kopf, von dem ihre Korkenzieherlocken in alle Richtungen abstanden.

Ich zwang mich zu lächeln. Ich musste mich normal verhalten, während ich zu einer Entscheidung kam, was ich tun sollte … oder bis die Polizei mich ins Gefängnis abtransportierte. »Zeit aufzustehen, du Schlafmütze.«

Olivia rieb sich die Augen. »Du bist noch da.«

Mir blieb die Luft weg. »Wo sollte ich denn sonst sein?«

Ihr Blick wanderte von meinem Gesicht herunter zu meinen Händen. »Können wir heute bei Mommy zu Hause bleiben?«

Gott, ich wünschte mir nichts mehr, als zu Hause zu bleiben, aber für Olivia musste alles normal weitergehen, zumindest bis uns der Boden unter den Füßen wegbrach. »Heute nicht, Olivia. Du musst in die Schule.«

Sie gab keine Widerrede, wie ich es erwartet hätte. Wir gingen die Treppe hinauf, um uns fertig zu machen. Heute gab es kein Hüpfen oder Summen. Wie ein Zombie arbeitete ich mich durch meine morgendliche Routine, ohne recht darauf zu achten, was ich tat. Ich spürte nicht einmal Ärger, als ich den Kopf in Moms Schlafzimmer streckte – nur tiefe Traurigkeit.

Langsam ging ich zu ihrem Bett. »Mom?« Mit angehaltenem Atem wartete ich auf eine Antwort – auf irgendetwas –, und setzte ich mich auf die Bettkante. Meine Augen füllten sich mit Tränen. »Mom, bitte. Ich weiß nicht, was ich tun soll. Ich wollte ihn nicht verletzen. Ich schwöre es. Es ist einfach passiert.«

Meine Mom stieß einen leisen Seufzer aus.

Und mir brach fast das Herz. »Olivia ist nicht die Einzige, die dich braucht. Auch ich brauche dich. Ich brauche dich. Bitte, komm zurück.«

Der heutige Tag unterschied sich für sie in nichts von den anderen. Sie reagierte nicht, und ich hatte keine Zeit, länger zu warten. Mühsam erhob ich mich vom Bett und wischte mir mit dem Handrücken über die Augen.

Während der gesamten Fahrt zur Schule schwieg Olivia und drückte dann nur meinen Arm, bevor sie von der Rückbank kletterte. Mein Magen zog sich zu einem schmerzhaften Knoten zusammen, als ich in meiner Schule ankam. Ich rechnete damit, dort Streifenwagen zu sehen oder zumindest Trauben bedrückter Schüler, die den Verlust eines Freundes betrauerten.

Alle benahmen sich wie immer, redeten und lachten, rempelten sich gegenseitig an oder knutschten bei den Spinden herum. In den Fluren konnte man das kontrollierte Chaos studieren, aber ich sah kein einziges verweintes Gesicht. Und kein Hilfssheriff wartete darauf, die Schüler zu befragen.

Ich hielt den Kopf gesenkt, als ich durch den Flur schlurfte, und blieb gerade lange genug vor meinem Spind stehen, um meine Bücher herauszuholen. Nachdem ich die Tür zugeschlagen hatte, drehte ich mich um und schaute direkt in Adams besorgtes Gesicht.

»Gott, ich habe mir solche Sorgen gemacht.« Mit der alten Brille – die ein dickeres Gestell hatte als die Drahtbrille, die er normalerweise trug – erinnerte er mich an eine Eule.

»Was ist gestern Abend passiert?«

Was war gestern Abend passiert? *Ich habe versehentlich den Jungen umgebracht, der dir deine andere Brille weggenommen hat.* Das war passiert.

»Hey.« Er beugte sich vor. »Ist alles in Ordnung mit dir? Du siehst beschissen aus, Ember.«

»Ich … ich fühle mich auch nicht besonders gut.« Das war nicht gelogen. Ich hatte das Gefühl, mich gleich übergeben zu müssen.

»Warst du gestern Abend krank?

Ich nickte. »Tut mir leid. Ich hätte auf deine Nachrichten antworten sollen.«

»Nein, ist schon gut.« Er machte eine wegwerfende Handbewegung. »Meinst du denn, du solltest heute hier sein?«

Rückblickend war ich mir nicht sicher, ob es so eine schlaue Idee gewesen war. Ich fühlte mich ziemlich schwach auf den Beinen, murmelte etwas Unverständliches und dackelte hinter ihm her. Die Schulglocke schrillte, und die meisten Schülergruppen im Flur stoben auseinander. Adam warf immer wieder besorgte Blicke in meine Richtung, und ich umklammerte den Träger meiner Umhängetasche so fest, dass meine Knöchel weiß wurden.

Wir schlüpften im Klassenzimmer auf unsere Plätze, ohne

Aufmerksamkeit auf uns zu lenken. Heute schien es, als seien Adam und ich die Gespenster der Highschool. Niemand beachtete uns – beachtete mich –, es sei denn, um mir das Leben schwer zu machen. Ich schaute auf meine behandschuhten Hände, wahrscheinlich zum millionsten Mal seit gestern Abend, während ich darauf wartete, dass das Schicksal seinen Lauf nahm.

Nichts geschah.

Niemand sprach von Dustin. Seine Abwesenheit im Biounterricht hatte keinen Argwohn erregt, aber trotzdem war ich den ganzen Tag über das reinste Nervenbündel. Adam nahm mir das Versprechen ab, ihn anzurufen, falls ich irgendetwas brauchte. Als ich bei Olivias Schule ankam, um sie abzuholen, fühlte ich mich schwach und mir war schwindlig. Der Mangel an Schlaf und Essen war keine gute Kombination. Ich hatte die Bibliothek geschwänzt und vor der Schule die Zeit abgewartet.

Die Glocke ertönte ein letztes Mal, und Kinder strömten aus der Schule, stiegen in Busse oder liefen zu ihren Müttern, die in Minivans warteten. Ich versuchte, Olivia in dem Gewusel zu entdecken. Nur langsam ging mir auf, dass sie nicht dabei war. Mein Magen krampfte sich zusammen, als ich die Schlüssel aus dem Zündschloss zog und aus dem Auto stieg. Ich überquerte hinter dem letzten Bus die Straße und stolperte den Bordstein hinauf.

»Ist alles in Ordnung mit Ihnen, Miss?«, rief eine Lehrerin mit einem Klemmbrett in der Hand.

»Ja«, hauchte ich und rannte ins Schulgebäude. Meine Hände zitterten, und ich ließ meine Schlüssel fallen, als ich in das Sekretariat trat.

»Kann ich Ihnen helfen?«, fragte mich die Sekretärin, die Augen vor Schreck aufgerissen.

»Ich suche meine Schwester. Ihr Name ist Olivia McWilliams. Sie geht in die Vorschule. Sie ist fünf und …«

»Ja«, unterbrach sie mich und zog einen Bleistift aus ihrem grauen Haarknoten. Offensichtlich hatte sie es eilig, für heute fortzukommen. Ihre Handtasche lag auf dem Schreibtisch, neben einem Kaffeebecher. »Ich weiß, wer das ist.«

»Okay. Gut.« Ich holte tief Luft und beugte mich über die Theke. Die gezackten Zähne der Schlüssel bohrten sich in meine Handfläche. »Sie war nicht draußen. Ich …«

»Natürlich war sie da nicht«, sagte sie. »Ihre Mutter hat sie heute Nachmittag abgeholt.«

Der Raum kippte zur Seite und fing an, sich um mich zu drehen. »Was?«

»Ihre Mutter hat sie gleich nach dem Mittagessen abgeholt. Tut mir leid. Wie war noch mal Ihr Name?«

Fast unter Tränen schlug ich mit beiden Händen auf die Theke. »Meine Mutter hat sie nie und nimmer abgeholt!«

Die alte Frau schnaubte, bevor sie sich zu ihrer vollen Größe aufrichtete. Damit war sie immer noch kleiner als ich, das hieß also nicht viel. »Miss, wir lassen nicht einfach jeden in die Schule kommen und unsere Kinder mitnehmen. Es war Ms McWilliams, die Olivia heute Mittag abgeholt hat, also, wie heißen Sie?«

Wie eine heiße Welle strömte der Zorn durch meine Adern. Der Drang, etwas zu tun, war fast übermächtig. Am liebsten hätte ich die Hand um ihre dicken Finger gelegt. Ich wollte sie *berühren.*

»Miss, wie heißen Sie?«

»Wie konnten Sie das tun?« Meine Stimme klang unheimlich ruhig. »Das war nicht unsere Mom.«

Die Frau blinzelte hektisch und schüttelte den Kopf. »Doch. Wir haben sie hier im Computer, und sie hat für Olivia unterschrieben! Wer sind Sie?«, fragte sie scharf. Andere Leute kamen jetzt aus kleineren Büros. »Sind Sie eine Angehörige?«

Die Hände zu Fäusten geballt, wich ich zurück. Es gab nichts mehr zu sagen. Ich wirbelte herum und rannte los. Als Nächstes würde ich nach Hause fahren. Es bestand eine Chance – eine geringe Chance –, dass es Mom gewesen war. Es war zwar wahrscheinlicher, aufzuwachen und festzustellen, dass die letzten vierundzwanzig Stunden ein Albtraum gewesen waren. Aber mehr als diesen kleinen Hoffnungsschimmer hatte ich nicht, und deshalb klammerte ich mich verzweifelt daran. Es schnürte mir die Kehle zu, als unser Haus in Sicht kam. Moms zerbeulter Kombi stand vor dem Haus. Er war seit Dads Beerdigung nicht mehr bewegt worden. Die alte Holzschaukel auf der Veranda schwang hin und her. Jeder Schwung ein Pfeil der Panik in meinem Herz.

Denn es war vollkommen windstill.

Mit hämmerndem Herzen ging ich die Stufen hinauf und riss die Haustür auf. Die Ersatzschlüssel lagen auf dem Tisch neben der Tür.

»Olivia?«, rief ich. »Olivia, wo bist du?« Ich lief in die Küche, dann ins Wohnzimmer, und schließlich rannte ich nach oben. »Olivia! Antworte mir!«

Es kam keine Antwort.

Ihr Zimmer war leer. »Oh Gott.«

Ich wusste nicht, was ich tun sollte. Ich hatte keine Ahnung, wie lange ich dort stand und auf ihr leeres Bett starrte. Nichts schien mehr real zu sein. Nichts, außer dem Blut, das durch meine Adern schoss, und der Verzweiflung, die langsam in mir kreiste. Ein Schluchzen stieg in meiner Brust auf.

Ich sollte doch auf Olivia aufpassen.

Plötzlich gab es ein Geräusch, als würde jemand gegen ein schweres Möbelstück stoßen. Es ließ mir die Härchen im Nacken zu Berge stehen. Ich schluckte die eiskalte Angst herunter, wirbelte herum und trat wieder in den Flur. Dort zog ich die Handschuhe aus und knüllte sie in einer Hand zusammen. Konnte ich noch einmal töten – absichtlich?

Wenn Olivia in Gefahr war, dann ja.

Sonnenlicht ergoss sich durch meine Zimmertür in den Flur. Der Raum wirkte sicher, sogar einladend. Hatte ich heute Morgen meine Tür offen gelassen? Ich erinnerte mich nicht. Langsam schlich ich auf die offene Tür zu. Für einen Moment dachte ich, das Zimmer sei leer.

War es aber nicht.

Er stand vor der Tür zu meinem Bad, bekleidet mit dem gleichen Westernmantel wie am vergangenen Abend. Unter seinem Cowboyhut schaute eine blonde Mähne hervor. Das Bild eines lauernden Löwen, der darauf wartete, dass seine Beute in Sicht gestolpert kam, blitzte vor mir auf.

Einen Sekundenbruchteil später begriff ich, dass ich die Beute war.

Der Löwe sprang los, bevor ich die Chance hatte, den Schrei herauszulassen, der sich in meiner Kehle bildete. Er gab keinen Laut von sich, doch der grimmig entschlossene Blick, mit dem er auf mich zukam, die Arme ausgestreckt, sagte alles. Panik verwandelte sich schnell in etwas anderes, als ich gegen die Wand zurückwich. Zorn und Verzweiflung stiegen in mir auf und schäumten über.

Er streckte die Hand nach mir aus.

Statt ihn zu berühren, schnappte ich mir die Lampe vom Nachttisch und schwang sie gegen ihn. Ich traf ihn mit dem Fuß der Lampe am Kopf – ein übelkeitserregender, dumpfer Aufprall – und riss ihm den Cowboyhut herunter.

Der Cowboy fiel reglos zu Boden. Ich ließ die Lampe fallen.

»Nun … das wäre doch nicht nötig gewesen«, ertönte eine tiefe, gedehnte Stimme, die eine Erinnerung in mir wachrief.

Kreischend fuhr ich herum.

Im Flur stand Hayden Cromwell. Er hob die Hände. »Ich will dir nichts tun, Ember. Ich bin hier, um dir zu helfen.«

»Mir zu helfen?« Als ich vor ihm zurückwich, streifte ich das Bein des Mannes. Mein Magen krampfte sich zusammen, als ich ihn mir ansah. Der Cowboyhut lag neben ihm. Sein blondes Haar war mit Blut verklebt. Wann war ich so gewalttätig geworden? War ich schon immer so gewesen?

»Sieh nicht ihn an. Sieh mich an.«

Es war wie ein Zwang. Ich hatte keine andere Wahl, als meinen Blick auf Hayden zu richten. »Wo ist meine Schwester?«

»Es ist alles in Ordnung. Deine Schwester ist in Sicherheit. Wir haben sie ...«

Bei mir kamen nur die drei letzten Worte an. Ich stürzte mich auf ihn. Er wich nicht vor mir zurück, sondern fing lediglich meine Hand in seiner auf und drückte sie sanft.

Das ließ alle Luft und zugleich allen gesunden Menschenverstand aus mir entweichen. Genau das – *das* war es, wonach ich mich gesehnt hatte. Eine einfache Berührung, ein flüchtiges Streicheln über die Haut, ohne jemanden zu verletzen, und es war genau das, was ich mir davon versprochen hatte. Kraft. Wärme. Menschlichkeit.

Alles in einer einzigen einfachen Berührung.

»Ich verstehe das nicht«, flüsterte ich heiser. Ich starrte auf seine Hände. Er hatte lange, elegante Finger. Starke Finger.

»Ich absorbiere deine Gabe«, erklärte er. »Ich bin wie du, Ember. Ich habe eine Gabe.«

Ich hob den Blick und sah, wie sich die stolzen Konturen seines Gesichts verspannten. Hayden ließ meine Hand los und schob die Finger unter das Ärmelbündchen meines Pullovers. Seine Berührung war glühend heiß, und dort, wo seine Finger sich bewegten, kribbelte meine Haut.

Schwindel überkam mich, und Hayden schien zu schwanken. Der Raum drehte sich. Ich blinzelte, doch immer noch war alles in Bewegung. Ich geriet in Panik und versuchte, meinen Arm wegzuziehen, aber Hayden hielt ihn weiter fest.

»Was tust du, um …?« Ich hatte vergessen, was ich sagen wollte.

»Es tut mir leid, aber anders geht es nicht«, antwortete Hayden und es klang, als täte es ihm tatsächlich leid. »Wir werden dir helfen.« Er legte mir seine andere Hand auf die Wange. »Es wird alles gut. Vertrau mir, Ember.«

Mein Name war das Letzte, was ich hörte. Die Welt wurde schwarz, und dann war da nichts mehr.

Kapitel 4

Ich wusste, dass ich aufwachen musste, aber meine Lider waren wie zugeklebt. Langsam und mit großer Anstrengung öffnete ich die Augen. Gleißendes Sonnenlicht fiel durch die Spitzengardinen vor dem Fenster.

Gardinen?

Es gab in unserem ganzen Haus keine einzige Gardine. Nicht dass ich etwas gegen Gardinen hatte, doch ich kam einfach nicht dahinter, wie man die verdammten Gardinenstangen aufhängte. Benommen stützte ich mich auf die Ellbogen und schaute mich um. Ich lag in einem Bett, das viel größer war als das, an das ich gewöhnt war. Vergoldete Bilderrahmen schmückten die dottergelben Wände. Ein Flachbildfernseher stand auf einer Eichenkommode, die aussah, als sei sie im neunzehnten Jahrhundert von Hand geschnitzt worden. Neben der Kommode stand ein passender Schreibtisch, auf dem sich ein flacher, teuer aussehender Laptop befand. Durch eine Glastür am anderen Ende des Raums gelangte man anscheinend auf einen Balkon, und weitere Türen führten in ein Badezimmer … und einen begehbaren Kleiderschrank.

Okay, das war definitiv nicht mein Zimmer.

Ich richtete mich auf und biss mir auf die Unterlippe, als eine Welle des Schwindels drohte, mich wieder auf die weiche Steppdecke zu drücken. Die Ereignisse, die zu diesem Moment geführt hatten, waren mir nur noch undeutlich im Gedächtnis, aber ich erinnerte mich an genug, um die Übelkeit niederzukämpfen, die ich von den Kopfschmerzen bekam. Ich schwang die Beine aus dem Bett und stand auf. Einige Sekunden lang drehte der Raum sich um mich, bevor er wieder zum Stillstand kam.

Die Zimmertür wurde geöffnet, und ein dunkelhaariger Mann mit akkurater Frisur und einem maßgeschneiderten Anzug erschien. Ich trat unwillkürlich einen Schritt nach hinten und stieß gegen das Bett.

»Gut. Du bist wach. Wir haben uns schon Sorgen gemacht. Haydens Gabe kann einem ganz schön zusetzen«, sagte er freundlich. »Ich bin Jonathan Cromwell. Du befindest dich in meinem Haus.«

»Wer … wo ist meine Schwester?«, fragte ich heiser.

Er verschränkte die Hände hinter dem Rücken. »Olivia ist auch hier, und sie fragt nach dir. Ich kann dich zu ihr bringen. Und dann müssen wir beide uns unterhalten.«

Ich legte eine Hand an meine pochende Schläfe und ächzte. »Unterhalten, worüber?«

»Ich denke, du solltest zuerst mit deiner Schwester sprechen, Ember. Es würde sie enorm beruhigen zu wissen, dass es dir gut geht.«

Die Sorge um Olivia trieb mich vorwärts, aber ich konnte das Misstrauen nicht abschütteln. »Woher weiß ich, dass das hier kein Trick ist … oder so was Ähnliches?«

Ein geduldiges Lächeln legte sich auf seinen Lippen. »Ich weiß, dass du eine Menge Fragen hast, aber du musst sie beiseite schieben. Olivia braucht dich, Ember.«

Olivia braucht dich. Diese Worte hatten schon immer Wirkung bei mir gezeigt. Als ich nickte, verzog ich vor Schmerz das Gesicht. Mein Kopf fühlte sich an, als würde er gleich explodieren.

Mr Cromwell trat beiseite und bedeutete mir, ihm zu folgen. Ich achtete auf ausreichend Sicherheitsabstand zwischen uns, als wir durch den breiten Flur gingen, vorbei an mehreren geschlossenen Türen. Statt vor der letzten stehen zu bleiben, wie ich es erwartet hatte, ging er eine Wendeltreppe hinunter. Dort unten konnte ich zwei weitere Stockwerke ausmachen. Wo ich auch hinschaute, überall hingen Gemälde von griechischen und römischen Göttern an den Wänden, und in jeder Ecke stand eine Marmorstatue.

Vor einer Tür im ersten Stock blieben wir stehen. Kinderlachen drang aus dem Zimmer, und ich wurde davon angezogen wie eine Motte vom Licht. Dieses Lachen hätte ich überall wiedererkannt. Ich ging um den Mann herum und stieß die Tür auf.

Eine Woge der Erleichterung überrollte mich. Olivia, deren Haar zu zwei kleinen Zöpfen gebändigt war, saß in der Mitte eines großen Zimmers, umgeben von einer geradezu lächerlichen Anzahl von Spielsachen, Plüschtieren und … Mom. Meine Mutter saß auf einem Stuhl, bekleidet mit einem weiten Pullover und Hausschuhen. Ihre Miene war so ausdruckslos wie eh und je, doch sie lag zumindest nicht im Bett.

Das konnte nur ein Traum sein.

Olivia drehte sich um und stieß ein schrilles Kreischen aus. »Em! Em!« Sie sprang auf und rannte wie ein Minitornado auf mich zu. »Ich hab dich so vermisst! Emmie! Em!«

»Olivia«, stieß ich mit erstickter Stimme hervor.

Sofort schlang sie mir die Arme um die Beine. Ich wünschte mir so sehr, sie zu umarmen, aber meine Handschuhe waren verschwunden. Meine Hände schwebten über ihren Locken, als hätten sie einen eigenen Willen. Ich presste die Augen zusammen und atmete scharf ein.

»Em!« Sie zupfte an meiner Jeans. »Sieh mal!«

Ich öffnete die Augen. Sie ließ mich los und zeigte auf einen Käfig auf der Kommode. »Sie haben mir erlaubt, Squeaky mitzunehmen. Und schau! Das ist Mr Sniffles!« Sie lief zu einem großen gefleckten Kater, den ich für ein Plüschtier gehalten hatte.

»Das ist ja schön.« Mein Blick fiel auf Mom. Sie saß in einem Schaukelstuhl, der in meiner Vorstellung unbedingt in ein Kinderzimmer gehörte. »Mom? Ich bin's.« Ich trat einen Schritt vor.

Sie blinzelte langsam, aber es war, als hindere eine schalldichte Wand sie daran, mich zu hören.

»Em, wo warst du?«, fragte Olivia und lenkte meine Aufmerksamkeit wieder auf sich. Sie hatte den Kater heruntergelassen und beschäftigte sich nun mit einer Puppe. »Ich wollte zu dir, aber Mr Cromwell hat gesagt, du müsstest dich noch ausruhen.«

Ich schaute über meine Schulter zu dem dunkelhaarigen Mann hinüber. »Ja, ich habe geschlafen.«

Olivia hielt die Puppe an einem Arm fest und ließ sie hin und her schwingen. »Du hast tagelang geschlafen.«

Tagelang?

»Ähm ... na ja, ich war auch wirklich müde.«

Sie hüpfte auf mich zu und schien meine Ausrede zu akzeptieren. »Ich finde es schön hier, Emmie.«

»Wirklich?« Mir war schwindlig, und ich fühlte mich schwach. Gott, würde ich wieder ohnmächtig werden?

Sie nickte schelmisch und zeigte dann mit ihrem kleinen Zeigefinger auf mich. Das war eine Angewohnheit von ihr, wenn sie mir ein Geheimnis verraten wollte, daher beugte ich mich zu ihr herunter und senkte den Kopf. »Was?«, flüsterte ich und ignorierte die weißen Lichtpunkte, die über mein Gesichtsfeld tanzten.

Olivia flüsterte mir ins Ohr: »Mr Cromwell sagt, ich habe eine Gabe.«

»Oh. Okay«, flüsterte ich zurück. Meine Gedanken überschlugen sich. Olivia sprang davon und wirbelte durch den Raum. »Squeaky findet es auch schön hier.«

»Ember«, sagte Mr Cromwell.

Ich nickte, ohne ihn anzuschauen. »Olivia, ich muss mit Mr Cromwell reden. Kommst du hier oben klar?«

»Jepp. Mommy und ich spielen mit meinen neuen Spielsachen.«

Gegen meinen Willen musste ich erneut zu meiner Mom hinübersehen. Sie drehte den Kopf und sah Olivia lächelnd an. Der bloße Anblick ließ so viele Gefühle in mir aufsteigen. Ich versuchte, mich darauf zu besinnen, wie sie vor dem Unfall gewesen war, doch ihr gegenwärtiger Zustand überlagerte alle Erinnerungen.

Ich schüttelte den Kopf und drehte mich zu Mr Cromwell um, der mit geduldiger Miene auf mich wartete.

»Wir können in der Küche reden«, sagte er. »Du hast bestimmt Hunger.«

Bevor ich mich losreißen konnte, hörte ich Olivia sprechen. »Mommy?«

Ich hielt inne. Mein Herz flatterte in meiner Brust. Ich wollte nur ihre Stimme hören. Das war alles. Dann: »Ja, Kleines?«

»Warum sprichst du nicht mit Emmie? Es macht sie traurig.«

Es folgte ein Moment der Stille. »Kleines«, sagte Mom leise, »ich kann nicht mit ihr sprechen. Ember ist bei Daddy im Himmel.«

Wir saßen in einer Küche, für die meine Mom alles getan hätte, bevor sie den Verstand verlor.

»Deine Mutter ist sehr krank, Ember. Doch es ist möglich, dass ihre Erinnerungen eines Tages wiederkommen.« Cromwell runzelte die Stirn. »Es ist bestimmt schwer für dich, dass deine eigene Mutter dich für tot hält.«

Ich rollte eine Limodose zwischen den Händen. Es fühlte sich seltsam an, in Gegenwart anderer keine Handschuhe zu tragen. Zwischen uns standen unangetastete Teller mit kaltem Braten und Keksen.

»Wie hast du es geschafft, für sie und deine Schwester zu sorgen? Du warst bei dem Unfall doch erst fünfzehn.«

Mein Wutpegel stieg parallel zu meinem Misstrauen. »Woher wissen Sie von dem Unfall?«

Cromwell lächelte. »Wir wissen eine Menge, Ember.«

Plötzlich hatte ich überhaupt keinen Appetit mehr. »Woher wissen Sie so viel? Warum bin ich hier? Und wo bin ich hier überhaupt?«

Seine blauen Augen schienen in der hellen Küche zu leuchten. »Du bist in Petersburg, West Virginia.«

Ein hysterisches Lachen stieg in mir auf und bahnte sich seinen Weg hinaus. »Wo? Ich habe noch nie von Peterstown gehört.«

»Petersburg«, korrigierte er mich. »Kaum jemand außerhalb dieses Bundesstaates kennt es. Wir sind hier am Fuß der Seneca Rocks.«

Ich sah ihn verständnislos an. Hätte ich wissen sollen, was das bedeutete?

Auf seinem Gesicht lag väterliche Geduld, doch irgendetwas stimmte daran nicht – erschien mir sogar falsch. »Du bist bemerkenswert ruhig.«

»Oh, glauben Sie mir, innerlich flippe ich gerade total aus.« Ich schaute auf und sah ihm direkt in die Augen.

»Vielleicht sollte ich am Anfang beginnen.« Er lehnte sich auf dem Stuhl zurück und verschränkte die Arme vor der Brust. »Ich denke, das würde dir helfen zu verstehen, dass es keinen Grund gibt, Angst zu haben.«

Daran hatte ich ernsthafte Zweifel.

»Es gibt zwei Arten von Menschen auf dieser Welt, Ember. Einmal die einfachen, gewöhnlichen. Diese Menschen sind für uns Außenseiter.«

»Für uns?«, wiederholte ich und hätte am liebsten schon wieder gelacht.

Sein geduldiger Gesichtsausdruck geriet nicht ins Wanken. »Ja. Du bist anders, genau wie deine Schwester.«

Lügen war mir in Fleisch und Blut übergegangen. Ich dachte nicht einmal darüber nach. »An Olivia ist gar nichts anders.«

»Ember, du und ich, wir wissen es beide besser. Wie gesagt, es gibt zwei Arten von Menschen auf dieser Welt: Außenseiter und die mit einer Gabe. Du und deine Schwester, ihr seid beide weit davon entfernt, gewöhnlich zu sein.« Mr Cromwell beugte sich vor und stützte die Hände auf den Tisch. »Sieh dir an, was mit dem Jungen passiert ist. Nur weil er dich berührt hat, ist er gestorben.«

Mir wurde eiskalt. Ich öffnete den Mund, es kam jedoch kein Ton heraus. Die Kälte kroch mir das Rückgrat hinunter.

»Es war ein Unfall. Das ist mir klar«, sagte Cromwell sanft. »Aber was für ein Jammer, dass ein so junger Mensch sterben musste.«

Es schnürte mir die Kehle zu und Tränen brannten mir in den Augen. »Ich wollte nicht … ich wollte ihn nicht töten.«

»Das weiß ich.«

»Was ist mit seiner … Leiche passiert?«

»Darum wurde sich gekümmert.«

»Aber das ist nicht in Ordnung.« Ich drückte die Dose so fest zusammen, dass sie Dellen bekam und Limonade über meine

Finger lief. »Ich muss mich stellen. Ich sollte irgendwie bestraft werden. Ich muss dafür bestraft wer…«

»Was geschehen ist, ist geschehen. Und dass du dich stellst, kann ich nicht zulassen.« Er lehnte sich zurück und verschränkte wieder die Arme vor der Brust. »Deine … Fähigkeit, durch Berühren zu töten, würde alle, die eine Gabe haben, der Gefahr der Entdeckung aussetzen. Das dürfen wir nicht riskieren.«

Ich starrte ihn an, und mir schwirrte der Kopf. Dieser Mann wusste, dass ich fähig war zu töten – dass ich getötet hatte –, und er machte sich größere Sorgen darum, ich könnte jemanden auffliegen lassen, als darum, was ich ihm antun konnte? Er musste verrückt sein. Ich musste verrückt sein, weil ich hier saß und ihm zuhörte.

»Niemand wird je von dem bedauerlichen Vorfall erfahren. Alles, was geschehen ist, gehört jetzt der Vergangenheit an. Hier bist du sicher.«

»Nein. Dieser Mann … der mit dem Cowboyhut, wollte mir wehtun.«

Cromwell schnalzte mit der Zunge. »Kurt wollte dir nichts tun. Er kommt manchmal ein wenig ungeschliffen daher, doch er ist ein guter Mann. Ich würde ihm mein Leben und das Leben meines Sohnes anvertrauen.«

Schon wieder stieg der Drang zu lachen in mir auf. »Also ist er nicht tot?«

»Nein. Du hast ihm einen ordentlichen Schlag über den Schädel gegeben, er hat es jedoch überlebt.«

Darüber sollte ich mich wahrscheinlich freuen.

»Ember, ich will deiner Familie helfen. Deine Schwester hat Gaben, die kontrolliert werden müssen, aber wir sollten ehrlich zueinander sein und keine Spielchen spielen.«

Ich kniff die Augen zusammen. »Ich spiele keine Spielchen. Ich weiß nicht einmal, wer Sie sind. Sie haben uns entführt.«

»Du dagegen hast versucht, Kurt und meinen Sohn zu töten«, gab er ungerührt zurück.

»Ihren Sohn? Hayden? Er hat mich gestalkt! Und er hat mich verletzt! Als er mich angefasst hat, ist irgendetwas mit mir passiert.«

»Hayden hat eine einzigartige Gabe. Seine Berührung entzieht anderen die Energie, wenn er es will. Ein wirklich bemerkenswerter Junge. So kostbar seine Gabe jedoch auch ist, deine Berührung hätte sich trotzdem auf ihn ausgewirkt, wenn er seine Gabe nicht eingesetzt hätte.«

Ich rieb mir die Stirn. Nichts von alledem ergab einen Sinn. Ich musste einen Weg finden, um diesem Irren zu entkommen.

Cromwell stützte den Ellbogen auf den Tisch und bettete das Kinn in die Hand. »Wir beobachten dich und Olivia schon seit zwei Jahren.«

Ich verschluckte mich. *»Was?«*

»Die Fähigkeit, Tote zurückzuholen ... Und dann du? Nichts an dir hatte auf deine Gabe hingedeutet, bis Olivia dich zurückgeholt hat.«

Die weiß getünchten Wände schienen sich um mich zu drehen.

Cromwell seufzte. »Ember, wenn jemand stirbt, kommt er nicht unverändert zurück. Das weißt du doch, nicht wahr? Manche Leute würden sagen, es sei unnatürlich. Falsch.«

Ich machte Anstalten aufzustehen, setzte mich dann jedoch wieder. Das Herz schlug mir bis zum Hals. *Unnatürlich. Falsch.* Diese Worte trafen mich wie ein Messer.

»Ich wollte nicht so direkt sein, Ember. Du musst allerdings wissen, dass das, wozu du fähig bist, nur eine Folge deines Todes und der angeborenen Gabe deiner Schwester ist. Du hast bei deiner Rückkehr etwas mitgebracht – eine Fähigkeit, die noch seltener ist als die deiner Schwester.«

»Ich bin nicht böse – ich bin nicht schlecht«, platzte es aus mir heraus. Doch dann wurde mir schlagartig etwas bewusst.

Vielleicht war ich böse. Gute Menschen töteten schließlich nicht.

Er lächelte gelassen, aber etwas an diesem Lächeln ließ mich schaudern. »Ich weiß, meine Liebe. Was passiert ist, war jedoch unvermeidlich. Es hätte Olivia sein können oder ein Junge, der dir zu nah kommt. Dein Freund zum Beispiel – wie heißt er noch gleich? Ach, ja. Adam. Es musste irgendwann passieren. Ich hätte schon viel früher einschreiten sollen. Dieser Vorfall hätte vermieden werden können.«

Ich war verwirrt und hatte Angst, furchtbare Angst. Dieser Mann wusste über alles Bescheid, sogar über Adam. Und was er gesagt hatte, war wahr. Es hätte wirklich Olivia oder Adam treffen können.

»Hier gibt es noch andere, die so sind wie deine Schwester. Andere, die Gaben haben, von denen der Rest der Welt nicht im Traum etwas ahnt. Hier«, fuhr er fort, »ist sie nicht allein.«

Ich strich mir mit einer Hand die Locken aus dem Gesicht. »Ich verstehe nicht, was Sie mir damit sagen wollen.«

»Ich weiß. Das alles ist schrecklich verwirrend für dich«, antwortete er. »Du machst dir Sorgen um Olivia, um deine Mutter. Und du fragst dich, warum ein fremder Mann dich zu sich nach Hause geholt hat.«

Jetzt endlich lachte ich. Es klang etwas heiser. »Was Sie nicht sagen.«

»Aber du brauchst dir um nichts mehr Sorgen zu machen. Wir werden uns um deine Schwester kümmern. Und wir werden versuchen, uns um dich zu kümmern.«

Ich sah ihn an und bemühte mich, mutiger zu klingen, als ich mich fühlte. »Verstehen Sie überhaupt, wie irre und gruselig das klingt? Sie sind ein Wildfremder für mich. Die ganze Zeit reden sie von Gaben und Sachen, die keinen Sinn ergeben.«

»Ich kann deiner Schwester helfen, Ember. Ihre Gabe, Leben und Heilung zu schenken, muss kultiviert werden. Und sie muss in der Gesellschaft anderer sein, die genauso sind wie sie – die sie verstehen.« Cromwell holte tief Luft und sah mir in die Augen. »Und dann gibt es da noch dich. Ehrlich gesagt bin ich mir nicht sicher, was ich mit dir machen soll.«

Die Härchen in meinem Nacken stellten sich auf. »Was soll das denn heißen?«

»Als ich in Olivias Alter war, hatte ich niemanden, der sich um mich gekümmert hat. Ich habe es mir zur Lebensaufgabe gemacht, dafür zu sorgen, dass andere Kinder mit Gaben nicht dasselbe durchmachen wie ich.« Ein düsterer Ausdruck verdrängte die Wärme aus seinen Augen. »Du und deine Schwester, ihr seid aus verschiedenen Gründen wertvoll. Es gibt Menschen da draußen, die versuchen würden, das, was deine Schwester bewirken kann, auszunutzen und das, wozu du imstande bist, zu missbrauchen. Ich habe die Absicht, dafür zu sorgen, dass das nicht passiert.«

»Ach wirklich?« Ich sah mich in der Küche um, auf der Suche nach einer Tür, durch die ich hier rauskäme. »Das beantwortet meine Frage nicht einmal ansatzweise.«

»Deine Schwester gehört hierher, Ember. Nur aus diesem Grund bin ich überhaupt bereit, mit dir ein Risiko einzugehen.«

Es gab eine Menge Türen – Fluchtwege – im Raum, und Olivia war oben, aber ich war immerhin eine Massenvernichtungswaffe. Mit dem Spinner vor mir konnte ich es aufnehmen. »Nein, wirklich?«

»Das hier ist euer neues Zuhause«, sagte er, als erkläre das alles, als sei er kein irrer Kidnapper-Freak, der meine Familie gefangen hielt.

»Hä?« Ich sah ihn an.

»Ihr werdet von jetzt an hier wohnen.«

Mehr Gründe brauchte ich nicht, um mich über den Tisch zu werfen. Kurz drückte sich die Kante des Eichentischs in meinen Bauch, dann flog ich nach hinten. Meine Sneakers schlitterten über den Boden. Eine Sekunde später presste mich eine unsichtbare Kraft gegen die Wand.

Cromwells Gesichtsausdruck veränderte sich nicht, aber er seufzte. »Das reicht, Gabriel. Lass sie los.«

Ich hatte nicht einmal mitbekommen, dass noch jemand in der Küche war. Er stand im Türbogen – ein Junge ungefähr in meinem Alter, vielleicht ein Jahr jünger, mit einem Kopf voller blonder Locken und dem hübschesten Gesicht, das ich je bei einem männlichen Wesen gesehen hatte. Er hatte eine Hand erhoben und vor lauter Konzentration die Stirn in Falten gelegt.

»Gabriel«, wiederholte Cromwell. »Lass sie los.« Gabriel sah aus, als würde er mich lieber gleich noch einmal durch die Luft schleudern, doch er ließ die Hand sinken.

Ich rutschte an der Wand hinunter und sackte zur Seite.

»Sie wollte dich anfassen«, sagte er mit überraschend tiefer Stimme. »Wir haben einen Fehler gemacht.«

Cromwell stieß sich vom Tisch ab und stand auf. Er wandte sich dem Jungen zu. »Wolltest du etwas Bestimmtes, Gabe?«

Gabe riss endlich den Blick von mir los. »Wo ist Hayden? Er hat nach dem Unterricht nicht auf mich gewartet. Ich dachte mir, dass er sofort nach Hause gegangen ist, wie jeden Tag, seit du *sie* ins Haus geholt hast.«

»Aber er ist nicht hier in der Küche, oder?«

Gabriel musterte mich aus zusammengekniffenen Augen.

»Ist schon gut. Du kannst ruhig gehen. Wenn du zufällig meinen Sohn findest, sag ihm bitte, dass ich ihn sprechen möchte.«

Gabriel verdrehte die Augen. »Na schön, aber wenn sie dich tötet, habe ich dich gewarnt.« Mit diesen Worten drehte er sich um und verließ die Küche.

»Oh. Mein. Gott«, flüsterte ich.

»Gabriel ist noch eins meiner Kinder. Es gibt hier mehrere Jugendliche in deinem Alter. Sie sind ein wenig besorgt, glaub jedoch ja nicht, dass sie sich nicht schützen können.«

Ich runzelte die Stirn. »Ich laufe nicht herum und berühre zum Spaß Menschen.«

Er lächelte gepresst. »Ich weiß, dass das eine Menge auf einmal für dich ist, aber ich werde nicht tolerieren, dass du jemanden angreifst. Hast du mich verstanden?«

Ich stieß mich von der Wand ab. Obwohl ich es liebend gern getan hätte, streckte ich nicht die Hände nach ihm aus. Wer konnte wissen, welche Superkräfte er noch in diesem Haus versteckt hielt? »Das kann nicht Ihr Ernst sein. Es ist auf keinen Fall legal. Es muss Gesetze dagegen geben.«

»Das hier verstößt gegen kein Gesetz«, antwortete er gelassen. »Deine Mutter ist hier bei dir und Olivia. Wir haben dich nicht ihrem Sorgerecht entzogen. Und muss ich dich daran erinnern, dass *du* bereits eine Straftat begangen hast, als du nicht gemeldet hast, was mit dem Jungen passiert ist?«

Das ignorierte ich. »Als könnte meine Mom solche Entscheidungen überhaupt treffen.« Meine Selbstbeherrschung bekam Risse und löste sich auf. »Ich verstehe nicht einmal, warum Sie das tun!«

»Ich tue das, um deiner Schwester zu helfen, Ember. Um dir zu helfen.«

»Inwiefern hilft mir das?«

Er ließ die Hände sinken. »Du bist siebzehn und spielst die Mutter für ein Kind. Das übrigens ein viel besseres Leben verdient als das, das du ihr bieten kannst.«

Autsch. Das saß, vor allem weil er absolut recht hatte.

»Du bist Gast in meinem Haus«, fuhr er fort. »Genau wie deine Mutter und deine Schwester. Aber wenn du daran denkst wegzulaufen oder wenn du irgendjemandem Schaden zufügst, kann ich dich nicht länger als Gast betrachten.«

Mein Herz setzte einen Schlag aus, und ich starrte ihn an. »Drohen Sie mir etwa?«

»Ich sage dir nur, wie es ist. Die anderen sind wegen deiner Anwesenheit bereits sehr nervös. Tu nichts, was dieses Gefühl verstärken könnte.«

»Warum haben Sie mich überhaupt hergebracht?«, brüllte ich. »Denn Sie hören sich echt nicht so an, als wollten Sie mich hier haben.«

»Weil deine Schwester eine Gabe hat und ich sie nicht von dir trennen will. Ich tue dir einen riesigen Gefallen. Es gibt Orte, an die du kommen könntest, Ember. Orte …«

»Dazu haben Sie kein Recht!«

Mr Cromwell schlug mit beiden Händen auf den Tisch. Er sprach durch zusammengebissene Zähne, und als würde eine Maske von seinem Gesicht rutschen, sah er mich mit einem eiskalten Ausdruck an. »Ich habe jedes Recht dazu, Ember. Das hier ist meine Stadt.«

Alles kam zum Stillstand, während ich ihn anstarrte.

»Wir wollen nur dein Bestes. Und es lässt sich nun nichts mehr ändern.« Ein weiteres perfektes Lächeln zierte seine Lippen. »Wir haben bereits alle notwendigen Schritte eingeleitet, um sicherzustellen, dass dein Wechsel so glatt wie möglich verläuft. Du hast das Wochenende über Zeit, dich einzugewöhnen, und am Montag fängt für dich die Schule an.«

Einfach so verlor ich die Kontrolle über mein Leben. Galle stieg mir hoch.

»Ich erwarte, dass du verstehst, wie viel Vertrauen ich dir entgegenbringe. Bring mich nicht dazu, es zu bereuen. Obwohl ich nicht den Wunsch habe, dich von deiner Schwester zu trennen, werde ich es tun, wenn du mir einen Grund dazu gibst.« Er stand auf. »Du kannst jetzt gehen.«

Kapitel 5

Oben bemühte ich mich, das schwindelerregende Durcheinander meiner Gefühle unter Kontrolle zu bekommen. Am liebsten hätte ich geweint und geschrien. Ich hätte am liebsten – ach, ich wusste selbst nicht, was.

Vor dem Schreibtisch hielt ich inne. Neben dem glänzenden Laptop steckte mein altes, ramponiertes Handy zum Aufladen an der Steckdose. Ich machte einen Schritt darauf zu und blieb wie angewurzelt stehen. Auf meinem Zeichenblock neben dem Telefon lag ein nagelneuer Satz Kohlestifte. Ich wand mich innerlich bei dem Gedanken, dass jemand sich den Zeichenblock angesehen hatte. Meine Zeichnungen waren nur für meine Augen bestimmt. Niemand würde den dunklen Dreh verstehen, den alles bekam, was ich zeichnete.

Sterben hatte wahrscheinlich irgendwie meinen Kunstgeschmack verzerrt.

Mein Blick fiel unwillkürlich auf mein Handy. Ich hätte gern Adam angerufen, aber was sollte ich ihm erzählen? Ich hatte keine Ahnung. Also ging ich duschen, richtig lang und kochend heiß. Ich wusch mir zweimal das Haar. Selbst nachdem ich meine Haut wund und rot gescheuert hatte, wusste ich immer noch nicht, was ich Adam erzählen sollte – oder was ich tun sollte.

Eingehüllt in einen flauschigen, roten Bademantel, der sich schrecklich mit meiner Haarfarbe biss, stand ich vor dem Kleiderschrank. Vorsichtig öffnete ich die Türen … und riss staunend die Augen auf, während das Mädchen in mir begeistert aufkreischte.

Zwischen meinen alten Sachen hingen dort verschiedene Shirts, Kleider, Jeans und Pullis, die ich mir nie im Leben hätte leisten können. Schuhe und Stiefel bedeckten den Boden des Kleiderschranks, und daneben lag ein offenbar neuer Rucksack – einer, der nicht so schmutzig und zerlumpt war wie der, den Dad mir vor dem Unfall gekauft hatte. Ich suchte nach ihm, aber die eine Sache, die mich noch mit Dad verband, war nicht mehr da.

Benommen griff ich nach einer Jogginghose und einem weiten Pullover. Nachdem ich mich angezogen hatte, nahm ich mein Telefon, den Zeichenblock und einen von den neuen Stiften. Beim Öffnen der Balkontür stieg mir der frische, aromatische Duft von Kiefern und erdigem Boden in die Nase. Ich holte tief Luft und schauderte. Es war erheblich kühler als das letzte Mal, als ich draußen gewesen war.

Ohne weiter darauf zu achten, wie sich die Kälte auf meine nassen Locken legte, betrachtete ich meine Umgebung. Der Balkon schien sich an der gesamten Seite des Hauses entlangzuziehen, doch ich hatte nicht den Mut herauszufinden, wo er hinführte. Stattdessen ging ich ans Geländer und schaute nach unten. Ein starker Schwindel trieb mich wieder zurück. Wegen meiner Höhenangst verabscheute ich alle Orte, die sich über meiner Kopfhöhe befanden.

Ich stellte mich dicht an die Wand, bevor ich mich weiter umsah. Massen von Bäumen umstanden das Haus. Vor allem uralt wirkende Kiefern und, wie ich vermutete, Eichen und Ahornbäume, aber die hatte ich noch nie voneinander unterscheiden können. Doch es waren nicht die Bäume, die dazu führten, dass sich mein Griff um das Telefon lockerte. Wie ein Satz gezackter, ungleicher Finger ragte ein sand- und granitfarbener Berg in den Himmel. Seine schiere Größe warf tiefe, unversöhnliche Schatten über den dichten Wald und verwandelte ihn in etwas Trostloses und Furchteinflößendes. Ich konnte mir mühelos vorstellen, dass Menschen in diesen Wald hineingingen und nie wieder gesehen wurden – dass sie sich verirrten und dann von einem Bären oder etwas Ähnlichem gefressen wurden.

Ich schluckte einen Anflug von Panik herunter und checkte mein Handydisplay. Mehrere versäumte Anrufe und Nachrichten auf der Mailbox begrüßten mich. Ich wählte Adams Nummer.

Er meldete sich beim zweiten Klingeln. »Ember! Wo zur Hölle steckst du? Was ist passiert? Ich habe tausendmal versucht, dich anzurufen. He! Bist du noch da?«

»Ja«, krächzte ich. »Ich bin da.«

Ein Seufzer der Erleichterung war zu hören. »Verdammt, Em, wo bist du? Du bist Mittwoch nach der Schule verschwunden – Mittwoch, Em. Ohne die leiseste Vorwarnung. Und seitdem habe ich dich nicht gesehen.«

»Es tut mir leid.«

»Es tut dir leid?« Er machte eine Pause, und ich konnte mir gut vorstellen, wie er sprachlos auf das Telefon starrte. »Em, was ist los? Geht es dir gut?«

Die Worte sprudelten einfach aus mir heraus. »Nein. Es geht mir nicht gut.«

»Was soll das heißen? Em, was ist los?«

»Ich bin in irgendeinem Haus, Adam. Mit Leuten, die ich nicht kenne, und ich weiß nicht, was ich tun soll.«

Einen Augenblick herrschte Schweigen in der Leitung. »Em, bist du entführt worden oder so etwas?«

Ich wollte lachen, weil es so lächerlich klang, doch was herauskam, war eher ein Schluchzen. Und dann weinte ich plötzlich richtig, mit tiefen Schluchzern, bei denen mir die Luft wegblieb und die wehtaten. Ich weinte sonst nie, jedenfalls nicht so und schon gar nicht vor Adam.

»Em, sag mir, wo du bist. Ich verständige die Polizei«, stieß er hervor. »Sag mir einfach, wo du bist.«

»Du darfst die Polizei nicht rufen. Du verstehst das nicht, Adam«, sagte ich und wischte mir mit einer Hand übers Gesicht. »Du hast es nicht gewusst. Ich habe es dir nie erzählt.«

»Was gewusst? Was du sagst, ergibt keinen Sinn. Bist du in Gefahr?«

»Ich weiß es nicht. Ja. Nein. Wahrscheinlich. Aber du darfst nicht zur Polizei gehen, Adam. Das musst du mir versprechen.«

Wieder sagte er eine Weile nichts. »Okay. Ich werde nicht die Polizei anrufen. Wo bist du?«

»Ähm, an einem Ort namens der Dunkle Wald.«

»Wie bitte?«

Ich lachte matt. »Eine Kleinstadt namens Petersburg. Ich bin in West Virginia, Adam – Scheiß-West-Virginia.«

»*Was?*«, rief er.

»Kennst du den Ort, an dem dieser Film über die inzestuösen Hinterwäldler gedreht wurde? Du erinnerst dich, die Menschen gegessen haben oder so etwas. Du hast gesagt, der Mann mit den ekligen Händen würde dich an unseren Sportlehrer erinnern.« Ich holte tief Luft, aber ich bekam nur mit Mühe Sauerstoff in die Lungen.

»Em? Bist du noch dran?«

»Ja.«

»Was ist los, Em? Ich war bei euch zu Hause. Alles ist weg. Das Haus ist völlig leer.«

In dem Haus war alles. Die Unterlagen für die Bankkonten. Fotos von Dad, von uns allen zusammen, vor dem Unfall. Das alles war dort.

»Alles ist weg?«, flüsterte ich.

»Als hätte dort nie jemand gewohnt«, antwortete er. »Es war das Unheimlichste, was ich je gesehen habe.«

Cromwell hatte also nicht gescherzt, als er gesagt hatte, er habe sich um alles gekümmert. Selbst wenn ich den Weg zurück fand, gab es nichts, zu dem ich zurückkehren konnte. Keine Möglichkeit, etwas zu essen zu kaufen, etwas zu bezahlen, irgendetwas zu tun. Wie sollte ich jetzt für Olivia oder für meine Mom sorgen? Meine Beine fühlten sich schwach an. Ich sackte auf dem Boden des Balkons zusammen und drückte die Stirn gegen meine angewinkelten Knie.

Ich saß in der Falle.

»Em? Bist du noch dran?«

»Es ist meine Mom«, entschied ich mich schließlich für die eine Lüge, auf die ich mich immer verlassen hatte. »Es geht ihr wieder schlechter. Ich bin bei Freunden der Familie.« Er antwortete nicht. Das Schweigen dehnte sich derart in die Länge, dass ich schon dachte, er hätte aufgelegt.

»Adam, bist du noch da?«

»Ja.« Er räusperte sich. »Wie lange wollt ihr dort bleiben?«

»Ich weiß es nicht. Ich könnte eine Weile weg sein.«

»Du machst Witze«, sagte er. »Richtig? Denn niemand verschwindet einfach so, ohne jede Vorwarnung.«

Plötzlich lag mir eine Zentnerlast auf der Brust und drückte sie zusammen. »Adam, das ist kein Witz.«

»Ich verstehe das nicht.« Seine Stimme klang angespannt, erstickt.

Der Druck schob sich bis zu meiner Kehle hinauf, und meine Augen begannen erneut zu brennen. »Ich muss für eine Weile hierbleiben, Adam. Ich will es nicht, aber es muss sein.«

»Das ergibt keinen Sinn, Ember.« Er holte laut Luft, und ich hörte, dass er umherging. Wahrscheinlich in seinem Zimmer – er war immer in seinem Zimmer. »Was für Freunde der Familie? In wessen Haus wohnt ihr?«

»Bei Jonathan Cromwell«, sagte ich.

»Den Namen hast du noch nie erwähnt.«

Ich schloss die Augen und presste mir den Zeichenblock an die Brust. »Ja, ich weiß. Adam, bitte, mach dir keine Sorgen. Es ist alles okay.«

»Du klingst nicht okay, Em.«

»Doch, es ist alles in Ordnung. Die letzten Tage waren einfach … schwierig. Tut mir leid, dass ich dich erschreckt habe und keine Chance hatte, dich anzurufen. Hör mal, ich muss Schluss machen. Ich melde mich bald wieder.«

»Ember, leg nicht auf!«, brüllte er. »Irgendetwas stimmt da nicht. Du klingst ganz komisch.«

Ich schüttelte den Kopf, bis mir feuchte Haarsträhnen an den Wangen klebten. »Ich muss jetzt auflegen. Ich rufe dich später wieder an. Versprochen. Okay?« Ich hielt abrupt inne, um mich zu sammeln. »Mach dir keine Sorgen. Mir geht's gut. Es ist alles okay.«

»Ember – leg nicht auf. Bitte! Sag mir …«

Ich beendete das Gespräch und schaltete das Handy ganz aus. Ich wusste, dass Adam zurückrufen würde, und wenn er es tat, würde ich drangehen. Dann würde ich einknicken und ihm erzählen, dass ich vom örtlichen Verein der Freundlichen Freaks gekidnappt worden war. Ich hatte das Gefühl, das würde kein gutes Ende nehmen – weder für mich noch für meine Mom und Olivia.

Olivia.

Was würde passieren, wenn ich abhauen würde? Ich konnte Olivia nicht hier zurücklassen, aber wohin sollte ich sie bringen? Da draußen gab es nichts mehr für uns. Wenn ich hierblieb, bedeutete das, dass ich Cromwell vertrauen musste. Konnte ich einem Fremden vertrauen? Ich kannte die Antwort bereits. Für Olivia würde ich alles tun.

Sogar mein Schicksal – meine Zukunft – in Cromwells Hände legen.

Kapitel 6

Ich saß da und starrte blind auf eine leere Seite. Dann fing ich mit einer einzelnen Linie an – dem Horizont, aber als ich weiterzeichnete, wurde die Linie gezackt und unterbrochen von hohen Ulmen mit Wipfeln, so spitz wie Nadeln. Ich drückte fester auf und gab den Schatten mehr Tiefe, mehr Geheimnisse. Die Zeichnung funktionierte nicht, doch ich konnte nicht aufhören. Verschmierte Linien verteilten sich über das ganze Blatt.

»Was machst du da?«

Ich klappte den Block zu und wirbelte zu der Stimme herum. Hayden. In der Sonne leuchtete sein Haar in einem Dutzend Rot- und Brauntönen.

Er machte einen Schritt auf mich zu und nahm die Hände aus den Jeanstaschen. »Ember?«

Ich sprang auf. »Komm nicht näher.«

Hayden blieb stehen. »Ich tue dir nichts. Ich will bloß mit dir reden.«

»Du tust mir nichts?« Ich wich zurück und erreichte damit lediglich, mit der Wand im Rücken in der Falle zu sitzen. »Das hast du auch gesagt, kurz bevor du mich für drei Tage ins Nirwana befördert hast.«

»Das tut mir wirklich leid.« Er wandte den Blick ab und holte tief Luft. »Ich kenne dich, Ember. Du bist eine Kämpferin …«

»Du kennst mich überhaupt nicht. Wir haben uns gerade mal fünf Minuten in der Bibliothek unterhalten.«

Ein schiefes Lächeln zog seinen Mundwinkel nach oben, als er sich mir wieder zuwandte. »Seit dem Unfall haben wir dich immer im Auge behalten. Manchmal bin ich mit meinem Vater mitgekommen. Ich habe genug gesehen.«

Ein leichter Schauer durchlief mich. Ich schlang mir die Arme um den Leib, aber es half nicht. »Was hast du gesehen?«

Er schaute wieder weg und starrte auf etwas, das ich nicht sehen konnte. »Wie schwer es für dich war. Wie die anderen in der Schule dich behandelt haben. Wie du es geschafft hast zu überleben, ohne dass jemand da war, der dir geholfen hätte.« Sein markantes Gesicht verhärtete sich. »Ich weiß, dass du Angst hast, aber dafür gibt es jetzt keinen Grund mehr.«

»Ach wirklich? Weil du es sagst, ja? Ausgerechnet ein Junge, der mich zusammen mit seinem Vater gestalkt hat. Ganz zu schweigen von der Tatsache, dass ihr mich gekidnap…«

»Ich habe dich nicht gestalkt, Ember, und wir haben dich nicht gekidnappt.« Er wandte sich mir wieder zu. »Wir haben dich nur … woanders hingebracht.«

»Damit Olivia unter ›ihresgleichen‹ sein kann.« Ich verdrehte die Augen. »Ist das dein Ernst? Ich habe niemanden ›meinesgleichen‹, und dasselbe gilt für Olivia.«

»Du hast sehr wohl deinesgleichen.« Hayden bewegte sich sehr schnell. Ich drückte mich an die Wand, als könnte ich irgendwie darin verschwinden, und hielt den Zeichenblock zwischen uns. Eine schwache, lächerliche Barriere. »Jonathan Cromwell ist nicht mein richtiger Vater, wusstest du das? Meine Eltern – meine echten Eltern – wollten nichts mehr mit mir zu tun haben. Sie hatten Angst vor mir. Als ich klein war, konnte ich es nicht kontrollieren.«

Eine Stimme in meinem Kopf schrie mir zu, ich solle den Mund halten und wegrennen, doch ich tat es nicht. »Was kontrollieren?«

Hayden verzog den Mund. »Ich bin das, was man einen ›Enerpathen‹ nennt. Ich kann Energie aus so ziemlich allem abziehen, einschließlich der Luft um uns herum. Bei einem Menschen kann ich entweder ein bisschen von seiner Energie abziehen oder ihm alles wegnehmen. Und das funktioniert auch bei denen, die eine Gabe haben.«

»Und was hast du mit der Luft gemeint?«

»Ich könnte das ganze Haus hier zum Einsturz bringen, wenn ich wollte.«

Mir klappte der Unterkiefer herunter.

»Ich war mehrere Jahre in Pflegefamilien. Wenn Jonathan mich nicht gefunden hätte, weiß ich nicht, wo ich jetzt wäre. Er sagte mir, was ich war, und brachte mir bei, meine Gabe zu kontrollieren. Nie hat er etwas als Gegenleistung gefordert. Ich verdanke ihm mein Leben, Ember. Genau wie jedes andere Kind, das er gerettet hat.« Er hob den Blick. »Ich habe dir Angst gemacht, nicht wahr?«

»Ich ... das ist ...« Ich schüttelte den Kopf. »... freakig?«

Das Schweigen zwischen uns zog sich in die Länge, während er mich auf eine Weise musterte, die mir das Gefühl gab, durchsichtig zu sein. Das Braun seiner Augen wechselte zu einer viel dunkleren Farbe, sie waren jetzt fast schwarz. Dann stellte er sich wieder ans Geländer.

»Tut mir leid.« Ich entschuldigte mich, ohne zu wissen, warum. »Ich wollte nicht ...«

Hayden hob die Hand, um mich zu unterbrechen. »Ist schon gut. Von dir als Freak bezeichnet zu werden, ist fast schon ein Kompliment.«

War das eine Beleidigung? »Was ist passiert, als du mich berührt hast? Ich meine, ein paar Sekunden lang ist gar nichts passiert. Niemand – nichts darf mich berühren.«

»Ich kann dich für ein oder zwei Minuten anfassen. Es funktioniert wie ein Puffer, Ember. Mit kleinen Portionen werde ich fertig, aber wenn du mich festhalten würdest und ich deiner Berührung nicht die Energie entzöge, würde es mich überwältigen.«

»Aber du hast bei mir ziemlich hardcore-mäßig die Lichter ausgehen lassen.«

Hayden fuhr mit den Fingerspitzen über das Geländer. »Das passiert, wenn ich deiner Berührung die Energie entziehe. Bei anderen hindert meine Gabe sie nur an dem, was sie gerade tun. Wenn jemand eine telekinetische Gabe hat – also Dinge mit seinen Gedanken bewegen kann –, würde meine Berührung ihm das unmöglich machen. Wenn ich jemandem nur ein wenig Energie entziehe, kann ich manche Gaben abmildern. Aus irgendeinem Grund hat es dir einfach die Beine weggezogen.« Er sah mich über seine Schulter hinweg an. »Vielleicht liegt es daran, dass deine Gabe jetzt so sehr mit deiner Lebenskraft verknüpft ist. Ich weiß es nicht.«

»Also können wir einander berühren, aber einer von uns würde am Ende dabei … verletzt?«

Ein Lächeln breitete sich langsam auf seinem Gesicht aus. »Wenn wir nicht vorsichtig sind, ja. Wie dem auch sei, wie hast du es eigentlich herausgefunden? Ich – das haben wir nicht mitgekriegt.«

Mir fiel wieder ein, dass ich gedacht hatte, er komme mir bekannt vor, als ich ihn das erste Mal gesehen hatte. Ich hatte also tatsächlich hier und da einen Blick auf ihn erhascht.

»Ember?«

»Nach dem Unfall«, antwortete ich schließlich. »Ich hatte eine Katze namens Sushi.«

»Und?« Er stieß sich vom Geländer ab und kam wieder zu mir.

»Ich habe sie hochgehoben.« Ich holte tief Luft und schaute weg. Irgendwie wollte ich gar nicht wissen, warum ich ihm das erzählte, aber es war befreiend, ausnahmsweise einmal die Wahrheit zu sagen. »Sie ist auf der Stelle gestorben. Dann habe ich versucht, Olivia zu umarmen.«

»Puh«, murmelte Hayden. »Arme Kleine. Armes Kätzchen.«

»Ja … nun, ich habe Olivia erzählt, die Katze sei weggelaufen. Da hatte ich noch nicht verstanden, was Olivia bewirken kann. Ich meine, *wirklich* verstanden.« Meine Wangen brannten, aber ich sprach weiter. Offenkundig ein Fall von verbalem Durchfall. »Ich lernte schnell, dass Pflanzen und Tiere sofort umkippen. Bei Menschen ist es anders. Zuerst schmerzt meine Berührung nur, dann … nun, du weißt ja schon, was dann passiert.«

»Es war ein Unfall«, sagte er, ohne zu zögern. »Und *er* hat *dich* angefasst.«

»Spielt es wirklich eine Rolle, wie es passiert ist? Wegen mir ist er gestorben.«

»Das ist nicht dasselbe.« Er schien noch etwas hinzufügen zu wollen, schüttelte dann jedoch den Kopf. »Warum warst du vorhin so aufgewühlt? Wegen des Telefongesprächs?«

Lügen wäre sinnlos gewesen. Die Ausbuchtung in meiner Hosentasche war offensichtlich. »Ich musste einen guten Freund anrufen, um ihm zu sagen, dass es mir gut geht.«

»Hast du ihm gesagt, wo du bist?«

Ich verzog das Gesicht und entschied mich für eine halbe Lüge. »Nein.«

Hayden schien sich zu entspannen. »Hier können wir wir selbst sein. Außenseitern vertraut man nicht. Wenn es nach meinem Vater geht, soll sich das ändern. Dass er der Bürgermeister ist, hat schon geholfen.«

»Er ist der Bürgermeister hier?« Cromwells Worte fielen mir wieder ein. *Ich habe jedes Recht dazu. Das hier ist meine Stadt.*

»Ganz legal und nicht durch irgendwelche krummen Tricks.« Er trat zurück, lehnte sich ans Geländer und überkreuzte seine langen Beine. »Außenseiter lieben den Mann einfach. Alle lieben ihn.«

»Toll.« Ich biss mir auf die Unterlippe. »Glaubt er, ich laufe jetzt herum und bringe Leute um, weil ich, du weißt schon, einfach so ticke? Hat er uns deshalb hergebracht?«

Hayden legte den Kopf in den Nacken und lachte aus vollem Hals. Es klang schön. Kraftvoll. »Nein. Ich denke nicht, dass er glaubt, du würdest irgendjemanden umbringen wollen.«

Seine Wortwahl war auffällig. Menschen umbringen *wollen* statt Menschen aus Versehen umbringen. Ich seufzte wieder und fühlte mich unwohl in meiner eigenen Haut.

Der Blick seiner dunklen Augen huschte über mich hinweg. »Du bist kein Freak. Wir sind alle keine Freaks. Und vielleicht kann ich – können wir dir helfen, deine Gabe zu kontrollieren. Du musst uns nur vertrauen.«

Nur vertrauen. Vertrauen war eine wechselseitige Angelegenheit, die normalerweise nicht mit einer Entführung begann.

Ich schaffte es, mich vor dem Abendessen zu drücken, obwohl Olivia einen epischen Wutanfall hinlegte. Sie verstand nicht, dass ich Zeit für mich brauchte, um über alles nachzudenken und herauszufinden, was ich als Nächstes tun sollte.

Also ließ ich das Abendessen sausen, hatte jedoch trotzdem keine Ahnung, wie es weitergehen sollte. Außerdem hatte ich jetzt idiotischen Hunger. Als ich mir ziemlich sicher war, dass ich gleich anfangen würde, meinen eigenen Arm anzuknabbern, fügte ich mich in mein Schicksal und machte mich daran, den Weg in die Küche wiederzufinden.

Der Dielenboden knarrte nicht unter meinen Sneakers,

und die Wände waren in sanften, freundlichen Tönen gehalten. Hier war alles ganz anders als in unserem heruntergekommenen Haus in Allentown. Irgendwie vermisste ich das alte Haus, ganz gleich, wie traurig es dort während der vergangenen zwei Jahre gewesen war. Es fühlte sich nach uns an, und das tat dieses Haus nicht.

Schließlich fand ich den richtigen Flur, aber die Küche war nicht verlassen, wie ich gehofft hatte. Zögerlich blieb ich vor der Tür stehen. Ich verspürte den Drang, besser in mein Zimmer zurückzulaufen, statt offensichtlich in eine Familienversammlung hineinzuplatzen, bei der es um … *mich* ging.

»Das kann nicht dein Ernst sein! Sie ist erst seit ein paar Stunden wach und hat bereits versucht, dich anzugreifen.«

»Sie ist vor Angst ganz durcheinander, Gabe. Sie ist im Haus eines wildfremden Mannes aufgewacht. Stell dir vor, wir hätten so etwas mit dir gemacht. Oder mit Parker und Phoebe«, sagte Hayden, an seiner tiefen Stimme deutlich zu erkennen.

»Ich hätte dich quer durchs Zimmer geschleudert, nicht versucht, dich mit einer Berührung zu töten!«

»Schluss jetzt. Sie bleibt. Bis auf Weiteres.« Cromwell hörte sich an, als sei er daran gewöhnt, dass die beiden sich stritten.

Irgendetwas schlug auf dem Tisch auf. »Du lässt sie obendrein mit uns zur Schule gehen? Was ist, wenn sie jemanden verletzt?«, fragte Gabe.

»Sie läuft doch nicht herum und berührt absichtlich Leute«, blaffte Hayden. »Zwei Jahre lang hat sie keinen einzigen Menschen verletzt.«

»Sie hat einen Jungen getötet!«, sagte Gabe.

»Das war ein Unfall«, antwortete Hayden. »Das Arschloch hat sie angegriffen! *Er* hat *sie* angefasst. Es war nicht ihre Schuld.«

Nett von ihm, mich zu verteidigen. Ich kniff die Augen zu und lehnte mich an die Wand.

»Wenn sie jemanden verletzt oder wenn ich glaube, dass sie es tun wird, dann werde ich das regeln«, stellte Cromwell fest. »Ich würde sie dann der Einrichtung übergeben.

»Was?« Das kam wieder von Hayden. »Das kann nicht dein Ernst sein! Du weißt genau, was sie dort mit ihr machen.«

»Besser als das, was sie mit uns machen würde«, zischte Gabe.

»Du hast ja keine Ahnung, wie es dort ist«, sagte Hayden. »Ich schon. Das hat sie nicht verdient. Wir könnten versuchen, mit ihr zu arbeiten.«

»Hayden«, sagte Cromwell hörbar verärgert.

»Was? Wir könnten versuchen, ihre Gabe zu kontrollieren.«

»Sie hat keine Gabe.«

Diese Stimme kannte ich nicht, doch sie klang kalt.

»Das verdammte Mädchen ist eine Laune der Natur, und wenn irgendjemand in die Einrichtung gehört, dann sie. Bei ihrer Schwester ist das etwas anderes. Dieser kleine Engel hat eine Gabe, aber Ember hat keine.« Es folgte eine Pause, dann lachte der Mann. »Oh, um Gottes Willen, Hayden, sieh mich nicht an, als hätte ich gerade ein Kind fallen gelassen. Ich sage nur, wie es ist.«

»Du bist so ein Arsch, Kurt«, sagte Hayden. »Sie hätte dich fester schlagen sollen.«

Ich riss die Augen auf. Der Löwenmann – der mit dem Cowboymantel – war hier.

»Wenn du meinst. Zumindest bin ich nicht total verrückt nach Gevatterin Tod.«

Flüche wurden laut. Hinter meinem Kopf bebte die Wand. Ich sprang zurück und starrte sie an. Die Wand krümmte sich für eine Sekunde, dann stand sie wieder still. Gipsstaub rieselte von der Stelle herab, wo sie auf die Decke traf.

»Hayden, lass das!«, befahl Cromwell scharf. »Vorläufig bleibt sie. Es ist entschieden, und ich werde darüber nicht weiter diskutieren. Und Hayden, halt dich von ihr fern.«

Irgendjemand schnaubte laut. Ich hätte wetten können, dass es Gabriel war.

»Ich weiß, du glaubst, du kannst ihr helfen«, sagte Cromwell. »Und ich weiß, dass du das gerne tun würdest, aber ich erlaube nicht, dass du dein Leben für sie riskierst. Du hast keine Erfahrung mit einer Gabe wie dieser. Ich weiß, was passieren wird.«

»Vater …«

»Ich lasse nicht zu, dass ich alles verliere, wofür ich gearbeitet habe – ich lasse nicht zu, dass ich dich für irgendjemanden verliere. Wenn du es auf die Spitze treibst, werde ich sie aus diesem Haus entfernen.«

In dem tiefen Schweigen, das Cromwells Warnung folgte, ergriff Hayden endlich das Wort. »Das wird nicht notwendig sein, Vater.«

Ich wünschte, ich hätte nicht gelauscht. Jetzt stieß ich mich von der Wand ab, und mein Herz wummerte in meiner Brust, als ich durch den Flur schlich. Mir war speiübel. Was war das für ein Ort, den sie »die Einrichtung« nannten, und glaubte er wirklich, ich würde mich von ihm einfach dort abliefern lassen?

Ich ging zurück durch die vielen Räume, bis ich auf meine Schwester und zwei Personen traf, die ich noch nicht kennengelernt hatte. Sie ähnelten einander so sehr, dass sie Geschwister sein mussten.

Der Typ war auf eine kalte, klassische Weise gut aussehend, als hätte man ihn aus Stein gemeißelt und vergessen, ihm ein bisschen Wärme einzuhauchen. Er schaute nicht hoch, obwohl er sich versteifte, als ich den Raum betrat.

Das Mädchen spielte mit Olivia zusammen mit Puppen. Sie war bildschön, mit schwarzem Haar, leuchtend grünen

Augen, hohen Wangenknochen, makelloser Haut, vollen, roten Lippen und einer Figur, für die ich gemordet hätte. So wie dieses Mädchen hätte ich auch gerne ausgesehen.

Sobald sie mich an der Tür entdeckte, sprang Olivia auf und kreischte so laut meinen Namen, dass ich zusammenzuckte.

Der Junge schaute von dem Buch auf, in dem er gelesen hatte. Sein Blick war nicht feindselig, doch ich hätte ihn auch nicht gerade als freundlich bezeichnet. Das Mädchen dagegen erhob sich und gab dem Jungen ein Zeichen. Sie verließen den Raum, ohne ein Wort zu mir zu sagen.

Ich setzte mich mit Olivia und versuchte, die Reaktion der beiden nicht weiter zu beachten. Dann griff ich mir eine der Puppen, und mir wurde klar, dass es die war, um die Olivia schon seit Wochen gebettelt hatte.

»Emmie? Hast du gewusst, dass Parker und Phoebe Zwillinge sind?« Sie zeigte auf die Tür, durch die die Geschwister verschwunden waren. »Ich mag die Leute hier.«

»Ach ja?« Ich ließ die Puppe zu den anderen hinüberlaufen.

Sie nickte heftig. »Und Liz ist nett. Sie spielt mit mir mit meinen Puppen, wenn Mommy schläft.«

»Wer ist Liz?«

»Sie wohnt hier.«

Ich ließ die Puppe fallen, verstimmt, dass irgendeine Fremde sich mit Olivia anfreundete. »War Liz die ganze Zeit bei dir, seit du hier angekommen bist?«

»Ja. Sie hat mich von der Schule abgeholt, als wir von zu Hause weggefahren sind, und sie hat mir ein Happy Meal gekauft.« Sie griff nach meiner Puppe.

Happy Meals – der inoffizielle Weg in das Herz eines jeden Kindes. Wie hinterhältig von dieser *Ms Liz*.

»Alle sind so nett«, fuhr sie fort und ließ die Puppen zwischen uns tanzen. »Jedenfalls zu mir und Mommy.«

Das zu hören, ärgerte mich, und ich wusste, dass es dumm

war und ich erleichtert darüber sein sollte, dass alle so verdammt nett zu Olivia waren. Ich stand auf und suchte in dem riesigen Raum nach einem Fenster, das ich aufreißen oder einschlagen konnte.

»Gefällt es dir hier denn nicht, Emmie?«

»Doch, es ist toll.« Stirnrunzelnd betrachtete ich ihren gesenkten Kopf. »Aber das hier ist nicht unser Zuhause, Olivia.«

»Ms Liz hat gesagt, jetzt ist es unser Zuhause.«

Oh, das hat sie gesagt? Ich fing wirklich an, diese Frau zu verabscheuen.

»Und Emmie ... ich bin gerne hier«, fügte sie mit kleinlauter, zaghafter Stimme hinzu.

Natürlich gefiel es Olivia hier. Alles Spielzeug der Welt und Liz, die sie hochheben und deren Hand sie halten konnte.

Sie ließ die Puppen fallen. »Ich will hier bleiben.«

Ich versetzte einer Puppe einen Tritt, und sie flog quer durch den Raum. Als sie gegen die Wand prallte, fiel der Kopf ab. »Wir können nicht hierbleiben.« Mir krampfte sich der Magen zusammen. »Dies ist nicht unser Zuhause.«

Olivia sah mich mit aufgerissenen Augen und zitternden Lippen an. »Aber es gefällt mir hier.«

»Ich weiß.« Ich zog mir ein Haargummi vom Handgelenk und band mir das Haar unsanft zu einem unordentlichen Knoten zusammen. Mein Nacken fühlte sich feucht an. Meine Stirn auch. »Aber die Leute hier sind Fremde, Olivia. Wir können ihnen nicht vertrauen.«

»Ich vertraue Ms Liz.« Sie rappelte sich hoch und ballte die Hände zu kleinen Fäusten. »Zu mir sind sie nett. Sie haben gesagt, ich hätte eine Gabe ...«

»Es ist mir egal, was sie sagen – verdammt!« Ich ging vor Olivia in die Hocke. »Tut mir leid. Ich bin einfach müde ... und ich weiß nicht, was ich tun soll.«

Sie trat einen Schritt nach hinten, die Augen aufgerissen.

Ich stieß einen Seufzer aus. »Olivia, ich weiß, dass es dir hier gefällt. Es gibt so viele Spielsachen, doch das hier ist nicht unser Zuhause. Unser Zuhause ist in Allentown.«

Olivia blies die Wangen auf, ein sicheres Zeichen, dass sie gleich einen ihrer großen Tobsuchtsanfälle hinlegen würde. Sie hob eine ihrer Puppen hoch, eine Porzellanpuppe mit rosa bemalten Wangen. Ich wusste mit tödlicher Sicherheit, was als Nächstes kommen würde.

»Das ist unser Haus!«

»Nein«, sagte ich leise und stand auf. »Es ist ein hübsches Haus, aber …«

»Nein!«, kreischte sie und schleuderte ihre Puppe quer durchs Zimmer. Das Gesicht zersprang, und ein Bein fiel ab. »Nein! Nein!«

Ich zuckte zusammen und rieb mir die Schläfe. »Olivia, beruhige dich. Mir dröhnt der Kopf.«

»Nein! Ich will nicht weg! Ms Liz …«

Mir riss der Geduldsfaden. »Ms Liz ist nicht deine Mom, Olivia. Deine Mom ist oben! Und wenn ich sage, wir müssen weggehen, dann ist es so!«

Wie bei einem Minivulkan brachen aus Olivia Tränen und Schreie heraus. Für so eine kleine Person konnte sie eine Menge Lärm machen. Es war schrecklich für mich, sie so zu sehen. Ich fühlte mich furchtbar, wie ein bösartiges Wesen, das darauf versessen war, alle ihre Träume zu zerstören.

Jetzt ließ sie sich auf den Boden fallen und trommelte mit den Füßen auf die Erde.

Ich versuchte, sie dazu zu bringen, damit aufzuhören, aber die Tatsache, dass ich sie nicht berühren konnte, machte die ganze Prozedur schwierig. Also stand ich nur hilflos da und hoffte, dass sie einfach irgendwann müde werden würde.

»Ist alles in Ordnung? Es klingt, als würde ein Güterzug durchs Haus fahren.«

Eine schlanke, dunkelhaarige und sehr gepflegt wirkende Frau stand an der Tür.

Es schien, als sei ein Schalter umgelegt worden, Olivias Wutanfall verebbte. Sie kam wieder auf die Füße und richtete den Blick auf die Frau. »Ms Liz! Ich will nicht von hier weg.«

Liz lächelte liebevoll. »Schätzchen, das musst du auch nicht. Das habe ich dir doch schon gesagt. Dies ist dein Zuhause, solange du hier sein willst.«

Das brachte bei mir das Fass zum Überlaufen. »Halten Sie den Mund! Hören Sie auf, ihr das einzureden. Das ist nicht unser Zuhause. Sie sind nicht ihre Mutter.«

Blinzelnd machte sie einen Schritt nach hinten. »Ich versuche nicht, den Platz eurer Mutter einzunehmen, Ember.«

»Bullshit.« Zorn und Hass kochten in mir hoch. Mit langen Schritten ging ich durch den Raum auf sie zu.

Olivia huschte vor mich und schnitt mir den Weg ab, bevor ich Liz erreichen konnte. Sie streckte die Arme aus und wackelte mit den Fingern. Mit einer einzigen schnellen Bewegung nahm Liz Olivia in die Arme.

Wenige Schritte von den beiden entfernt blieb ich wie angewurzelt stehen. Olivia schlang Liz die Arme um den Hals. Ein heißes, wildes Gefühl durchfuhr mich und raubte mir den Atem. Verrat. Ich merkte, wie dumm es war, so zu fühlen. Olivia wusste nicht, was sie tat, doch der Rest meines Kampfgeistes versiegte.

»Was ist hier los?«, fragte Cromwell, der in diesem Moment hinter Liz auftauchte. »Ember will weg«, sagte Olivia. »Muss ich auch weg?«

Cromwell trat ins Zimmer und legte Olivia eine Hand auf den Rücken. »Nein. Du brauchst nicht fortzugehen. Ember ist bloß müde und durcheinander. Vielleicht sollte sie heute früh ins Bett gehen. Ich bin mir sicher, dass sie sich morgen besser fühlt.«

Olivia drückte ihr Gesicht in Liz' Halsbeuge. Sie murmelte etwas, das ich nicht verstand. In meinen Ohren rauschte es, und mir war schlecht. Mit gesenktem Kopf lief ich um sie herum in den breiten Flur und rannte dann die Treppe hinauf. Mein Herz fühlte sich an, als würde es gleich in eine Million Stücke zerspringen.

Sobald ich in meinem Zimmer war, schlug ich die Tür hinter mir zu. Einmal. Dann noch einmal. Das hatte mir früher immer geholfen, wenn ich mich mit meinen Eltern gestritten hatte.

Jetzt fühlte ich mich allerdings nicht besser.

Langsam rutschte ich mit dem Rücken an der geschlossenen Tür zu Boden und atmete tief ein. Innerhalb von Minuten hatte ich die Kontrolle über Olivia an wildfremde Menschen verloren. Und die hassten mich wie die Pest und hatten vor, mich beim ersten falschen Schritt an irgendeinen gottverlassenen Ort zu verfrachten.

Kapitel 7

Ich bekam kaum ein Auge zu – große Überraschung.

Die Sonne war gerade erst hinter den Bergen hervorgekommen, als ich aus dem Bett stieg. Ohne zu wissen, warum, suchte ich in dem stillen Haus nach dem Zimmer, in dem meine Mom untergebracht war, die Hände tief in den Taschen meines Kapuzenshirts vergraben.

Sie saß in einem Schaukelstuhl und starrte durch ein großes Panoramafenster in den Garten. Schlaffe Locken umrahmten ihr blasses Gesicht. Der Glanz ihres Haares schien seit gestern verschwunden zu sein. Neben ihr stand ein unberührtes Glas Wasser.

Ich ignorierte den bitteren Schmerz in meiner Brust, setzte mich im Schneidersitz neben sie und stützte das Kinn in die Hand. »Irgendetwas stimmt hier nicht.« Ich brach ab und lachte matt. »Abgesehen vom Offensichtlichen. Aber er hat hier lauter Kids, die mich hassen. Und ich glaube, sie können alle irgendetwas.«

Schweigen.

»Eine Frau will Olivia zu ihrer eigenen Tochter machen. Das

dürfte dir nicht gefallen, Mom. Sie will dir deinen Platz streitig machen.« Mom blinzelte.

Ich fragte mich, ob das eine Art von Kommunikation war – wie morsen oder so. »Sie beobachten uns schon seit zwei Jahren. Das ist echt gruselig.«

Ich bildete mir ein, dass Mom mir zustimmte.

»Olivia will nicht wieder von hier weg. Sie hat sich gestern Abend praktisch für eine Seite entschieden. Ich weiß, dass sie es nicht versteht und dass sie nur die neuen Spielsachen sieht und die Menschen, die sie berühren können.«

Sie stieß einen leisen Seufzer aus.

Stirnrunzelnd sah ich zu ihr hoch. »Ich weiß nicht, was ich tun soll. Es scheint keine Möglichkeit zu geben, Olivia aus diesem Haus herauszuholen, und selbst wenn es mir gelingen würde, wohin sollten wir gehen? Alles ist weg, Mom.«

Immer noch keine Antwort.

Ich seufzte wieder. »Mom, du weißt, dass ich nicht tot bin, richtig? Ich bin gestorben, ja, aber ich bin nicht tot. Ich sitze hier direkt vor dir, und … und ich weiß einfach nicht, was ich tun soll. Ich weiß nicht, ob ich hierbleiben oder versuchen soll, mit Olivia wegzulaufen. Ich weiß nicht einmal, wo die verdammten Schlüssel für mein Auto sind oder ob mein Auto überhaupt hier ist.«

Sie lehnte den Kopf zurück, schloss die Augen und summte das gleiche Lied vor sich hin, das Olivia immer summte.

»Olivia gefällt es hier wirklich gut. Sie bekommt so viel Aufmerksamkeit, und ich habe sie noch nie glücklicher gesehen …« Ich brach ab und schloss meinerseits die Augen. »Es tut mir leid, dass ich mich an dem Abend für Meeresfrüchte entschieden habe. Ich wusste, dass du nach Hause wolltest. Ich war so sauer, weil du dich mit Dad gestritten hast. Wenn ich einfach den Mund gehalten hätte, wäre das alles nicht passiert.«

Mom hörte auf zu summen, schwieg aber weiterhin.

Ich winkelte die Knie an und bettete den Kopf darauf. Schließlich gab ich das einseitige Gespräch auf und sagte nichts mehr. Nach einer Weile ging ich wieder nach unten. Ich hatte wirklich keine Ahnung, wo ich hinwollte. Ich hatte nagenden Hunger, aber auch Angst, dass wieder jemand in der Küche sein würde. Schließlich ertappte ich mich dabei, wie ich die Haustür anstarrte. Die Freiheit schien nur eine Drehung des Türknaufs entfernt zu sein.

Als ich die Tür schließlich öffnete, erwartete mich dort nicht die Freiheit – sondern ein halb nackter Hayden.

Feuchtes Haar lockte sich auf seiner Stirn, und seine Wangen waren gerötet. Er hatte kein Shirt an. Von der tief sitzenden Jogginghose aufwärts absolut nackt. Ein MP3-Player steckte in einer Hülle, die um seinen Bizeps gebunden war, und aus den Kopfhörern kam leises Summen.

Hayden zog die Ohrstöpsel heraus und lächelte. »Hey. Du bist aber früh auf.«

Meine Kehle fühlte sich trocken an. »Ja.«

»Wolltest du nach draußen?«

Statt zu antworten, senkte ich den Blick. Offensichtlich war er Läufer. Die Haut spannte sich über straffen Muskeln, seine Hüften waren schmal, und seine Brust sah sehr fest aus – und wow, es war eine hübsche Brust. Meine Wangen wurden plötzlich heiß.

»Ember?«

Ich zwang mich, ihn anzuschauen. Er lächelte sein schiefes Lächeln. »Was?«

»Wolltest du nach draußen?« Er zog den MP3-Player von seinem Arm und wickelte das Kabel mit den Ohrstöpseln darum. »So früh?«

»Ja. Ich dachte …« Ich atmete ein. Großer Fehler. Der Duft von Herbstblättern und etwas Wildem kitzelte meine Sinne.

Er roch wunderbar. Der plötzliche Drang, ihn zu berühren, traf mich mit aller Macht.

»Du hast was gedacht?«

Was hatte ich gedacht? Ich konnte ihn nicht berühren. Und ich wollte es auch nicht. »Du sollst doch nicht mit mir reden.«

Er runzelte die Stirn. »Was?«

»Ich habe gestern Abend euer Gespräch mitgehört. Du sollst nicht mit mir reden.«

Hayden verschränkte die Arme vor der Brust. »Du bist nicht besonders gut im Lauschen. Niemand hat mir gesagt, ich dürfe nicht mit dir reden.«

»Aber dass du dich von mir fernhalten sollst.«

»Das kann man auf vielfältige Weise interpretieren. Wie dem auch sei, du hast doch nicht etwa vor abzuhauen?«

»Nein.« Ich trat zur Seite. »Ich wollte einfach nach draußen. Darf ich das nicht?«

Auch er machte jetzt einen Schritt zur Seite und versperrte mir so den Weg. »Du darfst tun und lassen, was du willst.«

»Außer abhauen?«

»Außer abhauen, doch das dient nur deinem eigenen Wohl«, antwortete er. »Du würdest dich da draußen verirren. Du hast es gestern selbst gesehen. Wir sind hier mitten im Wald, und bis zur nächsten Stadt sind es ungefähr fünfzehn Meilen.«

Ärger stieg in mir hoch. Ich senkte das Kinn und sah ihm in die Augen. »Ich bin nicht so dumm, wie du offensichtlich denkst.«

»Ich halte dich überhaupt nicht für dumm.« Hayden trat vor. Er stand ganz nah vor mir, viel zu nah. Die Spitzen seiner Sneakers berührten meine. »Ich habe nie gedacht, du seist dumm. Denn dann hättest du es nicht so lange geschafft, für eine Fünfjährige zu sorgen.«

»Woher …?« Ich brach ab. Natürlich, er hatte uns beobachtet – mich beobachtet.

Obwohl es unmöglich schien, kam es mir vor, als wäre er noch näher herangerückt. Ich stieß mit dem Rücken gegen den Türrahmen. »Als du nach dem Unfall wieder in die Schule gegangen bist, haben die Kids sich wie Arschlöcher benommen, weil du Handschuhe trugst. Du hattest immer lange Ärmel, selbst im Sommer. Aber ich bin mir nicht sicher, ob deine Freunde dich fallen gelassen haben oder ob du sie selbst weggestoßen hast.«

Ich erstickte fast. »Sie haben mich fallen gelassen.«

Hayden senkte den Kopf, und feuchte Locken fielen ihm in die Stirn. »Innerhalb weniger Wochen hast du mit allem aufgehört. Du warst vorher bei den Cheerleadern. Du wolltest aufs College gehen – Penn State? Du hattest vor, Medizin zu studieren wie dein Vater.« Seine Stimme wurde zu einem Flüstern. »Das hat alles aufgehört. Olivia ist zu deinem einzigen Lebensinhalt geworden. Statt vor der Schule mit den anderen in den Coffeeshop zu gehen, musstest du sie beim Babysitter absetzen.«

Ich ließ die Hände fallen, sodass sie an meinen Seiten herunterhingen. Was er sagte, klang seltsam mitfühlend, beinahe zärtlich – und ziemlich verstörend.

»Einmal habe ich dich in der Stadt vor der Bank gesehen. Du warst ziemlich aufgelöst. Es war das erste Mal, dass ich dich habe weinen sehen, soweit ich mich erinnere. Ich hätte am liebsten ...« Er brach ab und presste die Lippen zu einem festen Strich zusammen.

Ich wusste, von welchem Tag er sprach. Es war erst ein oder zwei Monate her. Das Geld von der Lebensversicherung ging langsam zur Neige. Ich wusste, dass es noch Ersparnisse gab, die Bank hatte mir jedoch gesagt, dass sie die Unterschrift meiner Mom brauchten, um das Geld zu überweisen. Mom hatte seit dem Unfall keinen Stift mehr in die Hand genommen.

»Warum habt ihr uns so genau beobachtet?«, fragte ich mit

aufrichtiger Neugier. »Warum hast du mich vor dem Tag in der Bibliothek nie angesprochen? Dann wäre das alles hier nicht so … daneben.«

Sein Blick ruhte auf meinem Gesicht. »Ich konnte nicht, Ember. Ich … hätte nicht immer wiederkommen sollen, aber …«

»Aber was?«

Irgendwo im Haus wurde eine Tür geöffnet, dann hörte man Schritte.

Hayden strich mir eine Locke von der Wange. Mir blieb fast das Herz stehen. Seine Hand schwebte noch kurz dort. »Geh nicht zu weit weg.« Und damit ließ er mich vor der offenen Tür stehen.

Benommen trat ich nach draußen. Es roch nach Kiefern und Ahorn. Für einen Morgen Ende September wärmte die Sonne noch erstaunlich stark. Kleine Schweißperlen bedeckten meine Stirn, als ich um das weitläufige Haus herumging.

Es war riesig. Der Hauptteil des Hauses hatte drei Stockwerke. Davon gingen auf jeder Seite einstöckige Seitenflügel ab wie bei einem Kleeblatt. Nur die lange, geschwungene Einfahrt und die kleine Rasenfläche vor dem Haus waren frei, und drum herum nichts als Schatten und dicke, imposante Bäume.

Totale Abgeschiedenheit.

Hatte Cromwell dieses Haus wegen seiner Lage ausgewählt? Wenn ich schrie, würde niemand mich hören. Schaudernd zwang ich mich weiterzugehen. Am Waldrand, schräg gegenüber des Hauses, befand sich eine große Garage. Darin standen zwei Porsches – beides schwarze, glänzende Coupés. Hinter ihnen parkten ein wirklich hübscher SUV sowie zwei weitere absurd teure Autos.

Neben diesen Autos sah mein armer Jeep ziemlich traurig aus. Zum ersten Mal, seit ich aufgewacht war, breitete sich ein Lächeln auf meinem Gesicht aus. Es war mir egal, ob er hässlich war. Er gehörte mir – meine Fluchtmöglichkeit.

Ich ging darauf zu, aber das Knirschen von Reifen auf Schotter erregte meine Aufmerksamkeit. Die Neugier trieb mich zurück vors Haus. War es der Cowboymann? Oder der Junge, der mich quer durch die Küche schleudern wollte? Meine Schritte verlangsamten sich, während ich die verschiedenen Optionen durchging.

Womit ich allerdings überhaupt nicht gerechnet hatte, war der Toyota von Adams Mutter, der langsam die Einfahrt heraufkam. Der Camry rollte aus, und die Autotür ging auf, bevor der Motor abgeschaltet worden war.

Ich rannte los. »Adam? Was machst du denn hier? Woher hast du – was tust du?«

Adam stieg aus dem Wagen, seine Brille schief, sein Hemd zerknittert. Er bedachte mich mit einem verlegenen Lächeln. »Google Maps, Ember. Es war nicht schwer, Petersburg zu finden. Wegen dieses Felsens ist es anscheinend sehr bekannt.« Er zeigte auf das Ungetüm am Himmel. »Ich bin die ganze Nacht gefahren. Hab zwei Energydrinks und einen Kaffee getrunken und mir wahrscheinlich lebenslänglich Hausarrest eingehandelt, aber ich bin hier. Und ich lebe.«

Ich sah ihn an, dann brach ich in Gelächter aus. »Adam, du steckst jetzt echt in Schwierigkeiten. Wenn deine Mom das herausfindet, bringt sie dich um.«

Er zuckte die Achseln. »Na ja, ich musste mich davon überzeugen, dass es dir gut geht. Ich habe versucht, dich anzurufen, aber du hast dein verdammtes Handy ausgeschaltet. Ich dachte, jemand hätte dich entführt und in einer Ein-Zimmer-Hütte in den Bergen von West Virginia eingesperrt. Anscheinend habe ich mich geirrt.« Er betrachtete blinzelnd das Haus hinter mir. »Du steckst in einer Achtzig-Zimmer-Hütte fest.«

Gott, ich hätte ihn am liebsten umarmt. Und gleichzeitig am liebsten erwürgt. »Adam, wie hast du das Haus gefunden?«

»Du hast mir den Namen des Besitzers genannt. Also habe

ich Jonathan Cromwell gegoogelt und herausgefunden, dass er der Bürgermeister ist. Dann habe ich an der Tankstelle an irgendeiner Provinzstraße namens Patterson nach dem Weg gefragt«, erklärte er, offensichtlich stolz auf seine detektivischen Fähigkeiten. »Wie dem auch sei, das tut man eben für seine Freunde. Man passt aufeinander auf. Mom wird es einfach schlucken müssen. Sie kann mir nicht ewig Hausarrest geben.«

»Oh, Adam«, flüsterte ich und atmete dann tief ein. Der Geruch von Waschmittel und Vertrautheit wehte über mich hinweg. Sandkastenliebe – nichts war stärker.

»Em, irgendetwas stimmt hier nicht. Du kannst mir so oft sagen, dass es dir gut geht, wie du willst. Ich weiß, dass es nicht stimmt.«

Es ging mir ja auch nicht gut. »Das Ganze ist ziemlich kompliziert.«

Er zog die Augenbrauen hoch, wodurch seine Brille noch weiter herunterrutschte. »Dann erklär's mir. Manche Leute halten mich für klug. Vielleicht verstehe ich es ja.«

»Adam, ich weiß einfach nicht, wie ich dir das erklären soll. Ich bin nicht einmal …«

»Ember, komm sofort her.«

Schon die Autorität in Cromwells Stimme trieb mich von Adam weg. Adam dagegen konnte den Ton nicht deuten, oder es war ihm schlicht egal. Weil er wusste, dass ich mich nicht gern direkt anfassen ließ, griff er, um mich aufzuhalten, nach meinem Pulloverärmel.

»Wer ist das?« Er starrte wie gebannt auf einen Punkt über meinem Kopf.

»Ähm, das ist Mr Cromwell. Adam, du solltest wahrscheinlich …«

Adam runzelte die Stirn. »*So* jung ist der Bürgermeister?«

»Was?« Ich drehte mich um und erstarrte. Ich hatte die Stimmen verwechselt. Cromwell stand auf der Veranda, und es war Hayden, den Adam anstarrte. »Nein … das ist nicht der Bürgermeister.«

»Ember, was ist hier los?« Cromwell kam die Treppe herunter.

Adam ließ meinen Arm los und stellte sich vor mich. »Ich bin Adam Lewis, Embers Freund.«

Ich hätte besser aufpassen müssen. Stattdessen starrte ich Hayden an. Verschwunden war der seltsam mitfühlende Junge, der neben mir an der Tür gestanden hatte. An seine Stelle war jemand getreten, der so hart und kalt war wie die Statuen im Haus.

»Adam«, flüsterte ich. »Du solltest jetzt lieber verschwinden.«

Er schnaubte. »Ich werde nicht gehen. Müsste er mich nicht hereinbitten? Er ist immerhin der Bürgermeister. Das ist nicht besonders gastfreundlich.«

»Adam. Es ist nicht …« Ich brach ab. Der Cowboy war da – Kurt. Wie ein Steppenläufer war er aus dem Nichts aufgetaucht.

Cromwell lächelte. »Wie hast du den Weg hierher gefunden, Adam?«

»Übers Internet«, antwortete er trocken. »Sie sind also ein Freund von Embers Familie? Das ist irgendwie komisch, da ich sie seit einer Ewigkeit kenne und sie Sie nie erwähnt hat.«

»Adam, bitte …«

Kurt lehnte sich an die Motorhaube des Toyotas. »Offensichtlich hat sie ihm gesagt, wo sie ist, Jonathan.«

»Gehen Sie vom Auto meiner Mom weg, Mann. Wenn ich eine Delle in die Motorhaube mache, bin ich tot.«

Kurt grinste.

»Weiß deine Mutter, wo du bist, junger Mann?«, fragte Cromwell.

»Wer will das wissen?« Adam sah Kurt stirnrunzelnd an.

»Er weiß zu viel, Jonathan.« Kurt stieß sich von dem Wagen ab.

»Was?« Mein Herz schlug wie wild. »Er weiß überhaupt nichts.«

»Ich weiß genug«, schaltete Adam sich ein. »Genug, um zu erkennen, dass Sie alle Freaks sind, die mitten im Nirgendwo leben.«

»Adam, halt die Klappe!«, brüllte ich.

Sein Blick schoss kurz zu mir herüber, während er in seiner Tasche wühlte. Er holte sein Handy hervor. »Em, ist Olivia wirklich hier? Ich rufe die Polizei.«

Dann passierten mehrere Dinge gleichzeitig.

»Lösch ihn«, befahl Cromwell mit einem beinahe traurigen Kopfschütteln.

Eine Sekunde später hatte Kurt Adam am Hemd gepackt. Adam gelang es nicht einmal, das Handy zu entsperren.

»Nein!« Ich stürzte auf sie zu, doch jemand hielt mich fest. Arme wie Stahlbänder schlossen sich um meine Taille und zogen mich zurück.

»Tu das nicht«, flüsterte Hayden mir ins Ohr. Er zog mich rückwärts, weg von Adam. »Geh ins Haus, Ember. Sofort.«

»Nein. Sie soll sich das ruhig angucken. Damit sie begreift, dass ich unseresgleichen nicht bedrohen lasse.« Cromwell sah mir fest in die Augen. »Das bereitet mir kein Vergnügen, Ember. Ich hatte dich gebeten, mich nicht zu enttäuschen. Du hast mir keine andere Wahl gelassen.«

»Vater?« Haydens Stimme klang brüchig. »Du kannst doch nicht …«

Cromwells Gesicht verhärtete sich. »Misch dich nicht ein.«

»Warten Sie! Was haben Sie vor?« Ich wehrte mich, aber Haydens Griff ließ sich nicht lösen. Ich konnte die Hände nicht heben. Ihn zu berühren, stand außer Frage.

Adam blieb wie angewurzelt stehen, die Augen vor Angst aufgerissen. »Em? Was ist …?«

Kurt berührte ihn an der Stirn. Nur das Auflegen eines Daumens – mehr war nicht nötig. Adams Augen schlossen sich. Dann stand er regungslos da wie eine Statue.

»Was machen Sie da?«, schrie ich. »Hören Sie auf, ihn anzufassen! Hören Sie auf damit! Er weiß nichts! Ich habe ihm nichts erzählt.«

Mit einem kleinen Seufzer trat Kurt zurück. Ein winziges, zufriedenes Lächeln umspielte seine Lippen. Ich glaubte zu hören, dass Hayden sich entschuldigte, doch ich war mir nicht sicher. Ein Rauschen erfüllte meine Ohren, während Eiseskälte in mir aufstieg.

Hayden ließ mich los.

Ich taumelte vorwärts. »Adam? Geht es dir gut? Adam, sieh mich an. Mach die Augen auf.«

Adam blinzelte langsam, als erwache er gerade. Zuerst sah er Kurt an, dann Cromwell. »Wo bin ich?«

»Nirgendwo«, antwortete Cromwell leise. »Du musst nach Hause fahren, Adam Lewis. Jetzt sofort, bevor deine Mutter sich Sorgen macht.«

»Ich will nicht, dass Mom sich sorgt.« Er rieb sich die Stirn.

Ich kämpfte gegen das Grauen an, das wie Galle in meiner Kehle aufstieg. Adam ging es gut. Er sah einfach nur müde und verwirrt aus, aber okay. »Adam?«

Adam blinzelte erneut. »Wer … wer bist du?«

Mein Lachen klang eigenartig. »Du weißt, wer ich bin, du Idiot.«

Er fummelte an seiner Brille herum und schob sie sich auf dem Nasenrücken nach oben. »Ich habe keine Ahnung, wer du bist, aber ich muss nach Hause. Mom wird mich umbringen.« Kopfschüttelnd ging er an mir vorbei. »Mann, ich stecke bis zum Hals in Schwierigkeiten.«

Ich starrte ihn an. Er stieg wieder in den Wagen und murmelte dabei die ganze Zeit vor sich hin. Dann schlug er die Tür zu und drehte den Schlüssel im Zündschloss. Der Motor erwachte brüllend zum Leben, und ich wurde endlich aktiv. Ich lief zu seinem Wagen. »Adam, sieh mich an. Bitte! Du weißt, wer ich bin.«

Er riss den Kopf vom Fenster zurück und runzelte die Stirn. »Tut mir leid, aber ich kenne dich nicht. Ich weiß nicht einmal, warum ich hier bin.«

»Bitte, tu das nicht, Adam. Wir sind Freunde, seit ich dir im Kindergarten dein Mittagessen geklaut habe. Du bist vom Fahrrad gefallen, als du zehn warst, und hast dir ein Bein gebrochen. Erinnerst du dich?« Er sah mich weiter mit leerem Blick an. Panisch hob ich die Stimme. »Du musst in Bio neben Sheila Cummings sitzen. Das hasst du, weil sie denkt, Osmose sei Mundgeruch. Letzte Woche hat sie dich gefragt, ob sie Jüdin sei. Komm schon, tu mir das nicht an. Bitte!«

»Ember«, rief Hayden, und seine Stimme klang heiser. »Lass es einfach. Hör auf damit. Bitte.«

Ich ignorierte ihn. »Adam, komm schon. Du bist mein Freund – mein bester Freund. Du bist der Einzige, der sich nach dem Unfall wie ein Freund verhalten hat. Wir … wir …« Wir waren eine Sandkastenliebe, erinnerte er sich nicht einmal daran?

Adam fing an, das Fenster hochzukurbeln. »Tut mir leid. Ich kenne dich nicht.«

Der Schmerz schnitt mir die Luft ab. »Nein. Nein.« Ich schlug mit der flachen Hand gegen das Fenster. Es erbebte, gab aber nicht nach. »Adam, bitte. Sag meinen Namen. Du weißt, wer ich bin. Du musst es wissen!«

Er schüttelte den Kopf und verzog die Lippen zu einem höhnischen Grinsen – ein Gesichtsausdruck, mit dem Adam mich noch nie angesehen hatte. »Ich kenne dich nicht. Herrgott. Hör auf, dich wie ein Freak zu benehmen.«

Meine Hand am Fenster erstarrte. Ich blinzelte und gab mir den Befehl aufzuwachen. Denn das hier musste ein Albtraum sein. Das konnte unmöglich real sein – dieser Schmerz in meiner Brust, die Taubheit in meinem ganzen Körper.

Adam schüttelte immer noch den Kopf, als er rabiat den Rückwärtsgang einlegte. Jemand zog mich zurück, bevor er mir über den Fuß fahren konnte. Er verschwand – verschwand wirklich. Ich wäre ihm am liebsten nachgelaufen, doch es war sinnlos. Auf seinem Gesicht hatte die gleiche Leere gelegen wie bei Mom, wenn sie mich ansah.

Für ihn war ich tot, so wie ich für Mom tot war.

Ich hätte Stunden dort stehen können. Es war mir gleichgültig. Mein Herz krampfte sich zusammen, dann zersprang es, und trotz allem, womit ich schon umzugehen gelernt hatte, wusste ich nicht, wie ich *damit* umgehen sollte.

Cromwell seufzte erschöpft. »Es tut mir leid, dass du leidest, aber du hast mir keine andere Wahl gelassen.«

Meine Wangen fühlten sich feucht an. Als ich darüberwischte, waren meine Finger ebenfalls feucht. Ich schaute zum Haus und sah, wie Cromwell wieder hineinging. Mom hielt mich für tot. Meine Schwester wollte lieber Spielzeug und eine Pseudo-Mom als mich. Unser Haus war verloren. Und nun war meine einzige Verbindung zu überhaupt irgendetwas ausgelöscht worden.

Adam war fort.

Kapitel 8

»Trostlosigkeit« war nicht das passende Wort. »Zorn« beschrieb auch nicht angemessen, was ich empfand. Rasende Wut und Kummer schwollen in mir an und drohten, mich gänzlich zu verschlingen.

»Ich wusste, dass es ein Fehler war«, ließ sich Kurt vernehmen. »Ich habe Jonathan gesagt, dass wir sie nicht hätten herholen sollen. Die Kleine – meinetwegen, aber ich wusste, dass die da Probleme machen würde. Sieh sie dir doch an, sie ist kurz davor durchzudrehen.«

»Kurt, würdest du bitte die Klappe halten?« Hayden kam auf mich zu.

»Du kannst mir nicht erzählen, dass dich ihre Anwesenheit hier nicht nervös macht. Im Moment ist sie labil. Sie ist zu allem imstande. Fühlst du dich ernsthaft wohl damit, sie bei dir zu Hause herumlaufen zu lassen?«

»Sie ist nicht gefährlich«, sagte Hayden leise.

»Ach so. Hatte ich vergessen. Deine Besessenheit von ihr macht dich blind.« Kurt trat einen Schritt vor. »Das weiß jeder. So oft, wie du immer wieder dort hingegangen bist.«

»Bist du fertig?«, fragte Hayden ruhig.

»Nein«, antwortete er. »Man hätte sie löschen sollen …«

Ich handelte aus den niedersten Instinkten heraus, den grausamsten Trieben. Als ich mich auf ihn stürzte, war mein Ziel irgendein Stück entblößter Haut. Ich sah nur noch vor mir, wie er Adam berührte und alle Spuren von mir aus seinem Bewusstsein entfernte. Das war also seine Gabe. Aus irgendeinem Grund hatte ich das Gefühl, dass das eine tiefer gehende Erkenntnis hätte sein sollen.

Ich konnte jedoch nur noch daran denken, dass ich Kurt sterben sehen wollte.

Kurts Hand erwischte mich seitlich, bevor ich ihn überhaupt berühren konnte. Unter einer Kanonade von Flüchen versetzte er mir einen festen Stoß. Außerstande, mich abzufangen, fiel ich nach hinten und landete mit der Hüfte zuerst auf dem Kies. Der Schmerz, der in mir aufloderte, war unerwartet und intensiv.

Da ich auf dem Boden lag, sah ich nicht, wie Hayden es gelang, so schnell bei Kurt zu sein. Ich wusste nur, dass es so war, und ich *spürte* seinen Zorn in der Form einer Explosion aus rot glühender Energie. In der Luft lag ein Geruch – beinahe wie verbranntes Gummi. Dann knackte es, und ich riss den Kopf hoch. Ein riesiger Ast schwang heftig hin und her, bevor er sich vom Baum löste und zwischen den beiden landete. Ich ignorierte den Schmerz in meiner Hüfte und rutschte hektisch nach hinten.

»Fass sie nie wieder an«, knurrte Hayden.

Mit großen Augen schaute Kurt zu ihm hoch. »Drohst du mir – ihretwegen? Ich bin so etwas wie dein Bruder, Hayden!«

»Jetzt nicht mehr.«

Kurt blinzelte, und ein benommener Ausdruck erschien auf seinem Gesicht. »Sie wollte mich anfassen. Ich habe mich nur verteidigt.«

»Das ist mir egal. Halt dich einfach von ihr fern.«

Einen spannungsgeladenen Moment lang starrten sie einander an – Haydens Augen schwarz wie die Nacht. Als ich zu den Bäumen hochschaute, befürchtete ich fast, der ganze Wald könne auf uns herunterkrachen. Für eine Zeit, die mir wie eine Ewigkeit vorkam, bewegte sich keiner der beiden. Schließlich drehte Kurt sich auf dem Absatz um und stolzierte auf das Haus zu.

»Alles in Ordnung mit dir?«

Ich starrte auf den Ast. Er war dick genug, um jemanden den Schädel zu spalten, wenn er getroffen hätte. »Ja«, flüsterte ich.

Hayden griff überraschend nach meiner Hand und zog mich auf die Füße. Von der Berührung überrumpelt, schrak ich nicht zurück. Er hielt sie sekundenlang fest, aber für mich war das gleichbedeutend mit einem ganzen Leben. Ohne nachzudenken, schloss ich meine Finger um seine, genoss, wie weich sich seine Hand anfühlte und wie seine Finger sich nur zu willig um meine legten.

Dann ließ er meine Hand jedoch fallen, als hätte er sich daran verbrannt. Nach dem, was ich von ihm gehört hatte, hätten ihm ein paar Sekunden nichts anhaben können. Das Schweigen zwischen uns zog sich in die Länge. Ich versuchte, mich irgendwie von Adam abzulenken, aber Hayden musste natürlich den Finger in die Wunde stecken.

»Warum hast du mich gestern angelogen?«, fragte er. »Du hast gesagt, du hättest ihm nicht erzählt, wo du bist. Wenn du mich nicht belogen hättest, hätte ich das, was eben passiert ist, verhindern können.«

»Ich hatte keine Ahnung, dass er kommen würde. Adam wusste nichts. Gar nichts.« Ich brach ab und atmete zitternd ein. »Warum erzähle ich dir das überhaupt? Es spielt ja jetzt keine Rolle mehr. Na schön, ich habe dich belogen. Ihr habt gewonnen, okay? Ich gehe nicht weg, denn ich kann nirgendwo mehr hin. Olivia findet es hier wunderbar, und ist es nicht das, was ihr alle wolltet? Dafür sorgen, dass sie es hier wunderbar findet?«

»Ember, niemand …«

»Und jetzt habe ich gar nichts mehr.« Meine Stimme brach. »Bist du jetzt glücklich?«

Er beugte sich wieder zu mir vor. Diesmal legte er mir eine Hand auf den Arm. »Das macht mich nicht glücklich.«

Ich schaute auf seine Hand. Seine langen, feingliedrigen Finger reichten ganz um meinen bekleideten Arm herum. Ich sah hoch, und unsere Blicke trafen sich für mehrere Sekunden. Ein inniger Ausdruck glitt über sein Gesicht, und er trat einen Schritt näher – so nah, dass ich den Kopf in den Nacken legen musste.

»Es könnte mich niemals glücklich machen, wenn du leidest«, sagte Hayden.

»Du kapierst es nicht. Er war alles, was ich noch hatte. Nur noch Adam. Das war alles. Und ihr habt es mir weggenommen.«

Er zuckte zurück und ließ meinen Arm fallen. »Das ist nicht wahr. Du hast auch noch mich.«

Kopfschüttelnd wich ich zurück. »Ich kenne dich doch gar nicht, also bedeutet mir das nichts.«

»Emmie? Schläfst du?«

Ich öffnete die Augen und starrte hoch zur Decke. »Nein.«

Olivia rührte sich nicht. Sekunden später spürte ich, wie sie sich aufs Bett hochstemmte. Sie krabbelte zu mir und setzte sich so hin, dass ihr Gesicht direkt über meinem war. Ich schloss die Augen und öffnete sie wieder, aber ihr Gesicht schwebte immer noch dicht vor meinem.

»Warum hast du beim Abendessen nichts gegessen?«

»Ich hatte keinen Hunger.«

Sie griff sich eine Handvoll von meinem Haar. Ich wappnete mich, doch es gelang ihr diesmal nicht, mir wieder eine kahle Stelle zu verpassen. »Ms Liz sagt, du hättest einen schlechten Tag.«

Das war die Untertreibung des Jahrtausends.

Leise vor sich hin summend teilte sie die Locken in ihren Händen. Ich blieb so reglos liegen wie möglich, damit ihre kleinen Finger nicht meine Kopfhaut streiften.

»Bist du sauer auf mich?«

»Ich bin nicht sauer auf dich.«

»Bist du traurig?« Sie wickelte eine dicke Locke um ihre Finger.

Ich hatte keine Ahnung, wie es ihr gelungen war, dass ich nicht mehr sauer auf sie war, sondern bloß traurig. Ich bekam Kopfschmerzen, wenn ich auch nur versuchte, es zu ergründen. »Ich bin einfach nur müde.«

Sie zog mehrere Locken glatt und schob mir das Haar vors Gesicht. Ihre Finger rochen nach Knete. Ich liebte diesen Geruch. Das plötzliche Aufbranden von Tränen kam unerwartet. Ich drückte die Augen fest zu.

Sie ließ mein Haar los und kicherte, als die Locken zurücksprangen. »Emmie?«

»Ja?« Selbst mit geschlossenen Augen spürte ich ihr Gesicht erneut dicht vor meinem.

»Ich hab dich ganz doll lieb.«

Irgendetwas stimmte nicht mit meinen Augenlidern. Sie wollten die Tränen nicht zurückhalten. Ich schob die Hände zwischen uns, verbarg das Gesicht darin und biss mir auf die Unterlippe, um den schrecklichen Laut zurückzuhalten, der aus mir herauswollte.

Olivia zog an meinen Ärmeln. »Emmie?«

»Ich hab dich auch lieb«, sagte ich mit belegter Stimme.

Schließlich gab sie das Tauziehen auf. Olivia rutschte nach unten und legte mir die Arme um die Taille. Ich wagte nicht, mich zu bewegen, bis ich Olivias leises Schnarchen hörte. Erst dann ließ ich die Hände behutsam auf Brusthöhe sinken.

Flüchtig fragte ich mich, wann ich mich eigentlich in eine solche Heulsuse verwandelt hatte. Ich hatte nach dem Unfall, nach Dads Tod und meiner eigenen Sterberei geweint, aber ich hatte eigentlich gedacht, ich hätte bereits sämtliche Tränen für ein ganzes Leben aufgebraucht. Doch der Verlust von Adam war genauso schmerzhaft – er riss alte Wunden auf und schuf neue dazu. Irgendwann gab ich der Erschöpfung nach.

Meine Lider schlossen sich flatternd, und als ich sie wieder öffnete, war Olivia weg.

Mein Kopf fühlte sich nach dem Weinen immer so an, als hätte ein Schlagzeuger sich in meinem Schädel eingenistet. Ich schob die Decke beiseite und schwang die Füße aus dem Bett.

Sanftes Licht von der Nachttischlampe drängte die Dunkelheit zurück. Ich fand den Weg zum Badezimmer und wusch mir das Gesicht. Dann zog ich mein Kapuzenshirt aus und warf es hinter mich ins Schlafzimmer. Ich vermied es, danach noch einmal in den Spiegel zu schauen. Nach meinem aktuellen dramatischen Ausraster würde ich mich nach einem Blick auf meine Narben wahrscheinlich auf den Boden werfen und mit den Beinen strampeln.

Außerstande, wieder einzuschlafen, setzte ich mich an den Schreibtisch und fuhr den Computer hoch. Ein kleiner Funke Hoffnung erwachte in mir, als ich meine E-Mails checkte. Es existierten alte Nachrichten von Adam, die bewiesen, dass er mich einst gekannt hatte, außerdem die Mail, die Dad vor dem Unfall an mich weitergeleitet hatte. Davon abgesehen aber war nichts Neues dabei.

Ich wusste nicht einmal, was ich mir erhofft hatte.

Aus Langeweile und einem verzweifelten Verlangen heraus,

an etwas anderes zu denken, googelte ich nach Menschen mit besonderen Gaben. Die Ergebnisse waren überhaupt nicht das, wonach ich gesucht hatte. Dann gab ich »besondere Kräfte« ein. Wikipedia brachte mich zumindest zum Kichern, aber da ich nicht davon ausging, dass ich es mit den *X-Men* zu tun hatte, drückte ich auf die Zurück-Taste.

Endlich stieß ich auf eine Website mit echten Berichten über Superkräfte. Ich holte tief Luft, klickte auf den Link und begann zu lesen. Es ging um Sachen wie das Vorhersagen der Zukunft, die Fähigkeit, in die Vergangenheit zu schauen, schnelles Lernen, Superschnelligkeit, Telekinese, Telepathie, Pyrokinetik, Gedächtnislöschung, Traummanipulation und so weiter und so fort. Über die Wiedererweckung von Toten oder das »toxische Berührungssyndrom« war nichts zu finden. In all den Jahren hatte ich nie wirklich in Erwägung gezogen, dass Olivia über »Superkräfte« verfügte, doch es bestand kein Zweifel, dass sie eine Gabe hatte, so wie die anderen hier im Haus.

Und ich? Ich war mit einem Fluch belegt.

Gähnend überflog ich den Rest der Seite. Schließlich gewann die Neugier Oberhand über mich, und ich tippte ein: »Die Einrichtung«. Nach mehreren Seiten Unsinn gab ich es auf. Keine Ahnung, warum ich gedacht hatte, irgendeine Forschungs-Schrägstrich-Kinderklau-Institution würde eine Website haben.

Erschöpft schaltete ich den Computer aus und nahm mir meinen Skizzenblock. Mehrere Versuche zu zeichnen gingen daneben. Alles kam falsch und schief heraus. Ich riss eine Seite nach der anderen ab und warf sie auf den Boden. Die ganze Zeit über spuckte mein Gehirn Fragen aus, auf die es keine Antworten hatte. Schließlich warf ich den Block auf den Schreibtisch, stand auf und sah mich im Zimmer um. Die Gardinen vor der Balkontür bewegten sich sanft im Luftzug.

Der dünne Stoff bauschte sich noch weiter. Ich streckte die Hand aus, um die Vorhänge festzuhalten. Draußen zogen dichte Wolken über den Nachthimmel. Nur eine feine Mondsichel beleuchtete den Balkon, während die Bäume in der Nähe im Schatten lagen. Irgendetwas an dem Schatten vor der Balkontür war jedoch seltsam. Stirnrunzelnd beugte ich mich vor und spähte durch die Scheibe.

Einer der Schatten schien viel zu schwarz zu sein, zu dicht – und viel zu groß.

Meine Finger glitten von der Gardine. Dann bewegte sich der Schatten.

Erschrocken fuhr ich zurück und stolperte über den Stuhl, auf dem ich vorher gesessen hatte. Ich fing mich an der Bettkante, den Blick auf die Balkontür gerichtet.

Als ich den Mut fand, wieder hinzuschauen, war hinter der Tür nichts mehr zu erkennen. Auf dem Balkon war niemand. Ich überzeugte mich zweimal davon, dass die Tür verschlossen war – eine sinnlose Vorsichtsmaßnahme, aber danach fühlte ich mich besser. Dann stieg ich ins Bett, rollte mich auf die Seite und zog mir die Decke bis zum Kinn hoch. Mein Blick blieb auf die Balkontür geheftet.

Es dauerte lange, bis mein Herzschlag sich so weit beruhigt hatte, dass ich einschlafen konnte.

Kapitel 9

Ich kam mir vor wie ein Gespenst.

Gabe, der blonde Typ, der mich mithilfe von Telekinese quer durch den Raum geschleudert hatte, verließ das Zimmer, wenn ich hereinkam. Die Zwillinge, Phoebe und Parker, weigerten sich schlicht, meine Existenz zur Kenntnis zu nehmen. Noch nie im Leben hatte ich mich so sehr wie eine Versagerin gefühlt – und das wollte einiges heißen. Deshalb war ich dankbar, als Cromwell mich in die Küche zitierte. Wenigstens *irgendeiner* wollte mit mir reden.

Ich fand mich dort dann auf demselben Stuhl wieder, auf dem ich schon vor zwei Tagen gesessen hatte, aber diesmal war auch Hayden da. Er redete nicht viel, da er damit beschäftigt war, sich ein dreißig Zentimeter langes belegtes Baguettebrot in den Mund zu schieben.

»Ich wollte mit dir über die Schulsituation sprechen. Du bist bereits angemeldet und hast morgen deinen ersten Tag«, sagte Cromwell.

Ich beobachtete Hayden. Er aß erstaunlich schnell, und er machte dabei eine größere Schweinerei als Olivia. Tomaten und Truthahnstücke fielen zusammen mit Mayonnaise und Senfklecksen auf den Teller.

»Es ist dir nicht gestattet, mit den Außenseitern über unsere Gaben zu sprechen.«

»Schon klar, ich weiß ja jetzt, was sonst passieren wird«, blaffte ich.

Cromwell seufzte. »Ember, was mit deinem Freund passiert ist, tut mir leid. Aber du hast mir keine andere Wahl gelassen.«

»Adam wusste überhaupt nichts«, wiederholte ich zum hundertsten Mal.

Cromwell legte die verschränkten Arme auf den Tisch. »Ich werde nicht weiter mit dir über dieses Thema diskutieren, Ember. Aber über eins sei dir im Klaren – wenn ich den Eindruck gewinne, du erzählst einem Außenseiter von uns, werde ich das Gleiche wieder tun.«

»Oder Sie könnten mich einfach irgendwo anders hinschaffen.«

Er holte tief Luft und rang sichtlich um Geduld. »Ja, diese Möglichkeit gibt es auch. Hast du das verstanden, Ember?«

Hayden hörte lange genug auf zu kauen, um meine Antwort zu hören. »Ja. Ich habe es verstanden.«

»Gut«, sagte Cromwell. »Ich möchte dir ein paar Fragen stellen.« Ich starrte ihn an, bis sein Lächeln angestrengt wirkte.

»Darf ich fragen, wie oft Olivia ihre Gabe eingesetzt hat? Abgesehen von dem einen Mal bei dir.«

Ich hätte ihn anlügen können. »Bisher noch nicht sehr oft: bei einer Katze, einer Taube und Squeaky. Ich habe ihr erklärt, dass sie das nicht mehr darf, aber ich kann Ihnen nicht versprechen, dass sie es nicht doch wieder tut, wenn sie ein totes Tier sieht.« Ich schaute zu Hayden hinüber. Das Baguette war verschwunden. Jetzt starrte er mich an. »Olivia hat eine Schwäche für Tiere.«

»Squeaky? Der Hamster oben?«, hakte Cromwell nach.

Es bereitete mir ein diebisches Vergnügen zu sehen, wie seine Augen sich vor Überraschung weiteten. »Jepp. Squeaky ist gestorben, ich habe ihn beerdigt, Olivia hat ihn wieder ausgegraben. Als ich am nächsten Tag aufgewacht bin, hatte ich das Vieh auf der Brust sitzen.«

Cromwell blinzelte. »Oh. Okay. Nun, die meisten Kinder ihres Alters besuchen erst dann eine öffentliche Schule, wenn sie ihre Gabe wirklich gut im Griff haben. In den letzten Tagen habe ich keinen Grund gesehen zu glauben, dass Olivia eine Gefahr für eine öffentliche Schule darstellt.«

»Was ist mit den Kindern, die doch eine Gefahr darstellen?«, unterbrach ich ihn. »Kommen die in die Einrichtung?«

»Da hat wohl jemand unsere Gespräche belauscht.« Cromwell sah seinen Sohn an. »Ja. Kinder, die von einer spezielleren Schule profitieren könnten, gehen dorthin. Hayden hat sie mehrere Jahre lang besucht. Dort wurde ihm beigebracht, seine Gabe zu kontrollieren.«

Ich warf einen weiteren verstohlenen Blick in Haydens Richtung. »Nach dem, was ich davon mitgehört habe, ist das anscheinend nicht gerade ein Vergnügen.«

Hayden verzog den Mund zu einem schwachen Lächeln, sagte jedoch nichts. Cromwell ignorierte mich. »Wie gesagt, Olivia wird unter Außenseitern gut zurechtkommen. Sie ist so ein kluges Kind. Sie hat eine alte …«

»Eine alte Seele«, beendete ich den Satz für ihn.

Diesmal war Cromwells Lächeln echt. »Und das führt mich zu dir, Ember. Da gibt es einige Vorbehalte.«

»War ja klar«, murmelte ich.

Er ignorierte auch das. »Deine Unfähigkeit, deine Gabe zu kontrollieren, macht mir Sorgen.«

»Wissen Sie, ich lebe seit zwei Jahren damit.« Ich trommelte mit den Fingern auf den Tisch. »Es ist ja nicht so, als würde ich durch die Gegend laufen und Leute anfassen. Was mit … Dustin passiert ist, wird nie wieder vorkommen.«

»Das mag sein, aber seit du hier bist, hat es schon mehrere Situationen gegeben, in denen du die Beherrschung verloren hast«, wandte Cromwell ein. »Das gibt Anlass zur Sorge.«

Ich schnaubte und trommelte weiter mit den Fingern auf den Tisch. An der Art, wie Hayden meine Finger anstarrte, erkannte ich, dass es ihn höllisch nervte. »Das sollte Ihnen wahrscheinlich etwas sagen.«

»Es hat mir eine ganze Menge gesagt. Wenn du Angst hast oder verwirrt bist, reagierst du gewalttätig. Sogar unberechenbar. Wenn wir dich in eine neue Schule mit neuen Menschen schicken, könnte das die gleiche Reaktion bei dir hervorrufen.«

Meine Finger erstarrten über der Tischplatte.

Cromwells Lächeln nahm etwas Selbstgefälliges an. Nur für eine Sekunde, aber ich sah es trotzdem. »Ich weiß, dass du niemals willentlich einen Unschuldigen verletzen würdest, aber ich befürchte, dass du einfach nicht in der Lage bist, dich zu beherrschen.«

Ich trommelte wieder auf die Tischplatte. Ich hatte kein Problem damit, dass Cromwell so etwas dachte. Es war mir egal. Seine Meinung …

Hayden legte mir eine Hand auf den Arm. Ich warf ihm einen bösen Blick zu, doch als er meinen Arm losließ, fing ich mit der Trommelei nicht wieder an.

»Darum musst du alles in deiner Macht Stehende tun, um dich zu beherrschen, Ember. Ich will, dass du bei deiner Schwester bleibst, aber wenn etwas passiert, habe ich keine Wahl.«

»Sie wird nichts tun. Wirst du doch nicht, oder?«, fragte Hayden, der zum ersten Mal seit, nun ja, seit gestern wieder mit mir sprach. Unsere Wege hatten sich heute einige Male gekreuzt, allerdings hatte auch er mich ignoriert.

»Ähm, dann sage ich mal Nein.«

»Ich bin erleichtert, das zu hören. Du hast bereits einen Strike, und ich rede hier nicht von Baseball«, fuhr Cromwell fort. »Bei mir bekommst du keine drei Strikes.«

Es kostete mich alle Kraft, nicht die Augen zu verdrehen – oder ihm ins Gesicht zu lachen. Ich bezweifelte, dass ihm das eine oder das andere gefallen hätte.

Cromwell stand auf und schob seinen Stuhl an den Tisch. »Ich bin froh, dass wir darüber gesprochen haben.«

Nervös sah ich zu Hayden hinüber, während Cromwell ihm auf die Schulter klopfte und den Raum verließ. Als Hayden und ich allein waren, starrten wie einander an. Schließlich hielt ich das peinliche Schweigen nicht mehr aus und machte Anstalten aufzustehen.

Hayden beugte sich über den Tisch.

Ich zuckte zurück, aber er grinste nur und legte die Hände um eine dicke, braune Kerze, die dort stand. Sofort fiel die Kerze in sich zusammen. Ein Duft von Ahornsirup und Zimt lag in der Luft.

»Du bist ja so was Besonderes«, bemerkte ich trocken.

»Nicht so besonders wie du.« Er lehnte sich zurück. »Warum bist du so streitlustig?«

»Warst du gestern Nacht auf meinem Balkon?«, fragte ich stattdessen.

Hayden legte den Arm über die Rückenlehne seines Stuhls. »Nein.« Er senkte den Blick auf den Knopf an meinem Pullover, an dem ich herumspielte. »Aber ich war gestern Abend in deinem Zimmer.«

Ich brauchte einen Moment, um darauf zu reagieren. »Hör zu, ich will nicht, dass du mir weiter hinterherläufst. Oder was immer du in meinem Zimmer … getrieben hast.«

Er zog eine dunkle Augenbraue hoch. »Ich habe gar nichts in deinem Zimmer getrieben, Ember. Liz hat nach Olivia gesucht. Ich habe in dein Zimmer gesehen und sie dort gefunden.«

»Oh.« Meine Wangen röteten sich.

»Warum hast du gefragt, ob ich auf dem Balkon war?«

Ich zuckte die Achseln. »Ich dachte, ich hätte jemanden gesehen.«

»Und? Hast du?«

»Wahrscheinlich habe ich es mir nur eingebildet.«

Er gab einen zustimmenden Laut von sich, und ich schaute auf. Er hatte seine dunklen Augen zusammengekniffen und auf die Wand gerichtet, und seine Gesichtszüge waren angespannt.

Ich räusperte mich. »Also, ja, danke, dass du … ähm, Olivia geholt hast.«

Er richtete den Blick wieder auf mich. Ein paar Haarsträhnen fielen ihm in die Stirn. »Ich bin der Meinung, du kannst deine Gabe beherrschen.«

»Es ist keine Gabe«, platzte ich heraus. »Es ist etwas ganz anderes als bei dir oder Olivia. Ich bin einfach verkorkst. Das passiert anscheinend, wenn man stirbt.«

»Das kann es nicht sein, Ember. Das glaube ich einfach nicht.«

»Tja, dann weiß ich nicht, was ich dir dazu sagen soll.«

Hayden musterte mich schweigend, und mir wurde schon wieder unbehaglich zumute. Wenn er das tat, hatte ich immer das Gefühl, dass er direkt in mich hineinschauen konnte.

»Ich kann dir helfen«, sagte er schließlich. »Nichts auf der Welt geschieht ohne einen Gedanken … einen Wunsch oder ein Bedürfnis dahinter. Wenn wir herausfinden würden …«

»Nein.« Ich schüttelte den Kopf. »Man hat dir doch gesagt, dass du das nicht tun sollst.«

Er bedachte mich mit einem gerissenen Grinsen. »Ich tue nicht immer, was man mir sagt.«

»Ich auch nicht, aber es ist mein Hintern, der hier auf dem Spiel steht, nicht deiner. Ich habe Cromwell durchaus verstanden. Er wird mich wegschicken.«

»Wir würden uns nicht erwischen lassen, und er würde dich nicht wegschicken. Das hat er nur gesagt, damit die anderen sich besser fühlen.« Als er meinen zweifelnden Blick bemerkte, hielt er inne. »Hör mal, es kann doch nicht schaden. Wärst du nicht gern in der Lage, jemanden zu berühren? Die Hand deiner Schwester zu halten?«

»Es wird nicht funktionieren, Hayden. Ich bin nicht wie du.«

Er schwang die Beine herum, um sich mir frontal zuwenden zu können. »Also tust du lieber gar nichts? Gibst einfach auf?«

»Warum interessiert dich das überhaupt?«

»Willst du weggeschickt werden?«, hakte er nach, statt meine Frage zu beantworten. »Denn es gibt einige hier, die hoffen, dass du es vermasselst.«

»Na vielen Dank.«

»Aber wenn du deine Berührungen kontrollieren könntest, dann hätte keiner mehr einen Grund zur Sorge.« Er rückte näher, und seine Knie drückten sich gegen meine. Etwas flatterte in meinem Magen. »Ich hätte auch nie gedacht, dass ich mal meine Gabe kontrollieren könnte, aber ich habe es geschafft. Du wirst es erst wissen, wenn du es ausprobierst.«

»Ich will es nicht probieren und daran scheitern.« Ehe ich sie aufhalten konnte, waren die Worte schon heraus. »Und mit der Hoffnung und dem anschließenden Versagen würde ich nicht fertig werden. Verstehst du das? Denn das wird passieren.«

Die unterschiedlichsten Regungen huschten über sein Gesicht, und seine Augenfarbe wechselte blitzschnell von Braun zu Schwarz. Er streckte eine Hand aus.

Ich rückte von ihm ab. »Tu das nicht.«

Er hielt inne, einen Arm in der Luft. Seine Haut strahlte Wärme ab.

»Ich will dein Mitleid nicht.«

»Ich habe kein Mitleid mit dir, Ember. Wenn überhaupt, dann bewundere ich dich. Nicht viele unseres Alters wären mit dem fertiggeworden, womit du fertigwerden musstest. Weißt du, mein Dad hat immer gedacht, Olivia sei die Beeindruckende, die mit der außergewöhnlichen Gabe. Aber ich fand dich immer viel außergewöhnlicher.« Er wandte den Blick ab. »Also, ich bemitleide dich überhaupt nicht.«

Blut schoss mir in die Wangen. Ich hatte in letzter Zeit so selten Komplimente bekommen, dass ich keine Ahnung hatte, wie ich darauf reagieren sollte. Mir wurde ganz warm, und das nicht nur aus Verlegenheit. Seine Worte gaben mir das Gefühl, kein ganz so schlimmer Freak zu sein.

Verunsichert rutschte ich auf meinem Stuhl herum und sagte schließlich etwas wirklich Dummes. »Ich bin beeindruckend, weil ich töten kann. Also musst du das sagen. Sonst …«

Hayden lächelte wieder sein schiefes Lächeln, und ein Grübchen erschien in seiner rechten Wange. Ich fragte mich, ob er auch eins auf der anderen Seite hatte. »Es hat nichts damit zu tun, was du kannst, Ember. Sondern damit, wer du bist.«

»Aber du kennst mich doch gar nicht. Ja, du hast mich ein paarmal gesehen. Geschenkt. Aber du weißt nicht, wer ich bin. Oder was ich bin. Durch die Sache mit dem Sterben habe ich etwas verloren, glaube ich. Und …«

»Und was?«

»Nichts.« Kopfschüttelnd rückte ich meinen Stuhl vom Tisch ab. »Ich weiß selbst nicht, was ich sagen wollte. Vergiss es einfach.«

Er sah aus, als wolle er die Sache nicht auf sich beruhen lassen. »Okay, doch wir werden es probieren.«

Ich schlang mir die Arme um den Leib. »Aber …«

»Es gibt für dich keinen Grund, es nicht zu tun. Man wird uns nicht erwischen. Und du wirst mich nicht verletzen. Das kann ich steuern. Ich bin so etwas wie dein Kryptonit.«

»Ich habe keine Wahl, oder?«

»Nein.«

Ich stieß den Atem aus. »Warum tust du das? Warum willst du mir helfen?«

Hayden sah mir fest in die Augen, und in seinem Blick lag ein seltsamer, magnetischer Sog. »Weil ich es will.«

Kapitel 10

Scheußliche, dunkle Ringe hatten sich unter meinen Augen gebildet – so gefangen gehalten zu werden, vertrieb jede Chance auf Schlaf und ließ das Gedankenkarussell kreisen. Meine Augen fühlten sich immer noch geschwollen an, und ich war mir sicher, dass ich auf der Stirn einen Pickel von der Größe Kanadas hatte.

Und dann musste ich auch noch in die Schule – in eine neue Schule.

Sämtliche Punkte aufzulisten, die mir derzeit das Leben vermiesten, hatten dazu geführt, dass ich spät dran war. Als ich nach unten kam, hatte *Ms Liz* Olivia bereits in ihre neue Schule gebracht.

Es war *mein* Job, Olivia in die Schule zu bringen – meine Verantwortung. Wie konnte sie es wagen zu denken, sie könne das einfach übernehmen?

Als Krönung für diesen vielversprechenden Tag eröffnete Cromwell mir, dass ich die Schlüssel für mein Auto erst bekommen würde, wenn ich sein Vertrauen zurückgewonnen hätte. *Sein Vertrauen?* Als sei ich einer dieser gruseligen Fieslinge, die Kinder von der Straße zerrten und sie sammelten wie Spielzeugfiguren?

Was war mit meinem Vertrauen in ihn?

Man gebe mir die Schlüssel zu einem der Porsches in der Garage, und ich würde ihm vertrauen, dass ihm Hören und Sehen verginge. Bis dahin war es allerdings wahrscheinlicher, dass ich ihn »Dad« nennen würde, als dass ich ihm vertrauen würde.

Da stand ich also auf der Veranda – mit meinem neuen Rucksack, in meinen neuen Jeans, Handschuhen und einer alten Strickjacke – und wartete auf meinen Babysitter.

Hayden. Natürlich.

»Bist du so weit?«

Beim Klang seiner Stimme zuckte ich zusammen. Als ich mich umdrehte, sah ich, dass er direkt hinter mir stand. Ich hatte ihn nicht aus dem Haus kommen hören, so leise konnte er sich bewegen.

Er kicherte, als er an mir vorbeiging. »Komm schon. Auch wenn wir keinen Verspätungszettel bekommen, finde ich, dass du nicht schon an deinem ersten Tag zu spät kommen solltest.«

Stöhnend folgte ich Hayden in die Garage. Er öffnete die Tür des Infiniti-SUV und bedeutete mir einzusteigen.

Ich murmelte etwas halbwegs Zusammenhängendes und setzte mich ins Auto. Aus dem Augenwinkel sah ich Gabe und Phoebe in einen der Porsches springen. Gabe rief irgendetwas, das ihm ein Lachen von Hayden eintrug. Phoebes Blick verweilte ein paar Sekunden zu lange auf Hayden, der vorn um den Wagen herumging.

»Wo ist Parker?«, fragte ich neugierig.

»Er wird zu Hause unterrichtet.« Hayden fuhr rückwärts aus der Garage.

Die Art, wie er das sagte, ließ keinen Raum für Fragen, aber ich fragte trotzdem. »Warum?«

»Es ist zu schwer für ihn.« Bevor ich weitere Informationen aus ihm herausholen konnte, sprach er weiter. »Du siehst müde aus.«

Aus dem Seitenspiegel starrte mir mein blasses Gesicht entgegen. Der helle Blauton meiner Augen sah noch wässriger aus als sonst. Ich ließ mich in den Sitz sinken und schaute nach vorn.

»Hast du einigermaßen geschlafen?«

Ich nickte. Auf der Fahrt in die Stadt war mit mir nicht viel anzufangen. Hayden versuchte zwar, Small Talk zu machen, aber ich ignorierte ihn und konzentrierte mich lieber auf meine Umgebung. Petersburg war eine Stadt, die man übersah, wenn man nur kurz nieste. Ich registrierte ein McDonalds-Geschäft, ein paar Pizzerien, mehrere Ladenzeilen und sonst wenig auf dem Weg zur Schule. Wenn ich über meine selbst gewählte Verbitterung hinwegsah, musste ich aber zugeben, dass die Stadt ganz nett war.

Ich brach das Schweigen. »Wie seid ihr hier gelandet?«

»Mein Vater stammt ursprünglich von hier, aber ich komme aus Montana. Er wollte zurück in die Heimat und hat mir die Option gegeben mitzukommen. Ich bin froh, dass ich es getan habe.« Er wechselte das Thema, als hätte er schon zu viel gesagt. »Ich gehe gern wandern. Die Seneca Rocks sind hier eine große Sache. Das sind die Berge, die du vom Haus aus sehen kannst.«

Ich schauderte. »Ich habe totale Höhenangst.«

»Dann kommt Klettern für dich wohl eher nicht infrage.« Er warf mir einen schelmischen Blick zu.

Ich ging nicht darauf ein. »Was ist mit den anderen?«

»Cromwell hat sie im Lauf der Jahre irgendwie gefunden.«

»Wie gefunden? So wie er Olivia und mich gefunden hat?«

Hayden runzelte die Stirn. »Ja, so wie er dich und Olivia gefunden hat.«

»Was ist mit deren Eltern?«

»Sie wollten sie nicht haben, Ember. Wenn es anders gewesen wäre, hätte Cromwell sie ihnen nicht weggenommen.«

»Also wollten eure Eltern keinen von euch behalten? Hat er euch alle adoptiert?« Ich verstummte und stellte mir Eltern vor, die dutzendweise ihre Kinder rausschmissen. Für mich klang das einfach falsch. »Das ist ja übel.«

Hayden lachte leise. »Wenn du es so ausdrückst, dann ist es wohl wirklich übel, aber ja, Cromwell hat uns alle adoptiert.«

»Was können die anderen? Ich weiß, was Gabe kann, aber was ist mit Phoebe und Parker?«

Er nickte und trommelte mit den Fingern auf das Lenkrad. »Phoebe ist Empathin – sie spürt Gefühle und kann sie manchmal beeinflussen. Parker ist Telepath.«

Ich zog die Nase kraus. »Er kann … die Gedanken anderer Leute lesen?«

»Als Cromwell ihn das erste Mal mitgebracht hat, war Parker ein Wrack. Hat mit niemandem geredet und geschrien, wenn jemand in seine Nähe kam. Er konnte es nicht steuern. Kannst du dir vorstellen, ständig die Gedanken der anderen zu hören? Niemals in der Lage zu sein, das auszublenden?«

»Nein.« Ich schaute wieder aus dem Fenster. »Das ist also der Grund, warum er nicht zur Schule geht?«

Es entstand eine Pause. »Dort sind einfach zu viele Leute – zu kleine Klassenzimmer und Menschen, die ihn bedrängen. Liz unterrichtet ihn in allen Fächern zu Hause.«

»Und Cromwell hilft ihm, seine Gabe zu kontrollieren? Sprich, er tut es nicht die ganze Zeit?«

»Jepp. Parker redet immer noch nicht viel, aber er kann mittlerweile den größten Teil des Geplappers ausblenden, solange er nicht von massenhaft Menschen umgeben ist.«

Ich stieß einen tiefen Seufzer aus. Cromwell war eben einfach super. »Was ist denn mit ihm? Was kann Cromwell? Durch Wände gehen? Fliegen? Auf hohe Gebäude springen?«

»Wir sind keine Superhelden, Ember.«

»Was hat es dann für einen Sinn, uns alle hier zu versammeln? Was will Cromwell damit erreichen?«

»Er will uns bloß helfen.« Ein nachdenklicher Ausdruck glitt über seine Züge, während er sich auf die Straße konzentrierte. »Es fällt dir schwer, das zu glauben, nicht wahr?«

»Wie man merkt«, antwortete ich.

»Cromwell hat psionische Fähigkeiten«, sagte Hayden, der jetzt den SUV abbremste.

»Was bedeutet das?« Meine Augen weiteten sich, als die Schule in Sicht kam. Das einstöckige Backsteingebäude war überraschend groß für eine so kleine Stadt und sah neu aus.

Er schwieg für einen Moment. »Das ist die Fähigkeit, jemanden dazu zu bringen zu … glauben, was man ihn glauben lassen will, und noch anderes.«

Ich drehte mich zu ihm. »Nimmst du mich auf den Arm?«

Hayden parkte den Wagen und schaltete den Motor aus. »Er setzt sie nie ein, Ember. Nicht bei uns. Wenn du daran zweifelst, dann frag dich, warum es dir so schwerfällt, ihn zu akzeptieren. Er hätte das leicht ändern können.«

Ich musste zugeben, dass er nicht ganz unrecht hatte, doch mir krampfte sich der Magen zusammen, als Hayden die Wagentür öffnete. Allerdings war Cromwell gerade meine geringste Sorge. Die Schule dafür umso mehr.

Hayden drückte mir einen zerknitterten Zettel in die Hand. »Eh ich es vergesse. Das ist dein Stundenplan.«

Ich schaute mir den Plan an. Er sah nicht anders aus als der, den ich in Allentown gehabt hatte. Den Zettel an die Brust gedrückt, folgte ich Hayden über den Schulhof. Aus Gewohnheit hielt ich den Blick gesenkt.

»Das brauchst du hier nicht«, sagte er sanft.

Ich war mir sicher, dass ich zu einem äußerst attraktiven

Dunkelrot angelaufen war, als ich ihm von unten durch die Wimpern einen Blick zuwarf.

Er sah mir fest in die Augen. »Du schaffst das schon, Ember. Ich rechne nicht damit, dass du herumläufst und anfängst, Leute in den Würgegriff zu nehmen.«

Ich konnte nicht anders, ich musste über das Bild vor meinem inneren Auge lachen. »Nein, das wohl eher nicht.«

Ein strahlendes, atemberaubendes Lächeln erschien auf seinem Gesicht. Und er hatte tatsächlich zwei Grübchen. So unmöglich es schien, meine Wangen wurden noch wärmer. »Du solltest das öfter tun«, sagte er.

»Was denn?«

»Lachen.«

Ich presste die Lippen zusammen und brachte ein schwaches Nicken zustande. Sobald wir durch die Schultür traten, schnürte mir der vertraute Geruch von Rasierwasser und zu viel Parfüm die Luft ab. Überall um mich herum wurde geredet, gelacht, und Begrüßungen wurden ausgetauscht. Mädchen kicherten mit Jungs, und einige verteilten Beleidigungen. Niemand schenkte mir besondere Beachtung.

»Ich habe Mathe im anderen Flügel.« Er beugte sich über meine Schulter und studierte meinen Stundenplan. »Der Raum, in dem dein Englischkurs stattfindet, ist am Ende des Flurs und dann auf der rechten Seite, Raum 104. Komm mit.«

Die alte Angewohnheit, zu Boden zu starren, war schwer zu durchbrechen, aber es gelang mir, mich mit erhobenem Kopf durch die überfüllten Flure zu bewegen.

»Da wären wir.« Hayden lehnte sich an einen Spind. »Wir haben zur gleichen Zeit Mittagspause und nachmittags Bio zusammen.«

»Okay.« Ich schluckte und fragte mich plötzlich, wie es Olivia gehen mochte. Dann musste ich an Adam denken. Plötzlich hatte ich einen Kloß im Hals.

Hayden beugte sich vor. »Wir sehen uns beim Mittagessen, okay? Du machst das schon.«

Dann war er fort.

Irgendwie fand ich den Weg in meinen Klassenraum. Ich setzte mich auf einen Stuhl ganz hinten und musterte diskret meine Mitschüler, während ich in mein Notizbuch kritzelte und so tat, als sei ich nicht die Neue.

Ein Händeklatschen ließ mich aufsehen. »Also schön, meine Lieben, drehen Sie sich nach vorn. Zeit, zum guten alten Holden Caulfield zurückzukehren«, verkündete ein ziemlich junger Lehrer der Klasse. »Ich weiß, dass Sie ihn übers Wochenende vermisst haben.«

Einer der Typen ganz vorne schnaubte. »Das würde ich so nicht sagen.«

Einige der Kids lachten.

Das Lächeln des Lehrers war freundlich und unbefangen. »Also, ich bitte Sie. Jeder möchte doch Kinder auffangen, wenn sie von einer Klippe fallen.« Der Blick seiner dunklen Augen wanderte durch den Raum und blieb auf mir liegen. Sein unbefangenes Lächeln geriet ins Wanken. »Oh, wir haben heute eine neue Schülerin.«

Alle Augen richteten sich auf mich, und ich rutschte auf meinem Stuhl nach unten.

»Ah ja. Ember McWilliams. Ich heiße Theodore Greensburg. Bitte, nennen Sie mich nicht Theodore. Das kann ich nicht leiden. Außerdem missbilligt die Direktorin, dass wir uns hier mit Vornamen anreden. Sie können mich also Mr Theo nennen.« Er zwinkerte mir zu. »Na los, Leute, heißen wir sie freundlich willkommen.«

Oh nein.

»Hallo, Ember«, sagte die ganze Klasse. Die meisten von ihnen sagten allerdings »Amber«.

Tief beschämt murmelte ich meinen Dank und rutschte

noch tiefer in meinen Sitz, während Mr Theo sich die Ärmel hochkrempelte. Er lehnte sich ans Pult, und sein Blick hielt meinen noch eine Sekunde länger fest, bevor er ein Buch aufschlug und anfing, daraus vorzulesen. Ich fand es seltsam faszinierend, wie leidenschaftlich er dabei wirkte – was wahrscheinlich die vielen schwärmerischen Blicke der Schülerinnen erklärte.

Ungefähr vierzig Minuten später läutete die Glocke, und Mr Theo rutschte vom Tisch und erhob die Stimme über das Geräusch zuschlagender Bücher und scharrender Füße. »Also schön, vergessen Sie nicht, heute Abend Kapitel vier zu lesen.« Er schaute sich suchend im Raum um und ließ den Blick schließlich auf mir ruhen. »Miss McWilliams, könnten Sie noch kurz bleiben?«

Während die anderen aus der Klasse liefen, stand ich vor diesem Mr Theo und hatte nicht den leisesten Schimmer, was er von mir wollte.

Er legte das Buch auf den Schreibtisch und verschränkte die Arme vor der Brust. »Ich unterhalte mich immer gern ein wenig mit meinen neuen Schülern. Ich weiß, dass Schulwechsel – selbst zu Anfang des Schuljahres – schwierig sein können. Das hier ist auch für mich eine neue Schule.« Er lächelte. »Ich wollte Sie nur wissen lassen, dass Sie sich immer an mich oder jede andere Lehrkraft hier wenden können, wenn Sie etwas brauchen.«

Mindestens ein Dutzend abfälliger Kommentare kamen mir in den Sinn und lösten sich sofort wieder in Luft auf, als ich in seine Augen schaute. Mein Hirn war plötzlich leer, und ich starrte den Mann an wie eine Idiotin.

Mr Theo lächelte, als sei er dergleichen gewöhnt. »Ihrem Studienbuch entnehme ich, dass Sie von der William Allen Highschool kommen. Ihre Zensuren waren herausragend.«

Angesichts des vertrauten Territoriums wurde ich ein wenig lockerer. Meine Zensuren waren super – ich war ja auch mit nichts anderem beschäftigt gewesen, als zu lernen, mit nur einem einzigen Freund. »Danke.«

»Wenn es verdient ist, sollte man ein Lob auch aussprechen. Besonders wenn man sich die Zensuren ansieht, die ich normalerweise vergebe.«

Ich lehnte mich an das Pult hinter mir und lächelte.

»Ich hoffe, Sie lassen nicht zu, dass Ihre Zensuren wegen des Wechsels und allem anderen abrutschen«, fuhr er fort. »Es war doch ein leichter Wechsel, nehme ich an?«

»Es war …« Natürlich überhaupt kein leichter Wechsel. Und es lag etwas in seinem Lächeln und in der echten Wärme seiner braungrünen Augen, das ich nicht zu hinterfragen brauchte. Ich hätte ihm so gern die Wahrheit gesagt.

»Ja …?«, hakte er nach.

Aber ich konnte nicht. Was würde Mr Theo tun, wenn ich ihm alles erzählte? Er würde die Behörden verständigen, wie jeder gute Lehrer. Plötzlich war mir schwindlig. »Der Wechsel war … sehr einfach.«

»Wunderbar. Nun, ich will Sie nicht von Ihrem nächsten Kurs abhalten.« Er drehte sich wieder zu seinem Pult um und setzte sich. »Wir sehen uns morgen, Miss McWilliams.«

Für einen Moment stand ich einfach da, noch nicht bereit zu gehen. »In Ordnung, und danke … für das Kompliment wegen der Zensuren.«

Mr Theo lächelte. »Ich wünsche Ihnen noch einen schönen Tag, Ember.«

Nachdem ich mich geradezu mit Gewalt losgerissen hatte, beeilte ich mich, zu meinem nächsten Kurs zu kommen.

In Mathe wäre ich eingeschlafen, wäre da nicht der Junge vor mir gewesen. Wann immer der Lehrer sich der Tafel zuwandte, drehte der Junge sich um und stellte mir eine Frage. Ich war mir fast sicher, dass er Cory hieß. Er erinnerte mich an

Dustin – genauso groß und muskulös, mit einem kantigen Kinn und einem charmanten Lächeln, nur nicht so blöd. Er bezeichnete mich auch nicht als Freak. Das gab noch mal Pluspunkte.

Gegen Ende schnappte er sich meinen zerknitterten Stundenplan. »Cool. Wir haben Bio zusammen. Letzte Stunde.«

»Cool«, murmelte ich, und mir war völlig klar, wie lahm das klang. Cory schien das jedoch nichts auszumachen. Mir fiel auf, dass er eine kaum merkliche Sprachfärbung hatte, die ein bisschen an den gedehnten Südstaatendialekt erinnerte.

»Also, was hat es mit den Handschuhen auf sich?«, fragte Cory nach dem Läuten, während wir unsere Sachen einsammelten.

Ich spürte, wie meine Wangen sich röteten. »Ich hatte einen Unfall.«

»Oh.« Cory schulterte seinen Rucksack. »Sind sie schlimm entstellt oder so?«

Er fragte das überhaupt nicht grob, aber ich wäre trotzdem am liebsten weggerannt. »Ziemlich.«

Cory lächelte unbefangen. »Na ja, keine große Sache. Bis später.«

Ich sah ihm nach, als er in lockerem Trab die Klasse verließ. Die Handschuhe waren *keine große Sache?* Seit wann das denn?

Am Ende der vierten Stunde schmerzten die Muskeln in meinen Schultern, aber etwas von der Anspannung ließ nach, als ich Hayden entdeckte. Er wartete vor meinem Geschichtskurs auf mich, und ein kleines Lächeln erschien auf seinem Gesicht, als er mich sah. »Na, wie hältst du dich?«

»Ganz gut.« Ich ging neben ihm her.

Wir betraten die Cafeteria, und ich schnappte mir ein Stück Pizza und dazu eine Limo. Dann wandte ich mich dem überfüllten Raum zu. Mehrere Schüler schauten auf, größtenteils Mädchen – die alle Hayden anstarrten. Er schien nichts davon mitzubekommen, als er sich das zerzauste Haar aus der Stirn strich.

Ich machte einen Schritt vorwärts, doch er hielt mich an meinem Rucksack zurück. »Was?«, fragte ich.

»Wir essen nicht in der Cafeteria.«

»Nicht?«

Hayden deutete mit dem Kinn zur Seite und lachte. »Folgen Sie mir.«

Ihm zu folgen, klang gut, auch wenn ich keine Ahnung hatte, wohin. Wir landeten schließlich im Freien und liefen quer über den Schulhof zur Rückseite des Schulgebäudes. »Dürfen wir uns hier überhaupt aufhalten?«

»Nein.«

Meine Schritte verlangsamten sich. »Kriegen wir denn dann keinen Ärger?«

»Machst du dir Sorgen?«

Ich dachte darüber nach. »Nein, eigentlich nicht.«

Das schien Hayden zu amüsieren. »Keine Bange. Zu uns sagen die Lehrer nichts.«

»Warum?«

Er blieb neben einem Zaun stehen, der das Footballfeld eingrenzte, und drehte sich zu mir um. »Du bist nicht in deiner alten Schule, Ember. Hier läuft es etwas anders.«

Mehrere Fragen fielen mir dazu ein, aber stattdessen ertappte ich mich dabei, dass ich ihn anlächelte. »Das … klingt schön.«

Überrascht wandte er den Blick ab und machte einen Schritt nach hinten. »Ich glaube nicht, dass ich dich schon einmal habe lächeln sehen.« Er setzte sich wieder in Bewegung.

Für eine Sekunde starrte ich ihm nach. »Dann hast du aber nicht gut aufgepasst.« Ich musste ziemlich schnell gehen, um mit seinen langen Beinen Schritt zu halten.

»Kann sein.« Er hakte sich bei mir ein.

Ich stolperte.

Hayden grinste. »Du bist zu langsam, Ember. Du kannst etwas Unterstützung gebrauchen.«

Er war gute dreißig Zentimeter größer als ich, daher musste ich den Hals recken. In dem Moment vergaß ich die letzten beiden Jahre. Die alte Ember kam wieder ein bisschen zum Vorschein. »Wenn ich es nicht besser wüsste, würde ich denken, dass du meine Hand halten wolltest.«

Hayden öffnete den Mund, doch es kam nichts heraus. Dann lachte er. Im selben Moment brach die Sonne durch die Wolken und ließ sein Haar in einem Dutzend Rot-, Gold- und Braunschattierungen aufleuchten.

Ein Lachen sprudelte in mir hoch und hätte sich gelöst, wenn wir nicht um die Ecke gebogen wären. Auf einem Haufen großer, sandfarbener Steine saß das schauerliche Zweiergespann. Mit einem tiefen Atemzug rückte ich von Hayden ab und ignorierte den Drang, in die entgegengesetzte Richtung zu rennen.

Gabriel winkte Hayden zu, aber als er mich sah, verschwand sein Lächeln. Ich war mir sicher, dass er sich gerade vorstellte, wie ich rückwärts durch die Torpfosten auf dem Footballfeld flog.

Phoebe saß auf einem großen Stein neben ihm, die Hände zu Fäusten geballt. »Hi«, brachte sie heraus.

Angesichts der Tatsache, dass dies ihr erstes an mich gerichtetes Wort war, fand ich es etwas dürftig.

Hayden stupste mich mit dem Ellbogen an.

Langsam atmete ich aus und sah mich um. Hinter den Steinen war alles mit hohem Gras bewachsen. Ich suchte mir eine einigermaßen flache Stelle. »Hey.«

»Manchmal essen wir hier draußen«, erklärte Hayden, »wenn das Wetter gut ist.«

»Oder im Imbiss auf der anderen Straßenseite«, warf Gabe

ein. »Manchmal gehen wir auch zum Mittagessen nach Hause. Anschließend kommen wir allerdings nicht immer zurück. Hast du in deiner alten Schule in der Cafeteria gegessen? Wie der Rest der Normis?«

»Normis?«

»Normale«, seufzte Hayden.

»Ja genau, wir durften das Schulgelände nicht verlassen.« Ich stellte meinen Teller auf dem Schoß ab und ignorierte die Tatsache, dass Hayden sich dafür entschied, sich zu mir auf den Stein zu setzen.

»Dürfen tun wir das auch nicht«, sagte Phoebe kühl. »Aber das hindert uns nicht daran.«

Die beiden redeten nur deshalb mit mir, weil sie es mussten, das war mir klar. Hayden hatte sie wahrscheinlich dazu genötigt, doch in ihrem Ton schwang keine Spur Freundlichkeit mit.

Hayden biss in seine Pizza. »In ihrer alten Schule war alles anders, Phoebe.«

Phoebe starrte auf ihre Nägel und zuckte die Achseln. »Auch egal.« Sie stupste Gabe an und flüsterte ihm etwas ins Ohr.

Ich kaute an meiner Pizza, hielt den Blick auf die unebene Rasenfläche des Footballfeldes gerichtet und versuchte, mir nicht anmerken zu lassen, wie unwohl ich mich in ihrer Gegenwart fühlte.

»Also, wie ist es, die Gabe zu besitzen, mit einer Berührung zu töten?« Gabe knüllte Einwickelpapier zusammen und schob es in eine Fast-Food-Tüte.

»Sie hat keine Gabe«, blaffte Phoebe, bevor ich reagieren konnte. »Nicht so wie wir.«

»Phoebe«, sagte Hayden warnend.

»Was? Ich stelle nur die Wahrheit fest. Sie ist gestorben. Das wissen wir alle. Sie wurde nicht mit einer Gabe geboren.«

Angesichts von Gabes Frage und Phoebes offenkundiger Feindseligkeit verließ mich meine Fähigkeit zu sprechen.

»Sie ist genau wie wir, Phoebe. Es spielt keine Rolle, wie sie zu ihrer Gabe gekommen ist«, widersprach Hayden. »Lass sie in Ruhe.«

Phoebe warf sich das Haar über die Schulter. »Nur wegen seines Scheiterns ist sie hier. Er ist besessen, genau wie du. Findest du, dass es uns gegenüber fair ist?«

Endlich fand ich meine Stimme wieder. »Wessen Scheitern? Und warum findest du es unfair?«

Phoebe weigerte sich, mich anzusehen. »Keiner von uns will sie hier haben, Hayden. Verstehst du das? Sie wird alles kaputt machen – alles ruinieren.«

Haydens Augen blitzten. »Phoebe, halt die Klappe.«

»Was ruiniere ich?«, fragte ich, doch niemand hörte mir zu.

»Sag. Mir. Nicht. Ich. Soll. Die. Klappe halten! Du bist der Einzige, der sie hier haben will!« Sie hielt inne und sah mich endlich an. »Kurt hätte sie löschen sollen.«

Mich löschen, wie er Adam gelöscht hatte. Purer Zorn explodierte in mir. Ich schoss auf die Füße. Auf meinem Gesicht breitete sich ein wildes, rachsüchtiges Lächeln aus. Sofort verflog ihre Dreistigkeit, und Angst trat an ihre Stelle.

Hayden war wie der Blitz vor mir. Die Hitze, die von seinem Körper abstrahlte, hielt die kühle Brise ab. »Nicht.«

Nur ein einziges Wort, und er sagte es so leise, mit so viel Kraft – alle erstarrten.

Dann drehte Hayden sich zu Phoebe um. »Verschwinde.«

Ihre flammenden grünen Augen bohrten sich in seine. »Das wird dir noch leidtun, Hayden. Es wird uns allen leidtun.« Dann schnappte sie sich ihre Tasche und lief in langen Schritten über das Footballfeld.

Gabe erhob sich, die Augen geweitet und die Lippen zusammengepresst. »Nun, das ist ja wie geplant gelaufen, was?«

Hayden wirbelte so schnell zu dem Jüngeren herum, dass mir der Kopf schwirrte.

Gabe riss die Hände hoch. »Geh doch nicht gleich in die Luft, Hayden. Ich sag ja bloß.« Er wandte sich an mich und wirkte tatsächlich ein wenig beschämt. »Tut mir leid. Deine kleine Schwester finde ich ziemlich cool, aber wir haben alle eine Menge zu verlieren.«

Ich hörte ihn kaum. Ich kämpfte immer noch gegen den Drang an, Phoebe nachzulaufen und die Hände tief in ihr glänzendes, schwarzes Haar zu schieben.

Danach löste sich das gemeinsame Mittagessen ziemlich schnell auf. Gabe folgte Phoebe, nur Hayden und ich blieben auf den Steinen sitzen. Er kochte immer noch vor Wut, wie ihm deutlich anzumerken war. Ich starrte auf meine halb gegessene Pizza.

»Das mit Phoebe tut mir leid – und mit den anderen.«

Kopfschüttelnd griff ich nach meiner Tasche. »Was ruiniere ich, indem ich hier bin? Ich meine, wird die Welt implodieren oder so etwas?«

»Nein«, sagte Hayden und fuhr sich mit den Händen durchs Haar.

»Warum flippt sie dann dermaßen aus?«

Er stemmte sich von dem Stein hoch und verschränkte die Arme vor der Brust. »Sie machen sich Sorgen, dass du etwas tun wirst, das die Aufmerksamkeit auf uns lenkt.«

Ich sah ihn an. »Wie was zum Beispiel?«

»Wir sind alle darauf gedrillt, unsere Gaben zu kontrollieren, Ember, und Olivias Gabe ist nicht gefährlich, aber …«

»Aber meine ist es?«

»Sie haben Angst, dass die Einrichtung eingreift und man uns alle dorthin nach South Dakota verfrachtet. Es gefällt uns hier, und glaub mir, dort fändest du es nicht so prickelnd.«

Die Härchen in meinem Nacken richteten sich auf. »Was ist dort passiert?«

Sein Gesichtsausdruck war plötzlich distanziert, geradezu kalt. »Nichts – nichts, worüber du dir jetzt Sorgen zu machen brauchst. Hör mal, es betrifft uns alle. Ich meine, wir müssen alle vorsichtig sein.«

»Ich kapiere es nicht. Wie soll ich mich um die Einrichtung scheren, wenn ich nicht weiß, wer oder was sich dahinter verbirgt?«

»Okay. Die Einrichtung ist wie … wie die Polizei für die Leute, die eine Gabe haben. Ich weiß, das klingt bescheuert, aber sie stellen irgendwie die Regeln auf und sorgen dafür, dass wir sie befolgen.«

»Was für Regeln?«

»Jede Menge davon, Ember, aber die wichtigste ist, nicht die Kontrolle über seine Gaben zu verlieren und sich vor den Außenseitern nicht zu verraten.«

Ich presste die Lippen aufeinander. Wenn ich mir Hayden ansah, war ich mir nicht so sicher, ob er selbst seine Gabe besonders fest im Griff hatte. Er sah immer noch so aus, als hätte er am liebsten eine ganze Stadt dem Erdboden gleichgemacht.

»Es hängt eine Menge von dir ab, Ember. Vielleicht ist es nicht fair, aber wenn du deine Gabe nicht kontrollieren kannst, *wird* etwas passieren«, sagte Hayden. »Und es wäre nicht nur Olivia davon betroffen, sondern wir alle.«

Kapitel 11

Ich spürte den Druck.

Während des restlichen Tages waren meine Handflächen verschwitzt. Total eklig. Ich hatte immer gedacht, solange ich niemanden berührte, würde mein Fluch für niemand anderen Konsequenzen haben. Doch jetzt konnte ich mich der Tatsache nicht länger verschließen, dass ich eines Tages vielleicht wieder jemanden umbringen würde – aus Versehen … oder mit Absicht.

Und das würde allen hier die Einrichtung auf den Hals hetzen.

Über die Einrichtung wusste ich nur die Kleinigkeiten, die die anderen hier und da fallen ließen. Sie befand sich irgendwo in South Dakota. Wenn jemand mit einer Gabe durchdrehte oder etwas tat, das unerwünschte Aufmerksamkeit erregte, landete er dort, und am Ende holten sie auch diejenigen, die eine Gabe hatten und ihre Fähigkeiten nicht kontrollieren konnten.

Wenn ich darüber nachdachte, war ich tatsächlich eine erstklassige Kandidatin, und diese Erkenntnis ließ mich den Rest des Tages wie im Nebel herumlaufen. In Bio bekam ich den Platz neben Cory.

»Und, wie gefällt es dir bei uns?« Cory fuhr sich mit einer Hand über sein kurz geschorenes Haar.

Ich hörte auf, mit meinem Stift herumzuspielen, und sah ihn an. Er blinzelte und lehnte sich ein paar Zentimeter zurück. »Es ist wirklich schön«, sagte ich.

»Das ist gut.« Cory schaute nach vorn und biss sich auf die Unterlippe.

»Wie heißt der Lehrer?« fragte ich und hoffte, dass es eine normale, angemessene Frage war.

»Coach Ashford. Er ist ein netter Kerl. Trainiert das Footballteam«, erklärte er. »Ich bin der Quarterback.«

Natürlich. Ich musste mich anstrengen, dem Typen nicht mitten ins Gesicht zu gähnen. »Oh, das klingt interessant.«

Cory nickte eifrig. »Ja, ich habe die Hoffnung, ein volles Stipendium an der Uni zu kriegen. Der Coach meint, meine Chancen stünden gut, solange ich es nicht vermassele.« Er lachte, als wäre das witzig. »Ich muss nur dafür sorgen, dass dieser Arm hier …«

An dem Punkt schaltete ich ab und starrte nach vorn. Tatsächlich starrte ich auf Haydens Rücken. Sein Laborpartner schien genauso redselig zu sein, aber er zeigte sich als besserer Zuhörer. Und ich fühlte mich deshalb wie ein Miststück und zwang mich daher, mich auf Corys Geplapper zu konzentrieren.

Coach Ashford kam zu spät, schaltete unverzüglich den Diaprojektor ein und setzte sich hinter das Lehrerpult. Verwirrt schaute ich mich um und sah, dass die anderen sofort anfingen, sich hastig Notizen machten. Alle bis auf Hayden. Er sah aus, als halte er ein Nickerchen. Als mir endlich klar wurde, dass der Coach von uns erwartete, dass wir mitschrieben, wechselte er bereits zum nächsten Dia.

Der Rest der Stunde verlief genauso. Am Ende war ich mir ziemlich sicher, dass Hayden den größten Teil davon verschlafen hatte und dass Cory an irgendeiner Art von hyperaktiver Störung litt.

Nach dem Unterricht wartete Hayden im Flur auf mich. Sein Blick fiel auf den Haufen Bücher in meinen Armen. »Du nimmst doch nicht etwa all deine Bücher mit nach Hause, oder?«

»Nein. Ich muss noch zu meinem Spind.«

»Treffen wir uns draußen?«

»Klar.« Ich machte mich auf den Weg zu meinem Spind, der genau am anderen Ende der Schule zu liegen schien.

Ich fummelte am Schloss herum, bis es beim dritten Versuch endlich aufsprang. Eins der Bücher, die ich hineinwarf, rutschte wieder heraus und fiel mir vor die Füße. Es war mein Mathebuch. Ich hasste Trigonometrie.

Ich wollte mich gerade bücken, um das Buch aufzuheben, als ich erstarrte. Mein Verstand rebellierte. Das musste ein ausgestopftes Tier sein – jemandes schreckliche Vorstellung von einem Scherz. Es konnte unmöglich das sein, wonach es aussah.

Der Geruch von Rost und Tod strafte mich Lügen.

Auf dem Boden meines Spinds lag ein Hase – eigentlich ein Kaninchen –, so eins, wie ich es mir als Kind als Haustier gewünscht hatte und mit dem Olivia liebend gern gekuschelt hätte, ganz flauschig und weich.

Aber das flauschige weiße Fell war jetzt voller roter Flecken.

Der Bauch des Tieres war aufgerissen, und seine Innereien sahen aus wie Gelee. Das Kaninchen musste eine Attrappe sein, denn das … *das* konnte nicht real sein.

Ich hielt mir den Mund zu, konnte es aber nicht verhindern, dass mir ein erschrockener Aufschrei entfuhr. Die Zeit schien stehen zu bleiben, und zum ersten Mal in meinem Leben wünschte ich mir, ich hätte Olivias Gabe gehabt. Wie gern hätte ich in diesen Spind gefasst und das arme Häschen wieder zum Leben erweckt.

»Ms McWilliams, ist alles in Ordnung mit Ihnen?«

Die Stimme riss mich aus meiner Benommenheit. Schwer atmend fuhr ich vom Spind zurück.

»Ember, was ist ...?« Mr Theo brach ab, als sein Blick in den Spind fiel. »Soll das ein Scherz sein?«

Vor Übelkeit krampfte sich mein Magen zusammen. »Ich weiß es nicht.«

»Okay.« Mr Theo drehte sich um und machte Anstalten, mir eine Hand auf die Schulter legen, hielt dann aber inne. Er schüttelte den Kopf. »Sehen Sie nicht hin.«

»Warum tut jemand so etwas?«

»Haben Sie hier Ärger mit irgendjemandem?« Er schaute wieder in den Spind.

»Nein. Ich kenne hier doch keinen.« Mir fielen jedoch sofort drei Personen ein, die mich nicht mochten. Verabscheute mich einer von ihnen genug, um ein armes Kaninchen aufzuschlitzen? Ich schauderte. Oh Gott, hoffentlich nicht. Wer immer das getan hatte, war krank, wirklich krank.

Am liebsten hätte ich mich übergeben.

»Sind Sie sich sicher, Ember? So etwas tut doch kein normaler Mensch.«

Schritte hallten durch den leeren Flur, und dann sah ich Hayden auf uns zukommen. »Weshalb brauchst du so ...?« Er brach ab und blieb neben mir stehen. »Ember, ist alles in Ordnung?«

Ich zeigte auf meinen Spind, weil ich mir ziemlich sicher war, dass ich mich übergeben würde, wenn ich den Mund öffnete.

»Heilige Scheiße.« Hayden trat vor und kniff die Augen zusammen. »Das kann doch nicht wahr sein.«

»Mr Cromwell, haben Sie eine Ahnung, wer so etwas tun würde?«

In Mr Theos Worten schwang Argwohn mit.

Hayden riss den Kopf hoch, und seine Augen brannten. Ich hätte schwören können, dass die Temperatur im Flur gerade explosionsartig stieg. »Nein, aber ich wüsste wirklich gern, wer das gewesen ist.«

»Genau wie ich«, sagte Mr Theo.

»Ich will einen neuen Spind.«

Meine Stimme klang kleinlaut, aber sie ließ die beiden innehalten.

Mr Theo räusperte sich. »Das lässt sich einrichten. Ich spreche mit der Direktorin und lasse Ihnen einen anderen zuweisen. Damit ist das Problem hier jedoch nicht gelöst. Wer könnte Ihnen bloß so etwas in den Spind gelegt haben?«

Ich hatte einen Verdacht, aber den konnte ich jetzt nicht äußern – nicht solange mein Englischlehrer dabeistand. Mr Theo stellte weitere Fragen, auf die ich keine Antworten hatte, dabei wollte ich nur noch weg von dem Spind, weg von dem, was dadrin lag.

»Könnten Sie sich darum kümmern?«, fragte Hayden. »Ich würde Ember jetzt gerne hier rausbringen.«

»Ja, aber falls so etwas noch einmal passiert, will ich es erfahren«, sagte Mr Theo. Ich sah ihn an und nickte nur. »Okay. Ich sorge dafür, dass das sauber gemacht wird.«

Hayden hob meine Bücher auf und klemmte sie sich unter den Arm. »Lass uns von hier verschwinden«, sagte er mit der sanftesten Stimme, die ich je gehört hatte.

Wir überließen Mr Theo das Kaninchen. Ein paar Minuten später standen wir draußen vor Haydens Wagen. Auf dem Weg dorthin hatte keiner von uns beiden gesprochen. Im Geiste sah ich immer wieder das arme Häschen vor mir. Ich hatte keine Ahnung, was in Haydens Kopf vorging. Erst nachdem er meine Bücher auf die Rückbank geworfen und mir den Träger meines Rucksacks aus den Fingern gezerrt hatte, richtete er wieder das Wort an mich. »Geht es dir gut?«

Was sollte ich darauf antworten? Ja. Nein. Es kam nicht jeden Tag vor, dass ich ein geschlachtetes weißes Kaninchen in meinem Spind vorfand. »Das ist einfach nur krank. Wer tut einem Tier so etwas an? Ich meine, in meiner alten Schule hätte ich vielleicht irgendwelche bizarren Dinge erwartet, aber hier? Hier kennt mich niemand, außer ...«

»Außer uns.« Zorn loderte in seinen Augen wie kleine Flammen. »Ember, ich weiß, was du denkst, aber von uns würde keiner so etwas tun.«

Ich sackte gegen das Auto und sah zu Hayden hoch. »Wer denn dann?«

Hayden wandte den Blick ab und holte tief Luft. »Ember ...«

»Kurt will mich nicht hier haben. Du hast ihn selbst gehört! Und Phoebe hasst mich. Wer sonst sollte so etwas tun? Und warum? Um mir Angst einzujagen? Mich zu vertreiben? Oder um Aufmerksamkeit zu erregen ...« Ich brach ab, und das Herz sackte mir in die Kniekehlen. »Oh mein Gott, du darfst es auf keinen Fall deinem Vater erzählen.«

»Was?« Er drehte sich zu mir um. »Wir müssen es ihm sagen. Irgendjemand hat ein Kaninchen aufgeschlitzt und es in deinen Spind gestopft. Er muss davon erfahren.«

»Nein.« Ich schlang mir zitternd die Arme um den Leib. »Bitte, versprich mir, dass du das nicht tust. Er wird denken, ich hätte etwas Bestimmtes gesagt oder getan. Dann wird er ... wird er mich wegschicken. Dafür sorgen, dass ich verschwinde.«

»Ember, er wird nicht ...«

Ich stieß mich vom Wagen ab. »Bitte. Hayden, bitte, erzähl es ihm nicht. Ich bin alles, was Olivia noch hat. Bitte.« Meine

Stimme brach, und ich wandte beschämt den Blick ab. »Sie ist alles, was ich habe.«

Hayden gab einen leisen Laut von sich. Dann fasste er mich an den Ellbogen und zog mich an sich. Er legte mir die Arme um die Taille und hielt mich fest.

Vielleicht war es das Häschen. Verdammt, vielleicht waren es die vergangenen zwei Jahre, die mich plötzlich wünschen ließen, ich könnte ewig in Haydens Armen bleiben. Es lag ganz bestimmt nicht daran, wie seine Körperwärme das Eis, das meinen ganzen Körper umschloss, zum Schmelzen brachte. Oder wie fest sich seine Brust unter dem Pullover anfühlte ... oder wie perfekt ich in seine Arme passte. Und er war eben der ritterliche Typ. Richtig? Er wollte mir helfen, meine Gabe zu kontrollieren, so lächerlich das klang. Trost – er bot mir Trost an, und das durfte ich nicht vergessen. Seine Arme um meine Taille machten es mir jedoch wirklich, wirklich schwer, das im Kopf zu behalten.

»Okay.« Haydens Atem ließ das Haar um mein Ohr tanzen. »Obwohl ich denke, dass ich es ihm erzählen sollte, werde ich es nicht tun. Aber ich werde herauskriegen, wer das gewesen ist.«

»Emmie, das hab ich für dich gemacht!«

Als Olivia mir ein großes Blatt Papier hinhielt, riss ich den Blick vom Fernseher los. Sie hatte etwas gemalt, von dem ich annahm, dass es sie selbst und mich darstellen sollte ... und Ms Liz. »Oh ... das ist wirklich hübsch.«

»Das bist du.« Sie zeigte auf das Strichmännchen mit den überdimensionalen roten, sich kringelnden Linien und den blauen Augen. »Und das ist Ms Liz.«

Sah mein Haar wirklich so aus? Ich strich mir mit einer Hand über den Kopf und fühlte mich ein wenig wie die kleine Waise Annie.

»Siehst du, wie wir uns an den Händen halten?«, fragte sie.

»Na klar.«

»Ich sehe, dass wir drei uns an den Händen halten.«

Das war so wahrscheinlich wie – ich schaute auf, und meine Finger krampften sich um das Blatt. »Was meinst du damit, du *siehst* es, Olivia?«

Olivia zeigte auf ihre Schläfe. »Ich sehe es die ganze Zeit.«

Bei jedem anderen Kind, das so etwas sagte, hätte man es auf eine übersprudelnde Fantasie geschoben, doch aus Olivias Mund konnte es so ziemlich alles bedeuten.

Sie tätschelte mein Knie und sah plötzlich sehr erwachsen aus. »Ich hatte heute viel Spaß. Du auch?«

Ich schluckte. Tote Häschen entsprachen nicht meiner Vorstellung von Spaß – ebenso wenig wie das verkrampfte Abendessen, bei dem jedes Mitglied des Cromwellschen Hauses anwesend gewesen war.

Während wir aßen, hatte ich mich die ganze Zeit gefragt, wer von ihnen in seiner Freizeit Häschen tötete.

»Klar.« Ich zwang mich zu einem Lächeln.

Olivia krabbelte auf das Sofa und setzte sich neben mich. Dann zählte sie mir alle ihre neuen Freunde auf. Sie liebte ihre neue Lehrerin – eine Ms Tinsley. Alle mussten Mittagsschlaf machen. Darauf war ich echt neidisch. Danach hatten sie sich einen Film über Manieren angesehen.

Ich vermisste die Vorschule. Damals war alles so viel einfacher gewesen.

Ein paar Stunden später schlief Olivia mit dem Kopf auf meinem Schoß ein, und mir ging auf, dass ich auf der Couch festsaß – buchstäblich. Ich Idiotin hatte meine Handschuhe in meinem Zimmer gelassen. Geistesabwesend zappte ich durch die Kanäle, völlig genervt. Und ich war müde, sehnte mich nach einem so bizarren Tag danach, einfach nur ins Bett zu kriechen. Es schien keine Möglichkeit zu geben, sie von mir herunterzubekommen.

Eine weitere Stunde verstrich, und ich ging in Gedanken verschiedene Strategien durch.

Eine Decke, um sie hochzuheben, wäre hilfreich gewesen, doch es lag keine in der Nähe. Sie vom Sofa zu schmeißen, war eine Möglichkeit, jedoch keine besonders nette. Ich schaute auf sie hinab. Dicke Locken, die mit meinen identisch waren, verdeckten die Hälfte ihres Gesichtes. Mit ihren geschwungenen Lippen und den unter ihrer Wange gefalteten Händen sah sie aus wie ein kleiner Engel.

»Wieso bist du noch auf?«

Mein Kopf fuhr herum, und ich entdeckte Hayden in der Tür. »Ich schaue mir an … ähm…« Stirnrunzelnd drehte ich mich wieder zum Bildschirm. »Wie … Tiger sich paaren.« Ich seufzte. *Zum Teufel mit dem Discovery Channel.*

Er ließ ein tiefes, kehliges Lachen hören. »Ich wusste gar nicht, dass dich so etwas interessiert.«

»Oh. Doch, ich wollte schon immer wissen, wie sie sich ihre Partner aussuchen.«

Er setzte sich auf die Armlehne des Sofas und sah auf Olivia hinab. Jetzt dämmerte es ihm. »Ich verstehe«, war alles, was er sagte. Eine Minute verging. »Ich wollte eigentlich an du weißt schon was arbeiten, aber nach dem heutigen Tag …«

Ich verzog das Gesicht und konzentrierte mich auf den Bildschirm, wo gerade ein Tiger einem anderen hinterherjagte. »Morgen ist auch noch ein Tag.«

Nickend stand Hayden auf und blieb einige Sekunden lang neben uns stehen. Dann hob er die Arme über den Kopf und reckte sich wie eine Katze in der brütend heißen Sonne. Sein hellblaues Shirt rutschte an seinem Bauch nach oben und ließ jede Menge fester Muskeln sehen.

Ich errötete, weil ich merkte, dass ich ihn anstarrte. Ich konnte einfach nicht anders. Mein Gehirn wählte außerdem genau diesen Moment, um sich daran zu erinnern, wie er mit freiem Oberkörper aussah. Ich drehte mich wieder zum Bildschirm und fragte mich, wie ich ihn je ansehen können sollte, wenn ich ständig an solche Dinge dachte.

»Komm, lass uns schlafen gehen.« Er bückte sich und hob mit überraschender Sanftheit Olivia hoch.

Sofort schoss das Blut zurück in meine Beine und Füße. »Danke. Wirklich, ich meine es ernst. Ich dachte schon, ich müsste die ganze Nacht hier sitzen.«

»Keine Ursache.« Olivia drehte in seinen Armen den Kopf und sabberte auf sein Shirt. »Äh, soll das so sein?«

Ich lachte, war aber immer noch außerstande, ihm in die Augen zu schauen. »Es bedeutet nur, dass sie dich mag.«

»Was soll ich sagen?« Er ging langsam aus dem Raum. »Mädchen sabbern immer, wenn sie mich sehen.«

»Es muss viel für dein Ego bedeuten, wenn es sich dabei um eine Fünfjährige handelt.« Ich ging langsam hinter ihm her und fand, dass Hayden tatsächlich irgendwie zum Sabbern war. Okay. Nicht irgendwie. *Definitiv* zum Sabbern.

»Sie können sich einfach nicht bremsen.« Er grinste mich über seine Schulter an und ging die Treppe hoch.

Liz hatte Olivias Zimmer mit verblüffender Weitsicht eingerichtet. Olivia liebte Rosa, und ihr ganzes Zimmer sah aus, als hätte jemand über alles rosa Zuckerguss gekippt. Von den Gardinen und Wänden bis zum Teppich und zu den Möbeln war alles rosa.

Mein Ding war es nicht.

Hayden legte sie behutsam auf das Bett, während ich nach einem ihrer Plüschtiere suchte. Als Erstes stieß ich auf ein Kaninchen und entschied mich schnell dagegen. Ich fand einen Plüschaffen unter dem Bett und steckte ihn zu ihr unter die

Decke. Sie schlang einen kleinen Arm darum und rollte sich auf die Seite.

Ich lächelte kaum merklich, und wir verließen das Zimmer. »Noch mal vielen Dank.«

Er zog vorsichtig die Tür zu. »Wie hast du das Problem vorher immer gelöst?«

»Vor was?« Wir gingen Seite an Seite die Treppe in den zweiten Stock hinauf.

»Bevor du jemanden hattest, der sie von dir abpflückt?«

»Da gesessen, bis sie aufgewacht ist. Manchmal hat es die ganze Nacht gedauert, aber ich habe es gehasst, sie zu wecken.« Ich strich mit der Hand über das Geländer, das Holz fühlte sich kühl und glatt an.

»Du hast erheblich mehr Geduld als ich.«

Vor der Tür zu meinem Zimmer blieb ich stehen, erschöpft, aber seltsamerweise dennoch hellwach. »Das war ein merkwürdiger Tag heute, oder?«

Er schob die Hände in die Taschen seiner abgetragenen Jeans. »Finde ich auch. Wie kommst du klar?«

»Ich habe einfach nicht darüber nachgedacht.« Das war gelogen. Ich hatte den ganzen Abend lang über nichts anderes nachgedacht.

»Nun, ich schon, und weißt du, was ich glaube? Es könnte ein Streich gewesen sein.«

»Ein Kaninchen zu töten, ist nur ein Streich?« Meine Stimme wurde ein wenig lauter.

Am anderen Ende des Flurs ging eine Tür auf, und ein zerzauster Gabriel erschien. Sein Blick flog zwischen uns hin und her.

»Geh wieder ins Bett.« Haydens Stimme war gedämpft, doch die Message kam trotzdem laut und deutlich an.

Gabe verdrehte die Augen, zog sich in sein Zimmer zurück und knallte die Tür zu.

»Er könnte es gewesen sein«, sagte ich. »Er hätte nicht einmal das Kaninchen oder das Messer anzufassen brauchen, nicht wahr? Nicht mit seiner Gabe.«

Hayden zerrte mich am Arm in mein Zimmer. »Gabriel würde so etwas nicht tun, Ember.«

Selbst durch den Stoff meines dicken Sweatshirts spürte ich das Brennen seiner Hand. Ein wenig überrumpelt, wie mühelos er mit mir fertigwurde, schaute ich für eine Sekunde zu ihm hoch. Er schien wirklich keine Angst davor zu haben, mich versehentlich zu berühren – er war verrückt. Ich entzog ihm meinen Arm und machte einen Schritt nach hinten. »Woher weißt du das?«

»Ich weiß es, weil ich ihn seit Jahren kenne und er wie ein Bruder für mich ist.«

»So wie Phoebe für dich wie eine Schwester ist?«

»Ja, genau.« Er verschränkte die Arme vor der Brust, stand breitbeinig da wie ein Kämpfer. »Und sag jetzt nicht, du denkst, sie war es. Sie saßen beide im Unterricht, Ember.«

»Sie hätten keine Zeit gehabt, sich aus dem Unterricht fortzuschleichen und es zu tun?« Ich ließ mich auf die Bettkante plumpsen. »Nur weil du jemanden kennst, heißt das nicht, dass er kein Psycho ist.«

Er ging vor mir in die Hocke und sah mir in die Augen. »Ember, du musst mir vertrauen, wenn ich sage, dass es keiner von beiden gewesen sein kann.«

»Na schön.« Ich verdrehte die Augen. »Was ist mit Kurt? Er *sieht aus* wie ein Psycho.«

»Das stimmt, aber Kurt ist nicht verrückt.«

»Wer, glaubst du, könnte es denn dann gewesen sein?«

»Ich weiß es nicht.« Er fuhr sich mit einer Hand durchs Haar. »Es besteht eine Chance, dass es jemand aus der Schule war – ein Außenseiter.«

»Warum? Sie wissen nichts über mich.«

»Das brauchen sie auch nicht. Sie könnten es getan haben, nur um dich zu ärgern. Einige hier verhalten sich wirklich merkwürdig, wenn jemand Neues auftaucht.«

Ungefähr ein Dutzend Stereotypen über die Bewohner West Virginias schoss mir durch den Kopf. Ich hatte mir mit Adam zusammen den Horrorfilm *Wrong Turn* angeschaut. Hayden konnte recht haben, und das war immerhin besser, als zu denken, es könnte jemand getan haben, mit dem ich im selben Haus wohnte. »Glaubst du das wirklich?«

Seine Augen wurden sanft und nahmen einen warmen Braunton an. »Ja, das tue ich. Ich bin mir sicher, dass du keine weiteren Probleme haben wirst. Also, mach dir keine Sorgen und sieh zu, dass du etwas Schlaf bekommst, okay?«

Ich nickte.

Hayden zog leise die Tür hinter sich zu. Als ich allein war, ließ ich mich rückwärts aufs Bett fallen und rollte mich dann auf die Seite. Zu gern hätte ich daran geglaubt, dass es bloß ein blöder Streich gewesen war, aber mein Bauchgefühl sagte mir etwas anderes. So etwas tat man nicht einfach so. Seufzend legte ich die Arme um das Kissen und schloss die Augen.

Visionen von aufgeschlitzten Häschen verfolgten mich bis in den Schlaf.

Kapitel 12

Ein paar Tage später machte Mr Theo sein Versprechen wahr. »Hatten Sie noch weitere Probleme?«

Ich schaute auf das Stück Papier, das mir meinen neuen Spind zuwies. »Nein. Drei Tage ohne den geringsten Vorfall.«

»Das ist schön zu hören. Ich muss zugeben, der Anblick dieses Kaninchens hat selbst mich ein wenig erschreckt. Ich habe schon daran gezweifelt, ob es richtig war, den Job hier in West Virginia anzunehmen.« Grinsend schob er sich die Brille auf der Nase nach oben. Die Geste erinnerte mich so sehr an Adam, dass es mir schmerzhaft das Herz zusammenzog.

»Ja, ich schätze, es war einfach ein übler Streich, um die Neue willkommen zu heißen, oder so.«

»Um ehrlich zu sein, ich glaube nicht, dass das irgendein harmloser Streich war.« Er sah mir in die Augen. »So etwas tut doch niemand.«

Es fühlte sich gut an zu wissen, dass noch jemand sich nicht so leicht täuschen ließ wie Hayden oder so optimistisch war wie er. Hayden weigerte sich im Übrigen immer noch, es bloß in Erwägung zu ziehen, dass ein Mitglied seiner Adoptivfamilie etwas damit zu tun haben könnte. »Ich weiß«, antwortete ich schließlich, »aber sonst ist nichts weiter passiert.«

»Nun, wenn doch, möchte ich, dass Sie nicht zögern, sich an mich oder an sonst jemanden aus dem Lehrkörper zu wenden, okay?«

Das Seltsame an Mr Theo war, dass ich tatsächlich das Gefühl hatte, mit ihm darüber sprechen zu können. Verdammt, ich glaubte, mich ihm wirklich anvertrauen zu können. Und das war merkwürdig, denn wer hatte schon das Gefühl, mit einem seiner Lehrer reden zu können – richtig reden? Vielleicht lag es daran, dass er so jung war und eher wirkte wie ein älterer Bruder statt wie eine Autoritätsperson.

Ich nahm den Rucksack auf die andere Schulter. »Okay. Noch mal vielen Dank für den neuen Spind. Das weiß ich wirklich zu schätzen.« Ein kleiner, glänzender Gegenstand erregte meine Aufmerksamkeit – eine silberne Münze, die neben seinem Zensurenheft lag. Keine Ahnung, was ich mir dabei dachte. Ich fasste nie einfach Sachen auf dem Lehrerpult an, es gab Regeln gegen so etwas, doch jetzt war es wie ein Zwang. Ich griff nach der Münze und drehte sie langsam in der Hand. Auf einer Seite war ein Karussell abgebildet, auf der anderen die Worte *Ex mente* eingraviert. Die Münze fühlte sich in meiner Hand schwer und warm an.

»Mein Glücksbringer«, erklärte Mr Theo und lehnte sich auf seinem Stuhl zurück. »Ich bin mir nicht sicher, ob sie funktioniert, aber ich bilde es mir zumindest ein.«

»Oh.« Ich schnippte die Münze mit dem Daumen auf ihre andere Seite. »Was bedeuten diese Worte?«

»Das ist lateinisch für ›aus dem Geist‹. Ich glaube, dass alle großen Dinge aus dem Geist kommen.« Er öffnete seinen Terminplaner und schaute zu mir hoch. »Sie können sie behalten.«

»Oh nein.« Ich wurde rot. »Das geht doch nicht. Es ist Ihr Glücksbringer.«

Er winkte ab. »Ich brauche die Münze nicht. Nehmen Sie sie. Vielleicht können Sie ein wenig Glück gebrauchen.«

Ich wollte schon widersprechen, aber dann ging mir auf, dass ich *tatsächlich* Glück gebrauchen konnte. Hayden hatte gesagt, er wolle heute nach der Schule anfangen, an meiner … Fähigkeit … zu arbeiten.

Ich wusste zwar nicht, was er vorhatte, aber wahrscheinlich brauchte ich alles Glück der Erde.

Eine plötzliche Welle des Schwindels erfasste mich. Blinzelnd trat ich einen Schritt nach hinten und steckte endlich die Münze in die Tasche meines Kapuzenshirts. Die heimliche Übungsstunde machte mich anscheinend nervöser, als mir bewusst gewesen war.

»Danke«, murmelte ich.

»Keine Ursache. Passen Sie einfach gut darauf auf.« Dann wandte er sich wieder seinem Terminplaner zu und hakte etwas ab.

Ich eilte zu meinem nächsten Unterricht, und der Rest des Tages verging irgendwie auf ganz ähnliche Weise. Immer wieder wurde mir schwindlig, und Nervosität befiel mich. Hayden bemerkte es, bohrte aber nicht nach. Wahrscheinlich wusste er, dass ich mir Sorgen wegen heute Abend machte. Er dagegen hatte die unerschütterliche Überzeugung, dass meine »Gabe« beherrschbar war.

Er hatte ja keine Ahnung.

Gerade noch pünktlich zum letzten Läuten schaffte ich es in den Biokurs. Von seinem Stuhl aus sah Hayden mit hochgezogenen Augenbrauen zu, wie ich zu meinem Platz flitzte. Ich spürte, wie meine Ohren rosa anliefen.

»Überraschungstest«, verkündete Coach Ashford und verteilte mehrere Blätter mit den ungenauesten Fragen, die ich je gesehen hatte. »Augen auf das eigene Blatt, Leute.«

»Test worüber?«, murmelte Cory.

»Ich glaube, er meint die Zellkernsache«, sagte ich.

»Hä?«

Ich zeigte auf das letzte Dia, das noch von gestern an der Wand zu sehen war. »Das wäre meine Vermutung.«

»Was täte ich nur ohne meine neue Laborpartnerin? Ich wäre verloren.« Er grinste und stupste mit seinem Bleistift gegen meine Hand.

Ich zuckte so heftig zurück, dass mein Stuhl über den Boden quietschte. Coach Ashford schaute stirnrunzelnd von der Sportzeitschrift auf, in die er sich vertieft hatte. Das Gleiche taten mehrere der vor uns sitzenden Schüler.

Hayden warf mir einen verwirrten Blick zu.

»Hey. Entschuldige. Ich wollte dich nicht erschrecken«, sagte Cory.

Ich musste kurz warten, bis ich wieder Luft bekam. »Schon gut, ich bin tatsächlich ein wenig schreckhaft.«

»Hey! Hey! Es wird nicht geredet, oder ich nehme das Dia weg«, ließ sich der Coach vernehmen.

Einige Schüler stöhnten, und der eine oder andere bedachte uns mit einem bitterbösen Blick. Ich fing an, Antworten aufs Papier zu kritzeln, während mir das Herz bis zum Hals schlug.

Ich trug zwar meine Handschuhe, doch der Zwischenfall hatte mich trotzdem kalt erwischt. In meiner alten Schule war ich nie einfach so von jemandem berührt worden. Als hätte ich die Pest gehabt – zumindest bis zu dem Abend, an dem Dustin mich draußen vor dem Supermarkt angefasst hatte.

Ich schauderte.

Coach Ashford stand auf und lief die Tische ab. »Die Zeit ist um. Geben Sie mir Ihre Blätter.«

Cory beugte sich vor und hätte beinahe meinen Arm gestreift, als er nach den Blättern mit meinem Test griff. Mein Angstpegel schoss schon wieder an die Decke. Ich ballte die Fäuste, schaute auf und sah, dass Hayden sich auf seinem Stuhl umgedreht hatte, den Blick seiner dunklen Augen auf mich gerichtet.

Was?, formte ich mit den Lippen.

Er sah vielsagend zu Cory, bevor er sich wieder umdrehte.

»Wir fangen am Montag mit einem neuen Thema an«, informierte uns der Coach am Ende der Stunde. »Wir gehen über zur menschlichen …« Er hielt inne und schaute auf seine Notizen. »Anatomie? Jepp. Das ist es.«

Nach dem Läuten zerrte ich Hayden beinahe aus dem Klassenraum. »Was war das für ein Blick, den du mir eben zugeworfen hast?«

Übertrieben unschuldig strahlte er mich an. »Wovon redest du?«

Ich mühte mich, mit seinen langen Beinen Schritt zu halten. »Dachtest du, ich wollte ihn anfassen …?«

»Die Frage ist wohl eher, ob ich dachte, dass Cory dich anfassen wollte«, gab er zurück, als wir an unseren Spinden anlangten. »Cory wurde mit seinen Händen etwas zu freundlich für meine Begriffe.«

Mit einer gehörigen Portion Grauen öffnete ich langsam meinen Spind. Er war leer. Erleichterung durchströmte mich. Großartig, Tag vier ohne tote Lebewesen. »Er hat mit seinem Bleistift gegen meinen Arm getippt. Das würde ich nicht übertrieben freundlich nennen. Und ich trage meine Handschuhe.« Ich wackelte mit den Fingern.

»Wenn du meinst.« Er schlug seinen Spind zu, seine Hände waren leer. Er nahm nie Bücher mit nach Hause.

Ich fragte mich, wie oder ob er überhaupt irgendeinen seiner Kurse bestand.

Eine halbe Stunde nach dem Abendessen führte Hayden mich durch die Garage nach draußen. »Wohin gehen wir?«, fragte ich.

»Das wirst du schon sehen.«

Ich zog die Augenbrauen hoch, als er zielstrebig auf die dichten Bäume zuhielt. »Wir gehen *da* rein?«

Hayden lachte leise. »Ja genau.«

»Warum?« Ich beeilte mich, ihn einzuholen.

»Wir brauchen einen Ort, an dem wir ungestört sind, an dem wir uns keine Sorgen zu machen brauchen, von jemandem überrascht zu werden.«

Etwas flatterte in meinem Magen. »Es gibt ungefähr hundert Zimmer in diesem Haus.«

»Es gibt keine hundert Zimmer, und ich will nicht, dass jemand bei uns hereinplatzt.«

Das Flattern verstärkte sich noch eine Spur. »Hier draußen wird man uns nicht erwischen?« Ich zitterte in meinem Pullover, während die kühle Luft Hayden in seinem dünne Shirt nichts auszumachen schien. »Und wir werden auch nicht von Bigfoot angegriffen?«

Er lachte. »Wir bleiben nicht im Wald, Ember. Wir gehen in die Jagdhütte.«

»Die Jagdhütte?«

»Jepp. Ein paar von den anderen nutzen sie auch, aber ich habe sie mir mehr oder weniger unter den Nagel gerissen. Man kann sich dort ziemlich gut aus allem rausziehen.«

»Oh, wenn das … Scheiße!« Ich hatte nicht aufgepasst, wo ich hintrat, und war gestolpert. Mein Fuß hatte sich in einer knorrigen Baumwurzel verfangen.

Hayden wirbelte herum und fing mich an den Schultern auf, bevor ich mit der Nase im Dreck landete. Er stellte mich wieder auf die Füße, ein schiefes Grinsen auf dem Gesicht.

»Danke«, murmelte ich.

»Du musst vorsichtig sein. Hier gibt es eine Menge Löcher im Boden und frei liegende Wurzeln.«

»Das sagst du mir jetzt.«

Sein Grinsen wurde noch breiter, und in dem Moment fiel mir auf, dass Hayden mich immer noch festhielt. Wir standen so dicht beieinander, dass meine Sneakers seine Schuhe berührten. Ich hob den Kopf, verwirrt über den plötzlichen Drang, ihn wieder an mich zu ziehen. Unsere Blicke trafen sich. Es folgte ein langer Moment des Schweigens, während wir einander ansahen. Was dachte ich mir eigentlich?

Und warum löste ich mich nicht von ihm und ging weiter?

Ein wildes Lächeln erschien für einen Augenblick auf seinem Gesicht, bevor er die Hände sinken ließ und von mir abrückte. »Komm. Wir haben nur noch ein kleines Stück vor uns. Ich denke, es wird dir gefallen. Niemand außer uns aus dem Haus weiß überhaupt von ihrer Existenz.«

Ich schob die Hände in mein Kapuzenshirt, und meine Finger trafen sofort auf die seltsame Münze. Ich schloss die Hand darum und ignorierte das schnelle Schlagen meines Herzens. Gute zwanzig Minuten später tauchte eine gemütlich wirkende Blockhütte vor uns auf. Umringt von hohen Bäumen und dichtem Gebüsch lag die Hütte sogar noch einsamer als das Haus.

Grinsend kramte Hayden die Schlüssel aus seiner Tasche und schloss die Tür auf. Ein modriger Geruch, der mich an Familien-Campingausflüge erinnerte, und das Aroma von Kaffeebohnen begrüßten mich, als ich hinter ihm hineinging. Er warf die Schlüssel auf einen kleinen Tisch und machte sich daran, mit einem Feuerzeug aus seiner Tasche Kerzen anzuzünden.

»Die Hütte hat seit einiger Zeit keinen Strom mehr«, erklärte Hayden, während das Licht der Flamme über sein Gesicht tanzte. »Wenn ich im Winter hier bin, nutze ich den Pelletofen.«

»Kommst du denn oft her?«

»In letzter Zeit nicht, aber früher schon. Es ist so still hier draußen.« Er hielt inne. »Wie gefällt sie dir?«

Als er fertig war und sanftes Licht die Dunkelheit vertrieb, wurde ein ziemlich großer Raum mit einer kleinen Küche, einer antik wirkenden Couch und einem … Bett sichtbar. Nervös wandte ich mich ab und verschränkte die Arme vor der Brust. Die Hütte erinnerte mich eher an ein Liebesnest als an irgendetwas anderes. Allerdings ruinierten die vielen Gewehre an der Wand den gemütlichen Eindruck irgendwie.

»Es ist schön hier.«

»Seltsam.« Hayden ging an mir vorbei auf das Bett zu.

Mein Herz schlug einen Purzelbaum. »Was ist seltsam?«

»Jemand war hier.« Er blieb stirnrunzelnd vor dem Bett stehen.

Ich wusste nicht, woran er das erkannte, aber es spielte auch keine Rolle. »Glaubst du, jemand wird uns hier finden?«

Er schaute auf. »Nein. Parker ist der Einzige, der jemals herkommt. Hütten sind nicht Phoebes Ding.«

»Was ist mit Gabe?«

»Kein Fernseher heißt kein Gabe.« Mit Augen schwarz wie die Nacht sah er mich an.

Ich biss mir auf die Unterlippe. »Also, was hast du im Sinn?«

Er hielt immer noch meinen Blick fest. »Ich habe eine Menge Dinge im Sinn.«

Alle Luft wich aus meinen Lungen. Mir wurde schwindlig. »Wirklich?«

Ein wölfisches Grinsen blitzte auf seinem faszinierenden Gesicht auf, bevor er sich abwandte und nach einer Topfpflanze griff. »Training, Ember. Setz dich.«

Ich kam mir vor wie eine Idiotin, als ich mich für die Couch entschied, während Hayden sich einen Holzstuhl von einem kleinen Tisch heranzog und ihn vor mich hinstellte. Dann setzte er sich, drückte seine Knie gegen meine und nahm die Pflanze auf den Schoß.

»Zieh die Handschuhe aus.«

Lieber hätte ich das gelassen, aber ich tat es. Mit einem tiefen Atemzug legte ich die Handschuhe neben mich. »Was soll ich tun?«

»Berühr einfach nur die Pflanze.«

Ich lehnte mich zurück und sah in seine dunklen Augen. »Warum?«

»Hast du vor, es mir schwer zu machen?« Er seufzte. »Ember, wenn wir eine Chance haben wollen, dass das hier funktioniert, musst du tun, was ich dir sage.«

»*Du* hoffst auf eine Chance, dass es funktioniert. Nicht ich. Ich halte mich an die Realität.«

Hayden zog eine Augenbraue hoch. »Ember, du weißt nicht einmal, was Realität ist. Du weißt nichts über Gaben.«

Ich verdrehte die Augen, sagte jedoch nichts.

Er sah irgendwie ziemlich selbstgefällig aus.

»Na schön, dann klär mich auf. Was ist das Besondere an euch – was hat es mit euren *Gaben* auf sich?«

Hayden ließ die Hände über den Keramikblumentopf gleiten. »Ein normaler Mensch nutzt zu jeder Zeit nur einen kleinen Teil seines Gehirns. *Wir* benutzen die ganze Zeit unser gesamtes Gehirn. Du kannst jeden Einzelnen von uns in ein MRT-Gerät stecken, wenn wir unsere Gabe benutzen, und in den Scans leuchtet unser Hirn auf wie ein Feuerwerk. Das ist zwar nicht der beste Beweis, aber mehr haben sie nie gefunden. Das ist das Einzige, was uns von den Außenseitern unterscheidet.«

»Wer ist ›sie‹?«

Sein Gesichtsausdruck wurde distanziert und kalt – er machte dicht. »Die Einrichtung hat jahrelang geforscht, um herauszufinden, wie wir zu unseren Gaben kommen. Genau wie mein Vater. Und auch wenn die Zwillinge beide eine Gabe haben, sind Gaben laut meinem Vater typischerweise eigentlich nicht erblich.«

Denn wenn sie vererbt würden, müsste Cromwell nicht so häufig bei den Eltern eingreifen. Mein Magen krampfte sich zusammen.

»Hast du noch mehr Fragen? Wenn nicht, würde ich gerne versuchen, bis heute Abend etwas zustande zu bringen.«

»Klar. Lass uns loslegen.«

»Berühr die Pflanze, Ember.«

Ich war mir nicht sicher, welchen Sinn das haben sollte, aber nun gut. Ich strich mit den Fingerspitzen über ein samtiges Blatt.

Einen Moment lang geschah gar nichts. Dann erbebte das Blatt. Die Ränder rollten sich nach innen ein, während das leuchtende Grün zu einem stumpfen, welken Braun verblasste. Dann strömte der Tod durch den Rest der Pflanze, und innerhalb von Sekunden war nichts mehr davon übrig außer einem verwelkten Stängel, der schlaff zur Seite hing.

Ein scharfes Einatmen war zu hören, und sofort schämte ich mich. Ich fühlte mich schrecklich. Wie ein Monster. »Okay«, sagte Hayden nach ein paar Sekunden. »An was hast du gedacht?«

»Keine Ahnung. Ich habe eigentlich an überhaupt nichts gedacht.«

»Du musst an irgendetwas gedacht haben, Ember.«

Ich tastete nach der Münze in meiner Tasche. Es war irgendwie tröstlich, sie in der Hand zu halten. »Ich nehme an, ich habe an das gedacht, was ich laut dir tun sollte.«

»Okay. Was sonst noch?«

»Das ist alles. Ich meine, ich könnte vielleicht auch noch an andere Dinge gedacht haben.«

»An was zum Beispiel?« Hayden stand auf und ging in den kleinen Küchenbereich. Vor einem großen Panoramafenster standen mehrere Pflanzen in dem schwindenden Licht. Er griff nach einer blühenden Blume mit hübschen weißen und rosafarbenen Blütenblättern.

Ich schloss die Augen und zwang mich, mich zu konzentrieren. »Schule. Olivia. Das tote Kaninchen. Was der wahre Grund ist, warum Cromwell euch alle hierhergeholt hat. Mom und Dad.« Ich hielt inne und warf einen Blick auf das Bett. *Niemals jemanden berühren zu können. Als Jungfrau zu sterben. Ob der Pickel auf meiner Stirn immer noch die Größe eines Dorfs hat?* »Alle möglichen Sachen.«

»Okay.« Hayden setzte sich wieder, und erneut drückten sich seine Knie gegen meine. »Da geht dir ja eine Menge durch den Kopf.«

Ich schnaubte. »Tut mir leid.«

Er grinste. »Versuch mal, all das loszulassen. Wenn du an nichts denkst, berühre wieder die Pflanze.«

Ich seufzte. »Es ist so eine hübsche Blume.«

Seine Lippen zuckten, als kämpfe er gegen ein Lächeln an. »Bist du so weit?«

Ich lockerte die Schultern und versuchte, an gar nichts zu denken, aber das war wirklich schwer. Mein Gehirn spuckte in einer Tour irgendwelche Sachen aus, doch ich bemühte mich. Als ich glaubte, dass mein Kopf einigermaßen leer war, beugte ich mich vor. Bei der Bewegung drückten sich unsere Knie noch fester aneinander. So verrückt es klang, aber ich hätte schwören können, dass ich die Hitze seiner Haut durch die Kleidung spürte und dass sie mich wärmte.

»Ember?«

Ich strich mit dem Finger über die Pflanze. Als würde sie mir ins Gesicht lachen, starben die bunten Blüten als erste ab. Rosa und weiße Blütenblätter fielen herunter, die sich, als sie auf dem Boden aufkamen, braun färbten. Puh. Ich war wirklich der Tod in Sneakers.

»Woran hast du gedacht?«, fragte Hayden.

»An gar nichts.«

»Irgendetwas geht einem immer durch den Hinterkopf. Was ist durch deinen gegangen?«

Im Moment dachte ich daran, wie wunderschön seine Augen waren, aber ich hätte mir eher die Haare abrasiert, als das zuzugeben. »Keine Ahnung. In meinem Hinterkopf läuft gar nichts.«

Hayden stellte die Pflanze auf den Boden. Dabei löste sich sein Knie von meinem und landete an meinem Oberschenkel. Ein leichter Schauer lief durch mein Bein.

»Versuch, dich zu konzentrieren, Ember. Jedes Handeln ist immer mit einem Gedanken verbunden. Wie etwas in Endlosschleife.«

Den Gedanken, der in diesem Moment in meiner Endlosschleife lief, wollte ich wirklich nicht mit ihm teilen. Meine Wangen fühlten sich an, als stünden sie in Flammen. Keine Ahnung, was mit mir nicht stimmte, warum ich nicht aufhören konnte, an ihn zu denken.

Hayden richtete sich auf, und sein Knie glitt zurück. Sein Blick suchte meinen, und seine Augen blitzten. »Lass es uns noch einmal versuchen.«

»Ja klar«, stotterte ich.

Wir machten eine Weile so weiter. Ich tötete die nächste unschuldige Pflanze. Hayden fragte wieder, woran ich gedacht hatte. Sein Bein flirtete mit meinem. Ich sagte ihm, ich hätte an gar nichts gedacht, und er sagte irgendetwas total Motivierendes.

Einen Pflanzenserienmord später beendete Hayden das Ganze. »Wir versuchen es morgen noch einmal. Du machst das wirklich gut.«

Aus meiner zusammengesunkenen Haltung heraus zog ich die Augenbrauen hoch. »Ach ja?«

Er lächelte mich an und nickte. »Du siehst müde aus.«

Müde? Eher fix und fertig, und ich hatte auch noch Hausaufgaben zu erledigen. Ich ließ den Kopf in den Nacken fallen und schloss die Augen. So verstrichen mehrere Minuten, und ich wusste nur deshalb, dass Hayden noch da war, weil seine Beine sich gegen meine drückten. Vielleicht war das der Grund, warum ich es nicht eilig hatte mit den Hausaufgaben.

»Ich habe mich wirklich bemüht, weißt du?«, sagte ich.

»Ja, das weiß ich.«

»Ich bin ein riesiger Reinfall. Vielleicht kannst du da nichts machen. So bin ich nun mal, nach dem Motto: ›Wenn man es kaputt macht, muss man es kaufen.‹«

Haydens Lachen vibrierte durch mich hindurch. »Was?«

Ich hob den Kopf. Er strahlte mich an – ein Lächeln, das seine Augen erreichte und sie wie flüssige Schokolade aussehen ließ. Plötzlich war es, als würde ich aufwachen oder etwas Grundlegendes begreifen.

Auch wenn ich keine Ahnung hatte, was das sein konnte.

Er beugte sich vor und stützte die Ellbogen auf die Knie. Mehrere Locken fielen ihm ins Gesicht, als er das Kinn in den Händen ablegte. »Das musst du mir erklären.«

»Du kennst doch die Läden, die Schilder mit der Aufschrift haben: ›Wenn Sie etwas kaputt machen, müssen Sie es kaufen.‹ Das ist irgendwie der Leitspruch meines Lebens. Wenn ich jemanden berühre, bringe ich ihn um. Also irgendwie das Gleiche.«

Er zog eine Augenbraue hoch. »Du denkst wirklich seltsame Dinge.«

»Findest du?« Aus reiner Neugier nahm ich die gleiche Haltung ein wie er. Unsere Gesichter waren nur noch Zentimeter voneinander entfernt. Jeder, der auch nur einen Funken Verstand hatte, wäre von mir abgerückt.

Hayden tat das nicht.

»Was ist los mit dir?«, fragte ich. »Du scheinst keine Angst davor zu haben, mir zu nah zu kommen. Selbst Menschen, die nicht wissen, wozu ich fähig bin – Außenseiter –, wagen es nicht, sich mir richtig zu nähern. Als würden sie irgendwie spüren, dass ich der Tod bin.« Ich hielt inne. »Vielleicht sind es auch die Augen. Sie machen den Leuten Angst.«

Das Lächeln verschwand aus seinem Gesicht. »Wovor sollte ich Angst haben? Ich weiß, dass du mir nichts tust, und wenn du mich doch berühren würdest, könnte ich die Wirkung jederzeit stoppen.«

Ich verzog das Gesicht. »Du hast gesagt, das würdest du nicht noch einmal machen.«

Er rückte noch näher an mich heran. »Stimmt, das habe ich gesagt.«

»Du würdest also nicht ausrasten, wenn ich dich anfassen würde?«

»Nein.«

»Echt?«

»Jepp.«

Ich führte die Hand zu seiner Wange. Ich berührte ihn zwar nicht, denn ich war wirklich kein Psycho. Ich wollte nur seinen Bluff auffliegen lassen. Jeden Moment würde er zurückzucken, aber nur für eine Sekunde konnte ich seine Augen diesen seltsamen Farbwechsel machen sehen, dann schloss er sie. Sein Gesicht war völlig entspannt.

»Machst du es jetzt oder nicht?«, fragte er mich.

Verblüfft ließ ich die Hand fallen. »Du spinnst.«

Er öffnete ein Auge. »Nein. Wenn du mich festhältst, würde es irgendwann wehtun. Aber du würdest nicht festhalten.«

»Das kannst du nicht wissen. Sieh dir an, was mit …«

»Das war nicht deine Schuld.« Hayden rutschte nach vorn und legte die Hände an meine Arme. »Weißt du, ich könnte genauso sagen, dass du verrückt bist.«

Ich ließ den Blick auf seine Hände sinken. Es war nur zu leicht, mich an die kurzen Sekunden zu erinnern, in denen seine Haut meine berührt hatte, und jetzt waren seine Hände meinen nackten Unterarmen so nah. »Inwiefern?«

»Meine Gabe würde dich umhauen, aber ich sehe dich nicht zur Tür rennen.« Er schob die Hände tiefer und legte sie um meine Ellbogen. »Du hast keine Angst vor mir.«

»Aber … das würdest du nicht mit mir machen.«

Ein kleines Lächeln umspielte seine Lippen. »Ember, du kennst mich nicht so gut, wie ich dich kenne.« Er schob seine Hände zu meinen Schultern hinauf und dann wieder hinunter bis zu den Ärmelbündchen meines Pullovers, als versuche er, mich zu wärmen.

Und das tat er auch.

Obwohl er meine Haut nicht direkt anfasste, bewirkte seine Berührung seltsame Dinge bei mir – vom Kopf bis in die Zehenspitzen wurde mir ganz warm. Ich zerbrach mir den Kopf, um auf irgendeine intelligente Bemerkung zu kommen. Mir fiel rein gar nichts ein. Also entschied ich mich für eine Frage, die mich schon länger beschäftigte. »Warum bist du immer wiedergekommen, um mich zu sehen, Hayden?«

»Du hast mich interessiert.«

»Das ist alles? Du bist wer weiß wie viele Stunden unterwegs gewesen, weil ich dich *interessiert* habe?«

Er schürzte die Lippen. »Weil ich wusste, wie es ist, nicht dazuzugehören. Lange Zeit war ich … sehr allein. Also weiß ich, wie es sich anfühlt.«

Wie es sich anfühlte, einsam zu sein, meinte er wohl. Das war etwas, das wir gemeinsam hatten.

»Und es war noch mehr als das.« Er hielt inne und schien sich unwohl zu fühlen. »Ich weiß, es klingt unheimlich …«

»Ja genau, du bist mir total unheimlich.«

Er sah mich übertrieben streng an, doch seine Augen schienen zu tanzen. »Du hilfst mir nicht besonders. Ich versuche hier gerade, etwas Peinliches zuzugeben.«

»Na schön, nur zu«, sagte ich und kämpfte gegen ein Lächeln an.

»Nun, ich habe mir Sorgen um dich gemacht. Ich … wollte mich einfach davon überzeugen, dass es dir gut geht. Es gab so vieles, mit dem du klarkommen musstest. Ich wollte dir helfen.«

Instinktiv schloss ich die Augen, während er sprach, und gestattete mir zu genießen, wie seine Hände über meine Arme streichelten. Dabei konnte schließlich nichts passieren. Ein Pullover trennte meine Haut von seiner, und ich brach nicht mit meiner Nicht-Anfassen-Politik.

»Rückblickend bin ich mir sicher, dass ich etwas hätte tun können. Mit Geld oder …«

»Oder was?«

Hayden schwieg für eine gefühlte Ewigkeit. »Wenn ich eine Möglichkeit gefunden hätte, diese Kids dafür bezahlen zu lassen, dass sie so gemein zu dir waren.«

Ich schauderte. Nicht wegen der Sachen, die er sagte, sondern weil … nun, ich war mir ziemlich sicher, dass es etwas gab, das er gerne getan hätte. Wie zum Beispiel ihre Häuser – oder sie selbst – in die Luft zu jagen. »Warum hast du mich an dem Tag in der Bibliothek schließlich angesprochen?«

»Ich weiß es nicht«, sagte er leise. »Du sahst einfach immer so traurig aus. Und ich wusste, dass du mich in der Schule gesehen hattest. Ich wollte danach einfach mit dir reden.«

»Du hast Oscar Wilde zitiert.« Ich lächelte.

Hayden lachte. »Stimmt, das war der Gipfel des Strebertums.«

»Nein. Es war irgendwie cool.«

Wir verfielen in Schweigen. Er machte weiter diese Sache mit den Händen und kam meiner Haut wiederholt gefährlich nahe. Nach einer Weile fingen meine Arme an zu kribbeln. Es fühlte sich genauso an wie in dem Moment, als unsere nackte Haut sich berührt hatte, nur nicht ganz so überwältigend. Als ich endlich die Augen wieder öffnete, sah Hayden mich ernst an. »Was?«, murmelte ich.

Er schüttelte den Kopf, ließ die Hände sinken und stand auf. Ich vermisste sie sofort. »Weißt du, was traurig ist? Mir vertraust du, doch dir selbst vertraust du nicht.«

Ich starrte ihn an. Er hatte absolut recht. »Aber deinem Vater traue ich nicht.«

»Ich weiß.« Der Anflug eines Lächelns erschien. »Doch vielleicht kannst du es eines Tages lernen, ihm zu vertrauen … und dir selbst.«

»Das wird wahrscheinlich nicht passieren.«

Hayden verschränkte die Arme vor der Brust. »Warum nicht?«

Ich zuckte die Achseln. Der Typ war sein Dad, daher konnte ich ihm nicht gut sagen, dass ich Cromwell eklig fand. Also schwieg ich.

»Bist du bereit?«, fragte er und ließ damit das Thema wieder fallen.

Ich nickte, und wir gingen schweigend durch den dunklen Wald zurück. Nachts bekam der Wald eine beinahe unwirkliche Atmosphäre, in der alle möglichen Kreaturen in den Büschen zu lauern schienen. Ich war heilfroh, als wir endlich ins Haus traten.

Hayden ging zu seinem Zimmer, doch ich brachte ihn mit vier Worten dazu, stehen zu bleiben. »Es tut mir leid.«

Er drehte sich zu mir um und legte den Kopf schräg. »Was tut dir leid?«

Ich biss mir auf die Unterlippe. »Mir tut leid, was ich neulich zu dir gesagt habe. Als du meintest, du seist für mich da, und ich gesagt habe, das bedeute mir nichts.«

Er wartete.

Errötend rieb ich mir über die Arme, so wie er es getan hatte. Das Gefühl war nicht das gleiche. »Es war nicht besonders nett.«

»Du warst aufgebracht.« Hayden zuckte die Achseln, und ein bekümmerter Ausdruck trat in seine Züge. »Adam … er war alles für dich.«

Ich zuckte zusammen. Adam war jetzt nichts mehr für mich. »Wie dem auch sei, es tut mir leid.«

Hayden nickte. »Alles verziehen, Ember. Freunde?«

Meine Mundwinkel gingen nach oben. »Freunde.«

Kapitel 13

Während des Biokurses lag Spannung in der Luft – es war die letzte Unterrichtsstunde des Tages, außerdem war Freitag und, ach genau, auch noch Homecoming-Wochenende. Langweilig.

»Gehst du wirklich nicht zum Spiel?« In Corys Stimme schwang Ungläubigkeit mit. Als könnte nichts auf dieser Welt so wichtig sein wie »das Spiel«.

»Korrekt.« Ich beäugte Coach Ashford, der die Füße auf den Schreibtisch gelegt hatte. Sein Kopf fiel ihm immer wieder herunter, und dann riss er ihn wieder hoch und blinzelte.

»Und du kommst auch nicht zum Ball?«

Ich gähnte laut. »Nein.«

Cory schüttelte den Kopf. »Ich dachte, ihr Mädels lebt für so etwas.«

Das taten wir – das tat ich – aber meine Begleitung (wenn ich denn eine gehabt hätte) würde den Abend nicht überleben, was der ganzen Sache irgendwie das Vergnügen nahm. »Es ist einfach nicht mein Ding.«

»Oh.« Cory drehte den Bleistift zwischen den Fingern und

räusperte sich. »Billy macht nach dem Ball ein Lagerfeuer. Du solltest hinkommen.«

Ich sah ihn nur an. Billy McIntyre war in meinem Englischkurs. Netter Junge, Kapitän der Footballmannschaft. Ich hatte bisher so gut wie kein Wort mit ihm gewechselt.

Corys Wangen nahmen eine rötliche Farbe an. »Nun ... die anderen gehen hin – die, bei denen du wohnst. Normalerweise kommen sie alle – sogar Hayden. Es ist irgendwie Tradition hier. In die Maisfelder gehen, sich betrinken und so. Wie dem auch sei, du solltest auch kommen.«

»Oh.« Ich biss mir auf die Unterlippe. Hayden hatte es nicht erwähnt. Er hatte ebenfalls den Ball nicht erwähnt, obwohl ich Phoebe darüber hatte reden hören. Sie hatte einen Begleiter – einen nachdenklich aussehenden Jungen mit dunklem Haar und vollen Lippen.

Ich fragte mich, mit wem Hayden wohl zum Ball gehen würde. Schließlich musste er hingehen, oder? Mehr als die Hälfte der weiblichen Bevölkerung begann zu sabbern, wenn er vorbeiging. Und warum hatte er nichts von der Party gesagt? Wir waren Freunde. Sollten Freunde sich so etwas nicht erzählen?

»Ember?«, sagte Cory.

«Oh. Ähm, ich weiß noch nicht.«

Cory runzelte die Stirn. »Denkst du wenigstens darüber nach? Das wird spaßig.«

»Klar.«

Glücklicherweise läutete es. Eine Party klang tatsächlich nach Spaß. Aber wenn Hayden wollte, dass ich mitging, hätte er etwas gesagt. Natürlich musste ich, sobald Hayden und ich zu unseren Spinden gingen, mein großes Mundwerk aufreißen. »Gehst du am Samstagabend zum Lagerfeuer?«

Hayden nahm sein Biobuch in die Hand. »Woher weißt du von der Party?«

Eine Falte trat zwischen meine Brauen. »Cory hat mich eingeladen.«

»Hat er das?« Seine Stimme war sanft, verräterisch leise.

»Ja, na und?«

Wir blieben vor seinem Spind stehen. Schon beim ersten Versuch ging er auf, und Hayden warf sein Buch hinein. »Ich hatte dieses Jahr nicht vor hinzugehen.«

»Warum nicht?«

Er warf mir einen wissenden Blick zu. »Ich dachte, dass du nicht hingehen willst.«

»Was hat das damit zu tun, dass du hingehst? Und warum glaubst du, ich wollte nicht hingehen?«

»Nun, ich dachte, wir könnten an der *Sache* arbeiten, da dann alle weg sind.« Er schlug seinen Spind zu. »Außerdem bin ich davon ausgegangen, dass du nicht gern unter so vielen Menschen bist.«

»Ich mag Menschen. Ich mag Partys.«

»Dann gehe ich mit dir hin, wenn du willst.«

Ich stutzte und starrte meinen Spind an. Bot er mir das an, weil er sich dazu verpflichtet fühlte? »Hör mal, du brauchst nicht mit mir hinzugehen, wenn dir nicht danach ist.« Ich stellte die letzten Zahlen ein, zog am Türgriff und begann seufzend noch einmal von vorn mit der Kombination. Und dann sagte ich etwas, das ich überhaupt nicht vorgehabt hatte. »Ich kann auch mit Cory hingehen.«

Seine dunklen Augen flammten auf wie Streichhölzer. »Ich will mit dir hingehen. Wenn ich es nicht wollte, würde ich dich nicht einladen. Du willst doch hingehen, oder?«

In meinem Bauch wurde es ohne jeden Grund ganz warm.

Hayden lehnte sich an den Spind neben meinem und seufzte. »Aber ich tanze nicht – niemals. Ein Elefant bewegt sich geschmeidiger als ich.«

Irgendwie bezweifelte ich das.

»Ich habe kein bisschen Rhythmusgefühl. Und ich hasse Smokings und Sachen wie Blümchen im Knopfloch und schlechten Punsch. Allein beim Gedanken daran würde ich mir am liebsten die Augen ausstechen.«

»In Ordnung.« Ich lachte leise. »Wir gehen nicht zum Ball.«

»Aber ich gehe mit dir zu der Party.«

Ein einfältiges Grinsen breitete sich auf meinem Gesicht aus. »Tatsächlich?«

Er nickte und sah mich herausfordernd an. »Denk also nicht einmal daran, mit mir darüber zu streiten.«

»Okay. Dann kann …« Die Spindtür ging endlich auf. Alles Blut wich mir aus dem Gesicht und dann aus dem ganzen Körper.

Hayden erstarrte an meiner Seite. »Was zum Teufel soll das denn?«

Im Fach stand eins dieser Modellautos, die man selbst zusammenbauen musste. Es war jedoch nicht irgendein Modellauto, es war die exakte Kopie von Dads Lexus: weiß, viertürig, die Luxusausgabe. Es war mir unerklärlich, woher jemand diese Einzelheiten wissen sollte.

Es war aber die Fahrerseite des Modellautos, die mich benommen verstummen ließ. Jemand hatte mit einem Hammer darauf eingeschlagen. Die Beifahrerseite dagegen war völlig unberührt. Dieser Jemand war sogar kreativ geworden und hatte feine, rote Linien über das Heck gezogen, wie dünne Ströme aus Blut. Auf die Seite war eine Botschaft gekritzelt. Laut und deutlich kam sie bei mir an.

Totes sollte tot bleiben.

Hayden griff danach. Die blanke Wut jagte ihm das Blut in die Wangen.

»Willst du mir jetzt wieder sagen, dass es keiner von ihnen war?«, fragte ich ihn mit bebender Stimme.

Sein Blick zuckte zu mir herüber, und ich machte unwillkürlich einen Schritt nach hinten. »Wir müssen es meinem Vater sagen.«

»Nein.« Ich riss das Auto an mich.

»Er wird dich nicht wegschicken, Ember.« Haydens Stimme war kaum lauter als ein Flüstern. »Er muss davon erfahren.«

»Nein.« Ich wirbelte herum und ging mit langen Schritten zum Mülleimer. Ohne auf die neugierigen Blicke der Schüler zu achten, die noch nach dem Unterricht herumlungerten, warf ich das Modellauto hinein. »Vergiss es.«

Hayden hatte meinen Spind bereits geschlossen. Sein Gesicht war vor Zorn verzerrt. Ohne Vorwarnung kippte der Mülleimer um. Ich fuhr zurück, als die Seiten der Plastiktonne ächzten und dann aufplatzten. Abfall flog durch die Gegend.

Die Schüler, die sich noch im Flur aufhielten, kreischten. Jemand brüllte nach einem Lehrer. Einige johlten. Ich packte Hayden am Arm und zog ihn durch den Flur.

»Hoppla«, murmelte er.

Ich sah ihn mit großen Augen ah. »Hoppla? Wow. Ich würde das Zerfetzen einer Mülltonne in einer Schule nicht unbedingt einen Hoppla-Moment nennen.«

Er machte sich achselzuckend von mir los. »So was kommt vor.«

Ich sprach kein Wort mehr, bis wir im Wagen saßen. »Ich will zurück ins Haus.«

Mit beiden Händen umklammerte er den Schlüssel. Ich warf einen verstohlenen Blick auf sein Gesicht. Er hatte seine Fähigkeit wohl doch nicht so ganz unter Kontrolle.

»Warum willst du mir nicht erlauben, dass ich es meinem Vater sage, Ember?«, fragte er schließlich.

»Ich traue ihm nicht.«

Seine Augen weiteten sich. »Du kannst nicht ernsthaft glauben, dass er etwas damit zu tun hat!«

Ich drehte mich zu ihm um. »Das ist es nicht. Ich vertraue

nicht darauf, dass er mich nicht wegschicken wird! Ich weiß, dass er mich nicht hier haben will, Hayden. Niemand außer dir will mich hier haben! Er braucht nur einen Grund, um mich wegzuschicken.«

»Ember …«

»Und ja, stimmt, ich traue ihm nicht über den Weg. Niemand sonst weiß diese Dinge, Hayden.« Ich lehnte mich ein Stück von ihm weg. »Das Auto eben sah genauso aus wie das echte. Mit allen Schäden war es eine perfekte Kopie von damals. Also, erzähl mir nicht, dass es keiner von ihnen war. Denn wer könnte es bitte sonst gewesen sein?«

Hayden wandte sich ab, die Lippen zusammengepresst.

»Und wer sonst würde eine solche Nachricht darauf hinterlassen?«

Er stieß den Schlüssel ins Zündschloss. »Obwohl ich es für dumm halte – und es ist wirklich dumm, Ember –, werde ich es niemandem erzählen. Aber wenn es wieder passiert, war es das.«

Wütend ließ ich mich in meinem Sitz nach hinten fallen. Die Anspannung und der Zorn erfüllten den gesamten Wagen, und eine Weile fuhren wir, ohne dass einer von uns etwas sagte.

Die Hälfte der Zeit wollte ich ja selbst nicht hier sein, doch ich war es nun mal und würde auch so bald nicht wieder verschwinden. Ich hatte nicht einmal das Gefühl, diese Behandlung nicht zu verdienen – vielleicht war es eine Art Buße dafür, dass ich von den Toten zurückgekehrt war, eine Buße für das, was mit Dustin passiert war. Ich war unnatürlich und falsch. Ich konnte verstehen, warum jemand mich hier nicht haben wollte.

Aber Olivia war hier, und das bedeutete, dass auch ich blieb.

Nach dem Zwischenfall mit dem Spielzeug-Lexus wollte ich eigentlich nicht mehr zu der Party gehen, doch Hayden bestand darauf. »Du musst etwas Normales tun«, verkündete er nach dem Abendessen. »Außerdem will ich, dass du hingehst. Mit mir.«

Diese zwei kleinen Worte besiegelten die Sache. Also versuchte ich, das alles aus meinem Kopf zu verbannen, während ich in meinem Kleiderschrank wühlte. Ich entschied mich für einen Jeansminirock und schwarze, blickdichte Strumpfhosen, was tatsächlich zu meinem weiten Pulli gut passte. Außerdem fand ich ein Paar Schaffellstiefel. Sie waren total hässlich, würden jedoch zumindest meine Füße warm halten.

Es dauerte geschlagene vierzig Minuten, bis meine Locken nicht mehr aussahen wie ein riesiger krauser Ball, vor allem nachdem Olivia sich die halbe Flasche Locken-Revitalisierer selbst über den Kopf gekippt hatte.

»Das gehört mir.« Ich riss ihr die Flasche aus der Hand und verzog das Gesicht.

Olivia setzte sich auf die Bettkante und ließ die Füße vor und zurück schwingen. »Warum bist du nicht so angezogen wie Phoebe?«

Phoebe war vor über einer Stunde losgegangen, in einem schwarzen Killerkleid, das mit seinem Ausschnitt die Grenzen der Kleiderordnung auslotete. Und sie hatte gut ausgesehen.

Ich ging wieder zum Badezimmerspiegel und schürzte die Lippen. Olivia auf dem Bett kicherte.

»Sie geht zu einem Ball.«

»Warum gehst du nicht tanzen?«

»Bälle sind öde, Olivia«, sagte ich und redete mir selbst das Gleiche ein. Als ich endlich mit meinen Locken zufrieden war, warf ich die Flasche in einen Korb und drehte mich für Olivia einmal um die eigene Achse.

Sie applaudierte ein wenig zu begeistert. »Du siehst hübsch aus, Emmie.«

»*Emmie* sieht wirklich hübsch aus.«

Haydens Stimme ließ mich abrupt verharren. Er stand an der Tür, in dunklem Pullover, locker sitzenden Jeans und mit einer schwarzen Baseballkappe auf dem Kopf. Braune Locken lugten an den Seiten hervor und verstärkten seinen jungenhaften Charme.

Er hatte außerdem die Hände hinter dem Rücken.

»Hey«, sagte ich.

Hayden schenkte mir ein schiefes Lächeln, bevor er sich an Olivia wandte. »Tante Liz backt gerade Kekse.«

Ihre Augen leuchteten auf, als hätte ihr jemand einen Diamanten vor die Nase gehalten. »Kekse? Mit Schokostreuseln?«

»Genau, aber musst du nicht langsam ins Bett?«, fragte Hayden. »Wahrscheinlich ist es für dich schon ein bisschen spät.«

»Neee.« Sie zog das Wort in die Länge und riss die Augen auf.

Ich schüttelte lächelnd den Kopf. »Ganz falsch.«

Er grinste mich an. »Wenn du dich beeilst, kannst du vor dem Schlafengehen vielleicht noch ein paar probieren.«

Olivia sprang vom Bett und schoss aus dem Raum. Schokostreusel-Kekse waren viel wichtiger als ihre Schwester. Damit blieben wir allein zurück … in meinem Zimmer.

Nervös griff ich nach der Münze und steckte sie mir in die Tasche. »Dann hoffe ich für dich, dass es wirklich Schokostreusel-Kekse gibt, sonst kriegst du in einer Minute Geschrei zu hören.«

Hayden lachte. »Da unten gibt es wirklich Kekse. Man kann mir einiges vorwerfen, aber ich belüge keine kleinen Kinder.«

Ich fragte mich, was er damit meinte. »Was hast du da hinter dem Rücken?«

Er setzte sich aufs Bett. »Komm her.«

»Was?« Ich setzte mich neben ihn und strich mir mit beiden Händen den Jeansrock glatt.

Er hielt mir ein Paar gestrickte Handschuhe mit Zopfmuster hin, grau meliert – immer eine gute Farbe. »Die habe ich aus Phoebes Zimmer geklaut. Es wird kalt werden da draußen. Du wirst sie brauchen. Und sie halten deine Hände wärmer als die, die du sonst immer trägst. Ich will, dass du dich amüsierst«, fuhr er leise fort, »und dir um nichts Sorgen zu machen brauchst. Du hast es heute Abend dringend nötig, dich zu amüsieren.«

Meine Augen fühlten sich komisch an, als hätte ich einen Fremdkörper hineinbekommen. Ich blinzelte ein paarmal hintereinander und ignorierte den Kloß in meinem Hals. »Danke.«

Hayden nickte, ohne mir in die Augen zu sehen. »Zeig mir deine Hände.«

»Ich kann mir die selbst ...« Er sah mir in die Augen. Er hatte mal wieder diesen Blick. Seufzend hielt ich ihm meine Hände hin.

Der Anflug eines Lächelns erschien auf Haydens Gesicht. Vorsichtig zog er mir einen Handschuh über die rechte Hand. Die Spitzen seiner Finger streiften nur gerade eben die Haut um meine Handgelenke, aber es fühlte sich an wie tausend Elektroschocks. Als Nächstes kam die linke Hand an die Reihe, und wieder streiften seine Finger meine Haut. Ein feines Beben raste meine Arme hinauf und dann durch meinen ganzen Körper.

Ich konnte nicht fassen, wie unbekümmert er war. Niemand im Haus würde es wagen, so lässig damit umzugehen, versehentlich meine Haut zu berühren, und das galt sogar für Olivia.

Als er fertig war, verweilten seine Hände noch ein oder zwei Sekunden lang auf meinen, bevor er sie sinken ließ. »Fertig?«

Weil ich meiner Stimme nicht traute, nickte ich nur.

Liz hatte Olivia bereits mit einem Teller voller Kekse und mit einem Glas Milch in eins der Wohnzimmer gesetzt. Ich fragte mich, wie sie glauben konnte, sie jetzt noch ins Bett zu bekommen. Dieses Mädchen würde gleich in einen schrecklichen Zuckerrausch geraten.

Gott sei Dank war ich dann nicht mehr da, um es mitzuerleben.

Fast hätten wir es ohne Zwischenfall aus dem Haus geschafft, doch Hayden wollte sich noch eine Flasche Wasser für unterwegs mitnehmen. In der Küche lehnte Cromwell an der Theke, die Arme vor der Brust verschränkt. Erst dachte ich, er sei allein, aber dann versteifte Hayden sich an meiner Seite.

Am Tisch saß Kurt. Alle Härchen an meinem Körper stellten sich auf. Kurt nickte uns zu, ein selbstgefälliges Lächeln auf dem Gesicht.

»Wohin wollt ihr?«, fragte Cromwell.

»Zu einer Party, die einer von den Jungs aus der Schule veranstaltet«, antwortete Hayden.

»Zusammen?«

»Ist das ein Problem?«, fragte ich, wahrscheinlich im schlimmstmöglichen Tonfall – einem, der mir früher einen strengen Blick von meinem Vater eingebracht hätte.

Cromwell hatte den gleichen Ausdruck auf dem Gesicht, nur dass er nicht mein Vater war. Daher kümmerte es mich auch nicht. Nach langem Schweigen richtete Cromwell wieder das Wort an Hayden. »Um elf seid ihr zurück.«

»Was?« Hayden kniff die Augen zusammen. »Du hast mir noch nie eine Zeit zum Nachhausekommen vorgegeben.«

»Heute schon.«

Haydens Haltung veränderte sich. Breitbeinig stand er da, die Schultern hochgezogen. »Elf Uhr ist lächerlich früh.«

Cromwells Blick ging kurz zu meinen Händen. »Mitternacht – nicht später.«

Es schien, als überlege Hayden, nicht zu schnell klein beizugeben, aber dann hob er bloß die Schultern. Er schnappte sich eine Wasserflasche, während ich Kurt aus dem Augenwinkel beobachtete. Sah er aus wie jemand, der ein Kaninchen aufschlitzte und ein zerstörtes Spielzeugauto in meinen Spind legen würde?

Ja.

Ich konnte die Küche gar nicht schnell genug verlassen, aber die tiefe, beinahe belustigte Stimme ließ uns im Flur noch einmal stehen bleiben.

»Viel Spaß«, rief Kurt. »Tut nichts, was ihr bereuen würdet. Das gilt für euch beide.«

Kapitel 14

Einige Zeit später saß ich inmitten von Jugendlichen. Einige von ihnen hatte ich bereits auf den Schulfluren gesehen, und mit einigen wenigen hatte ich vielleicht sogar schon mal einen ganzen Satz gewechselt. Als wir angekommen waren, hatte mir irgendjemand einen roten Plastikbecher mit billigem Fassbier, das genauso schlecht schmeckte, wie es roch, in die Hand gedrückt. Ich trank es trotzdem, wenn auch sehr langsam.

Cory schien begeistert, mich zu sehen, als er in einem klassischen Smoking vom Ball kam. Er sah lächerlich aus, viel zu förmlich zwischen dem Mais und den ramponierten Gartenstühlen. Glücklicherweise hatte Hayden vorausschauend eine Decke mitgebracht, auf der ich nun im Schneidersitz einfach sitzen blieb.

Und ich amüsierte mich tatsächlich.

Als den anderen Kids der Ball langweilig wurde, kamen sie in ihren Wagen angebraust. Die Mädchen trugen noch immer ihre hübschen Kleider, aber die meisten Jungs hatten sich umgezogen. Nachdem ich meinen ersten Becher Bier geleert hatte, lehnte ich einen zweiten lieber ab. Ich vertrug nicht viel, außerdem war ich vollkommen zufrieden damit, Haydens Umgang mit den anderen – den Außenseitern – zu beobachten. Es war einfach faszinierend.

Er war wirklich ein Naturtalent, charmant und witzig. Und meine Güte, die ganzen halb nackten Mädchen umlagerten ihn, wollten mit ihm reden, neben ihm stehen. Die Jungs, nun, das schien eine ganz andere Geschichte zu sein. Sie blieben auf Distanz und behandelten ihn mit der Art von Respekt, der normalerweise aus einer angeborenen Angst resultiert. Obwohl Hayden sich unter die Partygäste mischte, entfernte er sich nie zu weit von mir, fast als habe er sich selbst zu meinem Beschützer ernannt. Es wäre gelogen gewesen zu sagen, dass ich nicht geschmeichelt war, aber irgendwie fühlte ich mich auch mies. Hielt ich ihn von seinen Freunden fern?

Anscheinend hatte Gabe denselben Gedanken.

»Es ist schön zu sehen, dass er mal wieder aus dem Haus geht.« Aus dem Nichts ließ er sich auf meine Decke fallen, noch immer in seinem Smokinghemd, allerdings inzwischen in Jeans. Ein Mädchen mit brünettem Haar in einem abscheulichen violetten Kleid, das ihr am Körper klebte, wartete in der Nähe auf ihn. »Seit du hier angekommen bist, hat er deinen Hintern keine Sekunde aus den Augen gelassen.«

Ich runzelte die Stirn.

»Nicht dass es nicht ein hübscher Hintern wäre, aber trotzdem. Was hat er davon, so viel Zeit mit dir zu verbringen?«

Die Falte zwischen meinen Brauen wurde noch tiefer.

»Du lässt ihn definitiv nicht ran, was also ist der Deal, Ember? Was läuft zwischen euch beiden?«

»Nichts, das dich etwas anginge.«

Gabe legte den Kopf in den Nacken und lachte. »Du magst mich nicht, was?«

Eine ziemlich dumme Frage, fand ich. »*Du* magst *mich* nicht.«

»Stimmt.« Er lachte wieder, dann stand er auf. Eine Sekunde später stand Phoebe auf seinem Platz. Ich seufzte.

»Hübsche Handschuhe«, bemerkte sie.

Ich senkte den Blick auf meine Hände. »Sorry. Hayden hat sie mir gegeben.«

»Ach wirklich?« Sie schwankte nach links, einen Plastikbecher in der Hand. »Wie nett von ihm.«

»Finde ich auch.«

Phoebe machte einen Schritt nach rechts, blieb stehen und beugte sich dann kichernd vor. Gott allein wusste, was die Gruppe von Jungs vor ihr zu sehen bekam.

Ich verdrehte die Augen, aber Phoebe zuckte nur die Achseln. »Egal, wie ich schon sagte. Nett von Hayden. Du hältst ihn für so was wie deinen großen weißen Ritter, was? Aber er ist eher ein schwarzer Ritter. Der Junge hat Schäden. Ja, die hat er.«

Je länger sie redete, desto weiter bewegten sich meine Augenbrauen nach oben. Ich frage mich, wie oft sie ihren Plastikbecher wohl schon nachgefüllt hatte.

»Ich wette, er hat dir nicht erzählt, warum seine Eltern ihn rausgeworfen haben, oder? Natürlich nicht«, lallte sie. »Du kennst ihn nicht so gut wie ich.«

»Vielleicht solltest du aufhören zu trinken«, schlug ich vor.

»Ich muss pinkeln«, verkündete sie für niemand Bestimmten.

»Schön für dich.«

»Du musst mitkommen, Ember. Mädchen lassen einander nicht allein im Maisfeld pinkeln gehen.« Sie lachte und deutete mit dem Becher auf mich. Ich fuhr zurück und entging mit knapper Not einem Bierwasserfall. »Aber so etwas weißt du natürlich nicht. Ich wette, du bist noch nicht oft auf eine Party eingeladen worden.«

Ich hielt Ausschau nach Hayden und sah ihn mit Gabe

und einigen Jungs zusammenstehen, die ich nicht kannte. Er schaute zwar immer wieder zu uns herüber, aber ich war mir ziemlich sicher, dass er Phoebe nicht gehört hatte. Und ich wollte ihn nicht stören.

»Kommst du nun mit?« Sie musste aufstoßen und hielt sich den Mund zu. »Igitt, ich glaube, mir ist gerade ein bisschen was hochgekommen.«

»Oh Gott, das ist so eklig.«

Sie kicherte. »Stimmt.«

Wenn ich die Wahl gehabt hätte, wäre ich lieber nackt auf der Party herumgelaufen, als sie zum Pinkeln zu begleiten, aber mein Verantwortungsgefühl gewann die Oberhand über mich. Ich versuchte zwar, es wegzudrängen, doch es kam immer wieder. Das Mädchen konnte kaum geradeaus gehen. Es bestand eine gute Chance, dass sie sich verirren würde.

Was gar nicht so schlecht gewesen wäre.

»Ember …?«

Stöhnend stand ich auf. »Na, dann los.«

Phoebe stolperte vor mir her, schaffte es jedoch bis an den Rand des Maisfelds. Je weiter sie sich vorwagte, umso weniger richtete der Schein des Lagerfeuers gegen die Dunkelheit aus. Als ich mich umsah, konnte ich nur noch die Umrisse von Bäumen und Büschen ausmachen.

Ich schauderte. »Reicht dir das hier?«

»Klar. Meinetwegen.« Phoebe hockte sich hin. Nun, sie fiel eher nach hinten, schaffte es aber, sich mit der Art von Anmut, die ich niemals haben würde, zu fangen. Ihr Kleid rutschte hoch und entblößte auf den Innenseiten ihrer Oberschenkel mehrere dünne Schnitte. Es waren vollkommen gerade Linien, drei insgesamt, eine neben der anderen. Frische Wunden.

Ich blinzelte. Es fanden sich noch weitere an ihren Beinen. Einige waren älter – rosafarbene, die bereits zu weißen Linien neben den drei knallroten Schnittwunden verblassten, die an den Rändern blau anliefen.

Selbst in ihrem betrunkenen Zustand wurde ihr klar, dass ich Bescheid wusste. Langsam zog sie ihr Kleid herunter und feixte. »Denk ruhig schlecht über mich. Mir egal.«

»Das tue ich nicht. Phoebe, du …«

»Du weißt nicht, wie es ist, ständig die Gefühle anderer Leute zu spüren.« Sie erhob sich langsam. »Empathin zu sein, ist echt Scheiße. Vielleicht bin ich nicht so schlimm dran wie du, aber manchmal muss ich es einfach stoppen. Okay? Schmerzen blenden das immer kurz aus, doch dann kommt alles wieder zurück. Hass. Liebe. Lust.«

»Ich dachte, Cromwell hätte dir beigebracht, wie du es kontrollieren kannst?«

Phoebe schnaubte. »Ja, klar. Weißt du, früher war ich wenigstens zu Hause in der Lage, mich dem zu entziehen, aber jetzt habe ich nicht mal mehr das. Mann, es ist ätzend. Warum erzähle ich dir das überhaupt? Du weißt gar nichts. Du hast ja nicht mal eine Gabe.«

Was immer ich an Mitgefühl für sie empfunden hatte, löste sich in Luft auf. »Jetzt mach endlich.«

»Du bist ja so ahnungslos. Der Unfall?« Sie warf sich ihr volles Haar über die Schulter und lachte. »Das war kein Unfall.«

Mein Magen krampfte sich zusammen. Ein seltsames Summen erfüllte meine Ohren. »Was?«

»Stell dich doch nicht dümmer, als du bist. Sie wollten Olivia haben. Nicht dich. Nicht deine Familie. Also sind sie zur Tat geschritten. Konnte ja niemand ahnen, dass sie dich wiedererwecken würde. Ich schätze, das hat ihre Pläne durchkreuzt, was?«

Ihre Worte hingen zwischen uns. Die Welt schien aufgehört zu haben, sich zu drehen. Mir wurde heiß, dann kalt. Ganz bestimmt hatte ich sie missverstanden.

Sie zeigte auf mich. »Du solltest dein Gesicht sehen.«

»Woher weißt du das?«

»Ich bitte dich, das ist doch offensichtlich. Keiner von unseren Eltern wollte uns haben, niemand will ein Kind mit einer Gabe. Aber deine wollten sie nicht hergeben.« Sie schaute auf ihr Getränk und runzelte die Stirn. »Mein Becher ist ja schon wieder leer.«

Ich hätte sie am liebsten geschüttelt. »Phoebe, weißt du, wer den Unfall verursacht hat?«

Phoebe hob langsam den Kopf. Etwas von dem Biernebel verschwand aus ihrer Miene. »Ich habe wirklich keinen Schimmer, was ich rede. Ich muss nicht mal mehr pinkeln.«

Mir blieb der Mund offen stehen. »Phoebe …«

»Ich bin hier fertig.« Sie hob die Hand. »Bei deinen verdammten Gefühlen vergeht mir alles.«

Ich ging auf sie zu, doch sie wich mir geschickt aus. »Bitte. Du kannst doch nicht so etwas erzählen und dann einfach abhauen!«

»Hör mal, ich bin betrunken. Ich weiß selbst nicht, was ich rede.« Sie ging den dunklen Weg entlang. Dann rannte sie ins Gebüsch und verschwand aus meinem Blickfeld.

Auf keinen Fall würde ich diese Sache auf sich beruhen lassen. Offensichtlich wusste sie etwas. Ich lief hinter ihr her und konnte nur hoffen, dass ich mich durch die richtigen Büsche zwängte. Zorn schäumte in mir hoch. Wie konnte sie so etwas sagen und dann behaupten, sie wüsste nicht, was sie da redete?

Je weiter ich lief, umso häufiger blieb ich mit dem Haar oder meiner Kleidung an den dünnen Zweigen hängen, aber ich erhaschte einen Blick auf ihre schlanke Gestalt, als sie hinter einem Baum verschwand.

»Phoebe!«, brüllte ich und schlug einen Ast vor meinem Gesicht aus dem Weg.

Das dichte Unterholz machte es mir schwer, ihr zu folgen, und ich frage mich, wie Phoebe in ihren High Heels einen derartigen Vorsprung hatte erringen können. Ich selbst stolperte mehr als einmal.

Und dann hatte ich mich verlaufen.

Ich blieb stehen, schlang mir die Arme um den Leib und spähte in die Dunkelheit. Ich konnte die anderen nicht einmal mehr hören, geschweige denn das Lagerfeuer sehen. Um mich herum war alles dunkel. Ein Schauer überlief mich. »Phoebe!« Meine Stimme brach, während sich in meinem Magen ein hohles Gefühl ausbreitete.

Ich lief wieder los und zwängte mich durch stachliges Gebüsch, an dem ich mit meiner Strumpfhose hängen blieb. Wieder verhakte sich ein Zweig in meinem Haar. Ich stieß ihn zur Seite, womit ich mir einige Strähnen ausriss. Mein Herzschlag geriet ins Stolpern, während ich nach Luft schnappte.

»Mist«, flüsterte ich.

Die Dunkelheit schien mich auszulachen.

Zitternd setzte ich mich wieder in Bewegung. Überall um mich herum knackten Zweige, während *irgendetwas* durch die Finsternis huschte. In der festen Überzeugung, dass ich von einem Bären gefressen werden würde, rannte ich los. Der Boden vor mir stieg plötzlich an. Ich stolperte und fiel auf die Knie. Schmerz schoss in meine Schienbeine, und ich schrie auf.

Der Lärm erschreckte, was immer in den Bäumen saß. Äste zitterten, und Blätter fielen herunter, während Vögel – oder waren es Fledermäuse? – sich flügelschlagend in den Himmel erhoben.

Mit wild pochendem Herzen rappelte ich mich hoch und lief den sanft ansteigenden Hügel hinauf. Als ich den Highway sah, über den Hayden und ich hergekommen waren, stieß ich einen Seufzer der Erleichterung aus. Jetzt brauchte ich nur noch herauszufinden, ob ich nach links oder nach rechts musste. Ich suchte die Straße ab und entdeckte endlich ein kleines grünes Straßenschild, das ich wiedererkannte.

Also wandte ich mich nach rechts. Wenn ich wieder auf der Party war, würde ich Phoebe suchen, meine Handschuhe herunterreißen und sie erwürgen. Vorläufig schlang ich mir jedoch nur die Arme um den Leib und rannte am Straßenrand entlang. Kalter Wind pfiff mir entgegen, und ich wünschte mir, Hayden wäre bei mir gewesen. Er strahlte immer so eine wunderbare Wärme aus, die mehr aufheizte als nur meine Haut. Mitten in der Nacht und ganz allein, konnte ich mir selbst eingestehen, dass ich mich zu Hayden hingezogen – also wirklich lächerlich stark zu ihm hingezogen fühlte. Eine sinnlose Anziehung, aber das änderte nichts an meinen Gefühlen.

Hatte Hayden überhaupt mitbekommen, dass ich weg war?

Ich stapfte weiter, erleichtert, die Umrisse von Autos zu sehen, die am Rand des Maisfelds ein Stück weiter die Straße entlang parkten. Ein brutaler Windstoß fuhr mir in die Kleider, und schon wieder stellte ich mir vor, wie sich meine Hände um Phoebes Kehle schlossen.

Eins der Autos, die am Straßenrand parkten, schaltete sein Fernlicht ein und blendete mich. Ich stolperte einen Schritt zurück und schirmte die Augen gegen das grelle Licht ab. Über dem Rauschen des Windes hörte ich, wie der Motor ansprang und schnurrend zum Leben erwachte. Das hörte sich ganz anders an als die Rostlaube, die ich fuhr.

Als der Wagen auf die Straße einbog, ließ ich den Arm wieder sinken. Die Mondsichel stahl sich durch die Wolken und glitzerte auf der schwarzen, glänzenden Oberfläche des Wagens. Etwas an dem Auto weckte eine ferne Erinnerung, doch es war zu dunkel, um wirklich mehr zu erkennen, als dass es eine Art Coupé war.

Der Wagen drosselte sein Tempo, während ich schneller ging. Während ich ihn aus dem Augenwinkel beobachtete, stellte ich fest, dass die Fenster getönt waren, wie bei den Porsches in Cromwells Garage. Schwarze Autos, zweitürig …

Ohne Vorwarnung beschleunigte der Wagen und schwenkte nach rechts – auf *mich* zu. Die Panik sorgte dafür, dass ich wie angewurzelt stehen blieb. Ich konnte mich nicht bewegen – konnte nicht atmen, während der Wagen auf mich zuraste.

Kapitel 15

Ich handelte aus purem Instinkt. Als ich zur Seite sprang, verfehlte mich der Kotflügel nur knapp. Der Wagen rauschte an mir vorbei und spritzte losen Kies auf. Ich verlor den Halt, fiel nach hinten und rollte den Hang hinunter. Ein Kreischen ertönte, als der Wagen einen Schlenker zurück auf die Straße machte und den Highway hinunterdonnerte.

Alle viere von mir gestreckt, mit pochendem Herzen, lag ich im piksenden Gras und starrte in den wolkenverhangenen dunklen Himmel. Ich benötigte mehrere tiefe Atemzüge, um wieder Sauerstoff in die Lungen zu bekommen. Benommen setzte ich mich auf und untersuchte mich. Meine Beine ließen sich anwinkeln, sie funktionierten also noch. Ich kam auf die Knie und stand dann auf. Der Wagen war längst weg, aber mein Herz hämmerte trotzdem noch gegen meine Rippen.

Ich ging auf die geparkten Autos zu, immer noch wie betäubt davon, was gerade geschehen war. *Es könnte ein Versehen gewesen sein. Die Kids haben getrunken. Es war dunkel, und die Person am Steuer hat wahrscheinlich nicht damit gerechnet, dass jemand den Highway entlanggeht.*

Es konnte nicht sein, dass jemand absichtlich versucht hatte, mich zu überfahren.

Ich zitterte am ganzen Körper, als ich um die Autos herumging und endlich den Schein des Lagerfeuers entdeckte. Obwohl ich mir die Arme fest um den Leib schlang, zitterte ich immer noch.

Kleinere Gruppen von Partygästen hingen bei den Autos herum, lachten und hatten Spaß. Sie bemerkten gar nicht, wie ich an ihnen vorbeistolperte, wussten nicht, was auf dem Highway passiert war.

»Ember!«

Beim Klang von Haydens Stimme drehte ich mich um. Er trat aus den dichten Schatten um das Maisfeld, die Baseballkappe tief in die Stirn gezogen. Ich starrte ihn an, außerstande etwas zu sagen.

Er fasste mich an den Armen. »Ember, wo warst du? Ich habe dich mit Phoebe weggehen sehen, aber dann kam sie ohne dich wieder. Ist alles in Ordnung mit dir?«

»Sie hat mich im Wald allein gelassen.« Meine Stimme war heiser, zittrig. »Ich habe mich verlaufen.«

Sein Griff wurde fester. »Sie hat *was* getan?«

Plötzlich war der ganze Zwischenfall mit dem Auto auf der Straße nicht mehr wichtig. Mir fiel wieder ein, was Phoebe gesagt hatte, bevor sie verschwunden war. Ich machte mich von Hayden los. »Wo ist sie? Ich muss mit ihr reden.«

Hayden packte erneut meinen Arm und hielt mich zurück. »Was ist passiert?«

»Sie hat gesagt, der Autounfall sei gar kein Unfall gewesen.« Ich wünschte, ich hätte seine Miene deuten können. »Ich muss mit ihr reden. Hayden, du verstehst das nicht. Ich muss mit ihr reden!«

Er beugte sich vor, und die Kappe warf tiefe Schatten über seine Wangen und Augen. »Nein. Wir zwei müssen reden.«

Langsam kroch mir das Grauen die Wirbelsäule hinab. »Du weißt Bescheid, nicht wahr?« Meine Stimme war bloß noch ein Flüstern. »Oh Gott … du weißt es bereits.«

Hayden musterte mich für einen Moment, dann glitt seine Hand von meinem Arm. Statt mich loszulassen, verschränkte er seine Finger mit meinen. Selbst durch die Handschuhe spürte ich ihre Wärme. »Ich habe keine Ahnung, wie Phoebe das erfahren hat oder warum sie es dir einfach so an den Kopf geknallt hat.«

Ich versuchte, ihm meine Hand zu entziehen, doch er hielt sie nur umso fester. »Hayden …?«

Herannahende Schritte und schrilles Gelächter durchschnitten die Nacht. Ohne ein weiteres Wort zog Hayden mich dorthin, wo wir geparkt hatten. »Was tust du?«

»Wir gehen irgendwohin, wo wir ungestört reden können.«

Ich sträubte mich gegen seinen Griff. »Ich will jetzt reden.«

Hayden blieb stehen und drückte sanft meine Hand. »Ich weiß, dass das wichtig für dich ist, aber ich will nicht hier draußen mit dir darüber reden.« Er senkte die Stimme. »Wir müssen irgendwo hingehen, wo wir ungestört sind. Vertrau mir einfach, Ember. Du wirst niemanden sehen wollen … danach.«

»In Ordnung«, flüsterte ich, »aber ich will nicht zurück zum Haus.«

»Warum nicht? Nirgends ist es sicherer als dort, um darüber zu reden.«

Ich dachte an das Auto. Es war zu dunkel gewesen, um etwas zu erkennen, aber es hätte durchaus einer der Porsches sein können. »Das glaube ich nicht.«

Hayden gab einen leicht entnervten Laut von sich. »Na schön. Es gibt noch einen anderen Ort. Wir können zur Hütte.«

»Wie sollen wir mitten in der Nacht dort hinkommen und trotzdem rechtzeitig wieder zu Hause sein?«

»Du musst mir einfach vertrauen, Ember.«

Und das tat ich tatsächlich. Wahrscheinlich war es dumm von mir, vor allem, nachdem er mir jahrelang gefolgt war und ich nicht wirklich viel über ihn wusste. Das änderte jedoch nichts daran, dass ich mich in seiner Nähe sicher fühlte. Bis wir in den Wagen stiegen, sagte keiner von uns beiden ein Wort. Er nahm seine Kappe ab und warf sie auf die Rückbank.

Hayden fuhr sich mit einer Hand durchs Haar und sah mich stirnrunzelnd an. »Was hast du da überall?« Er beugte sich vor und pflückte zerdrückte Blätter von meinem Arm und meiner Schulter. Dann sah er mich forschend an. »Hast du dich im Wald auf dem Boden gewälzt? Gibt es da etwas, das du mir erzählen möchtest?«

»Ich habe mich verlaufen.« Ich biss mir auf die Lippe und schaute weg. Es kam mir dumm vor zu behaupten, es sei Phoebes Absicht gewesen. »Dann bin ich wieder auf die Straße gestoßen, und es war echt dunkel. Ein Auto … es hätte mich fast erwischt. Ich konnte gerade noch aus dem Weg springen.«

Er saß unglaublich regungslos neben mir. »Ist mit dir alles okay?«

»Ja, es hat mich nur erschreckt.« Ich schluckte hörbar. »Aber es geht mir gut.«

»Ich bringe Phoebe um.«

Meine Lippen zuckten. »Bitte nicht, bevor ich es tue.«

Hayden reagierte nicht. Wir fuhren schweigend durch die Dunkelheit, und seine Hände umklammerten das Lenkrad, bis die Knöchel ein gespenstisches Weiß annahmen. Ich starrte aus dem Fenster, unfähig, den Sturm zu unterdrücken, der sich in mir aufbaute. Ich wusste ohne jeden Zweifel, dass der heutige Abend alles verändern würde.

Wir schafften es noch vor der vereinbarten Zeit zurück zum Haus. Cromwell war extra aufgeblieben, und mir kam es so vor, als sei er ernsthaft enttäuscht, als ihm klar wurde, dass er uns nicht wegen Zuspätkommens Hausarrest geben konnte. Es kostete mich meine ganze Selbstbeherrschung, keinen Druck zu machen und Antworten zu verlangen, aber ich hatte Hayden versprochen, mir seine Erklärungen anzuhören, bevor ich zu Cromwell gehen würde.

Wie Hayden mir im Auto gesagt hatte, ging ich direkt in mein Zimmer und schlüpfte in eine dicke Jogginghose und ein Kapuzenshirt. Die Stiefel zog ich wieder an, auch wenn das unmöglich aussah, doch ich dachte mir, dass es unterwegs kalt werden würde.

Während ich auf ihn wartete, rumorte es die ganze Zeit in meinem Magen. *Das war kein Unfall.* Diese Worte trafen mich. Ich konnte nicht still sitzen, und wenn ich stand, erfassten mich Schwindel und Übelkeit. Mir fiel wieder ein, was Kurt gesagt hatte, und auch seine Worte verfolgten mich. Als hätte er gewusst, dass etwas passieren würde, das alles unwiderruflich veränderte. *Tut nichts, das ihr bereuen würdet.*

War er es gewesen, der im Auto gesessen hatte?

Kaum, dass mir der Gedanke kam, wurde mir eiskalt. Es gab einfach keine Möglichkeit festzustellen, ob es ein Versehen gewesen war oder ob jemand versucht hatte, mich zu überfahren. Und im Moment konnte ich nicht darüber nachdenken – nicht wenn ich kurz davorstand zu erfahren, ob der Unfall, bei dem mein Vater und ich ums Leben gekommen waren, doch kein Unfall gewesen war.

Ungefähr eine Stunde später klopfte Hayden leise an meine Tür, und ich streifte mir wieder die Handschuhe über. Wir schlichen uns aus dem stillen Haus. Es war nicht gerade meine Vorstellung von Spaß, mitten in der Nacht zu der Hütte zu gehen. Jeder knackende Zweig und jeder sich bewegende Schatten ließen mein Herz rasen.

»Es ist echt unheimlich.« Ich suchte die Dunkelheit nach Gefahren ab.

Hayden griff nach meiner Hand und drückte sie kaum merklich, während der Lichtstrahl seiner Taschenlampe, die er in der anderen hielt, über das Terrain vor uns sprang. »Komm weiter.«

Ich fühlte mich tatsächlich besser mit meiner Hand in seiner. Ungefähr auf halbem Wege zu unserem Ziel brach etwas hinter uns geräuschvoll durchs Gebüsch, und ich umklammerte seine Hand noch fester. »Was war das?«

»Nur ein Reh.« Als wir endlich an der Hütte ankamen, hatte ich bereits fünf halbe Herzinfarkte hinter mir, und mir graute schon vor dem Rückweg. Ich wartete am Tisch, während Hayden die Fensterläden schloss und ein paar Kerzen anzündete. Der Raum wurde in sanftes Licht getaucht.

Als Hayden an mir vorbeiging, hüllte mich für einen Moment der Duft von Seife und frischer Luft ein. Ich sah zu, wie er sich auf die Bettkante setzte. Die Idee mit der Hütte hatte beim Lagerfeuer großartig geklungen, aber jetzt hätte ich mir am liebsten selbst einen Tritt verpasst.

Was zur Hölle hatte ich mir dabei gedacht, mich mit Hayden wegzuschleichen und in einem kuscheligen Liebesnest zu verkriechen? Der spontane Teil meines Gehirns spuckte alle möglichen Bilder aus, von denen in der Realität kein einziges auch nur ansatzweise möglich war. Wegen so etwas hätte er mich sowieso nie hergebracht. Wir konnten einander ja nicht einmal berühren.

Aber doch, das konnten wir. Für ein paar Sekunden, vielleicht länger. Ich schüttelte den Kopf, um das Bild loszuwerden, das vor meinem inneren Auge erschien.

»Ember, alles okay?«

Ich versuchte mich auf meinen gesunden Menschenverstand und den Zweck unseres Hierseins zu besinnen, zog meine Handschuhe aus und warf sie über die Rückenlehne der Couch. Selbst wenn meine Hormone sich einen total bizarren Zeitpunkt ausgesucht hatten, um lebendig zu werden, ich war nicht hier, um Hayden anzuschmachten. »Erzähl mir, was du weißt«, sagte ich.

»Es war kein Unfall, Ember.«

Mein Herz machte einen Satz. Ich versuchte, etwas zu sagen, brachte jedoch kein Wort heraus.

»Du solltest es nicht erfahren. Mein Vater hielt es für das Beste. Niemand wollte, dass du dir Sorgen machst und Angst hast. Er dachte, es wäre so am besten, aber jetzt ...«

»Was mit meinem Dad und mir passiert ist ... das war alles kein Zufall?«

»Das, was wir wissen, deutet darauf hin, dass Absicht dahintersteckte.«

Mir platzte der Kragen. »Du hast es gewusst! Fandest du nicht, ich hätte ein Recht darauf, es zu erfahren?« Mein ganzer Körper verkrampfte sich angesichts des Ansturms der Gefühle, die ich kaum benennen konnte. »Jemand hat meinen Vater getötet? Mich getötet? Und keiner von euch war der Meinung, ihr solltet mir das erzählen?«

Hayden schüttelte den Kopf. »Du hattest bereits so viel gelitten, da wollte ich – wollten wir dich beschützen.«

»Du weißt nicht, was das Beste für mich ist, Hayden!« Ich ging zum Bett und blieb direkt vor ihm stehen. »Ich kann auf mich selbst aufpassen.«

Er schaute weg. »Was nutzt dir dieses Wissen, Ember? Macht es die ganze Sache nicht noch schmerzhafter? Ändert es irgendetwas für dich?«

»Es ändert alles!«, rief ich. Ich war den Tränen nahe, kurz davor, völlig auszurasten. »Weißt du, wer das getan hat – hattet ihr etwas damit zu tun?« Sobald die Worte heraus waren, hätte ich sie am liebsten zurückgenommen. Die Vorstellung, mit den

Mördern meines Dads zusammenzuleben – mit meinen eigenen Mördern –, war zu viel, um bloß darüber nachzudenken.

Ich trat gegen das Bettgestell, aber das half nicht. Also stürzte ich mich auf Hayden.

Anscheinend hatte er damit gerechnet, denn er fing mich um die Taille ein und warf mich mit einer einzigen flüssigen Bewegung aufs Bett. Ich bäumte mich auf und traf ihn mit dem Ellbogen im Magen, bevor er mich an den Schultern nach unten drückte.

»Stopp.« Ein leiser Laut drang aus seiner Kehle, während ich weiter gegen ihn ankämpfte. »Wir hatten nichts damit zu tun, Ember. Mein Vater tötet keine unschuldigen Menschen, und er nimmt auch Eltern nicht einfach ihre Kinder weg. Okay, du vertraust ihm nicht, aber du vertraust mir. Ich weiß, dass du das tust.«

Ich atmete mehrfach tief durch, um mich zu beruhigen.

»Ember?«, fragte er leise.

»Wenn es nicht dein Vater war, wer war es dann?«

Er drückte meine Schultern. »Wir wissen es nicht. Mein Vater hat sogar die Einrichtung aufgesucht, um herauszufinden, ob sie dort irgendwelche Ideen dazu hätten, aber selbst mit all ihren Nachforschungsmöglichkeiten konnten sie ihm dazu nichts sagen.«

Hilflos ballte ich die Hände an meinen Seiten zu Fäusten. »Woher wisst ihr dann, dass es kein Unfall war?«

»Wir hatten keine Ahnung. Bis wir euch zwei hergebracht haben.« Er holte noch einmal tief Luft und versuchte zu lächeln. »Liz hat eine seltene Gabe. Sie kann wahrnehmen, wenn ein Mensch mit einer Gabe geboren wird – bis hin zu dem genauen Ort und der genauen Zeit. Aber mein Vater rauscht dann nicht einfach hin und greift ein. Zuerst überprüft er die Sache, und wenn es in der Familie nicht zum Besten steht, versucht er zu helfen.«

»Kapiere ich nicht.«

Hayden ließ mich los und setzte sich. »Über Olivia wussten wir schon immer Bescheid, weil Liz sie gespürt hatte. Aber dann, vor zwei Jahren, spürte Liz, dass am selben Ort, an dem Olivia war, eine neue Gabe geboren worden war. Doch für sie fühlte sich diese Gabe irgendwie ›falsch‹ an, auch wenn sie nicht sagen konnte, woran es lag. Das machte meinen Vater natürlich neugierig, daher wollte er es überprüfen. Kurt und ich sind mitgefahren.«

Ich rutschte ans Kopfende des Bettes und zog die Knie ans Kinn.

Hayden drehte sich zu mir um. »Die Wegbeschreibung, die Liz uns gab, hat uns genau zu der Kreuzung geführt, an der der Unfall passiert war. Sofort war uns klar, dass dort irgendetwas sehr ungewöhnlich war. Wir blieben ein paar Tage dort. Dann haben wir einen Zeitungsartikel über den Unfall gefunden, in dem stand, dass ... ein Arzt aus dem Ort getötet worden war und dass jemand, der mit im Auto gesessen hatte, auf wundersame Weise überlebt hatte. In dem Artikel wurde die Kreuzung genannt, die Liz gespürt hatte. Wir waren neugierig und haben angefangen, euch zu beobachten. Wir haben jedoch immer nur dich zu Gesicht bekommen und später dann Olivia.«

»Mom nie.« Ich erinnerte mich daran, wie niedergeschlagen sie gewesen war. Mom war nach Hause gekommen, hatte sich mit Olivia im Schlafzimmer verschanzt und mich ausgesperrt. Das allerletzte Mal hatte sie im Wagen mit mir gesprochen, unmittelbar vor dem Unfall.

»Wir haben eine Weile gebraucht, um herauszufinden, was passiert war, dass *du* diejenige warst, die Liz gespürt hat. Aber mein Vater dachte, da deine Mom lebt, sollten wir nicht eingreifen. Erst an dem Tag, an dem du zur Bank gegangen bist, habe ich begriffen, dass etwas nicht stimmte.«

Ich blinzelte. »Euch ist nicht schon vorher klar geworden, dass mit meiner Mom etwas … komisch war?«

»Du hast doch gehört, was Kurt gesagt hat.« Er schaute weg und senkte den Blick. »Ich habe immer wieder bei euch vorbeigeschaut, obwohl mein Vater und Kurt damit aufgehört hatten. Ich wusste, dass irgendetwas nicht stimmte, und als ich meinem Vater erzählt habe, wie du dich nach deinem Bankbesuch verhalten hast, fing er an, sich umzuhören.«

Und der Rest war Geschichte, aber das alles beantwortete keine einzige meiner Fragen. »Woher weißt du, dass der Unfall kein … kein Unfall war?«

Hayden stand vom Bett auf und kam auf die andere Seite, wo ich mich zusammenkauerte. Er legte die Hände auf meine Beine. Der Schein der Kerzen tanzte über sein Gesicht und ließ seinen Mund weicher wirken. »Nachdem ich dir deine Kräfte entzogen hatte, hat Kurt deine Mom gesucht. Das hatte er schon tun wollen, als du nach Hause gekommen bist. Ein Blick auf sie genügte, und er wusste, was passiert war.«

Das Grauen von vorhin stieg wieder in mir auf, und plötzlich war ich mir nicht mehr sicher, ob ich das alles hören wollte.

»Deine Mom wurde gelöscht, Ember. Das muss unmittelbar nach dem Unfall geschehen sein, und es ist wirklich schlecht gemacht worden. Es hat ihren Verstand beschädigt, sodass sie Eindrücke nicht mehr richtig verarbeiten kann. Kurt glaubt, dass derjenige, der das getan hat, gestört wurde, denn sie erinnert sich noch an Olivia, aber sie glaubt, du … seist gestorben.«

Es traf mich wie ein Schlag. Der Tag, an dem Adam gelöscht worden war, der leere Blick, mit dem er mich betrachtet hatte – warum das so erschütternd vertraut gewesen war. Der Blick hatte sich angefühlt wie ein Tritt in die Eingeweide, nur schlimmer. Plötzlich fühlte ich mich wie betäubt.

»Ember, es tut mir leid.«

Ich rutschte ans andere Ende des Bettes, doch Hayden folgte mir. »Nein.« Mit erhobener Hand stoppte ich ihn. Mein ganzer Arm zitterte. »Ich brauche einen Moment.«

Hayden rückte von mir ab, aber ich spürte noch immer seinen Blick auf mir. »Lässt es sich ungeschehen machen? Könnte meine Mom ihr Gedächtnis wiedererlangen? Kann irgendjemand ... das in Ordnung bringen?«

»Nein.«

»Natürlich nicht«, flüsterte ich. In meinem Kopf drehte es sich, und mein Verstand verarbeitete das Ganze nur langsam. Mein Dad war tot. Meine Mom war gelöscht worden. Ich war ein totaler Freak. Und das alles wegen Olivias Gabe?

Blanke Wut, heiß und süß, schlug über mir zusammen. Für einen Moment – nur für einen kurzen Moment – hasste ich Olivia, hasste sie wegen etwas, das sich absolut ihrer Kontrolle entzog. Das ließ zwar sofort Schuldgefühle in mir aufsteigen, milderte aber den stechenden Schmerz kein bisschen. Genauso wenig hielt sie die Woge der Erleichterung auf, die mich überrollte.

Ich fuhr mir mit zitternden Händen durch meine Locken. »Ich dachte immer, sie hasst mich und gibt mir die Schuld an dem Unfall. Und ich habe *sie* dafür gehasst – es gehasst, dass sie so tat, als sei ich tot, obwohl ich sie so dringend brauchte. Doch sie konnte gar nichts dafür. Warum habt ihr mir das nicht erzählt?«

Hayden kam wieder zu mir und setzte sich neben mich, seine Schulter an meiner Schulter, sein Bein an meinem. Ein Muskel zuckte in seiner Wange. »Dafür gab es tatsächlich keinen guten Grund.«

Der Laut, der aus mir herauskam, klang gepresst. »Warum? Nur wegen der Dinge, die Olivia tun kann?« Ich ließ die Hände in den Schoß fallen und starrte auf sie herab. »Man hat meine Familie auseinandergerissen. Und wofür? Nur für eine Gabe –

eine Gabe, die Menschen in den Sensenmann persönlich verwandelt?«

Er nahm mich an den Unterarmen und drückte sich meine Hände auf die Brust, dorthin, wo sein Herz unter seinem Pullover schlug. »Nichts davon ist deine Schuld oder die von Olivia. Du konntest doch gar nicht wissen, was man mit deiner Mom gemacht hat.«

Mir kam ein neuer, schrecklicher Gedanke. Eiseskälte breitete sich in mir aus. »Glaubst ... glaubst du, sie wollten auch mich töten? Und Mom? Was ist, wenn sie das immer noch vorhaben? Die Sache mit meinem Spind ...«

»Nein. Denk nicht einmal daran«, sagte er.

Unsere Blicke trafen sich für einen Sekundenbruchteil, dann schaute ich weg. »Kurt kann Erinnerungen auslöschen. Wie viele gibt es noch da draußen, die das auch können?«

»Das weiß keiner. Dank Liz' Gabe haben wir zumindest eine ungefähre Vorstellung, wie viele mit einer Gabe in den letzten Jahren geboren wurden, aber wenn wir keine Nachforschungen anstellen, können wir nicht sagen, was für eine es ist.«

Ich holte tief Luft, doch es fühlte sich an, als würde kein Sauerstoff in meinen Lungen ankommen. Ich ließ mich auf den Rücken fallen und schaute zur dunklen Zimmerdecke empor. »Denkst du, wer immer den Unfall zu verantworten hat, könnte auch hinter den Sachen in meinem Spind stecken?«

»Ich weiß nicht, was ich denken soll.« Er sah für einen Moment weg. »Aber ich glaube nicht an Zufälle.«

Ich rieb mir mit beiden Händen übers Gesicht. Wenn ich in den vergangenen zwei Jahren irgendetwas gelernt hatte, dann, dass ich die Vergangenheit nicht ändern konnte. Mir blieb nur die Zukunft, wie beschissen sie mir auch erscheinen mochte.

»Kommst du klar ... mit allem?« Seine Stimme war so leise, dass ich beinahe dachte, ich hätte sie mir nur eingebildet.

Ich spähte durch meine Finger. »Ich weiß es wirklich nicht.

Ich hätte nie für möglich gehalten, so viele Gefühle gleichzeitig zu haben. Das mit meiner Mom macht mich fertig, aber ich bin auch erleichtert, dass sie mich nicht hasst. Außerdem bin ich wütend auf Olivia, dabei ist es gar nicht ihre Schuld. Ich bin sauer, und ich habe Angst, dass wer immer hinter dem Unfall – dem Zusammenstoß – steckt, dass derjenige … oh Gott, er könnte es immer noch auf Olivia abgesehen haben.«

Hayden legte sich neben mich auf die Seite und zog meine Hände wieder an seine Brust. »Ich werde nicht zulassen, dass etwas passiert. Mach dir keine Sorgen.«

Ich sah ihn an. Jede Zelle in seinem Körper schien vollkommen beherrscht zu sein, und doch entdeckte ich da einen Schatten der Unsicherheit in seinen Augen. »Keine Geheimnisse mehr. Versprich es mir.«

»Keine Geheimnisse mehr.«

Stille umgab uns, und in der Dunkelheit formte sich ein Entschluss in mir. »Ich will herausfinden, wer meinen Dad getötet hat.« In meinem Magen brannte es wie Feuer.

»Das verstehe ich.«

»Und Kurt ist der wahrscheinlichste Kandidat dafür. Das ist dir doch wohl klar.«

»Ich weiß nicht, was ich glauben soll. Ich kenne ihn seit Jahren, Ember. Und wenn er es war, aus welchem Grund? Was sollte er mit Olivia wollen?«, fragte Hayden. »Er steht meinem Vater schon sehr lange zur Seite. Er weiß, wie hart das Leben für Menschen mit einer Gabe ist. Es ergibt einfach keinen Sinn.«

»Keine Ahnung, aber was ist mit den Sachen in meinem Spind? Es kann nur … einer von den beiden gewesen sein.«

Er antwortete nicht. Stattdessen ließ er sich in sicherem Abstand zu mir langsam auf den Rücken sinken. Trotz der ganzen Sachen, die ich heute Abend erfahren hatte, fing mein Herz schon wieder an zu klopfen.

»Wir sollten bald zurückgehen«, sagte ich.

»Das sollten wir.«

Aber wir taten es nicht.

Wir redeten – nun ja, wir stritten – über Kurt und seinen Vater. »Was das angeht, werden wir nie zu einer Einigung kommen.«

Hayden schnaubte. »Und ich finde immer noch, dass wir zu meinem Vater gehen sollten. Das alles könnte – was ist das?« Er richtete sich auf und hob einen kleinen Gegenstand vom Bett auf.

Ich musste mich vorbeugen, um zu sehen, was er gefunden hatte. Etwas Kleines und Rundes lag in seiner Hand. Die Münze. »Oh. Sie muss mir aus der Tasche gefallen sein.«

Er blickte durch seine langen Wimpern zu mir hoch. »Ich kann nicht lesen, was darauf eingraviert ist.«

»Eigentlich gar nichts«, erwiderte ich und hätte sie ihm gern abgenommen. »Kann ich sie wiederhaben?« Ich streckte die Hand aus.

»Natürlich, aber warum hast du eine Münze in deiner Tasche? Offensichtlich ist es keine normale Münze.«

Ich zuckte die Achseln. »Keine Ahnung. Es ist so etwas wie ein Glücksbringer.«

Hayden ließ die Münze wieder in meine Hand fallen. Ich konnte das Lächeln in seiner Stimme hören. »Dann solltest du aufpassen, dass du sie nicht verlierst.«

»Ja.« Ich steckte sie wieder in die Tasche und hoffte, dass sie dort bleiben würde.

Danach schwiegen wir eine Weile, und dann hörte ich leise, gleichmäßige Atemzüge, die anzeigten, dass Hayden eingeschlafen war. Ich beneidete ihn. Meine Gedanken dagegen wollten keine Ruhe geben. Irgendwann rollte ich mich auf die Seite und stützte mich auf den Ellbogen. Ich weiß nicht, was mich dazu veranlasste, aber ich sah ihn mir ganz genau an. Ich bemerkte Dinge, die mir vorher nicht aufgefallen waren, zum Beispiel, wie dicht seine Wimpern waren und dass seine Augenbrauen einen kleinen Knick in der Mitte hatten. Es juckte mich in den Fingern, die Rundung seiner Wange nachzuzeichnen, die Kontur seines Kinns. Mein Blick wanderte weiter, über seine geöffneten Lippen und dann tiefer nach unten. Seine Hände lagen auf seinem flachen Bauch. Seltsam, dass diese langen, schlanken Finger die Macht besaßen, mir wehzutun.

Ich blickte auf meine eigenen Hände und fragte mich, ob er sie jemals ansah und das Gleiche dachte. Obwohl meine Finger nicht annähernd so elegant waren wie seine. Außerdem waren sie immer mit Bleistift oder Zeichenkohle beschmiert.

Und meine Finger töteten – alles nur wegen Olivias Gabe, alles nur, weil es jemand darauf abgesehen hatte.

Ich sah zu, wie Haydens Brust sich sanft hob und senkte, bis auch meine Lider sich flatternd schlossen. Ich versank in einen tiefen Schlaf, in den nicht einmal Träume eindringen konnten.

Mom wirkte jetzt anders auf mich – die dicken, roten Locken schienen nicht mehr so stumpf, ihr Gesicht nicht mehr so blass. Nicht einmal ihr Summen störte mich so wie früher.

Ich stellte einen Becher heißen Tee auf den Tisch neben ihrem Schaukelstuhl und trat dann wieder ein oder zwei Schritte von ihr weg.

»Mom, ich verstehe es.«

Sie wiegte sich weiter langsam vor und zurück.

»Ich weiß, dass wir uns vor dem Unfall oft gestritten haben, aber ich habe dich immer lieb gehabt. Wusstest du das überhaupt? Wahrscheinlich habe ich es dir nie gezeigt. Ich war so dumm, und ich wünschte, du könntest mich jetzt hören. Es tut mir leid, wie ich mich benommen habe. Es tut mir leid, dass ich mich an dem Abend für Meeresfrüchte entschieden habe, und … es tut mir leid, dass ich dich die ganze Zeit gehasst habe.«

Ich brach ab und schloss die Augen. Das Verlangen, eine Antwort zu hören, löste sich in dem Schweigen zwischen uns auf. Während des Rückwegs zum Haus heute Morgen hatte mir Hayden erklärt, dass das Löschen eines Geistes mit einer gewissen Finesse ausgeführt werden musste. »Es ist eine Kunst«, hatte er gesagt. Wenn man es falsch anpackte, hatte das schreckliche Konsequenzen, und der Schaden war fast immer unwiderruflich.

Wut und Hilflosigkeit stiegen in mir auf. Das hatte Mom nicht verdient. Meine Nägel gruben sich in meine Handflächen.

»Ich weiß, was mit dir passiert ist«, sagte ich. »Ich weiß, dass wir nichts tun können, um daran etwas zu ändern, aber irgendwie werde ich es wieder in Ordnung bringen. Wenn ich herausfinde, wer das getan hat, werde ich ihn dafür zahlen lassen. Ich werde …«

Die Dielenbretter im Flur knarrten, und dann noch ein zweites Mal. Sofort verstummte ich und fuhr herum. Ich lief zur Tür und spähte in den leeren Flur. Hatte mich jemand belauscht? Ich ging wieder von der Tür weg und drehte mich zu Mom um. Dabei blieb mir fast das Herz stehen. Sie sah mich direkt an, ihre grünen Augen unnatürlich groß und überraschend leuchtend.

»Mom?«

Dann wurde mir klar, dass sie gar nicht mich anschaute, sondern etwas hinter mir – sie sah zur Tür, als hätte sie ebenfalls jemanden im Flur gehört.

Kapitel 16

Selbstreflexion war wie die Vorbereitung auf die College-Zulassungsprüfungen. Ich wollte es nicht tun, aber ich wusste, dass es sein musste. Und es würde ätzend werden – megaätzend. Außerdem würde es eine Weile in Anspruch nehmen – bei mir dauerte es zwei Wochen und ein paar Tage.

Ich schätze, das hatte ich Holden Caulfield zu verdanken.

Mr Theo saß, den *Fänger im Roggen* in der Hand, auf der Kante seines Pults. Er redete Ewigkeiten darüber, dass Holden sich als eine Form des Selbstschutzes aus allem zurückzog, was zu seiner Einsamkeit führte. Und dann sagte er noch etwas über Einsamkeit als eine Form von Sicherheit.

Wie auch immer. Zumindest hatte Holden es sich selbst ausgesucht, ein Außenseiter zu sein.

Doch ich hatte eine echte Erleuchtung, als Mr Theo mit seiner weichen Stimme eine Stelle aus dem Buch vorlas. »›*Aber das Beste in dem Museum war, dass alles immer genau da blieb, wo es war. Keiner rührte sich vom Fleck … Niemand wäre anders. Anders wäre nur man selbst.*‹«

Mr Theo schlug das Buch zu und sah die Klasse an, seine

leuchtenden Augen schienen sich auf mich zu konzentrieren. »Was sagt euch das?«

»Der Junge müsste mal flachgelegt werden«, antwortete Billy.

Ich ignorierte das Gelächter und Mr Theos Erwiderung. Dafür war ich viel zu sehr auf die Tatsache konzentriert, dass ich keine dieser Statuen im Museum sein wollte – die sich niemals bewegten, sich niemals veränderten –, um auf ewig das Mädchen zu sein, das nicht einmal eine Pflanze berühren konnte. Ich wollte mich verändern – *musste* mich verändern. Nachdem ich jedoch zwei Wochen lang jede Pflanze massakriert hatte, die ich berührte, war festzuhalten, dass sich einfach nichts tat.

Jeden Abend schlichen Hayden und ich uns in die Hütte und nahmen uns die Pflanzen vor. Danach saßen wir auf dem Sofa und redeten über alles Mögliche. Manchmal lagen wir auf dem Bett. In diesen Nächten schliefen wir meistens ein und stahlen uns erst im Morgengrauen zurück ins Haus, wobei wir beteten, nicht erwischt zu werden.

Vielleicht gab ich mir aber nicht genug Mühe. Vielleicht machte ich bei den Übungen ja nur mit, damit ich mit Hayden zusammen sein konnte und weil ich es schön fand, neben ihm einzuschlafen. Weil ich es schön fand, jemandem so nah zu sein.

Das schrille Läuten der Schulglocke erschreckte mich so, dass ich fast vom Stuhl gefallen wäre. Auch die anderen Schüler blinzelten benommen, als sie aufsprangen.

Mr Theo ließ das Buch auf den Schreibtisch fallen. »Ember, könnten Sie noch kurz warten?«

Nicht gänzlich überrascht von seiner Bitte ignorierte ich mehrere neidische Seufzer und stopfte mein Buch in die Tasche. Mr Theo erkundigte sich immer noch ab und zu nach meinem Befinden. Wahrscheinlich tat ich ihm leid wegen des toten Kaninchens.

Er nickte dem letzten trödelnden Schüler zu und kam um seinen Schreibtisch herum. Sobald der Raum leer war, lächelte er mich an. »Gibt es irgendetwas Neues?«

»Nein«, log ich und fühlte mich sofort mies deswegen. Ich stieß einen Seufzer aus und ließ mich auf einen der Stühle in der ersten Reihe fallen. »Na ja, gestern hat jemand eine demolierte Puppe in meinen Spind gestopft.« Den Galgenstrick, den ich am Montag nach dem Homecoming gefunden hatte, erwähnte ich nicht noch einmal. Mr Theo wusste bereits davon, da er mich auch an dem Tag gebeten hatte, nach dem Unterricht noch in der Klasse zu bleiben. Aus irgendeinem Grund hatte er überrascht gewirkt, mich an diesem Tag im Unterricht zu sehen, wahrscheinlich weil ich eine üble Erkältung hatte.

Hayden wusste weder von der Puppe noch von der Schlinge. Ich hatte sie versteckt, aus Sorge, er könnte die ganze Schule in die Luft sprengen.

Mr Theo schüttelte den Kopf. »Ember, ich finde wirklich, dass Sie mit der Direktorin sprechen sollten. Ich habe es Ihnen schon einmal gesagt, das Kollegium hier duldet es nicht, dass einzelne Schüler schikaniert werden.«

Und ich hatte ihm schon einmal gesagt, dass ich niemanden zu der Sache hinzuziehen wollte. Gerade wollte ich das noch einmal wiederholen, als mir urplötzlich schwindelig wurde. »Wie ist es zurzeit zu Hause?«

»Es ist … okay.« Mir drehte sich ein wenig der Kopf. Ich hatte am Morgen nicht gefrühstückt – schlechte Entscheidung. »Warum … warum fragen Sie?«

Er verschränkte die Arme vor der Brust und wirkte etwas peinlich berührt. »Ich bin zwar nur Ihr Lehrer, aber ich selbst musste auch oft umziehen, als ich in Ihrem Alter war. Ich weiß, wie schwer es ist, sich mit anderen Jugendlichen anzufreunden und bei Fremden zu leben.«

»Ach ja?« Das Licht erschien mir plötzlich unglaublich hell.

»Meine Mutter war sehr krank, als ich klein war. Wir wohnten bei vielen verschiedenen Verwandten und Freunden der Familie, die ich nicht gut kannte. Ich erinnere mich noch, dass die anderen Kinder nicht besonders nett waren und mir oft irgendwelche Streiche gespielt haben.« Er nahm seine Brille ab und spielte daran herum. »Wenn einer der anderen Jugendlichen Ihnen zu Hause das Leben schwer macht, müssen Sie es jemandem erzählen.«

Ich nickte langsam, und die Wahrheit – oder das, was ich dafür hielt – lag mir schon auf der Zunge. Ich hätte ihm so gerne alles erzählt, denn vielleicht – nur vielleicht – würde wenigstens er mir glauben.

»Ember?«

Ich riss mich aus meiner Trance. Was würde geschehen, wenn ich Mr Theo die Wahrheit sagte? Er würde mich entweder für verrückt halten oder die Behörden verständigen. Ich bezweifelte, dass Cromwell positiv darauf reagieren würde. Man brauchte sich nur anzusehen, was mit Adam passiert war. Beim Aufstehen taumelte ich gegen den Schreibtisch. »Zu Hause sind alle ganz großartig. Ich glaube nicht, dass einer von ihnen dahintersteckt. Wie dem auch sei, ich bin spät dran.«

Seine Mundwinkel zogen sich nach unten. Er setzte seine Brille wieder auf und nickte.

Mein schlechtes Gewissen ließ meine Stimmung noch weiter in den Keller gehen. Abgesehen von Hayden schien Mr Theo so ziemlich der Einzige zu sein, der wirklich an meinem Leben Anteil nahm. Ob er sich nur als mein Lehrer verpflichtet fühlte oder sich ein wenig in mir wiederfand; es spielte keine Rolle, welche Gründe er hatte. Ich fühlte mich schrecklich. »Danke für das Angebot, wirklich, aber zu Hause ist alles bestens.«

»Keine Ursache.« Er wandte sich wieder seinem Pult zu. »Doch vergessen Sie nicht, dass es außerhalb dieses Hauses

Menschen gibt, die Ihnen helfen können, falls Sie Probleme haben, Ember.«

»Okay.« Ich nickte und wusste, ich würde ihm nie erzählen, dass ich Cromwell oder einen seiner Schützlinge verdächtigte, für die Sachen in meinem Spind verantwortlich zu sein ... und wahrscheinlich noch für weitaus Schrecklicheres.

Als ich endlich die vierte Stunde und Corys unablässiges Gequatsche hinter mir lassen konnte, hatte ich die Lügen gegenüber Mr Theo schon wieder vergessen. Hayden wartete wie immer an der Tür, und als mein Blick auf ihn fiel, spürte ich ein seltsames leichtes Flattern im Magen – etwas, das ich mittlerweile schon erwartete und wovor ich mich fürchtete. Heute trug er wieder sein Shirt ... das sich wie eine zweite Haut an seinen Oberkörper schmiegte. Bei jeder Bewegung spannte sich der Stoff über seinen Brustmuskeln. So wie jetzt, als er die Hand hob, um sich das Haar aus der Stirn zu streichen.

»Was machst du jetzt?«, fragte er.

Da sein Brustkorb auf meiner Augenhöhe lag, starrte ich, nun ja, ich starrte seine Brust an. Und es gehörte nicht viel dazu, mir diese Brust unbekleidet vorzustellen. Das Bild hatte sich für immer in mein Gedächtnis eingebrannt.

Wow.

»Ember?«

Ich zwang mich, woanders hinzuschauen. »Wo essen wir?«

»Wo du willst.« Er griff nach meiner Tasche und warf sie sich über seine breite Schulter.

Ich stopfte die Hände in mein Kapuzenshirt, während wir durch den überfüllten Flur gingen. »Überall außer an den großen Steinen ist mir recht.«

Er warf mir einen mitfühlenden Blick zu. »Ja klar. Verstehe ich. Wie wäre es mit dem Imbiss?«

»Warum nicht.«

Wir traten hinaus in die kühle Novemberluft, ohne dass ein einziger Lehrer uns daran hinderte. In der Imbissbude auf der anderen Straßenseite wählte ich einen Tisch am Fenster, das einen Blick auf die Bäume draußen gewährte. Ihre Blätter boten eine ganze Palette von Braun-, Gelb- und Rottönen.

Einfach wunderschön.

»Du bist ja so still«, bemerkte Hayden, nachdem die Bedienung wieder gegangen war. Er hatte ein überbackenes Käsetoast mit sauren Gurken bestellt. Echt eklig. »Das hat nichts mit gestern Abend zu tun, oder?«

Ich drehte mich vom Fenster weg und wand mich innerlich. Gestern Abend hatte ich beim Üben eine ganze Kakteenfamilie ausgelöscht. Nicht solche, die einfach nur stachelig waren, sondern hübsche Kakteen, die im November blühten. »Nein. Ich habe bloß nachgedacht.«

»Worüber?«

Ich spielte mit meinem Strohhalm und zuckte die Achseln. »Was musstest du tun, um deine Gabe unter Kontrolle zu bringen?«

Hayden stützte die Ellbogen auf den Tisch. »Ich musste herausfinden, was sie in Momenten, wenn ich es nicht wollte, auslöste.«

»Und was war das?« Ich schaute hoch.

Er wandte den Blick ab. »Es war eine Mischung aus verschiedenen Dingen.«

Ich runzelte die Stirn. Ganz gleich, wie intim sie war, Hayden beantwortete für gewöhnlich jede Frage, die ich ihm stellte. Offensichtlich hatte ich jedoch einen wunden Punkt getroffen. Hayden hatte in der Einrichtung eine Menge Training durchlaufen, aber in der ganzen Zeit, die ich mit ihm verbracht hatte, und in den Nächten, die wir beim Reden eingeschlafen waren, hatte er sich geweigert, darüber zu sprechen. Und jetzt stocherte ich ausgerechnet darin herum.

»Vergiss, dass ich gefragt habe. Es ist nicht so wichtig.«

»Angst«, gestand er, während er immer noch auf seine Hände starrte. »Angst davor, dass ich sie niemals würde kontrollieren können und irgendwann jemanden verletzen würde.«

Die Angst, jemanden zu verletzen, kam mir irgendwie bekannt vor.

»Es war nicht leicht, sie zu überwinden, Ember. Ich musste akzeptieren, was ich bin, und sehr lange dachte ich, ich könnte sie irgendwie verbergen.« Hayden schaute mich durch seine dichten Wimpern hindurch an. »Erst als ich angefangen habe, mir selbst zu vertrauen – darauf zu vertrauen, dass ich meine Gabe beherrschen kann –, tat ich es tatsächlich.«

»Aber deine Gabe ist natürlich, etwas, womit du auf die Welt gekommen bist.«

Hayden seufzte und legte die Finger auf das Ärmelbündchen meines Shirts. Das tat er oft in letzter Zeit. Er berührte dabei nie meine Haut, daher machte es mir nichts aus. Mir gefiel der Gedanke, dass er mich berühren wollte. »Du bist nicht unnatürlich, Ember.«

»Dein Vater hat gesagt, das, was ich kann, sei unnatürlich.«

Wilder Zorn flammte jäh in seinen Augen auf. »Ich bin mir sicher, dass er es nicht so gemeint hat, wie du es aufgefasst hast.« Er senkte die Stimme. »Du hast eine Gabe, Ember. Genau wie ich, wie wir alle. Merkst du nicht, dass dich das Bild, das du von dir selbst hast, behindert?«

»Ich weiß nicht. Ich meine, wir beide sind ganz unterschiedlich. Du kannst perfekt …«

»Ich bin nicht perfekt.« Er ließ meinen Ärmel los, lehnte sich gegen seine Rückenlehne aus rotem Kunststoff und schaute aus dem Fenster. Plötzlich wirkte er besorgt, so sah er immer kurz vor dem Einschlafen aus, wenn ich ihn heimlich beobachtete. »Jeder von uns kämpft ständig um die Kontrolle über seine Gabe. Ich tue es auf jeden Fall. Und ich konnte sie nicht immer kontrollieren.«

»Du tust es jedoch mittlerweile, und, nun ja, ich bewundere deine Stärke.« Meine Wangen brannten, aber ich sprach weiter, denn ich meinte es ernst. »Ich kann das nicht. Irgendetwas stimmt nicht mit mir.«

Hayden verdrehte die Augen. »Du hast diese Stärke ebenfalls. Du bist nicht böse, Ember. Du bist mit einer Gabe gesegnet, nicht verflucht.«

Ein Schatten fiel auf unseren Tisch, und ich schaute hoch, weil ich dachte, die hagere Bedienung sei da. Doch stattdessen stand die letzte Person vor uns, mit der ich gerechnet hätte.

Phoebe schien sauer zu sein. »Gabe ist nach Hause gefahren oder so, und ich esse auf gar keinen Fall in der Cafeteria. Rutsch rüber, Hayden.«

Sie machte keinen Hehl daraus, dass sie mich nach wie vor hasste wie die Pest, nach dem Lagerfeuer sogar noch mehr als vorher. Parker wechselte immer noch kein Wort mit mir und ging mir wenn möglich aus dem Weg, aber ich rief mir, sooft es ging, ins Gedächtnis, was Hayden mir über ihn erzählt hatte. Parker war angeknackst, irgendwie genau wie ich. Zumindest sah Gabe nicht länger so aus, als wolle er mich vor einen Bus stoßen.

Hayden machte ihr Platz auf seiner Bank. »Wirst du dich auch benehmen?«

Phoebe ließ ihre Tasche auf den Boden fallen. »Das tue ich doch immer.« Sie schaute zu mir herüber.

Ich sah sie an und zog die Augenbrauen hoch. Ich hatte nicht vergessen, was sie beim Lagerfeuer zu mir gesagt hatte. Doch ich war seltsam dankbar dafür, dass sie uns unterbrach. Es lenkte die Aufmerksamkeit von mir weg, und sie war gut darin, Hayden zu beschäftigen. Ich war mir ziemlich sicher, dass Phoebe auf ihn stand.

Sie spielte am Saum ihres tiefen Ausschnitts herum, dann beugte sie sich vor und streifte total beiläufig mit ihrer Hand seine, während wir aßen.

Nicht dass ich ihr einen Vorwurf daraus machte. Ich hätte liebend gern das Gleiche getan.

Vor dem Unfall wäre Hayden überhaupt nicht mein Typ gewesen. Während ich zusah, wie er mit Phoebe flirtete und ihm immer wieder das Haar in die Stirn fiel, wurde mir klar, dass ich vor dem Unfall überhaupt keinen Typ gehabt hatte. Jetzt wünschte ich, ich hätte Hayden schon davor kennengelernt – damals, als wir noch nicht unser gegenseitiges Kryptonit waren.

Eine dumme, sinnlose Erkenntnis.

Ich ließ mich tiefer in meinen Sitz sinken und verschränkte die Arme vor der Brust, während die beiden sich unterhielten. Irgendetwas schlug mir auf den Magen und raubte mir den Appetit. Ich weigerte mich, dem Gefühl einen Namen zu geben.

Als Hayden aufstand, um zu zahlen, gerieten Phoebe und ich in einen epischen Kampf des gegenseitigen Niederstarrens. So ungelegen es kam, fiel mir genau dabei mein Moment der Selbsterkenntnis wieder ein.

Ich brach das Schweigen. »Hör mal, ich weiß, dass wir beide uns bisher nicht besonders gut verstanden haben.«

Sie zog eine perfekt gezupfte Augenbraue hoch. »Was bringt dich bloß auf *die* Idee?«

Ich ignorierte ihre Frage und versuchte zu vergessen, wie sie sich geweigert hatte, mir mehr zu dem Unfall zu sagen. »Ich mache dir hier nichts kaputt, Phoebe. Ich werde niemanden anfassen. Du brauchst dir keine Sorgen zu machen, dass die Einrichtung kommt, um dich zu holen.«

Phoebe schaute zu Hayden hinüber, der darauf wartete, zahlen zu können. Als sie sich mir wieder zuwandte, beugte sie sich vor. »Weißt du was? Du tust mir leid. Und deine Schwester und deine Mom tun mir auch leid.«

Meine Güte, ein Schlag ins Gesicht wäre mir wahrscheinlich lieber gewesen.

»Aber vor allem tut mir Hayden leid«, fuhr sie fort, ihre Stimme jetzt voller Verbitterung.

Ich beugte mich dichter zu ihr vor. »Was?«

Sie sah wieder zu Hayden hin. »Denn aus irgendeinem Grund ist er von dir abhängig, als wärst du eine Art Droge. Ich weiß, dass er Mitleid mit dir hat. Es strömt ihm aus jeder Pore, ich spüre es. Das kann ich verstehen. Es muss ätzend sein, du zu sein.«

Ich presste die Lippen aufeinander, hin- und hergerissen, ob ich sie lieber ohrfeigen oder windelweich prügeln würde.

»Aber verwechsle Mitleid nicht mit Zuneigung, Ember«, fuhr sie fort. »Hayden hatte schon immer eine Schwäche für alles, was ... verloren und kaputt ist.«

Am Abend schob ich meine Hausaufgaben vom Bett auf den Boden und ging nach unten, um mich mit Hayden zu treffen. An einem Freitagabend hatte ich nichts Besseres zu tun, als Pflanzen umzubringen – öder konnte es nicht werden.

Beim Abendessen hatte Gabe versucht, Hayden dazu zu überreden, mit ihm und Phoebe zum letzten Footballspiel der Saison zu gehen, doch er hatte abgelehnt. Mir schien, er nahm unser Training ernster als ich.

Ich beschloss, mir zuerst eine Limo aus der Küche zu holen, aber dort war schon jemand. Als ich Kurts tiefe, dröhnende Stimme erkannte, blieb ich vor der Tür stehen und redete mir dabei ein, dass ich einen triftigen Grund dafür hatte, nicht gleich wieder umzudrehen.

»Er macht einen Fehler, Liz.«

»Kurt.« Liz klang verärgert. »Er weiß, was er tut. Du musst ihm vertrauen.«

»Du bist unglaublich naiv, wenn du denkst, das Ganze würde ein gutes Ende nehmen. Du warst ja beim letzten Mal nicht dabei. Wie ihm sein Scheitern zugesetzt hat. Ich kann das nicht so weiterlaufen lassen.«

Die Härchen in meinem Nacken stellten sich auf. *Was* konnte er nicht weiterlaufen lassen?

»Ich bin weder naiv noch dumm«, beharrte Liz. »Er wird schon das Richtige tun.«

»Das Richtige?«, wiederholte er ungläubig. »Vielleicht haben wir beide unterschiedliche Vorstellungen davon, was das Richtige ist.«

Laufendes Wasser übertönte einen großen Teil dessen, was danach gesagt wurde. Das Nächste, was ich hörte, kam wieder von Kurt.

»Du kannst nicht weiter gucken als bis zu der Kleinen, Liz. Alles, was du dir je gewünscht hast, war ein Kind, und jetzt hast du eins. Aber sie ist mit einem Preis versehen, und der Preis ist dieses *Ding*, das durch unser Haus spaziert. Wenn Jonathan wüsste, was gut für ihn ist, würde er Ember in die Einrichtung schicken. Sollen die sich doch um das Problem kümmern.«

Kapitel 17

Dieses Ding, das durch unser Haus spaziert … Ich hasste Kurt – ich hasste es, dass er mir ständig das Gefühl gab, etwas Widerwärtiges zu sein.

»Alles klar bei dir?«

Ich schloss so fest die Faust um die Münze, dass sie sich in meine Handfläche grub. Wenn Hayden wirklich dachte, dass ich verloren und kaputt war, dann behielt ich das, was Kurt gesagt hatte, lieber für mich. Und Phoebe wusste doch bestimmt, was er fühlte, oder? Sie war Empathin. Emphaten spürten die wahren Gefühle anderer Menschen. Und was würde es nutzen, Hayden zu erzählen, was ich mit angehört hatte? Kurt wollte mich hier nicht haben. Das war keine große Neuigkeit.

»Ember?«

»Ja, alles klar.« Ich schenkte ihm mein schönstes Lächeln. »Ich hasse bloß diesen Fußmarsch. Der Chupacabra wird uns unterwegs noch umbringen.«

»Wow. Chupa-was?«

Ich zuckte die Achseln. »So etwas Ähnliches wie der Bigfoot, nur dass er Ziegen das Blut aussaugt.«

Haydens Lachen lichtete die Dunkelheit um uns herum ein wenig. »Du hast *viel* zu viele schlechte Science-Fiction-Filme gesehen.«

Das stimmte wahrscheinlich, aber als ich die Hütte sah, verflogen alle Gedanken an den Chupacabra. Der sanfte Schein von Kerzenlicht war unverkennbar.

Abrupt blieb ich stehen, und mein Herz setzte ein oder zwei Schläge aus. »Warte mal. Da drinnen ist jemand, Hayden.«

»Ich weiß.« Hayden trat vor mich.

»Aber da *ist* jemand.« Verstand er das nicht?

»Ich wollte heute Abend mal etwas anderes ausprobieren. Seit unserem Gespräch im Imbiss weiß ich, glaube ich, was dich hemmt.«

Ich schauderte und versuchte, mich tiefer in mein Kapuzenshirt zurückzuziehen. »Okay. Warum kannst du mir dann nicht einfach sagen, was es deiner Meinung nach ist?«

»Ich bin mir nicht sicher.« Hayden schüttelte kaum merklich den Kopf. »Und ich habe das Gefühl, dass du mir nicht einfach zustimmen wirst, es sei denn, du begreifst es selbst. Manchmal ist es schwer, seine eigenen Gedankengänge zu durchschauen.«

Argwohn ließ mich einen Schritt von Hayden wegtreten. »Wer ist da drin?«

»Parker.«

»Was?« Ich kreischte fast. »Was ist, wenn er Cromwell erzählt, was wir hier tun? Verdammt, Hayden! Du wirst Schwierigkeiten bekommen.«

Ein seltsamer Ausdruck glitt über Haydens Gesicht. »Parker wird nichts sagen, Ember. Gerade er weiß, wie wichtig es ist, seine Gabe zu kontrollieren. Er wird es keiner Menschenseele erzählen.«

»Parker kann dieses Geheimnis für sich behalten, bis er tot

umfällt – es ist mir egal. Ich lasse ihn nicht in meinem Kopf herumwühlen.«

»Er wird nicht herumwühlen. Parker wird nur deinen Gedanken lauschen, während du deine Gabe benutzt.«

»Das ist herumwühlen.«

Hayden stellte sich breitbeinig vor mich, was bedeutete, dass er nicht so schnell aufgeben würde. »Ember, das hier wird dir helfen. Wenn Parker herausfinden kann, was du wirklich denkst, dann erfahren wir endlich, was deine Gabe auslöst.«

Die Vorstellung, meine Schande mit jemandem zu teilen, erschien mir nicht gerade verlockend. Keiner der beiden konnte nachempfinden, wie schrecklich es sich anfühlte, nicht in der Lage zu sein, etwas zu berühren, ohne es zu töten.

»Mag sein, aber ich mache da nicht mit«, sagte ich. »Ich habe dir bereits mitgeteilt, was ich denke. Es ist nicht meine Schuld, dass es nicht funktioniert.«

»Ich behaupte auch nicht, dass es deine Schuld ist. Ich weiß, dass es das nicht ist.«

Ich schüttelte den Kopf. Nie im Leben würde ich jemanden meine Gedanken sehen lassen. Das war selbst für meine Verhältnisse zu freakig. »Nein. Ich mache das nicht.«

Hayden legte mir eine Hand auf den Arm und drückte ihn sanft. »Em?«

Niemand nannte mich so – niemand außer Adam. Ich holte bereits Luft, um ihm zu sagen, dass er mich nie wieder so nennen sollte, dass er kein Recht dazu hatte, aber die Worte blieben mir im Hals stecken. Sein dunkler, inniger Blick nahm mich gefangen, und alles andere war plötzlich nicht mehr wichtig.

»Ich weiß, dass du Angst hast. Mir ist klar, du hältst das für einen gewaltigen Übergriff und für falsch«, sagte er. »Aber wir müssen herausfinden, was deine Gabe auslöst. Er geht da einmal rein und gleich wieder raus.

»Es ist keine verdammte Gabe.« Verstand er das denn nicht?

Etwas verstimmt verzog Hayden das Gesicht, doch seine Stimme blieb sanft und verständnisvoll. »Willst du nicht in der Lage sein, Menschen zu berühren? Willst du denn nicht irgendwann ein ganz normales Leben führen können?«

»Ja, aber nicht so ...«

»Weißt du noch, was ich beim Mittagessen zu dir gesagt habe?«

Ich wusste noch, was *Phoebe* beim Mittagessen zu mir gesagt hatte.

»Du hast mich gefragt, wie ich gelernt habe, meine Gabe zu kontrollieren«, fuhr er ernst fort, »und ich habe dir erklärt, dass es Angst war. Du musst die Angst loslassen, Em. Sonst bekommst du diese Sache nie unter Kontrolle. Und das willst du doch, oder?«

Nebenbei fragte ich mich, ob er hinter diesen dunklen Augen noch eine weitere Gabe versteckte, denn ich ertappte mich dabei, dass ich nickte, dass ich zustimmte, mich dieser Invasion in meine Gedanken auszuliefern.

Danach ging alles irgendwie ziemlich schnell.

Parker wartete in der Hütte auf uns. Es irritierte mich, wie er mit den dunklen Holzwänden verschmolz, als wäre er Rauch und Schatten. Er stand neben dem Bett, in dem Hayden und ich seit dem Lagerfeuer so oft eingeschlafen waren, dass es schon zu einer Gewohnheit geworden war. Parker in der Nähe dieses Bettes zu sehen, störte mich gewaltig. Als gehöre die Hütte nicht mehr nur Hayden und mir.

Es dauerte einen Moment, bis ich bemerkte, dass Parker etwas in der Hand hielt – und dass dieses Etwas ein Pullover von mir war. »Was macht er da mit meinem Pulli?«, fragte ich.

»Es ist leichter, in die Gedanken eines anderen zu gelangen, wenn man etwas von ihm in der Hand hat«, antwortete Hayden. »Stimmt's, Parker?«

Parker nickte.

»So wie ein Medium?«, fragte ich und kam mir dumm dabei vor.

»Ja.« Hayden trug eine Aloe zum Sofa. Er setzte sich, die Pflanze auf dem Schoß. »Bist du so weit? Es wird nur ein paar Sekunden dauern. Parker geht rein und wieder raus. Bevor du weißt, wie dir geschieht, ist es auch schon vorbei.«

Zaudernd sah ich zu Parker hinüber. Der Blick seiner hellgrünen Augen war auf Hayden und mich gerichtet. Wie immer wirkte sein blasses Gesicht völlig ausdruckslos.

Hayden machte noch ein paar beruhigende Bemerkungen, und dann war es Zeit für mich, mein Ding zu machen. Meine Finger schwebten direkt über einem der grünen Blätter, und dann geschah es. Es fühlte sich an wie ein Windhauch, der durch meinen Kopf ging – eine langsame, zielgerichtete Bewegung hinter den Augen, bei der mich ein Schauer überlief.

Parker war drin.

Ich berührte die Pflanze.

Sofort wurde mein Kopf ganz leer. Dann, als würde ein Schalter umgelegt, stiegen mehrere Gedanken in mir hoch. Ich spürte, wie nach ihnen gegriffen wurde, wie sie angesehen und dann beiseitegeschoben wurden. Währenddessen begannen die dicken Blätter der Aloe in sich zusammenzufallen und zu verwelken. Meine Kopfhaut kribbelte, und dann schien mein Gehirn unter dem Ansturm von Informationen zu explodieren. Gedanken und Erinnerungen überfluteten mich. Ich konnte sie nicht aufhalten, konnte ihren Sinn nicht ausmachen.

Ein greller Lichtstrahl blitzte auf, und mir wurde schwindelig. Es war, als spule sich mein Leben noch einmal rückwärts vor mir ab – nicht das, was ich erwartet hatte. Meine Angst vor einer geistigen Vergewaltigung, das Gespräch, das ich belauscht hatte, das Mittagessen, meine Erkenntnis beim *Fänger im Roggen* und so weiter und so fort, während Parker alles durchsiebte.

Irgendwann stand ich anscheinend auf, denn ich spürte Hayden nach mir greifen und hörte, wie er meinen Namen rief. Aber er klang so weit entfernt, so unwirklich. Ohne jede Vorwarnung sah ich plötzlich die Nacht des Unfalls in erschreckender Klarheit wieder vor mir. Meine Augen waren offen, aber der Raum, in dem ich mich befand, war nicht mehr zu erkennen. Ich saß im Wagen und war kurz davor, abermals zu sterben.

Dad saß auf dem Fahrersitz und redete leise mit Mom. Nein. Nicht, sie redeten nicht. Sie stritten wieder einmal, zankten sich wegen Olivia. Ich hatte nicht verstanden, warum. Es war mir eigentlich auch egal gewesen.

»Du behauptest, ihre Berührung hätte das bewirkt? Es geheilt?«, fragte Mom kopfschüttelnd.

»Ja«, blaffte Dad. »Zum zehnten Mal heute Abend.«

»Du hättest sie niemals hinzuziehen dürfen«, sagte sie.

Ich rutschte auf der Rückbank weiter nach unten und verdrehte die Augen. *Olivia. Olivia. Immer ging es nur um Olivia.* Für die beiden war ich praktisch unsichtbar. So unsichtbar, dass ich mich letzte Nacht hinausgeschlichen und mit Dustin getroffen hatte. Sie hatten es nicht einmal mitbekommen. *Olivia. Olivia. Olivia.* Ich schaute hoch und sah die Ampel von Rot auf Grün springen. Ich würde Dustin am Freitag auch grünes Licht geben – grünes Licht, es mit mir zu tun.

Dad schaute sich nach mir um und zwang sich zu einem unechten, dummen Lächeln. Er hatte schon sehr lange nicht mehr richtig gelächelt. »Was willst du essen, Schätzchen? Nudeln oder Meeresfrüchte?«

»Ich finde, wir sollten einfach nach Hause fahren«, warf meine Mom ein. »Ich kann doch zu Hause Nudeln kochen.«

Ich ignorierte sie und entschied mich für das, wovon ich

wusste, dass Mom es nicht auf die Schnelle zusammenrühren konnte. »Ich will Meeresfrüchte von Salt of the Sea.«

Er nickte und trat aufs Gaspedal.

Nur eine Erinnerung, aber mein Herz raste. Mir war übel. Ich stand in der Hütte, aber ich konnte mich nicht aus dieser Szene herausziehen. Ich wollte raus – musste jetzt raus, bevor … bevor …

Dann passierte es.

Der Schrei blieb mir in der Kehle stecken.

Die Scheinwerfer des Trucks tauchten alles in ein grelles, gelbes Licht, und dann flog ich in meinem Sitz nach hinten. Der Zusammenstoß warf mich gegen die hintere Tür und schleuderte den Wagen herum. Ein Kreischen und das Knirschen von Metall überlagerten die Schreie meiner Mom. Benommen und hilflos spürte ich, wie der Wagen schleuderte und sich überschlug. Einmal. Zweimal. Glas zerbrach, Schmerz schoss mir durch den Bauch, und über all dem hörte ich Olivia nach Daddy schreien, nach mir schreien.

Der Aufprall war entsetzlich, qualvoll und furchteinflößend – endgültig.

»Nichts.« Zum ersten Mal hörte ich Parker sprechen. Seine Stimme klang angespannt und belegt. »Da ist nichts.«

Die Erinnerung verschwand und sprang zu der Zeit nach dem Unfall weiter. Mein Spiegel zeigte mir eine leere Hülle – ein Mädchen voller Narben und mit leeren, seelenlosen Augen.

»Keine Seele«, fuhr Parker fort. »Nur Narben und eine leere Hülle.«

Das Bild von mir verblasste und wurde ersetzt durch mehrere andere Erinnerungen. Das erste Mal, als ich versehentlich getötet hatte, das erste Mal, dass ich versucht hatte, Olivia zu berühren, Dustin, der sich auf dem kalten, regennassen Asphalt krümmte.

»Nein!« Ich sprang abrupt vom Sofa, doch Parker war noch

in meinen Gedanken und sah das alles. Die Panik zog mir den Boden unter den Füßen weg, und der Raum schien sich rasend schnell zu drehen. Mit einem erschrockenen Laut zog Parker sich plötzlich aus meinen Gedanken zurück, aber der Raum drehte sich weiter. Mir war schlecht.

»Ember? Alles okay?« Hayden stand auf. »Was ist los? Parker?«

»Ich muss mich übergeben«, murmelte ich. Mir war zu heiß, zu kalt.

Hayden, der neben mir stand, beugte sich über mich, während ich mich zusammenkrümmte, die Hände auf die Knie gelegt. Die tote Aloe erinnerte mich an ein Gerippe. Ich taumelte gegen Hayden und starrte jetzt Parker an.

Sein Gesicht verkrampfte sich, als er sich seitlich, über der Schläfe, an den Kopf griff und ächzte. »Sie glaubt, sie hat keine Seele. Das hat sie immer im Hinterkopf. Sie glaubt, sie hat keine Seele.«

Das Letzte, was ich hörte, war Hayden, der meinen Namen brüllte, und dann schloss sich das Nichts um mich.

Irgendwann wachte ich auf. Schatten tanzten über die Decke. Mir war schwummrig, und es wurde auch nicht besser, als ich mich aufsetzte.

»Ember.«

Die Matratze wurde neben mir heruntergedrückt. Ich drehte mich um und sah Hayden in die Augen. Ihre Farbe beeindruckte mich irgendwie. Sie waren braun, nicht schwarz. Warm. dunkel. So tief, dass ich hineinfallen konnte und nie wieder herauskommen würde. Dann fiel es mir wieder ein.

Ich schlug nach ihm und traf ihn an der Schulter.

»Hey!«, sagte Hayden. »Immer mit der Ruhe.«

Ich schlug ihm gegen die Brust, was sich anfühlte, als schlüge man gegen eine Mauer. »Du Mistkerl! Du hast mir gesagt, er würde rein- und gleich wieder rausgehen. Du hast gesagt, er würde nicht in meinem Kopf herumwühlen.«

»Das sollte er auch nicht. Ich habe keine Ahnung, was in ihn gefahren ist.«

»Egal.« Unbeholfen stand ich auf. »Ich will zurück zum Haus. Sofort.«

Hayden zog eine Augenbraue hoch. »Ohne mich wirst du nicht durch den Wald zurückgehen, und ich bleibe hier.«

»Willst du wetten?« Ich wirbelte herum und steuerte auf die Tür zu.

Hayden sprang vom Bett. Im selben Moment hatte er sich auch schon vor mir aufgebaut. Der Blick, den er mir zuwarf, war die pure Herausforderung. »Nicht, bis wir darüber geredet haben, was Parker gesehen hat.«

Fluchend schaute ich mich nach einem anderen Fluchtweg um. Vielleicht war meine Reaktion völlig übertrieben, das konnte sein, aber es kümmerte mich nicht. Es gab Dinge, die niemanden etwas angingen. Dinge, von denen ich nicht wollte, dass Hayden sie je erfuhr.

Wieder bewegte er sich sehr schnell. Zu schnell. Er hielt mich an den Schultern fest und drehte mich zu sich um. »Du gehst nicht.«

Ich funkelte ihn an. »Du kannst mich nicht zwingen hierzubleiben.«

»Du willst nicht mit mir reden?«

»Nein! Im Moment will ich dich nicht einmal sehen.«

Er lächelte – er lächelte tatsächlich, der Mistkerl. »Findest du nicht, dass du etwas übertreibst? Niemand hat dir etwas getan.«

»Ähm, ich bin ohnmächtig geworden! Wie würdest du das denn nennen?«

»Ich habe so etwas noch nie erlebt, aber ich nehme an, es hat dich ein wenig benommen gemacht, dass Parker so lange in deine Gedanken geschaut hat. Ich musste dich ins Bett tragen.«

Ich hörte auf zu versuchen, mich aus seinen Armen herauszuwinden. Echt, ich hatte verpasst, von ihm hochgehoben zu werden? »Du hast mich getragen?«

Er nickte. »Um ein Haar hätte ich dich fallen lassen. Danach ist Parker gegangen.«

»Puh, gut zu wissen.«

»Em, wir verlassen diese Hütte nicht, bis wir darüber geredet haben, was Parker gesehen hat.«

Ich stemmte mich gegen seinen Bauch, was mich aber nicht weiterbrachte. Also gab ich es auf, ging wieder zum Bett und setzte mich. »Warum ist Parker so weit zurückgegangen? Es gab Dinge … ich wollte nicht, dass er sie sieht.«

»Willst du darüber reden?«

Ich funkelte ihn an. »Ich will dich schlagen. Beantworte einfach meine Frage.«

Nicht im Mindesten eingeschüchtert von meiner Drohung, kam Hayden zum Bett und setzte sich neben mich. »Anscheinend hat er bis dahin nicht die Antworten bekommen, die wir brauchten.« Er hielt inne und wurde wieder ernst. »Glaubst du wirklich, dass du keine Seele hast?«

Ich starrte auf meine Hände – Hände, die töteten.

»Em?« Er drehte sich zu mir, und seine Knie streiften mein Bein. »Parker meinte, du glaubst, du hast keine Seele.«

»Ich will nicht darüber reden, Hayden. Bitte.«

Mehrere Augenblicke lang blieb er stumm. Dann ergriff er wieder das Wort. »Parker hat auch noch andere Sachen gesehen.«

Ich zog am Kapuzenband meines Shirts und wickelte es mir um den Finger.

Hayden sah mich an. »Warum läufst du immer langärmlig herum? Ist es wegen dem, was Parker gesehen hat?«

Ich zog das Band so stramm, dass ich das Gefühl hatte, es würde mir das Blut abschnüren. »Er hat es dir nicht erzählt?«

»Nein. Er hat nur gesagt, du hättest Narben. Zuerst dachte ich, er meinte … nun, etwas anderes, aber dann habe ich darüber nachgedacht. Du trägst immer lange Ärmel, sogar wenn du schläfst. Ich glaube, ich habe noch nie deine Arme gesehen.«

Ich zuckte die Achseln.

Er atmete leise ein. »Vertraust du mir?«

Ich riskierte einen kurzen Blick in seine Richtung. »Warum fragst du?«

»Tust du's?«

»Schon, ja. Obwohl ich das nach der Nummer, die du vorhin abgezogen hast, nicht tun sollte, aber egal.«

Hayden streckte die Hand nach mir aus. Nun, nicht direkt nach mir. Er schob die Finger unter das Bündchen meines Kapuzenshirts.

Ich hielt seine Arme fest, und meine Bauchmuskeln verkrampften sich. »Was tust du da?«

»Du hast gesagt, dass du mir vertraust.«

»Das war, bevor du versucht hast, mich auszuziehen!« Sobald die Worte heraus waren, breitete sich eine heiße Röte über meinem ganzen Körper aus. War das überhaupt seine Absicht gewesen? Denn … denn ich war mir nicht sicher, was ich davon halten sollte.

Er sah mich mit einem Blick an, den ich nicht deuten konnte. »Du hast noch ein Shirt darunter an, das fühle ich.«

»Das ist nicht der Punkt«, stotterte ich. Ich trug tatsächlich ein Tanktop darunter, doch er würde es so oder so nicht zu sehen bekommen.

»Em, du hast gesagt, dass du mir vertraust.«

Meine Finger verkrallten sich in seinem Pulli, während mein

Herzschlag sich geradezu lächerlich beschleunigte. »Hayden … niemand – du würdest das nicht sehen wollen.«

»Ich glaube, du unterschätzt mich.«

»Nein, tue ich nicht, aber das hier – das ist etwas anderes.« Ich starrte auf seine Finger. Sie waren perfekt, himmelweit von meinem Erscheinungsbild entfernt. »Ich … ich bin bei dem Unfall gestorben, Hayden. Das habe ich mir nicht eingebildet. Ich war tot, und das hatte seinen Grund. Ich muss ziemlich übel zugerichtet gewesen sein.«

»Glaubst du, ich würde dich mit anderen Augen ansehen oder dass es irgendetwas an meiner Meinung über dich ändern würde?«

Er klang irgendwie gekränkt, sodass ich unwillkürlich hochschaute. Ich musste ihn einfach ansehen. Unsere Blicke trafen sich. In seinen Augen lag jetzt keine Herausforderung mehr. Keine Ahnung, was ich darin sah, aber meine Finger entspannten sich, und dann ließ ich los.

Hayden brauchte keine weitere Einladung, sondern schob das Shirt nach oben. Er streifte mir das Kapuzenshirt über den Kopf und legte damit fast alle meine Geheimnisse offen.

Kapitel 18

Ich spürte, wie sein Blick über meine Arme und meinen Oberkörper wanderte. Hayden schaute mich an, aber nicht so, wie ich es mir je gewünscht hätte, von einem Mann angesehen zu werden. Ich wusste, was er sah.

Grimmige Narben schlängelten sich über meine Oberarme, schwächere Linien bedeckten meinen Oberkörper und verschwanden unter meinem Tanktop. Ursprünglich waren sie alle rot gewesen, doch inzwischen waren sie zu weißen Strichen verblasst. Manchmal, wenn ich in den Spiegel schaute, sahen die Narben für mich aus, als hätte jemand ein Spinnennetz über mich fallen lassen. Die einzigen Stellen an mir, die keine Narben davongetragen hatten, waren meine Beine.

Eine Minute verstrich, bevor Hayden etwas sagte. »Tut es … tut es weh?«

Ich weigerte mich, ihn anzusehen, und starrte stattdessen in die dunklen Ecken der Hütte. Ich fühlte mich verletzlich, entblößt. »Nein. Ich hatte nie Schmerzen. Seit … seit ich zurückgekommen bin.«

Er atmete stockend aus. »Und davor?«

Ich zwang mich zu einem lässigen Achselzucken und sah ihn an. Er starrte nicht auf die Narben, sondern in mein Gesicht. »Doch, ja, das hat wehgetan. Kann ich jetzt mein Shirt wiederhaben?«

»Nein.« Hayden warf es auf den Boden. »Du solltest dich nicht verstecken.«

»Stört dich das nicht?«

Er runzelte die Stirn. »Warum sollte es mich stören?«

»Weil … weil es hässlich ist. Ich sehe aus wie Frankenstein.«

»Du siehst nicht aus wie Frankenstein«, sagte er so leise, dass ich es fast nicht mitgekriegt hätte.

»Vertrau mir, ich weiß, wie ich aussehe.«

»Okay. Was willst du von mir hören? Dass ich deine Narben sehe und mich frage, wie sehr es wehgetan haben muss, wenn davon solche Spuren zurückgeblieben sind? Oder für wie falsch ich es halte, dass du dich von diesen Narben von allem abhalten lässt?«

»Von was denn abhalten?«

»Em, die Narben auf deinen Armen sind kaum noch zu sehen. Du könntest ärmellose Shirts tragen. Niemand würde es bemerken, und du … nun, niemand würde die Narben beachten.«

Ich wäre immer noch gern aufgesprungen und hätte mir mein Shirt geschnappt, zwang mich jedoch zu bleiben, wo ich war.

»Wie fühlt es sich an?«

»Was meinst du damit?« Ich starrte geradeaus in die Dunkelheit.

»Zu sterben.«

Sterben ließ sich nicht leicht in Worte fassen. »Nichts – es fühlt sich an wie nichts. In der einen Minute gibt es die Schmerzen, und dann ist da nichts mehr, nur absolute Finsternis. Man ist sich irgendwie aller Dinge bewusst und gleichzeitig auch wieder nicht. Irgendwie fühlt man es hier.« Ich legte mir eine Hand auf den Bauch. »Wenn du stirbst, spürst du, wie es leer wird und sie dich verlässt.«

»Was spürt man?«

Ich riskierte einen schnellen Blick in seine Richtung. Mit einem sanften Ausdruck auf dem Gesicht beobachtete er mich genau. Bevor mich der Mut verließ oder ich mich eines Besseren besann, legte ich ihm eine Hand auf die Stelle unterhalb seines Bauchnabels. Obwohl er einen Pullover trug, spürte ich die Wärme, die seine Haut abstrahlte.

»Deine Seele«, sagte ich leise. Klar, ich hatte ihm gesagt, dass ich nicht darüber reden wolle, aber ich litt offenbar schon wieder unter einer verrückten Attacke von verbalem Durchfall. »Du spürst, wie sie erlischt. Wie eine Kerze.«

Hayden schnappte nach Luft. »Du glaubst wirklich, dass du keine Seele hast?«

Ich nahm meine Hand weg und hob wieder die Schultern.

»Weil alles stirbt, was du berührst?« Hayden stützte sich auf einen Arm. Sein Atem tanzte über meine Schulter.

Ich erbebte. »Nun, ja. Das und die Tatsache, dass ich gespürt habe, wie sie ›puff‹ gemacht hat.«

»Em, du hast eine Seele.«

»Wie kannst du dir da so sicher sein, Hayden? Wie viele Menschen sterben und kommen zurück?«

»Normalerweise kommt man nicht zurück, wenn man gestorben ist. Du bist nur wegen deiner Schwester zurückgekommen, und du hast eine Gabe. Vielleicht hat sie bei deiner Rückkehr eine Rolle gespielt, aber du hast mit Sicherheit eine Seele. Du bist nicht böse. Du kannst sagen, was du willst, doch das glaube ich einfach nicht.«

Ich schaute auf, und unsere Blicke trafen sich. »Und du kannst sagen, was du willst, es ändert nichts daran, wie ich mich fühle.«

Er senkte den Blick unter seinen dichten Wimpern. »Ich weiß, dass du eine hast, denn ich würde dich nicht … küssen wollen, wenn du keine Seele hättest.«

Ich erstarrte. »Du … du willst mich küssen?«

Er blickte auf und beugte sich vor, sein Mund nur zwei Zentimeter von meinem entfernt. Alle Luft schien auf einmal aus dem Raum gesogen zu werden, und mir wurde schon wieder schwindlig. »Schon seit ich dich das erste Mal gesehen habe.« Er bewegte sich so, dass sein Mund noch dichter an meinem war. »Und im Moment wünsche ich es mir so sehr, dass es wehtut. Du hast ja keine Ahnung, Em. Aber ich will dir nicht wehtun.«

Mein Blick fiel auf seine geöffneten Lippen. Wie sie sich wohl auf meinen anfühlten? Außerstande, mich zu bremsen, schob ich meinen Mund noch näher an seinen heran, nur noch eine Haaresbreite von seinen Lippen entfernt. »Ich will dich auch küssen.«

Hayden gab einen leisen, kehligen Laut von sich. Sein Atem strich über meine Lippen, und ich schloss die Augen und stellte mir vor, wie er sich anfühlen, wie er schmecken würde. Nun wärmte sein Atem meine Wange und meine Augenlider, bevor er erneut über meine Lippen strich.

Ich legte ihm die Hände auf die Brust und krallte die Finger in seinen Pullover. »Hayden«, flüsterte ich.

Er antwortete darauf, indem er mich um die Taille fasste und mich auf seinen Schoß zog. Ich wünschte mir nichts mehr, als ihn zu küssen und zu berühren. Doch stattdessen legte ich meine Wange an seine Schulter und presste die Augen fest zusammen, als er seine Hände in streichelnden Bewegungen von meinen Hüften zu meinem Rücken wandern ließ. Ein Schauer tanzte über meine Haut und weckte in mir eine schmerzliche Sehnsucht nach etwas, das ich niemals würde haben können.

Seine Hände wanderten meinen Rücken hinauf, und seine

Finger drückten sich in meine Wirbelsäule, schoben den dünnen Stoff meines Tanktops zusammen und glitten dann wieder nach unten. Ich lehnte mich seiner Berührung entgegen und spürte, wie seine Hände zitterten. Jedes Mal, wenn er sich meiner nackten Haut näherte, fühlte es sich so an, als würde jede Zelle dort zum Leben erwachen, nur um dann langsam auszubrennen. Sein Atem wurde unregelmäßig.

Ich weiß nicht, wie lange wir so verharrten und kurz davor waren, einander zu berühren – *irgendetwas* zu tun –, bis Hayden tief Luft holte und mich von seinem Schoß herunterschob. »Genug«, murmelte er. »Gott, aber es ist nicht genug.«

»Es tut mir leid.« Ich senkte den Kopf und wünschte mir, ich wäre jemand anders, jemand, den er küssen, den er berühren konnte.

Hayden lehnte sich zurück, strich mir einige Locken aus dem Gesicht und sah mir tief in die Augen. »Du musst dich nicht entschuldigen. Ich genieße das hier. Du hast ja keine Ahnung, wie lange ich mir gewünscht habe, dass es so zwischen uns wird, und ich will auch nicht aufhören, aber …«

»Aber du hast Angst, dass du nicht mehr aufhören wirst?«, fragte ich und spürte, wie mir noch heißer wurde.

»Genau.« Er lehnte sich mit einem schiefen Lächeln noch weiter zurück und klopfte auf den Platz neben sich. »Komm her.«

Ich sah ihn mit hochgezogenen Augenbrauen an. Wenn ich neben ihm lag, würde das definitiv nicht das Feuer in meinem Blut löschen. Und irgendwie konnte ich immer noch nicht glauben, was er gerade eingestanden hatte oder was zwischen uns passierte. Es erschien mir so unwirklich, wie ein Traum, von dem ich nie gedacht hätte, dass er für mich wahr werden könnte.

Haydens Blick fiel auf meine Lippen.

Mein Herz machte einen dummen Hüpfer, und mir wurde

ganz warm und schwummrig. Er mochte mich – mochte mich wirklich. Sogar nachdem er meine Narben gesehen hatte. Das war wie ein Sechser im Lotto.

»Komm her.« Wieder klopfte er auf den Platz neben sich.

»Es ist Freitagabend. Müsstest du nicht eigentlich ausgehen und Spaß haben oder so etwas?«

Einer seiner Mundwinkel zuckte in die Höhe. »Ich habe hier Spaß. Jede Menge sogar.« Er verschränkte die Hände hinterm Kopf. Dann streckte er die Beine aus, wodurch er mich fast vom Bett geworfen hätte.

Ich hatte also keine Wahl. Vorsichtig kletterte ich über seine Beine und setzte mich auf die andere Seite.

»Leg dich hin«, befahl er.

»Hayden.«

Das Lächeln wurde noch breiter. »Ember?«

Ich verdrehte die Augen, tat es jedoch. »Zufrieden?«

»Jepp.«

Ich drehte den Kopf, damit ich ihn ansehen konnte, und lächelte, als er mir zuzwinkerte. »Du … überraschst mich.«

Hayden rollte sich auf die Seite und stützte sich auf einen Ellbogen. »Inwiefern?«

Ich biss mir auf die Unterlippe. »Du machst dir Sorgen darum, mir wehzutun, aber du scheinst dir nie Sorgen zu machen, dass ich dir wehtue. Und ich bin diejenige mit dem Killertouch.«

»Ich mache mir keine Sorgen, weil ich weiß, dass du mir nicht wehtun wirst.« Sein Blick wanderte über mein Gesicht, dann weiter nach unten. Er rückte näher zu mir heran. Unsere Knie stießen aneinander, und meine Beine kribbelten.

»Darf ich dich etwas fragen? Etwas Persönliches?«

Er warf mir einen Blick von der Seite zu. »Natürlich.«

»Wie alt warst du, als Cromwell dich gefunden hat?«

Sein Blick ging wieder zur Zimmerdecke zurück. Das Lächeln war verschwunden und wurde durch einen dunklen, grüblerischen Gesichtsausdruck ersetzt. »Ich war sieben.«

»Hast du da noch bei deinen Eltern gelebt?«

Ein Kopfschütteln folgte, und er spannte kaum merklich die Muskeln an. »Nein. Ich war in einer Pflegefamilie.«

Ich biss mir auf die Unterlippe. Ich hatte keinerlei Erfahrungen mit Pflegefamilien, doch es war die Angst davor, die mich dazu getrieben hatte, alles Menschenmögliche zu tun, um Olivia davor zu bewahren. »Wie hat Cromwell dich gefunden?«

Hayden entspannte sich und senkte den Kopf. »Er ist zu meiner Pflegestelle gekommen – der achten in zwei Jahren.« Er hielt inne und lachte. »Es war Anfang des Sommers, und er tauchte dort einfach auf. Der Rest ist Geschichte.«

»Was ist mit der Einrichtung? Es hört sich immer so an, als seien sie dort echt böse, aber du bist da gewesen. Cromwell hat für sie gearbeitet, richtig? Ich verstehe es nicht.«

»Die Sache mit der Einrichtung ist kompliziert.«

»Nun, dann versuch, es mir zu erklären. Schließlich könnte ich eines Tages dort landen.«

Hayden runzelte die Stirn. »Du wirst niemals dort landen, Em.«

»Wie kannst du dir da so sicher sein?«

Er drehte sich auf den Rücken, aber irgendwie lag er jetzt sogar näher bei mir als vorher. »Ich würde es niemals zulassen. Die Einrichtung ist nicht böse, doch sie haben ihre eigenen Trainingsmethoden. Manche davon sind sehr hart, fordernd. Für sie ist eine Gabe das Größte. Ihr Motto ›*Was hinter und vor uns liegt, ist beides nichts verglichen mit dem, was in uns liegt*‹ ist nicht das Gleiche, an das Emerson geglaubt hat, als er diese Worte sagte, weißt du?«

»Wie lange warst du dort?«, fragte ich, obwohl ich nicht wirklich erwartete, dass er mir antwortete.

»Ich … ich war sieben, als ich dort ankam. Elf, als ich die

Einrichtung wieder verließ. Also … vier Jahre plus/minus ein paar Monate. In der Einrichtung war es besser als in den Pflegestellen, aber in gewisser Weise war es dort auch schlimmer. Es gab eine Menge Regeln. Man stand die ganze Zeit unter Beobachtung, also hatte ich nie Zeit für mich. Und es gab eine Menge Tests. Sie … trieben dich gern an deine Grenzen. Um deine Kontrolle auf die Probe zu stellen und zu sehen, was passieren musste, dass du sie verlierst.« Er brach ab und schaute wieder hoch zur Decke. »Wie dem auch sei, erzähl mir etwas über dich. Etwas, das ich noch nicht weiß.«

Offensichtlich erzählte er mir vieles nicht, aber ich ließ es dabei bewenden. »Keine Ahnung. Das Schönste am Winter ist für mich der erste Schnee. Ich … liebe den Geruch des Herbstes. Ich habe noch nie eine Sternschnuppe gesehen.«

»Wirklich nicht?« Er klang überrascht. »Ich auch nicht.«

Ich lächelte. »Ich habe immer danach geschaut, aber nie eine entdeckt.«

»Ich hatte nie ein Haustier«, gestand er mit einem leisen Lachen. »Nicht einmal einen Goldfisch.«

»Goldfische zählen sowieso nicht richtig.«

Wieder lachte er, und die Zeit schien stehen zu bleiben. Nur ein blasser Streifen Mondlicht fiel auf das Bett. Während wir redeten, vergaß ich sogar irgendwann, dass er die Narben sehen konnte, und ich fühlte mich tatsächlich normal. Aber ab und zu hörte er auf zu sprechen und sah mich an, und dann wusste ich, was er sich wünschte.

»Es ist schon spät«, verkündete Hayden irgendwann und riss mühsam den Blick von mir los. »Willst du gehen?«

Ich dachte darüber nach. »Nein. Ich bin noch nicht müde.«

»Vorhin wolltest du noch weg.«

»Vorhin wollte ich dich auch noch schlagen«, bemerkte ich.

»Und jetzt willst du keins von beidem mehr tun?«

»Nein.«

»Gut. Ich habe eine Idee«, sagte er. »Bist du dabei?«

Ein seltsames, intensives Gefühl zog mir den Magen zusammen. »Na klar«, hauchte ich.

»Nicht bewegen.« Er setzte sich auf. »Und nicht schlagen.«

»Ich kann nichts versprechen.« Ihn zu schlagen, war allerdings nicht das, was ich im Sinn hatte.

»Flipp einfach nicht aus, okay?« Hayden rutschte wieder ein Stück nach unten in Liegeposition, und dann spürte ich seine Hand in meinem Haar. »Komm zu mir.«

Zuerst verstand ich nicht, wo »zu mir« sein sollte, aber es wurde mir schnell klar. Irgendwie brachte Hayden mich dazu, den Kopf auf seine Brust zu legen. Dazu bedurfte es allerdings keiner großen Überredungskünste.

Ich drehte mich auf die Seite, sodass meine Wange auf seinem weichen Pullover lag, und als er seine Hand über meinen Rücken gleiten ließ, dachte ich, ich würde sterben. Das hier war fast genauso gut wie das vorhin. Vielleicht war es sogar noch besser, einfach hier zu liegen und mich auf das gleichmäßige Klopfen seines Herzens und auf das wilde Flattern meines eigenen zu konzentrieren.

»Hast du es bequem?«, murmelte er.

»Ja«, flüsterte ich und schloss die Augen. Um die Wahrheit zu sagen, ich genoss das hier viel zu sehr, weigerte mich jedoch einfach, darüber nachzudenken. Denken wurde ohnehin überbewertet. Genau wie die Realität. In der Dunkelheit schien alles möglich zu sein. Sogar *dies.*

»Gute Idee von mir, was?«

Ich lächelte schläfrig in seinen Pullover. »Ja, stimmt.«

Er kicherte leise. Der Laut vibrierte durch mich hindurch bis hinunter in meine Zehen. Dann legte sich die Stille um uns, und ich merkte, wie ich langsam einschlief, völlig zufrieden damit, jemandem, ihm, so nah zu sein.

Etwas ließ mich vom Bett auffahren. In der Dunkelheit

konnte ich sehen, wie Haydens Brust sich stetig hob und senkte. Für einen Moment wusste ich nicht, was mich gestört hatte.

Dann wurde es mir schlagartig klar.

Etwas von der Erinnerung an den Unfall, das Parker an die Oberfläche geholt hatte, war wirklich superwichtig. Ich konnte nicht glauben, dass ich es übersehen hatte.

Meine Eltern hatten von Olivias Gabe gewusst.

Das musste ich Hayden unbedingt erzählen. Einige Sekunden lang sah ich ihn bloß an. Seine Lippen öffneten sich bei jedem tiefen Atemzug. Im Schlaf wirkte die natürliche Schönheit seines Gesichtes noch reizvoller, verletzlicher. Es war ein Jammer, ihn aufzuwecken, ihn zu stören, aber ich fand, dass es ziemlich wichtig war. Er würde es wissen wollen.

»Hayden?« Ich rückte so nah an ihn heran, dass meine Knie ihn an der Taille berührten. »Wach auf.«

Er bewegte sich nicht, zuckte mit keiner Wimper.

»Hayden, wach auf. Komm schon, wach auf.«

Nichts.

Ich legte ihm die Hände auf die Schultern und rüttelte an ihm. »Komm schon, ich muss dir erzählen …«

Wie eine Rakete schoss er hoch und warf mich flach auf den Rücken. Dann war er über mir, saß rittlings auf meinen Hüften und presste meine Beine in die Matratze. Das alles geschah so schnell und so unerwartet, dass ich einfach erstarrte.

Die Hände links und rechts neben meinen Kopf gestützt, senkte er sich zu mir herunter. Für eine Sekunde erkannte ich ihn nicht wieder, waren mir der Ausdruck in seinen Augen und die Anspannung um seine Lippen herum völlig fremd. Er war buchstäblich zu einem Wildfremden geworden.

Und ich wusste ohne jeden Zweifel, dass er keine Ahnung hatte, wer ich war.

»Hayden?«, flüsterte ich und legte ihm eine zitternde Hand auf die Brust. »Ich bin es.«

Er blinzelte und atmete scharf ein. »Tu das nie wieder, Ember.«

Ich schaute zu ihm hoch, und mein Herz pochte wie wild in meiner Brust. Seine Augen waren dunkler, als ich sie je gesehen hatte.

»Ich hätte dich verletzen können.«

Er? Mich verletzen? In jeder anderen Situation wäre das vielleicht komisch gewesen. Jetzt war es das nicht. Ich schluckte. »Okay.«

Seine Brust hob und senkte sich ungleichmäßig über meiner. Von ihm strahlte eine erstaunliche Hitze ab. »Tut … tut mir leid, wenn ich dir Angst gemacht habe. Es gab in den Pflegefamilien zu viele Nächte, in denen ich so geweckt wurde. Es hatte nie etwas Gutes zu bedeuten.«

Ich stieß den Atem aus, den ich angehalten hatte, und wusste nicht, was ich sagen sollte. Ich konnte nur raten, was er damit meinte, und eine Idee war schrecklicher als die andere.

Er schloss die Augen, seine Stimme ganz rau. »Es tut mir leid. Das war …«

»Nein. Ist schon gut. Du hast mich bloß erschreckt. Alles in Ordnung.«

Hayden öffnete die Augen. »Em …?«

Sein Blick war so glühend, dass mir fast die Luft wegblieb. In seinen Augen lagen Sehnsucht und Verzweiflung, und er studierte mich ganz genau. Studierte mein Gesicht, mein von der Schulter gerutschtes Top. Und unter seinem Blick überlief mich eine heiße Röte.

Langsam ließ er sich wieder aufs Bett sinken, das Gewicht auf einen Arm gestützt. Er hob eine Hand an mein Gesicht, seine Finger nur Millimeter von meiner Wange entfernt. Meine eigenen Finger verkrallten sich in seinem Pulli. Gott, ich wünschte mir so sehr, von ihm berührt zu werden. Die Sehnsucht verzehrte mich – sie brannte wie Feuer.

Hayden schloss die Augen, stieß einen heiseren Laut aus und kniete sich hin. Er ließ hilflos die Hände fallen.

Die Enttäuschung fühlte sich an wie ein Schlag. Ich hatte mir so gewünscht, er würde mich an sich ziehen, wie vorhin, und Dinge andeuten, die wir auf keinen Fall tun konnten.

»Also … weshalb hast du mich geweckt?«, fragte er mit belegter Stimme.

Ich brauchte einen Moment, bis mir wieder einfiel, was so wichtig gewesen war. »Meine Eltern – sie wussten von Olivias Gabe.«

Er rutschte von meinen Beinen herunter und stand auf. Ich hatte das Gefühl, dass er bewusst Abstand zwischen uns brachte, während er sich auf das zu konzentrieren bemühte, was ich gesagt hatte. »Was meinst du damit?«

Ich setzte mich auf und drängte den Halbschlaf und etwas noch weitaus Verwirrenderes aus meinen Gedanken. Dann richtete ich mein Top und wurde dabei schon wieder knallrot. »Als Parker in meinem Kopf war, habe ich noch einmal den Unfall vor mir gesehen. Ich weiß nicht, wie mir das entgehen konnte, aber ich schätze, dass ich vorhin nach allem so panisch war, dass ich einfach nicht nachgedacht habe.«

»Verständlich.« Er fuhr sich mit einer Hand durchs Haar. »Woran hast du dich erinnert?«

Ich erzählte Hayden, was meine Mom gesagt und wie mein Dad geantwortet hatte. Während ich sprach, zog er sich tiefer in die Dunkelheit zurück, in die das schwächer werdende Kerzenlicht nicht reichte.

»Olivia muss ihre Gabe schon benutzt haben, bevor sie dich zurückgeholt hat«, fasste Hayden zusammen.

»Ja, aber wer sind ›sie‹? Die Leute, von denen meine Mom sagte, er hätte es ihnen nicht erzählen sollen? Glaubst du, er hat es den Leuten erzählt, die den Unfall verursacht haben?«

Eine volle Minute verstrich, bevor er antwortete. »Ich weiß

es nicht, Ember. Das ergibt keinen Sinn. Vielleicht hast du es falsch in Erinnerung.«

»Habe ich nicht, Hayden. Ich weiß, was ich gehört habe.«

»Deine Eltern konnten nicht wissen, an wen sie sich wenden sollten, selbst wenn Olivia eine ganze Armee von Toten wiedererweckt hätte«, sagte er. »Wir machen keine Reklame für uns – und die Einrichtung tut das ebenso wenig. Wir finden die mit einer Gabe, nicht umgekehrt. Woher also hätten deine Eltern wissen sollen, zu wem sie gehen müssen?«

»Keine Ahnung«, sagte ich angespannt. »Sie müssen es gewusst haben. Oder irgendjemand ist auf sie zugekommen.«

Schlagartig wurde mir etwas bewusst. »Du hast gesagt, dass Liz Menschen mit einer Gabe spüren kann – wenn sie geboren werden, richtig? Hat sie mich gespürt, als ich zurückgekommen bin?«

»Ja.«

»Und sie hat von Olivia gewusst, richtig? Das hast du selbst gesagt.«

»Na und? Nur weil Liz von Olivia wusste, bedeutet das gar nichts. Augenblick mal. Denkst du ernsthaft, mein Vater – *Tante Liz,* die nicht einmal eine Maus töten würde – hätten einen Autounfall inszeniert, um an Olivia heranzukommen?«

Finster blickte ich in Haydens Richtung. »Ja, das denke ich. Vielleicht waren es aber auch Liz und Kurt. Sie scheinen sich schrecklich gut zu verstehen, und Liz behandelt Olivia, als sei sie ihre verdammte Tochter.«

»Das tut sie, weil sie sie gern hat.« Hayden schüttelte den Kopf. »Hör mal, das alles ergibt überhaupt keinen Sinn.«

»Genau«, sagte ich.

»Es ist fast so, als wolltest du, dass es mein Vater oder Kurt war.«

»Ich will nicht, dass sie es waren, aber wer könnte es sonst gewesen sein? Meine Eltern konnten nicht wissen, an wen sie sich wenden sollten, aber sie haben es jemandem erzählt! Dann spürt Liz auf magische Weise, wie ich von den Toten zurückkehre, und sieh einer an! Sieh es dir an. Olivia ist jetzt hier, nicht wahr?«

Schweigen schlug mir entgegen, und ich hätte am liebsten einen Freudentanz aufgeführt, weil ich wusste, dass ich Hayden damit ins Grübeln gebracht hatte. Aber als er dann tatsächlich das Wort an mich richtete, wurde ich schwer enttäuscht.

»Wir sollten zurückgehen, Ember. Wir können morgen früh versuchen, das Rätsel zu lösen. Im Moment ist mein Gehirn zu nichts mehr zu gebrauchen.«

Ich riss den Kopf hoch. Hayden klang so anders als sonst, irgendwie komisch. Ich stand vom Bett auf und wartete, während er die Kerzen löschte. Die ganze Zeit über kehrte er mir den Rücken zu und sprach kein Wort. Ich war ein einziges Nervenbündel, und mit jeder Sekunde verspannte ich mich noch mehr.

Als wir in die Nachtluft hinaustraten, die in der Nähe des Gefrierpunkts lag, zog ich mir die Kapuze über den Kopf und verkroch mich in mein Sweatshirt. Über uns schaute der Mond durch die nackten Äste, während wir schweigend zum Haus zurückgingen. Bei jedem heimlichen Blick auf Hayden krampfte sich mir der Magen zusammen. Sein Gesicht war wie versteinert, distanziert und abweisend. Er starrte geradeaus und sah mich kein einziges Mal an. Als wären die kostbaren Augenblicke in der Hütte nie gewesen, als er eingestanden hatte, wie sehr er mich küssen wollte.

An der Treppe blieben wir stehen, und ich war noch nicht bereit, die Sache ruhen zu lassen. »Ich will mit dir reden …«

»Ich weiß«, unterbrach er mich, »ich aber nicht. Nicht heute Nacht. Ich bin fix und fertig. Es ist schon spät.«

»Aber …«

Er machte einen Schritt auf mich zu und sah mich an. »Wir können jetzt nicht darüber sprechen. Wir würden die anderen aufwecken. Geh ins Bett, Ember. Wir unterhalten uns morgen früh weiter.«

Es zerriss mir beinahe das Herz. »Okay. Also morgen früh, ja?«

Er nickte, und bevor ich noch etwas hinzufügen konnte, war er im Flur verschwunden.

Kapitel 19

Weder am nächsten Morgen noch am folgenden Nachmittag bekam ich Hayden zu Gesicht. Tatsächlich bot sich mir während des ganzen Samstags keine Gelegenheit, ihn zu sehen – zumindest kaum länger als fünf Sekunden. Ich war mir verdammt sicher, dass er mir aus dem Weg ging.

Bis zum Sonntagnachmittag hatte sich die kurze Befriedigung, Zweifel an Cromwell und seiner Gefolgschaft gesät zu haben, ins Gegenteil verkehrt. Hayden hatte immer geglaubt, dass die Beschäftigung seines Adoptivvaters mit den begabten Kindern von dem Wunsch beseelt gewesen war, etwas Gutes zu tun. Aber wer immer es auf Olivia abgesehen hatte, hatte getötet, um an sie heranzukommen. Und ob es Hayden gefiel oder nicht, die Beweise deuteten auf jemanden aus seiner Familie – einen der Menschen, denen er völlig vertraute.

Als ich ihn die Treppe zur Veranda hinaufgehen sah, war ich gerade damit fertig geworden, Olivias Puppe Zöpfe zu flechten. Ohne ein Wort lief ich aus dem Zimmer, riss die Haustür auf und hätte ihn beinahe umgerannt. Er stand da, eine Hand ausgestreckt, die Augen aufgerissen.

Phoebe, die hinter ihm herging, hielt eine Schachtel mit mitgebrachtem Essen aus einem Restaurant in der manikürten Hand.

»Hey«, stieß ich hervor und ignorierte dabei Phoebes neugierigen Blick.

Hayden machte einen Schritt zurück. »Hey.«

»Können wir reden?«

Er schürzte die Lippen. »Ich habe noch etwas zu erledigen …«

»Bitte.« Ich wusste, wie ich mich anhörte, und es war mir egal.

Phoebe schaute zwischen uns hin und her, dann schob sie sich an Hayden vorbei. »Ich stell das hier für dich in den Kühlschrank.«

»Danke«, antwortete Hayden und schaute als nächstes mich an. Er holte Luft und stieß den Atem langsam wieder aus. »Okay, aber ich habe nicht viel Zeit. Spaziergang?«

Ich nickte und folgte ihm die Stufen hinunter zu den Bäumen. Ich konnte nicht glauben, dass es erst zwei Tage her war, dass ich mit ihm geredet hatte. Es kam mir vor wie Jahre. Zeit mit Olivia zu verbringen, war schön gewesen, aber Hayden fehlte mir. Sobald wir das Haus hinter uns gelassen hatten, öffnete ich den Mund.

»Bist du sauer auf mich?« Das hatte ich eigentlich gar nicht sagen wollen.

Er starrte geradeaus. »Wolltest du deshalb mit mir reden?«

Okay. Seine Stimme klang verändert – vielleicht sogar kalt –, doch das war keine große Sache. »Nein, darüber wollte ich nicht mit dir reden.«

»Worüber dann?«

Plötzlich war mein Hirn völlig leer. Hayden blieb stehen und drehte sich zu mir um. Er hatte die Arme vor der Brust verschränkt und wartete. Wartete darauf, dass ich sagte, was immer ich sagen wollte, damit … damit er *weggehen* konnte. Nun, das lief nicht gerade nach Plan. Nicht dass ich einen Plan gehabt hätte.

»Warst du mit Phoebe Mittagessen?« Ich spielte auf Zeit.

Hayden nickte.

Ein hohles Gefühl breitete sich in meiner Brust aus. Es war dumm, aber ich konnte nur daran denken, dass er mit mir noch nicht Mittagessen war. Nicht außerhalb der Schulzeit.

»Ember?«

Ich schluckte. »Ich wollte über das reden, was ich dir in der Hütte erzählt habe.«

»Dass deine Eltern von Olivias Gabe gewusst haben?« Er betrachtete einen Punkt über meinem Kopf.

»Ja. Ich habe darüber nachgedacht. Sogar ziemlich viel, und ich weiß, was ich gehört habe.« Ich konnte den exakten Moment ausmachen, in dem er beschloss, dass er darüber nicht reden wollte. Es war etwas in seinen Augen – sie wurden ganz dunkel. Ich kämpfte mich trotzdem weiter voran. »Das muss alles miteinander in Zusammenhang stehen. Du glaubst, jemand habe den Unfall verursacht, um an Olivia heranzukommen. Und jetzt stopft mir jemand Sachen in meinen Spind. Als … als wolle er, dass ich verschwinde oder so.«

»Du kannst unmöglich wissen, ob das beides miteinander zusammenhängt.«

»Das kann nicht dein Ernst sein! Du weißt, dass es eine Verbindung zwischen beidem gibt.«

»Worauf willst du hinaus, Ember? Dass meine Familie nicht nur tote Tiere aufschlitzt, um sie dir in den Spind zu legen, sondern dass sie auch euren Autounfall verursacht hat?«

»Ja.«

Er seufzte und schüttelte den Kopf. »Hör mal, ich weiß, dass du ihnen nicht vertraust. Das verstehe ich. Wirklich, ich verstehe es, aber ich kenne meine Familie. *Ich kenne sie.* Sie würden so etwas nicht tun, weil sie keine grässlichen Menschen sind. Und was deiner Familie zugestoßen ist – was dir zugestoßen ist –, war grässlich.«

»Kannst du mir dann sagen, wem ich sonst die Schuld daran geben soll?« Ich brüllte jetzt fast. »Du hast es selbst gesagt, Hayden. Meine Eltern hätten nicht gewusst, an wen sie sich wenden sollen.«

»Das bedeutet nicht, dass es meine Familie war.«

»Oh. Also kommt es dir überhaupt nicht verdächtig vor, dass ihr in unser Haus eingebrochen seid, uns entführt und hierhergebracht habt? Dass sich niemand für Olivia interessiert hat, bis *Tante* Liz mich wahrgenommen hat? So ein Blödsinn.«

»Ember.«

»Nein.« Aufgebracht fuhr ich mir mit der Hand durchs Haar. Ich wusste, dass meine Locken in alle Himmelsrichtungen abstehen mussten, aber das war mir egal. »Die Worte auf dem Spielzeugauto – ›Totes sollte tot bleiben‹? Und dann, auf dem Strick …«

Haydens Augen verengten sich. »Was für ein Strick?«

Hoppla. Ich machte einen Schritt zurück. »Das ist nicht wichtig. Wichtig ist, woher irgendjemand sonst auf der Welt davon gewusst haben könnte.«

»Ich habe darüber nachgedacht«, antwortete er nach einigen langen Augenblicken des Schweigens. »Es ist nicht so, als gäbe es dafür überhaupt einen Anhaltspunkt, aber ich kann – *will* – nicht glauben, dass meine Familie etwas damit zu tun hatte. Tut mir leid, Ember, doch statt deine Zeit damit zu verbringen, zwanghaft darüber nachzugrübeln, wie böse meine Familie ist, könnten wir herausfinden, wer wirklich dahintersteckt.«

»Oh. Ist es das, was du die ganze Zeit machst? Dich bemühen, die Unschuld deiner Familie zu beweisen? Nun, viel Glück dabei.«

Plötzlich lag der Geruch von etwas Verbranntem in der Luft, und Haydens Lippen wurden schmal. Seine Augen waren jetzt vollkommen schwarz. Ich wusste, dass es ein Schlag unter die Gürtellinie gewesen war. »Bist du endlich fertig?«

»Nein.«

»Aber ich.« Dann ging er.

»Hayden!«, brüllte ich und spürte, wie mir die Tränen in die Augen stiegen.

Er blieb stehen, drehte sich jedoch nicht um.

Das Herz klopfte mir bis zum Hals. »Bereust du, was in der Hütte passiert ist?«

Mehr musste ich nicht erklären. An seiner steifen Haltung erkannte ich, er wusste, dass ich von seinem Geständnis sprach und wie wir uns aneinandergeklammert und uns verzweifelt mehr gewünscht hatten.

»Nein. Das ist es nicht, was ich bereue«, antwortete er.

Und dann war er weg, und ich stand da und starrte auf die Stelle, an der er eben noch gewesen war – alleingelassen mit der schrecklichen Erkenntnis, dass etwas anders war zwischen uns und ich keine Ahnung hatte, was das für die Zukunft bedeutete.

Danach war alles irgendwie ätzend.

Während der Fahrten zur Schule mit Hayden war die Atmosphäre angespannt, und sie endeten gewöhnlich im Streit, bis wir auf den Schulparkplatz einbogen. Ich verbrachte meine Vormittage damit, wütend darüber nachzugrübeln, warum er sich so beharrlich gegen die Vorstellung sperrte, seine Familie könnte irgendetwas mit den Ereignissen zu tun haben. In seinen Augen waren sie alle Heilige und Engel.

Obwohl ich wusste, dass ich aufhören musste, ihn zu bedrängen, konnte ich es einfach nicht lassen. Es war so wichtig für mich, dass er – dass irgendjemand – mir glaubte. Ich hatte mir diese Dinge nicht bloß eingebildet. Für mich war das alles offensichtlich, aber es ging hier um seine Familie. Im Grunde bezichtigte ich die Menschen, denen er vertraute und die er am meisten liebte, täglich des Mordes.

Ich wusste nicht einmal, warum wir uns die Mühe machten, zusammen zu Mittag zu essen, denn auch dann stritten wir uns weiter. Doch ab dem Mittwoch gesellten Phoebe und Gabe sich zu uns. Es war fast so, als hätten sie gespürt, dass ihre Anwesenheit notwendig war. Entweder das, oder Hayden hatte sie darum gebeten.

Für Phoebe waren diese Mittagspausen schwer. Selbst ich sah das. Also versuchte ich, meine Frustration zu unterdrücken, wenn sie dabei war. Keine Ahnung, warum ich das tat. Sie wurde dadurch nicht netter mir gegenüber, und es änderte ganz eindeutig nichts an der Situation mit Hayden. Diese Mittagessen endeten für gewöhnlich damit, dass Hayden eine blasse, erschütterte Phoebe wegbrachte.

Wir hatten am Montagabend versucht, in der Hütte zu üben, aber das hatte in einem spektakulären Desaster geendet, in dessen Verlauf irgendwie ein Keramiktopf zu Boden krachte. Weder am Dienstag noch am Mittwochabend versuchten wir es noch einmal.

Als wäre nicht alles schon schlimm genug, fand ich am Donnerstagmorgen in meinem Spind vergammelte Hamburger-Stücke. Ich brach direkt im Flur in Tränen aus wie eine Idiotin. Hayden war bereits verschwunden, und ich musste Fleischbrocken von meinen Büchern schütteln, um zu retten, was zu retten war. Meine Ausgabe von *Der Fänger im Roggen* war ruiniert, und mein Mathebuch roch nach gammeligem Scheiß. Weil es schließlich irgendwie sauber gemacht werden musste, blieb mir nichts anderes übrig, als es jemandem zu erzählen.

Die erste Hälfte des Vormittags verbrachte ich in der Mädchentoilette neben der Turnhalle. Außer den Rauchern nutzte sie niemand. Es stank, doch nicht so schlimm wie mein Spind. Ich konnte mich nicht daran erinnern, wann ich das letzte Mal so heftig geweint hatte, und erst zum Anfang der dritten Stunde brachte ich genug Mut auf, mich auf die Suche nach einem Hausmeister zu begeben.

Stattdessen stieß ich auf Mr Theo.

»Ember, warum waren Sie nicht – ist alles in Ordnung mit Ihnen?«

»Ja. Nein.« Ich wischte mir mit den Ärmeln meines Sweatshirts über die Augen. »Ich suche den Hausmeister.«

Er zog die Augenbrauen zusammen, seine Brille rutschte herunter, was mich an Adam erinnerte, und dann fing ich schon wieder an zu weinen. Das Ganze endete im Büro der Direktorin. Es war, als rolle ein Schneeball einen Hügel hinunter. Von diesem Punkt an geriet einfach alles außer Kontrolle.

Die Direktorin, Mrs Hawkes, schien eine nette Frau zu sein, und Mr Theo hatte recht gehabt. Sie tolerierte nicht, dass an ihrer Schule schikaniert wurde, und als er ihr von den anderen Dingen in meinem Spind erzählte, rief sie den in meiner Akte aufgeführten Vormund an.

Jonathan Cromwell.

Einige Kinder lungerten im Sekretariat rum, in der Hoffnung herauszufinden, was denn mit mir los war. Ich ignorierte sie, weil ich andere Sorgen hatte. Mr Theo verschwand während dieser Zeit, und ich wünschte mir wirklich, er wäre bei mir geblieben, zumal er die Sache ins Rollen gebracht hatte, indem er die Direktorin hinzugezogen hatte.

Keine zwanzig Minuten später tauchte Cromwell auf. Inzwischen hatte ich aufgehört zu weinen. Ich hatte auch aufgehört zu reden und angefangen, mich im Stillen selbst zu beschimpfen.

Er trug einen Anzug, sein dunkles Haar tipptopp frisiert,

und er lächelte angespannt. Er sah mich nicht an. Ich hatte keine Ahnung, was man ihm erzählt hatte. »Mrs Hawkes, wie ist es Ihnen ergangen?«

Sie tauschten Höflichkeiten aus, während ich unbehaglich auf meinem Stuhl herumrutschte. Ich war kurz davor zu hyperventilieren, als die Direktorin endlich die Bürotür schloss und auf kurze, sehr professionelle Art und Weise alle Fakten auf den Tisch legte: das Kaninchen, die Puppen, das Spielzeugauto und alles andere. Während sie sich unterhielten, starrte ich auf ihren Schreibtisch. Neben ihrem Computer lag eine winzige Münze, die der ähnelte, die in meiner Tasche war. Es konnte sich nicht um die gleiche handeln, denn ich bezweifelte, dass Mr Theo Glücksmünzen verteilte wie Süßigkeiten.

Ich vergaß die Münze, als die Direktorin aufhörte zu sprechen.

Erst da sah Cromwell mich an. Ich konnte es nicht verhindern, ich sank auf meinem Stuhl in mich zusammen. »Wie lange geht das schon so?«

Ich antwortete nicht.

»Anscheinend seit ihrem ersten Tag bei uns«, sagte Mrs Hawkes. »Mr Cromwell, ich möchte eigens darauf hinweisen, dass diese Schule so ein Verhalten nicht duldet. Und einen Fall wie diesen hat es in meiner Zeit hier an der Schule auch noch nicht gegeben.«

Ich spürte seinen Blick auf mir, während er sprach. »Das ist das Erste, was ich von dieser Angelegenheit höre. Ich bin … extrem enttäuscht, dass Ember sich mir nicht anvertraut hat. Mrs Hawkes, was werden Sie tun, um sicherzustellen, dass das aufhört?«

»Sie sagt, sie sei von niemandem direkt belästigt worden, auf diesem Weg kommen wir also nicht weiter. Allerdings tue ich mich etwas schwer, ihr zu glauben, da dies das Erste ist, was wir davon hören.«

Als ich das vernahm, schaute ich auf. Das stimmte nicht. Ich hatte es Mr Theo erzählt, und er war damit zu ihr gegangen. Ihr musste klar geworden sein, dass er Bescheid wusste, doch das, was sie als Nächstes sagte, besiegelte mein Schicksal. Ich war erledigt. Daran bestand kein Zweifel.

»Ich will Sie damit nicht beleidigen, Mr Cromwell. Wie Sie wissen, habe ich für Sie als Bürgermeister gestimmt, und ich gebe Ihnen auch weiterhin meine Stimme«, fuhr sie fort. »Ich habe jedoch den Eindruck, dass es dieses Thema schon gegeben hat, bevor sie überhaupt einen Fuß in diese Schule gesetzt hat.«

Cromwell versteifte sich neben mir. »Ich weiß nicht genau, ob ich Ihnen folgen kann.«

Sie räusperte sich und befingerte nervös einen Knopf an ihrem Kostüm. »Wie kommt sie mit den anderen … Kindern, die in Ihrem Haus leben, zurecht? Sind Ihnen da vielleicht irgendwelche Probleme bekannt? Es könnte sein, dass …« Sie hörte auf zu reden. Sie hörte auf, sich zu bewegen. Meiner Meinung nach hörte sie sogar auf zu atmen.

Heilige Scheiße.

Dann bemerkte ich, dass Cromwell aufgestanden war. »In meinem Haus ist nichts vorgefallen.«

»Nichts«, murmelte Mrs Hawkes.

»Keins meiner Kinder hat irgendetwas damit zu tun«, fuhr er fort, seine Stimme überraschend besänftigend. Ich ertappte mich dabei, dass ich mich vorbeugte, um ihn besser verstehen zu können. »Tatsächlich werden Sie vergessen, dass wir dieses Gespräch je geführt haben.«

Mrs Hawkes nickte.

»Ember hat ihr Mittagessen im Spind vergessen. Es ist schlecht geworden. Sie hat Panik bekommen.«

Ich kam jäh zu mir. »*Was?*«

Cromwell ignorierte mich und konzentrierte sich ausschließlich auf die Direktorin. »Es ist nichts passiert. Ember ist krank geworden, das ist alles. Sie wird heute früher nach Hause gehen. Wenn irgendjemand dieses Thema zur Sprache bringt, werden Sie dem Betreffenden sagen, dass es erledigt ist. Und Sie werden mich kontaktieren, wenn jemand Sie darauf anspricht.«

»Ja. Natürlich. Ja.« Mrs Hawkes blinzelte. Dann schaute sie zu mir auf, ein liebenswürdiges, jedoch fast ein wenig herablassendes Lächeln auf dem Gesicht. »Ms McWilliams, ich hoffe, Sie fühlen sich schon etwas besser. Und bitte, denken Sie daran, Ihr Mittagessen nicht mehr in Ihrem Spind aufzubewahren.«

Mir klappte der Unterkiefer herunter.

Danach brachte Cromwell das Gespräch zum Ende, wir verließen die Schule und stiegen in seinen Porsche. Mein Herz raste, und meine Handflächen waren verschwitzt. Ich saß in der Patsche. Und ich musste hier raus.

»Ich will – ich würde lieber in der Schule bleiben. Wir schreiben heute Nachmittag einen Test«, sagte ich zu ihm.

Er würdigte mich kaum eines Blickes. »Den Test kannst du nachschreiben.«

»Aber …«

»Wer weiß sonst noch davon, Ember?«

»Niemand«, stotterte ich und beäugte den Türgriff. Ich könnte wegrennen. Oder Cromwell berühren.

»Lüg mich nicht an. Wer hat sonst noch davon gewusst?«, wiederholte er.

»Ich lüge nicht.« Meine Finger wanderten an der Tür entlang. »Niemand sonst hat davon gewusst. Aber wir schreiben heute einen Test …«

Cromwell fuhr vom Parkplatz, bevor ich die Tür überhaupt öffnen konnte. »Warum bist du mit dieser Sache nicht zu mir gekommen?«

»Ich …« Mir fiel so schnell keine Lüge ein. Wenn ich ihm erzählte, dass ich dachte, er oder einer seiner Freaks stecke dahinter, würde es das nicht besser machen. Also überraschten die nächsten Worte, die aus meinem Mund kamen, sogar mich selbst. »Warum sammeln Sie eigentlich Kinder? Was wollen Sie von uns?«

»Ich will gar nichts von euch. Und ich habe die Frage, warum ich Kinder mit einer Gabe in mein Haus hole, bereits beantwortet. Ich werde es nicht noch einmal zu deiner Unterhaltung wiederholen.«

»Es geht nicht um meine Unterhaltung! Aus irgendeinem schrägen Grund wollen Sie diese ganzen Kinder haben.« Es handelte sich hier mal wieder um eine Situation in meinem Leben, in der ich die Klappe hätte halten sollen und es einfach nicht konnte. »So wie Sie Olivia wollten – weil alle eine Gabe besitzen. Was wollen Sie mit ihren Gaben?«

»Ich verstehe, dass du aufgebracht bist, aber ich lasse meine Absichten nicht von dir hinterfragen. Ich werde herausfinden, wer diese Dinge in deinen Spind gelegt hat, ganz gleich, ob du mir sagst, wer dich belästigt hat, oder nicht. Das nächste Mal – wenn so etwas noch einmal passiert – wirst du zu mir kommen. Hast du das verstanden?«

»W… werden Sie mich wegschicken?«

»Manchmal würde ich das am liebsten tun, Ember. Wirklich. Also, treib es nicht auf die Spitze.«

Meine Finger öffneten und schlossen sich auf meinem Schoß. »Was haben Sie jetzt vor?«

»Ich werde dich nach Hause bringen. Dort wirst du nach oben in dein Zimmer gehen. Du hast Hausarrest …«

»Was?«, kreischte ich. »Wieso habe ich Hausarrest? Das war doch nicht meine Schuld! Und wozu überhaupt? Ich gehe sowieso nie irgendwohin.«

»Du hast Hausarrest, weil du zu mir hättest kommen sollen.

Ich hätte eingreifen können, bevor Außenseiter in diese Sache – was immer es ist – hineingezogen worden wären. Das ist jetzt schon das zweite Mal, dass du mich enttäuscht hast, Ember. Ich musste meine Gabe benutzen, um jemanden zu manipulieren. Das Letzte, was ich brauchen kann, ist eine Untersuchung durch die Schulleitung, die mein Haus unter die Lupe nimmt, weil man glaubt, dass eins meiner Kinder etwas mit dieser Angelegenheit zu tun hat.«

»Warum wohl«, blaffte ich.

»Du kannst dir sicher sein, dass ich heute Abend mit jedem einzelnen von ihnen sprechen werde.«

»Aber ich habe keinem von ihnen etwas davon erzählt!«

Cromwell schaute in meine Richtung. »Ich weiß nicht, warum du denkst, du könntest mich belügen.«

Das wusste ich selbst nicht.

Kapitel 20

Die ganze Zeit rechnete ich damit, dass Cromwell seine Meinung änderte und in mein Zimmer gestürmt kam, um mich davon in Kenntnis zu setzen, dass er die Einrichtung verständigt habe und sie mich abholen würden. Während die Stunden verstrichen und das Mondlicht langsam durchs Zimmer wanderte, wurde mir jedoch klar, dass ich wenigstens vorläufig in Sicherheit war.

Meine Nerven beruhigten sich so weit, dass ich halbwegs schlafen konnte. Keine Ahnung, was mich kurz vor Sonnenaufgang weckte. Vielleicht ein Albtraum. Ich hatte von schattenhaften Gestalten geträumt, die mir folgten, was wahrscheinlich erklärte, warum mein Herz wie wild gegen meine Rippen pochte.

Ich richtete mich auf und schlug die Decke von meinen Beinen. Als ich aus dem Bett stieg und den ersten Schritt machte, bemerkte ich einen Schatten an der Tür. Und als der Schatten sich bewegte, öffnete ich den Mund, um zu schreien.

»Ember, ich bin es.«

»Oh mein Gott«, stieß ich hervor und ließ mich auf die Bettkante sinken.

»Tut mir leid. Ich wollte dich nicht erschrecken«, sagte Hayden leise.

Ich konnte ihn kaum sehen. Sobald ich mir sicher war, dass ich nicht ohnmächtig werden würde, stand ich wieder auf. »Wie lange stehst du schon da?« *Und beobachtest mich im Schlaf?* Obwohl ich das nicht aussprach, hing die Frage zwischen uns in der Luft. Anstatt es gruselig zu finden, was eigentlich angemessen gewesen wäre, fühlte es sich komisch an, dass er hier in meinem Zimmer war ..., verwirrend, aber gut.

»Noch nicht so lange. Ich habe mit mir gerungen, ob ich dich wecken soll.«

»Oh. Ist ... ist alles in Ordnung?«

»Ich denke, das ist eine Frage, die nur du beantworten kannst.«

»Ich vermute, dass Cromwell gestern Abend mit dir gesprochen hat.«

»Deine Vermutung ist richtig.«

Ich seufzte und streckte die Hand nach der Nachttischlampe aus, aber Hayden stand urplötzlich vor mir. Keine Ahnung, wie er sich so schnell hatte bewegen können. Aus der Nähe konnte ich seinen Gesichtsausdruck sehen, doch er verriet mir nichts.

»Warum hast du mir nichts von den anderen Sachen erzählt?«, fragte er mit leiser Stimme. Er klang verstimmt.

Ich hätte wissen sollen, dass er wütend sein würde, aber das war am vergangenen Abend meine letzte Sorge gewesen. Ich machte Anstalten, mich wegzudrehen, doch er hielt mich am Arm fest. »Wir haben uns in letzter Zeit nicht unbedingt gut verstanden.«

Hayden sah mir in meine weit aufgerissenen Augen und

hielt meinen Blick fest. »Das ist kein ausreichender Grund, Ember.«

»Ich weiß, jedoch wollte ich dich damit nicht behelligen. Wie dem auch sei, es war nur Hamburgerfleisch, und ich habe überreagiert.«

»Was ist mit den Puppen und dem Strick? Was ist mit der Tatsache, dass du es deinem Lehrer erzählt hast und nicht mir, Ember?«

Nun, anscheinend hatte Cromwell ihm alles haarklein berichtet. »Mr Theo …«

»Der Englischlehrer?«

»Ja genau. Er wusste doch schon von dem Kaninchen. Ich hatte gar nicht vor, ihm von den anderen Sachen zu erzählen, aber er hat gemerkt, dass etwas nicht stimmte und …«

Hayden unterbrach mich mit flammenden Augen. »Du hast es lieber ihm erzählt als mir?«

Schlagartig wurde mir klar, was das bedeutete. Es ging nicht darum, dass ich es lieber irgendeinem Lehrer erzählte als ihm. Oder gar einem Fremden. Du hast es lieber *ihm* erzählt als mir. Ich erkannte den Ausdruck in seinen Augen wieder, denn ich fühlte dasselbe, immer wenn er nach dem Mittagessen mit Phoebe wegging. Es war kein Ärger. Nicht einmal Enttäuschung. »Du bist – du bist tatsächlich eifersüchtig?«

»Was?«

»Es stimmt! Du bist eifersüchtig, weil ich es Mr Theo erzählt habe und nicht dir.«

Ich entriss ihm meinen Arm, aber er zog mich an sich. Meine Beine waren direkt vor seinen, unsere Oberkörper berührten sich. Ich spürte, wie er seinen nächsten tiefen Atemzug holte, und ich vergaß, was ich sagen wollte.

Der Ausdruck der Eifersucht verschwand, ersetzt von etwas gleichermaßen Frustrierendem. Seine Hände glitten zu meinen Schultern hinauf und sandten winzige Schauer über meinen ganzen Körper. Er schob mich zurück, bis ich gegen meinen Schreibtisch stieß. »Darf ich das?«

»Sicher.« Ich hatte keine Ahnung, zu was ich da meine Zustimmung gab.

Hayden hob mich hoch und setzte mich auf den Schreibtisch. Seine Hände blieben auf meinen Hüften liegen, und seine Berührung brannte sich durch den dünnen Stoff. Ein rauchiger Geruch, als hätte jemand eine Kerze ausgeblasen, zog durch mein Zimmer, ohne dass man dessen Quelle ausmachen konnte.

»Was tust du da?«, fragte ich, und mir stockte der Atem.

»Ich weiß es nicht.«

»Hayden?«, flüsterte ich.

»Ja?« Er kam noch näher, und sein warmer Atem strich über die Haut an meinem Hals wie in der Nacht in der Hütte. Das war *unsere* Form des Küssens – sanfte, federleichte Küsse, bei denen wir uns nie berührten.

Ich hob instinktiv die Hände, weil ich ihn anfassen wollte. Etwa zwei Zentimeter vor seiner Wange fing ich mich. Hilflos ballte ich die Hände zu Fäusten.

»Schon gut.« Seine Hände waren wieder in Bewegung und glitten höher. Als sie sich um meine Taille legten, waren alle vernünftigen Gedanken wie weggeblasen. Sein Atem strich über meine Kehle, über mein Kinn und berührte meine Wange. Er streichelte mir über den Rücken, während sein sanfter Atem über meinen Lippen schwebte. »Weißt du eigentlich, was du mit mir machst?«

Wahrscheinlich schüttelte ich den Kopf, ich war mir nicht sicher. Ich konnte mich nur darauf konzentrieren, wie köstlich, wie richtig, wie wunderbar es sich anfühlte, ihm so nah zu sein.

Immer noch spürte ich seinen Atem auf meinen Lippen, als seine Hand nach oben wanderte und am Halsausschnitt meines Shirts innehielt.

Und dann berührte er mich.

Meine Augen schlossen sich, und ich gab einen sehr leisen Seufzer von mir. Hayden strich mit den Fingerspitzen über meinen Hals, über mein Kinn. Seine Finger zuckten mehrfach zurück, aber er machte weiter, bis er seine ganze Hand an meine Wange drückte.

»Sag mir, dass ich aufhören soll«, flehte er heiser.

Alle Entschlossenheit, die ich in mir hatte, löste sich in Luft auf. Ich berührte sein Gesicht, legte eine Hand auf seine Wange. Es fühlte sich genauso an, wie ich es mir vorgestellt hatte. Nein, besser. Seine Haut war heiß, glatt und einladend. Vielleicht sogar so heiß, wie ich mich fühlte, während mein ganzer Körper kribbelte.

Hayden keuchte. Sekunden verstrichen, in der nur unsere Atmung zu hören war. Sein Daumen streichelte in kreisförmigen Bewegungen über meine Wange. Er konnte die Hand nicht still halten. Welches Gift auch immer in meiner Haut war, es setzte ihm zu, aber ich konnte meine Hand einfach nicht wegziehen.

Ich atmete tief ein, einmal, zweimal. Der würzige Geruch von Rauch hüllte mich ein.

Er legte mir seine andere Hand in den Nacken, und seine Finger zuckten, als sie meine Haut berührten. Ein überraschter Laut kam aus mir heraus. Mein Gehirn konnte keinen einzigen logischen Gedanken verarbeiten – abgesehen von dem, wie herrlich er sich anfühlte – wie wunderschön und lebendig.

»Ember …?«, flüsterte er an meinen Lippen.

Er würde mich küssen. Ich wusste es. Mein ganzer Körper war erwartungsvoll gespannt, und mir klopfte das Herz bis zum Hals. An den Rändern meiner Wahrnehmung begannen die Dinge jedoch zu verschwimmen. Noch während ich das Gefühl hatte, jeden Moment aus meiner Haut herauszuplatzen, wurde mir schwummrig. Dann löste er sich so abrupt von mir, dass ich beinahe vom Schreibtisch gefallen wäre.

Keuchend trat Hayden einen Schritt von mir weg und starrte mich an. »Entschuldige. Das hätte ich nicht tun sollen.«

»Habe ich dir wehgetan?«, fragte ich, selbst erstaunt, wie heiser meine Stimme klang.

Er sah mich an, als sei eine Hand aus meinem Kopf gewachsen und hätte mit den Fingern in seine Richtung gewackelt. »Ich habe *dir* wehgetan, Ember. Das konnte ich spüren.«

»Nein«, widersprach ich langsam. »Mir war nur etwas schwindlig. Du hast mir nichts entzogen, richtig?«

»Aber ich wollte es.« Er wandte den Blick ab. »Kapierst du das nicht? Ich habe es versucht. Ich konnte spüren, wie es passiert, und ich hätte weitergemacht. Ich hätte es getan.«

Ich wünschte, er würde mich wieder in seine Arme ziehen. Dort war es so schön. Und ich verstand nicht, warum er so eine große Sache daraus machte. »Schon in Ordnung. Nichts passiert.« In meiner Stimme schwang Enttäuschung mit.

»Ich hätte dich *ernsthaft* verletzen können.« Er fuhr sich mit einer Hand über den Kopf und griff sich in den Nacken.

»Ist dir klar, wie seltsam das ist? Ich bin diejenige, die dich ernsthaft hätte verletzen können. Du kannst dafür sorgen, dass mir schwindelig wird, und im allerschlimmsten Fall würde ich ein paar Tage im Koma liegen. Ich dagegen kann dich *töten*. Also, wer hat hier das größere Recht auszuflippen? Ich würde sagen, das bin immer noch ich.«

»Du würdest mich nicht verletzen. Ich habe dir das nicht erzählt, aber meine Gabe würde wirksam werden, bevor du mir ernsthaften Schaden zufügen könntest. Ich glaube, das könnte ich gar nicht verhindern.«

Nun, das war gut zu wissen. Und es machte mir nichts aus. Ich war sogar froh darüber, dass er auf diese Weise geschützt war. Ich biss mir auf die Unterlippe und beobachtete ihn genau. Es stand ihm ins Gesicht geschrieben, dass er unsere Umarmung bereute. Das traf mich irgendwie. Und es erklärte wahrscheinlich auch, warum ich die nächste Frage stellte. »Bist du immer noch sauer, dass ich es Mr Theo erzählt habe und nicht dir?«

Hayden trat einen weiteren Schritt zurück und kniff die Augen zusammen. »Ich finde es absurd, dass du mit einem wildfremden Mann darüber gesprochen hast. Ich dachte, du vertraust mir.«

»Ich vertraue dir ja auch, aber Mr Theo ist kein Fremder.« Ich sprang vom Schreibtisch und schob mich an ihm vorbei. »Es tut mir leid, dass ich es dir nicht erzählt habe. Ich dachte, du wolltest vielleicht nichts mehr darüber hören. Dass du die Nase voll hast, dich damit zu beschäftigen.«

»Was?« Er wirbelte herum. »Wie kommst du denn auf so etwas?«

»Keine Ahnung. Ich wollte dich einfach nicht damit behelligen.« Ich verschränkte die Arme vor der Brust. »Ich dachte, wir würden uns dann nur noch mehr streiten.«

Hayden schüttelte den Kopf. »Manchmal verstehe ich dich nicht. Wenn du nur für zwei Sekunden deine Gefühle gegenüber meiner Familie beiseite lassen könntest …«

»Das wird nicht passieren.«

Er stöhnte. »Weißt du eigentlich – interessiert es dich überhaupt –, wie enttäuscht er von mir war? Was das für mich bedeutet?«

Ich riss den Kopf hoch. »Was? Du hast ihm doch nicht etwa erzählt, dass du von den Sachen in meinem Spind gewusst hast, oder? Ich habe ihm gesagt, dass ich mit niemandem darüber gesprochen habe, Hayden. Oh Gott.«

»Es hat ihm gar nicht gefallen, dass ich es vor ihm geheim gehalten habe.«

»Warum hast du es ihm dann erzählt?«

»Ich musste ihm die Wahrheit sagen, Ember!«, antwortete er gleichermaßen frustriert. »Es ist schlimm genug, dass ich heimlich hinter seinem Rücken mit dir trainiert habe.«

»Ich habe dich nie darum gebeten! Du hast mir das aufgedrängt!«

Er sah mich an, und es kam mir wie eine Ewigkeit vor. »Nachdem er mich gestern Abend zusammengestaucht hatte, hat mein Vater jeden kontaktiert, der ihm in den letzten zehn Jahren über den Weg gelaufen ist. Er hat Kurt losgeschickt, um herauszufinden, wer für die Sachen in deinem Spind verantwortlich ist.«

Das bedeutete gar nichts. Ich hätte das Gleiche getan, wenn ich schuldig gewesen wäre und wollte, dass alle glaubten, ich sei unschuldig, aber der Ausdruck auf seinem Gesicht hinderte mich daran, das auch auszusprechen.

»Und mir ist völlig klar, dass nichts davon dich überzeugen kann.«

Ich errötete. Es hatte keinen Sinn, es abzustreiten. Ich verschränkte die Arme vor der Brust und funkelte ihn an.

»Aber ich wünschte, das täte es. Dann würdest du erkennen, dass meine Familie nicht gegen dich ist.« Er trat vor und erwischte mich am Ärmel. Nur seine Fingerspitzen streiften meine Haut, doch es fühlte sich an wie tausend Berührungen in einer. »Sie passen schon so lange auf dich auf. Mein Vater will dir helfen. Er würde absolut alles tun, um dich und deine Schwester zu beschützen.«

Ich löste meine verschränkten Arme, und Hayden ließ mich los. Er trat nicht von mir weg. Meine Hände fanden wie von selbst den Ärmel seines Shirts. Jetzt waren es meine Fingerspitzen, die die Haut an seinem Handgelenk streiften. Ich schloss die Augen, aber ich nahm trotzdem wahr, wie sich das Zimmer erhellte, als die Sonne hinter dem Berg hervorkam.

»Bitte. Ember, du musst ihm vertrauen. Vertrau *mir.*«

Als ich die Augen öffnete, wusste Hayden sofort Bescheid. Keiner von uns sagte etwas. Es gab einfach zu viele Indizien, die auf Cromwell verwiesen, als dass ich diesem Mann jemals hätte vertrauen können. Hayden jedoch würde ihm gegenüber immer loyal bleiben.

Unsere Blicke trafen sich für eine flüchtige Sekunde. Dann verließ er ohne ein weiteres Wort mein Zimmer. Ich drehte mich zum Balkon um. Die Sonne hatte den Berg überwunden und warf einen orangefarbenen, feurigen Schein über den Wald, und in diesem Moment stand die ganze Welt in Flammen.

»Ich habe mit Mrs Hawkes gesprochen«, sagte Mr Theo, den Blick auf zwei Schüler gerichtet, die sich gerade gegenseitig die Zunge in den Hals steckten. Als Lehrer schien ihm die öffentliche Zurschaustellung von Zuneigung nichts auszumachen, im Gegensatz zu anderen Erwachsenen. »Sie hat gesagt, man würde sich um alles kümmern und dass Sie ab jetzt keine Schwierigkeiten mehr haben sollten.«

Ich verspürte einen seltsamen Schmerz in der Brust und riss den Blick von dem Pärchen los. Der Schmerz verlagerte sich in meine Schläfen. »Ja klar.«

Er warf mir einen durchdringenden Blick zu. »Das scheint Sie nicht sonderlich zu überzeugen.«

Ich umklammerte die Münze und fragte mich, wie es sein konnte, dass Hayden, der mich noch heute Morgen beinahe geküsst hätte, nicht einmal mehr mit mir sprach. Wir hatten uns schon früher gestritten, aber das war anders gewesen. »Ich bin bloß müde.«

Mr Theo ließ mich nicht aus den Augen. »Sie haben die Schule gestern früher verlassen. War das Ihr eigener Wunsch, oder hat man Sie dazu genötigt?«

Seine Frage überrumpelte mich, und durch den Schmerz

in meinem Kopf und den Schlafmangel war mein Gehirn der Herausforderung, zu lügen oder überhaupt zu reden, nicht gewachsen. Ich wollte diesen Tag lediglich hinter mich bringen und schlafen.

»Ember?«

Ich blinzelte. »Nein. Ich glaube, ich brüte irgendetwas aus.«

»Nun, zumindest haben Sie die Thanksgiving-Ferien, um sich zu erholen.«

Ja, toll. Eine ganze Woche mit Menschen im Haus festzusitzen, die mich hassten, klang sehr erholsam. »Schöne Ferien wünsche ich Ihnen.« Ich konnte die Leere in meiner eigenen Stimme hören. Kein Gefühl. So müde war ich. Oder vielleicht war es auch etwas anderes. Ich riss mich endlich los und schlang mir meine Tasche über die Schulter.

»Ember?«, rief er. Ich war erst einen Meter weit gekommen, bevor ich mich wieder umdrehte. »Passen Sie auf sich auf.«

Kapitel 21

Ich starrte in meinen Kakaobecher und beobachtete, wie die dunklere Schokolade darin herumwirbelte. Tante Liz mochte eine böse Kinderräuberin sein, aber sie machte mörderisch guten Kakao. Ich stellte den Becher beiseite, griff nach dem Skizzenblock und blätterte zu einer leeren Seite. Meine Gedanken schweiften ab, als ich zu zeichnen begann.

Liz war nach dem Essen mit Olivia in die Bibliothek gefahren, und die beiden waren noch nicht wieder zurück. Ich war sogar eingeladen worden, sie zu begleiten, aber ich hatte abgelehnt. Dumm von mir. Ich brauchte eine neue Ausgabe von *Der Fänger im Roggen*. Und da Olivia das einzige lebende Geschöpf in diesem Haus war, das meine Gesellschaft begrüßte, wäre es besser gewesen, wenn ich mitgefahren wäre.

So saß ich nun draußen auf der Veranda, zusammengekauert in einer Ecke, damit ich vor dem kühlen Wind geschützt war, und wartete auf Olivias Rückkehr. Oder zumindest redete ich mir ein, dass es mir um Olivia ging. Natürlich wartete ich nicht darauf, dass Hayden nach Hause kam, hatte überhaupt nicht die Hoffnung, ihn abzufangen. Ich hatte ihn kurz nach dem Mittag mit Phoebe und Gabe weggehen sehen. Keiner von ihnen hatte mich gefragt, ob ich mitkommen wolle.

Der Bleistift glitt über die Seite, ein feiner Strich hier, ein kräftigerer dort.

Der Wind frischte auf und wehte die braunen und gelben Blätter über die Veranda, die sich um meine Sneakers sammelten. Meine Gedanken wanderten von Hayden weg, direkt zurück zu einem anderen Thema, das mir auf den Magen schlug.

Ich hatte nicht den leisesten Zweifel daran, dass jemand in diesem Haus etwas mit den »Geschenken« in meinem Spind zu tun hatte. Eine Zentnerlast senkte sich auf meine Brust, wenn ich an die Möglichkeit dachte, dass ich vielleicht sogar mit der Person, die für den Unfall verantwortlich war, zusammenlebte.

Ich hörte auf zu zeichnen und strich mir eine eigensinnige Locke aus dem Gesicht, während ich auf meine Skizze schaute. Die Zeichnung war unverkennbar. *Er* starrte mir entgegen, ein schiefes Grinsen auf den Lippen. Ich stöhnte angewidert und klappte mit einem Knall den Zeichenblock zu, als die Haustür aufging.

Parker.

Er blieb auf der obersten Treppenstufe stehen und drehte sich zu mir. Die Sonne schien ihm ins Gesicht, aber seine Miene wirkte dadurch nicht wärmer.

Ich schob den Bleistift in den Skizzenblock und machte Anstalten aufzustehen, doch wovor versuchte ich eigentlich davonzulaufen? Parker wusste sowieso schon alles.

Er stieß einen Seufzer aus und schaute auf die Schlüssel in seiner Hand. »Tut mir leid, was neulich Nacht in der Hütte passiert ist.«

Verblüfft konnte ich ihn nur anstarren. Parker redete nie mit mir. Niemals.

Er umklammerte die Schlüssel noch fester und kam in Zeitlupentempo die Stufen herunter, um gute zwei Meter vor mir stehen zu bleiben. »Wenn ich die Gedanken von jemandem lese, werde ich manchmal mit hineingezogen. Ich kann dann nicht mehr aufhören.« Er schaute in den Wald, während er sprach. »Und du warst besonders schwer zu lesen. In deinem Kopf ist eine Menge los.«

Ich war mir nicht sicher, wie ich darauf reagieren sollte. Sollte ich mich entschuldigen? Das kam mir jedoch falsch vor, daher sagte ich gar nichts.

Das schien für Parker okay zu sein. »Es ist schwer, sich gegen Menschen wie dich abzuschirmen. Menschen, deren Gehirne immer an irgendetwas arbeiten, deren Gefühle immer auf Sendung sind.« Er hielt inne und sah mich endlich an. »Phoebe hat mir erzählt, dass du es gesehen hast.«

»Oh«, murmelte ich. Mir war klar, dass er die Schnitte an Phoebes Oberschenkeln meinte.

»Es ist schwer für sie, dich abzublocken, Hayden abzublocken. Es macht ihr unheimlich zu schaffen.«

Instinktiv verstand ich, dass Parker sich für Phoebes Verhalten entschuldigte und zu erklären versuchte, warum sie sich selbst verletzte. »Ich habe ja Verständnis dafür, dass es schwer für sie ist, aber deswegen sollte sie sich nicht selbst verletzen. Irgendjemand müsste etwas unternehmen. Sie braucht Hilfe.«

Er legte den Kopf schief. »Phoebe geht es gut.«

»Menschen, denen es gut geht, ritzen sich nicht.«

»Die meisten Menschen glauben auch nicht, dass sie keine Seele haben.« Parker zog die Augenbrauen hoch. »Und genauso wenig glauben sie, dass sie Menschen tatsächlich verletzen wollen. Findest du, dass es dir gut geht?«

Mir klappte der Unterkiefer herunter.

»Das ist doch im Grunde deine Art, mit deiner Gabe umzugehen. Du glaubst, du kannst nichts dagegen tun und es entzieht sich deiner Kontrolle. Also hast du dir eingeredet, du seist seelenlos, böse. In gewisser Weise nimmt dir das die Verantwortung von den Schultern.«

»Das ist nicht wahr.«

»Phoebe ritzt sich, um sich von den Gefühlen anderer Menschen abzulenken. Ich halte mich von Leuten fern, damit ich nicht in Versuchung gerate, in ihre Gedanken einzudringen.« Beinahe so, als müsse er seine Worte beweisen, trat er einen Schritt nach hinten. »Gabe kann sich glücklich schätzen, er muss im Gegensatz zu uns mit nichts fertigwerden.«

»Was ist mit Hayden?«, fragte ich, bevor ich mich bremsen konnte.

Ein zynisches Lächeln verzog seine Lippen. »Hayden hat gelernt, sich mit seinen Gaben wohlzufühlen. Er war der Einzige von uns, der wusste, wie er damit fertigwerden soll. Und das hat er auch getan.«

»Du sagst das so, als würde er sich nicht mehr damit auseinandersetzen müssen. Das glaube ich nicht. Er ist so … stark.«

Parker schüttelte den Kopf. »Hayden zeigt dir, was er dich sehen lassen will. Du kennst Hayden nicht. Er hat sich nie unter Kontrolle, wenn du in der Nähe bist.«

Du kennst Hayden nicht.

Nachdem Parker verschwunden war, ging ich mit meinem Skizzenblock und dem Becher mit lauwarmem Kakao in der Hand wieder ins Haus. Trotz der angenehmen Wärme im Flur schauderte ich. Warum dachte ich überhaupt an Hayden? Wir waren nicht einmal mehr befreundet. Und außerdem hatte er Phoebe zufolge eine Schwäche für verlorene und kaputte Menschen.

Nicht besonders schmeichelhaft.

Ich brauchte seine Hilfe nicht, um Kontrolle über meine tödliche Kraft zu erlangen. Ich musste ihn auch nicht davon überzeugen, dass sein Vater etwas mit dem Unfall zu tun gehabt hatte. Was war aber mit all den anderen Dingen – den Dingen, die uns verbunden hatten und die nichts mit meiner Eigenschaft, durch Berührung zu töten, oder mit dem Unfall zu tun hatten? Was war mit unserer Freundschaft, seiner Gabe, mich dazu zu bringen, über fast alles zu sprechen? Oder damit, wie er mich ansah und wie ich mich in seiner Nähe fühlte?

Ich blieb im Eingangsbereich stehen und hätte mir am liebsten selbst einen Tritt verpasst. Zwei Jahre lang hatte ich all das nicht gebraucht. Warum sollte ich es jetzt plötzlich brauchen? Was ich tun musste, war, Hayden zu vergessen, denn im Moment war er nicht wichtig. Wichtig war herauszufinden, wer für den Autounfall verantwortlich war.

Je länger ich darüber nachdachte, umso mehr fragte ich mich, warum jemand es so sehr auf Olivia abgesehen hatte, dass er dafür tötete. Und mich gleich mit umbrachte, obwohl ich noch so jung gewesen war? Vielleicht hatte der Betreffende auch bloß mein Gedächtnis löschen wollen – all unsere Erinnerungen an Olivia tilgen – und, als sie mich mit einer neuen »Gabe« zurückgeholt hatte, seine Pläne geändert. Vielleicht hatte er sehen wollen, wozu ich in der Lage war, welche Fortschritte ich machen würde, wenn ich auf mich selbst gestellt war.

Ich kam nur nicht auf das »Warum« hinter dem Ganzen.

Meinen Skizzenblock unter den Arm geklemmt, rieb ich mir die Schläfen. Puh. Schlafmangel gepaart mit der Erkenntnis, dass jemand sich vielleicht meinen Tod wünschte, konnte höllische Kopfschmerzen verursachen.

Ich ging in die Küche, um den Rest von meinem Kakao wegzukippen, und fand Cromwell am Tisch vor, mehrere Zeitungen vor sich ausgebreitet. Rasch den Rückzug anzutreten, bevor er die Augen von den Zeitungen hob, war nicht mehr drin.

»Hallo, Ember.«

»Hey.« Während ich zur Spüle ging und den Becher ausleerte, spürte ich seinen Blick im Rücken. Es kostete mich meine gesamte Selbstbeherrschung, ihn nicht mit Vorwürfen zu bombardieren. Als ich mich umdrehte, lehnte Cromwell sich auf dem Stuhl zurück. »Darf ich Sie etwas fragen?«

Er nickte. »Du darfst mich alles fragen.«

»Ist es möglich, dass meine Eltern von Olivias Gabe gewusst haben? Schon bevor sie sie angewendet hat?«

Cromwell ließ den Blick über die Zeitungen schweifen. »Das ist möglich, vor allem wenn Olivia nicht die Erste in der Familie gewesen wäre, die eine Gabe hat.«

»Meinen Sie damit, noch jemand könne die Gabe gehabt haben? In unserer Familie?«

»Es hat sich erwiesen, dass die Fähigkeit, Gaben zu entwickeln, nicht erblich ist, aber es gab mehrere Fälle, bei denen mehr als ein Familienmitglied eine Gabe aufwies. So wie bei Phoebe und Parker.«

»Nie und nimmer«, murmelte ich. »Mom und Dad waren superlangweilig und normal.«

»Nicht deine Eltern, doch vielleicht deine Großeltern, eine Tante, ein Cousin oder eine Cousine?«

Unsere ganze Familie war langweilig. »Nein, das glaube ich nicht.«

»Ich gebe zu, ich habe mir euren Familienstammbaum ein wenig angesehen, als ich euch hergeholt habe. Größtenteils, um meine eigene Neugier zu befriedigen.«

Ich trat näher an seinen Stuhl. »Haben Sie irgendetwas entdeckt?«

Er zögerte. »Nein.«

»Sind Sie sich sicher?«, fragte ich leise. Es fiel mir schwer, den Blickkontakt mit ihm aufrechtzuerhalten.

Cromwell lächelte gelassen. Mir wurde eiskalt. »Hundertprozentig sicher.«

Ohne den geringsten Zweifel wusste ich, dass er log. Er hatte etwas herausgefunden – etwas, das er mir nicht sagen wollte. Ich hatte plötzlich eine Gänsehaut.

Er stand auf. »Würdest du mir bitte folgen?«

Ich wäre eher bereit gewesen, von einer Klippe zu springen, hatte jedoch keine große Wahl. »Sicher.«

Cromwell warf mir einen Blick zu, als wisse er, was ich dachte, und ich hätte schwören können, dass nur für ein oder zwei Sekunden ein echtes Lächeln auf seinen Lippen erschien.

Also ging ich hinter ihm her in sein Büro auf der anderen Seite des Hauses. Sein Arbeitszimmer, das einen sterilen und unbewohnten Eindruck machte, lag im rechten Flügel und war ein Teil des großen Hauses, in den ich mich nur selten verirrte.

Cromwell trat hinter seinen Schreibtisch, während ich in der Mitte des Zimmers stehen blieb, nicht bereit, auch nur einen Schritt näher zu kommen. Ich konnte nichts dagegen tun. Immer wenn ich ihn ansah, hatte ich vor Augen, wie mein Dad mich anlächelte, bevor er aufs Gaspedal trat und auf die Kreuzung fuhr. Abscheu ließ mich erbeben.

»Ist dir kalt?«, fragte Cromwell, während er einen Schlüsselring hervorholte. »Es ist ziemlich zugig in diesem Teil des Hauses.«

Ich gab keine Antwort.

Er drehte sich zur Anrichte um und zog einen Schlüssel vom Ring. »Deine Schwester ist davon überzeugt, dass es in diesem Teil des Hauses spukt. Ich bin mir fast sicher, dass Gabe dahintersteckt. Er ist ein ziemlicher Scherzbold.«

Langsam schob ich mich näher heran, während er eine Schublade öffnete und mehrere Ordner durchsah. Als ich den Hals reckte, fiel mein Blick auf den Namen auf der ersten Mappe: »Kurt Lagos«. Die Mappe war verdammt dick. Genau wie die dahinter. Zuerst kapierte ich nicht, um wen es sich handelte, weil ich ihn nur als Hayden Cromwell kannte. Nicht als Hayden Gray. Und dann kamen Mappen mit den Namen der Zwillinge, dann Gabes und schließlich flogen seine flinken Finger über Olivias und meine Ordner.

Bevor er mich dabei erwischen konnte, dass ich ihn beobachtete, wirbelte ich herum und tat so, als betrachtete ich ein Bild an der Wand. Mit seiner grünen Hügellandschaft und den Pastellfarben erinnerte es mich an etwas, das ich vor dem Unfall gezeichnet hätte, doch ich verschwendete keinen weiteren Gedanken darauf. Stattdessen konzentrierte sich mein Gehirn auf die Frage, warum Cromwell Ordner über uns alle hatte und was wohl in diesen Ordnern stand.

Ein plötzliches Verlangen überkam mich. Am liebsten wäre ich zu ihm hingelaufen und hätte ihn umgerissen, damit ich mir die Ordner ansehen konnte. Ich hatte ein Recht zu erfahren, was in meiner Akte und in denen der anderen stand. Okay, vielleicht nicht, was in den anderen Akten stand, aber zumindest hatte ich ein Recht auf die von Olivia und Kurt.

Und Hayden.

»Ember?«

»Ja?« Ich drehte mich um.

»Ich denke, das hier könnte dir gefallen.« Er hielt ein schwarzes Album in der Hand. Darauf lag ein silberner Rahmen.

Als ich neben ihn trat und sah, was sich in dem Rahmen befand, zog sich mein Magen zusammen. Es war ein Foto von unserer glücklich lächelnden Familie vor dem Unfall. Dad hatte mir den Arm um die Schultern gelegt, und Mom hielt eine zappelnde, drei Jahre alte Olivia auf dem Schoß. Wortlos nahm ich das Album entgegen. Mein Blick hing an dem Foto im Rahmen. Es hatte neben meinem Bett gestanden, und ich hatte geglaubt, diese Fotos – diese Erinnerungen – wären für immer verloren.

»Liz hat die Kisten durchgesehen, die wir eingelagert hatten, und die Fotos eingesammelt«, erklärte Cromwell. »Sie hat sie für dich und Olivia in dieses Fotoalbum geklebt.«

Mit zitternden Händen drückte ich mir das Album und den Bilderrahmen an die Brust. Langsam hob ich den Blick und sah ihm in die Augen. Cromwell lächelte angespannt und schaute dann weg. »Danke«, flüsterte ich heiser.

Cromwell nickte.

Mehr gab es nicht zu sagen. Ich drehte mich um und trug mein kostbares Päckchen nach oben. Das Foto stellte ich auf den Tisch neben dem Bett, und meine Finger verweilten für einige Sekunden auf dem polierten Silberrahmen. Im Schneidersitz setzte ich mich auf die Matratze, schlug das Album auf und blätterte durch die in diesen Bildern festgehaltenen unschuldigen, glücklichen Jahre.

Einige der Fotos entlockten mir ein Lächeln, wie zum Beispiel eins von Olivia als Baby mit dunkelrotem Gesicht, den Mund zu einem unhörbaren Heulen aufgerissen. Und die von Dad und mir, auf denen wir für die Kamera Grimassen schnitten. Oder von meiner Mom beim Kochen, was immer eine spaßige Aktion gewesen war. Die Fotos weckten jedoch auch einen ziehenden Schmerz tief in meiner Brust. Ich kam zu einem anderen Bild weiter hinten im Album, und ein Brennen stieg in meiner Kehle auf. Das Bild zeigte nur uns drei: meine Eltern und mich, wie wir auf einem Haufen goldener Blätter saßen und glücklich lächelten.

Wir waren einmal eine echte Familie gewesen. Manchmal vergaß ich das.

Ich zog das Foto aus seiner durchsichtigen Plastikhülle und strich mit dem Daumen über das Gesicht meines auf eine ungeschliffene Art gut aussehenden Dads. Das Brennen in meiner Kehle wurde übermächtig, und dann liefen mir auch schon die Tränen über die Wangen. Das Bild fest an mich gedrückt, rollte ich mich auf der Seite zusammen und versuchte mich daran zu erinnern, warum wir auf diesen Fotos so glücklich gewesen waren.

Einige Stunden später schleppte ich mich ans Waschbecken und spritzte mir kaltes Wasser ins Gesicht. Noch immer mit Tränen in den Augen atmete ich tief durch, schlüpfte in mein Kapuzenshirt und band mir das Haar zu einem unordentlichen Pferdeschwanz zurück.

Unten suchte ich nach Olivia. Nachdem ich die Fotos gesehen hatte, hatte ich irgendwie das Bedürfnis, etwas Zeit mit ihr zu verbringen. Das leise Murmeln des Fernsehers lockte mich in den größten der Aufenthaltsräume im Haus. Meine Schritte waren zögerlich und lautlos, als ich vor den Türbogen trat.

Von dort, wo ich stand, konnte mich niemand sehen, und das erleichterte mich. Denn ich konnte mir nicht einmal ansatzweise vorstellen, wie mein Gesicht wohl in diesem Moment aussah. Gabe hatte sich in einem der Fernsehsessel breitgemacht. Nur der obere Rand seines Lockenkopfes war sichtbar. Parker las am anderen Ende des Zimmers wie gewöhnlich in einem Buch. Dann entdeckte ich meine kleine Schwester, die auf dem Sofa zusammengerollt tief und fest schlief.

Und obwohl ich mir sicher war, dass mir das Herz nicht tiefer sacken konnte, rutschte es jetzt bis ganz hinunter in meine Sneakers.

Am anderen Ende des Sofas saßen Hayden und Phoebe. Phoebe, zwischen Haydens Beine geschmiegt, lag still und mit geschlossenen Augen da. Sie hatte die Wange an seine Brust gebettet, und Hayden hatte einen Arm über die Rückenlehne des Sofas gelegt. Der andere lag um ihre schmalen Schultern, und seine Hand ruhte auf ihrer Wange.

Hayden murmelte ihr etwas ins Ohr, und sie lächelte kaum merklich.

Eisige Luft raubte mir den Atem und ließ mich innerlich vor Kälte erstarren. Sie sahen so perfekt aus zusammen. Dann wurde die Kälte, so schnell sie gekommen war, von einer Welle kochend heißen Zorns verdrängt.

Phoebe zuckte zusammen und öffnete die Augen. Sie waren glasig und voller Tränen.

Hayden zog die Mundwinkel nach unten und legte seine andere Hand auf ihre Stirn. »Was ist los?« Besorgnis ließ seine Stimme tiefer klingen als sonst.

Ich schnappte nach Luft und begriff, dass Phoebe das wilde Crescendo der Gefühle in mir spürte. Bestürzt trat ich zurück und drehte mich ruckartig um. Ich lief zur Haustür und öffnete sie, während sich mir der Magen zusammenkrampfte.

Kühle Luft legte sich tröstend auf mein brennendes Gesicht, als ich die Treppenstufen hinunter über die Einfahrt rannte. Tränen schnürten mir die Kehle zu und drohten, mich zu ersticken, doch ich weigerte mich, sie laufen zu lassen. Mit einer Hand in der Tasche meiner Jeans umklammerte ich die Münze so fest, dass sie sich durch den Handschuh in mein Fleisch bohrte.

Ich wusste nicht, wo ich hinwollte, aber ich musste weg – weit genug weg, um Abstand zu der demütigenden Eifersucht und ihrer Quelle zu bekommen. Sie dort alle zusammen zu sehen, war wie ein Schlag ins Gesicht, nur schlimmer. Es waren nicht bloß Hayden und Phoebe, die sich aneinandergekuschelt und im Arm gehalten hatten wie Liebende. Das schmerzte wirklich. Aber das war eher wie das Aufreißen einer Wunde, die gerade erst verheilt war. Sie hatten ausgesehen wie eine Familie. Und meine Schwester, die leise zwischen ihnen schnarchte, war wie ein zusätzlicher Tritt in die Eingeweide.

Ich gehörte nicht dazu, zu dieser bunt zusammengewürfelten Familie. Hayden hatte sich bemüht, mich mit einzubeziehen, doch auch er hatte es mittlerweile aufgegeben. Ihre Verbindung zueinander – ihre Gaben – schweißte sie zusammen, während ich außen vor blieb.

Alles brach über mir zusammen: der Unfall, was mit meiner Mom geschehen war, die letzten zwei Jahre, in denen ich darum gekämpft hatte, uns über Wasser zu halten. Und dass wir dann auch noch hierher gebracht worden waren, hineingestoßen in eine Welt, die ich nicht wirklich verstand, inmitten von Menschen, die mich nicht nur fürchteten, sondern mir vielleicht sogar echten Schaden zufügen wollten.

Ich ging die Straße entlang, die von Cromwells Anwesen wegführte, und bei jedem mühsamen Schritt, den ich tat, zerbrach etwas in mir. Als ich das Ende der Privatstraße erreichte, blieb ich endlich stehen, die Arme fest um den Körper geschlungen. Mir war nicht bewusst gewesen, dass ich so lange gegangen war. Ich hob den Kopf und sah zu, wie die Sonne hinter den Seneca Rocks verschwand.

Am liebsten wäre ich nie wieder in dieses Haus zurückgegangen, um Phoebe und Hayden nicht noch einmal so zusammen sehen zu müssen. Ich holte tief Luft. Bis jetzt hatte ich nicht wirklich geglaubt, dass zwischen ihnen etwas war, obwohl sie sehr viel Zeit miteinander verbracht hatten.

Beklommen drehte ich mich um und verließ die Straße. Überall im Wald gab es Pfade, und ich stellte mir vor, wie Hayden und die anderen sie im Laufe der Jahre in den Boden getrampelt hatten. Meine Füße trugen mich tiefer in den Wald hinein. Die Temperatur fiel, als die Sonne sank und es unter den Bäumen immer düsterer wurde.

Ich fand einen am Boden liegenden Baumstamm, setzte mich und zog meine Handschuhe aus. Graue Flecken zierten mal wieder meine Finger. Sie waren nicht so elegant wie die von Phoebe oder so stark wie die von Hayden, aber ihre Hände töteten nicht. Obwohl ich vermutete, dass Hayden dazu imstande war, wenn er einen lange genug festhielt.

Doch seine Hände waren trotzdem wunderschön.

Ich kämmte mir mit den Fingern durchs Haar und fing die Locken ein, die sich aus meinem Pferdeschwanz gelöst hatten. Mein Herz schmerzte wie verrückt, und ich musste an die letzte Nacht, die wir in der Hütte verbracht hatten, denken. Wenn ich mir Mühe gab, konnte ich noch spüren, wie es sich angefühlt hatte, in seinen Armen zu liegen, während sein Herz unter meiner Wange schlug.

Das Gleiche, was Phoebe in diesem Augenblick auch spürte.

Ein Schluchzer drang aus meinem Mund, und ich wischte mir über die feuchten Wangen. Mein tränenverschwommener Blick fiel auf den Baumstamm, auf dem ich saß. Ein Unkraut lugte durch die Rinde und entfaltete seine grünen, schmalen Blätter.

Ich presste die Augen zu, holte tief Luft und zwang meinen Geist, ganz leer zu werden – den ganzen Schmerz loszulassen, die Angst niederzuringen, die mir die Kehle zuschnürte. Wenn ich nur irgendetwas berühren konnte, ohne es zu töten, dann würde sich alles verändern.

Es musste sich etwas ändern.

Mit angehaltenem Atem strich ich langsam mit den Fingerspitzen über die samtigen Blätter. Das Unkraut erbebte sofort unter meiner Hand. Die weichen Blätter wurden rau und vertrockneten. Ich schloss die Augen und biss mir auf die Unterlippe. Als ich die Augen wieder öffnete, lag das Unkraut schlaff auf der Rinde. Tot.

»Ich bin wirklich der Tod«, murmelte ich. Ich schluchzte auf, und eine weitere salzige Träne rollte mir übers Gesicht.

Gleich darauf knallte es, dann zischte etwas an meinem Kopf vorbei und schlug hinter mir in den Baum. Rinde zersplitterte, schoss in kleinen Stückchen durch die Luft und prasselte gegen meinen Hinterkopf.

Mit hämmerndem Herzen fuhr ich herum, während ich

mich an meinem Baumstamm festklammerte. Ein Pfeil steckte immer noch vibrierend tief im Baum hinter mir. Verschwommen nahm ich wahr, dass es einer dieser Pfeile war, die von Jägern verwendet wurden. Mein Dad hatte auch einen Satz davon besessen.

»Was zur Hö…«

Sengender Schmerz durchfuhr mich und raubte mir den Atem. Die Wucht des Schlags riss mich herum, sodass ich vom Baumstamm fiel. Mein Hinterkopf knallte gegen einen Stein. Licht explodierte hinter meinen Augen, dann verschlang mich die Dunkelheit.

Kapitel 22

Als ich die Augen öffnete, war es dunkel, und ein Waschbär buddelte direkt neben meinem Gesicht im Boden. Ich holte tief Luft und wimmerte, als der Schmerz meinen Arm hinauf und durch meinen Schädel schoss.

Der Waschbär erstarrte und legte die Ohren an. Eine Sekunde später war das Tier davongehuscht.

Mit einem Stöhnen richtete ich mich langsam auf und fasste mir an den Oberarm. Der Stoff meines Shirts war zerrissen und fühlte sich klebrig an. Ich drückte fester zu und heulte auf. In der Dunkelheit sahen meine Hand und der Ärmel meines Shirts aus wie in Öl getaucht. Einige Schritte weiter, dort, wo der Waschbär gewesen war, lag zwischen einem Grasflecken und zwei Steinen ein Pfeil.

Jemand hatte einen verdammten Pfeil auf mich abgeschossen. Mein Gott, mehr Pech konnte man wirklich nicht haben.

Taumelnd kam ich auf die Füße, und eine Welle des Schwindels hätte mich beinahe wieder auf die Knie gezwungen. Ich legte eine Hand auf die Wunde, ignorierte den stechenden Schmerz und drückte zu. Blut sickerte durch meine Finger.

Wie im Nebel stolperte ich durch den Wald zurück. Glücklicherweise war es mir gelungen, auf dem Pfad zu bleiben, und ich traf wieder auf die Straße, die zu Cromwells Haus führte. Die schlechte Nachricht war, dass der Weg von hier an überwiegend bergauf ging und ich ernsthaft bezweifelte, dass ich das bewältigen würde. Ich zwang mich, einen Fuß vor den anderen zu setzen, und blieb nur ab und zu stehen, um mir den Schweiß von der Stirn zu wischen. Alle paar Sekunden erlebte ich einen Moment der Klarheit. Hatte jemand absichtlich auf mich geschossen, oder war der Pfeil einem Reh bestimmt gewesen? Diese Fragen lösten sich jedoch rasch wieder im Nebel auf. Erschöpft und mit zitternden Beinen schleppte ich mich bergauf die Straße entlang.

Aus der Finsternis heraus durchdrang gelbes Licht die Nacht, dann ertönte eine Stimme: »Ember!«

Ich ging schneller, stolperte aber über meine eigenen Füße. »Hayden …?« Meine Stimme war heiser, schwach. Ich bezweifelte, dass er mich gehört hatte.

»Hayden, ich kann sie spüren. Ich glaube … ich glaube, sie ist verletzt«, hörte ich Phoebe sagen. »Ihre Emotionen sind völlig aus dem Lot, irgendwie getrübt. Sie ist hier irgendwo auf der Straße.«

Es folgte ein gedämpfter Fluch, dann hörte ich Fußgetrappel. Das Licht fuhr suchend hin und her, streifte mich kurz und schwang dann wieder zurück. Wenige Augenblicke später kam Hayden aus der Dunkelheit gerannt und packte mich an den Schultern.

Ich schrie auf, als mir der Schmerz durch den Arm schoss.

Hayden riss die Hände zurück. »Was ist passiert?« Er senkte den Blick. »Mein Gott, du blutest ja! Bist du okay?«

»Jemand hat auf mich geschossen … mit einem Pfeil.« Das klang selbst in meinen eigenen Ohren absurd.

Seine Antwort darauf war, mir einen Arm um den Rücken

und einen unter die Beine zu schieben und mich hochzuheben, sodass meine Wange an seinem hämmernden Herzen lag. »Phoebe, lauf zurück und sag ihnen, dass sie uns auf halbem Weg entgegenkommen sollen.«

Alles, was ich hörte, waren ihre leichteren Schritte, die sich schnell entfernten. »Ich kann selbst ... gehen. Mir geht es gut.«

»Wenn man einen Pfeil abbekommen hat, *kann* es einem nicht gut gehen.« Mit seinen langen Schritten kam Hayden dem Haus rasch näher. »Wir suchen seit einer Stunde nach dir. Weißt du, was passiert ist?«

Jeder Schritt sandte Erschütterungen durch den Arm mit der Wunde. Ich fragte mich, wie tief sie sein mochte. Eine weitere Narbe, ging es mir dumpf durch den Kopf. Ich erzählte ihm alles und ließ nur aus, dass ich ihn mit Phoebe auf dem Sofa hatte kuscheln sehen. »Gott, du hättest sterben können«, sagte er. Ich öffnete die Augen, doch die harten Konturen seines Gesichtes verrieten nichts. Er musterte mich.

»Tut dein Kopf weh?«

»Ich werd's überleben.« Vorausgesetzt, dass nicht als Nächstes jemand mit einer Rakete auf mich schoss.

Ein Auto raste die Straße entlang und kam schlingernd vor uns zum Stehen. Kurt sprang vom Fahrersitz und lief um den Wagen herum, um eine der hinteren Türen zu öffnen. »Setz sie hier rein.«

»Wann ... wann ist er zurückgekommen?«, fragte ich.

»Vor einer Stunde oder so«, antwortete Hayden. »Er wird dich ins Krankenhaus bringen.«

Ich umklammerte seinen Arm, weil ich mit Kurt nirgendwohin wollte. »Was ist mit dir?«

»Ich begleite dich.« Er setzte mich auf die Rückbank. »Keine Sorge.«

»Nein.« Cromwell drehte sich auf dem Beifahrersitz zu uns um und verschaffte sich mit kühlen Augen einen Überblick über die Situation. »Ich will, dass du ins Haus zurückgehst, Hayden.«

»Aber …«

»Du musst dafür sorgen, dass alle ruhig bleiben. Ich brauche dich dort. Wir kümmern uns um Ember.«

Ich schauderte, als mein Blick von Kurt zu Cromwell flog. Verzweifelt klammerte ich mich an Haydens Arm.

Es schien Hayden zu widerstreben, mich loszulassen. Er schaute zu, wie Kurt sich wieder hinter das Lenkrad schob. Dann presste er die Lippen zusammen und drehte sich wieder zu mir um. »Es wird alles gut.« Daraufhin ließ er mich los und schloss die Tür. Sein blasses Gesicht erschien im Fenster.

Kurt brauste los und ließ Hayden einfach dort stehen. Ich drehte mich nach vorne und begegnete Cromwells Blick, während ich meinen verletzten Arm fest an mich drückte. Eiseskälte legte sich über mich.

»Erzähl mir alles«, sagte er.

Ich erzählte ihm das Gleiche, was ich auch Hayden erzählt hatte, und die ganze Zeit spürte ich, wie Kurt mich im Rückspiegel beobachtete. Mir wurde immer kälter, bis ich das Gefühl hatte, pures Eis in den Adern zu haben. Dann kam mir ein neuer Gedanke. Nichts von dem, was mir in Allentown passiert war, war ein Versehen gewesen. Wieso sollte also das Auto in der Nacht des Lagerfeuers – oder der Pfeil – ein Versehen gewesen sein?

Ich war seit der Nacht des Autounfalls nicht mehr in einem Krankenhaus gewesen, aber dieses Mal verdiente mit Abstand den ersten Preis für den bizarrsten Krankenhausbesuch aller Zeiten. Cromwell blieb immer an meiner Seite und stellte mit seinen Jeditricks sicher, dass die Krankenschwestern und Ärzte Handschuhe anzogen, bevor sie in Kontakt mit meiner Haut kamen.

Zerrissen und blutdurchtränkt, wie es war, konnte ich mein Lieblingskapuzenshirt vergessen. Der Pfeil hatte mich im Oberarm getroffen und sich so tief in mein Fleisch gebohrt, dass die Wunde genäht werden musste. Zuzusehen, wie der Arzt mit ausdruckslosem Gesicht meine Haut flickt, war etwas, das ich nie wieder erleben wollte. Ich wartete die ganze Zeit darauf, dass er dabei abrutschte.

Die Krankenschwester, die nach der Hälfte der Prozedur wiederkam, trug die gleiche ausdruckslose Miene zur Schau wie schon der Arzt. Sie reichte mir einen kleinen Becher und ein paar Tabletten.

»Was ist das?«, fragte ich und warf Cromwell einen Blick zu.

»Etwas gegen die Schmerzen«, antwortete sie. Auch ihr leichter Südstaatenakzent klang ausdruckslos. »Sie werden mit Sicherheit Schmerzen haben, wenn die Betäubung nachlässt.«

Endlich hörte das Ziehen an meiner Haut auf, und der Arzt studierte die Röntgenaufnahmen von meinem Schädel, die angefertigt worden waren. »Es sieht gut aus, Mr Cromwell. Keine Anzeichen einer Gehirnerschütterung oder einer ernsthaften Verletzung.«

Cromwell nickte. »Das erleichtert mich.«

Irgendwie bezweifelte ich das. Ich schluckte die Tabletten und gab der Krankenschwester den leeren Becher zurück. Der betäubte Teil meines Arms kribbelte bereits unangenehm.

»Sie sollten sie für einige Tage im Auge behalten. Wenn sich Schwindel, Gedächtnisverlust, ungewöhnliche Müdigkeit oder Verhaltensänderungen einstellen, möchte ich, dass Sie mit ihr wiederkommen.« Der Arzt stand auf, ging zum Mülleimer und zog sich die blutigen Handschuhe herunter. Dann drehte er sich zu mir um und lächelte kaum merklich. »Um diese Jahreszeit kann der Wald gefährlich sein. Es ist Jagdsaison für die Bogenschützen.«

Unwillkürlich ging mein Blick zu dem kräftigen Mann, der in sich zusammengesunken in der Ecke des Raums saß. Ich fragte mich, ob Kurt manchmal mit Pfeil und Bogen jagte. Konnte es wirklich reiner Zufall sein, dass er zur selben Zeit zurückgekommen war, als jemand versucht hatte, Kebab aus mir zu machen? Und der Wagen, der mich fast überfahren hatte, hätte durchaus einer der Porsches aus der Garage sein können.

Kurt sah mich an und zog eine blonde Augenbraue hoch.

Meine Lippen verzogen sich zu einer Art Lächeln. Ich wartete, bis wir wieder im Wagen saßen, bevor ich ihn einem Verhör unterzog. Insgeheim fragte ich mich, ob die Schmerztabletten, die man mir gegeben hatte, als Nebenwirkung künstlichen Mut verliehen. »Wo sind Sie eigentlich gewesen?«

Er sah Cromwell an. »Ich war beruflich unterwegs.«

Ich beugte mich vor und schob mich zwischen die beiden Vordersitze. »Sie haben einen Job?«

Cromwell musterte mich mit hochgezogenen Augenbrauen. »Vielleicht solltest du dich zurücklehnen und etwas ausruhen, Ember.«

»Ich bin nicht müde.« Ich starrte Kurt an. »Was ist denn das für ein Job, den Sie haben?« Ich sah, wie Cromwell seufzend den Kopf schüttelte. »Ich arbeite für Jonathan.«

»Ach wirklich«, murmelte ich. »Und was für eine Art von Arbeit ist das?«

Kurt sah aus, als würde er mühsam ein Lächeln unterdrücken. »Was immer er mich zu tun bittet.«

Ich machte Anstalten, die Arme zu verschränken, spürte aber sofort ein Ziehen an der Naht. »Würden Sie für ihn auch irgendwelche Sachen in anderer Leute Spinde legen?«

Er lachte. »Was?«

»Wie steht es damit, Häschen aufzuschlitzen?«

Sein Kiefer verspannte sich. »In letzter Zeit eher nicht, Prinzessin.«

Ich schnitt eine Grimasse. »Und wann war das letzte Mal?«

»Bist du high?«, fragte Kurt.

»Kann sein«, gab ich zu. »Aber Sie haben meine Frage nicht beantwortet.«

Cromwell drehte sich auf dem Beifahrersitz um und fand das alles offensichtlich nicht besonders lustig. »Du hast einen sehr anstrengenden Abend hinter dir und stehst wahrscheinlich unter dem Einfluss starker Betäubungsmittel. Das ist der einzige Grund, warum ich dir durchgehen lasse, was gerade aus deinem Mund kommt. Lass mich jedoch bitte eins klarstellen. Noch so eine Anspielung, und ich tue vielleicht etwas, was ich später bereue.«

Ich musterte ihn aus zusammengekniffenen Augen. »Was denn zum Beispiel?«

Ruhig begegnete er meinem Blick. »Habe ich mich nicht klar genug ausgedrückt?«

Ich ließ mich gegen die Rückenlehne fallen und zuckte zusammen, als dumpfer Schmerz in meinem Arm aufloderte. »Doch, glasklar, Chef.«

Kurt schnaubte. »Irgendwie mag ich es, wenn sie so ist.«

»Warum überrascht mich das nicht?«, seufzte Cromwell.

Glücklicherweise fuhr Kurt, als säße er in einem Rennwagen, und wir bogen in Rekordzeit in die Garage ein. Ohne auf die beiden zu warten, riss ich die Tür auf und stolperte aus dem Wagen.

»Hey, du solltest es ruhig angehen lassen. Sonst geht die Naht wieder auf.« Kurt befand sich nur einen Schritt hinter mir.

Ich schaute über meine Schulter. »Und das würde Sie kümmern? Wirklich? Waren Sie nicht derjenige, der versucht hat, mich in meinem eigenen Haus anzugreifen?«

Ein schiefes Lächeln umspielte seine Lippen. »Warst du nicht diejenige, die mir eine Lampe über den Schädel gezogen hat?«

»*Und* Sie k. o. geschlagen hat«, fügte ich hinzu.

Cromwell kniff sich in den Nasenrücken.

Bevor Kurt antworten konnte, flog die Tür zur Garage auf. Der Blick von Haydens dunklen Augen ging sofort zu mir. »Wie geht es dir?«

»Wunderbar«, murrte Cromwell. »Hayden, könntest du bitte Liz holen? Sie kann Ember helfen, sich zu waschen und bettfertig zu machen.«

Ich zwängte mich an allen vorbei und stolperte prompt über die erhöhte Schwelle zur Küche. Unglaublich schnell fasste Hayden mich um die Taille und stellte mich auf die Füße. Ich schüttelte seinen Arm ab. »Ich kann mich allein waschen, vielen Dank.«

»Was ist los mit ihr?«, fragte er, während er hinter mir her in die Küche ging.

»Schmerzmittel.« Kurt lachte. »Sie gehört definitiv nicht zu den Pillenschluckern, die davon fröhlich werden.«

Ich wirbelte herum und zeigte mit der Hand meines unverletzten Arms auf ihn. »Ich bin nicht fröhlich, weil jemand hinter mir her ist! Und weil in meinem Spind unheimliche und ekelhafte Sachen auftauchen!« Ich trat beiseite und zog an meinem ruinierten Shirt. »Außerdem kann ich mich selbst waschen. Ich will nicht, dass *sie* mir hilft. Ich will, dass meine Mom mir hilft.«

Haydens Miene wurde sanft, als er mich an meinen von den Ärmeln bedeckten Handgelenken nahm. »Ember, nicht.« Er löste meine Finger vom Saum meines Sweatshirts, in den ich mich verkrallt hatte. »Lass mich dich nach oben bringen.«

Ich schaute in seine tiefen, braunen Augen. Sie waren so schön, so offen. Es dauerte einen Moment, bis mir wieder einfiel, warum ich zornig auf ihn war. Ich löste mich von ihm. »Ich habe dich gesehen«, flüsterte ich.

Er zog verwirrt die Augenbrauen hoch und flüsterte zurück: »Du hast was gesehen?«

»Dich mit ihr.« Ich senkte den Blick und atmete bebend ein. All mein Zorn löste sich plötzlich in Luft auf. Mein Kampfgeist verpuffte. Ich wollte mich bloß noch hinsetzen. Und vielleicht ein Bad nehmen. Aber vorher hinsetzen.

Der verwirrte Ausdruck auf seinem Gesicht verschwand. »Ember, es ist nicht …«

»Ich will zu meiner Mom.« Erst als ich mich von ihm abwandte, registrierte ich, dass wir Gesellschaft hatten.

Die Zwillinge standen in der Tür, flankiert von Gabe mit dem engelsgleichen Gesicht. Sie starrten mich an.

»Was?«, brummte ich.

Gabe schürzte die Lippen. »Deine linke Wange ist voller Blut.«

Hastig wischte ich mir mit dem intakten Ärmel meines Sweatshirts übers Gesicht.

Hayden hielt meinen Arm fest und zog ihn herunter. »Ist schon gut. Gabe, wo ist Liz?«

»Bei Olivia.« Gabe verschränkte die Arme vor der Brust und verlagerte sein Gewicht auf den anderen Fuß. »Olivia wollte, dass Liz bei ihr bleibt, bis sie eingeschlafen ist, oder so.«

Meine Schultern sackten nach unten. Seit wir hier waren, hatte Olivia mich nicht einmal gefragt, ob ich das tun könne.

»Also … was ist passiert?«, fragte Phoebe leise.

»Sie glaubt, ich schlitze Kaninchen auf.« Kurt zog sich einen Stuhl heran und ließ sich darauf fallen. Ich funkelte ihn an, während er die Beine ausstreckte. Dann zwinkerte er mir zu. »Sie hält mich für einen ganz gewöhnlichen Psychopathen.«

Phoebes Augen weiteten sich.

»Kurt«, warnte Hayden ihn leise.

»Sie sind ein Psychopath«, stellte ich fest.

»Ember, was habe ich dir im Wagen gesagt?« Cromwell nahm sich eine Wasserflasche aus dem Kühlschrank. »Du hattest einen schwierigen Abend …«

»Sie können mir nicht erzählen, dass es keinen Zusammenhang zwischen all den Dingen gibt, die passiert sind!« Ich wich zurück und stieß gegen die Kante der Theke. »Erwarten Sie ernsthaft von mir, dass ich das alles für reine Zufälle halte?«

Erschüttert verschränkte Phoebe die Arme vor der Brust. »Oh, verdammt …«

»Was?«, fragte ihr Zwillingsbruder stirnrunzelnd. Dann verengten sich seine Augen. »Was hast du getan?«

Bei diesen Worten erstarrten alle im Raum, wahrscheinlich weil Parker so selten sprach. Ich hatte ganz vergessen, wie sanft und melodisch seine Stimme klang.

Phoebe rieb sich über das Gesicht. Ihr tiefvioletter Nagellack reflektierte das Licht der Küchenlampe. Plötzlich wirbelte sie zu ihrem Bruder herum. »Ich weiß«, zischte sie. »Ich bin verkorkst. Glaubst du wirklich, das wüsste ich nicht?«

»Was ist hier los?«, fragte Cromwell scharf.

Parker schüttelte den Kopf. »Wenn du es ihnen nicht erzählst, tue ich es.«

Ich lehnte mich an die Theke, und zur gleichen Zeit trat Hayden vor. Mitleid zeichnete sich auf seinem Gesicht ab, als er auf Phoebe zuging. Sofort hatte ich das Gefühl, ich sollte mich setzen.

»Phoebe? Du kannst es uns sagen.« Hayden griff nach ihrer Hand. »Was hast du getan?«

Ich presste fest die Augen zusammen. Er empfand etwas für sie. Das war total offensichtlich, wahrscheinlich spürten es alle hier im Raum. Wie hatte ich das übersehen können? Weil ich ja noch nicht genug gestraft war, öffnete ich die Augen gerade rechtzeitig, um zu sehen, wie Hayden sie an seine Brust zog. Hatte ich Hayden überhaupt je etwas bedeutet? Oder war Phoebe bloß noch kaputter als ich?

Dann fing Phoebe an zu weinen. »Es tut mir leid. Wirklich.« Ihre Stimme wurde von Haydens Pullover gedämpft. »Ich konnte es nicht mehr ertragen.«

Cromwell ging um den Tisch herum und legte Phoebe eine Hand auf den Rücken. Er sah Hayden an, als er fragte: »Was konntest du nicht ertragen, Phoebe?«

»Sie«, sagte sie. »In ihren Gefühlen herrscht totales Chaos, und sie sind so finster. Sie ziehen mich total runter!« Sie riss sich von Hayden los und wirbelte zu Cromwell herum. »Du hast sie hergebracht, ohne Rücksicht auf uns! Es war dir egal, welche Auswirkungen das auf uns haben würde!«

Mir wurde schlecht, und dann war Kurt neben mir und führte mich zu einem Stuhl. »Du siehst aus, als würdest du gleich umkippen.«

Phoebe wischte sich die Wangen ab. »Ich wollte nur, dass sie geht, damit alles wieder normal ist. Dann hätte ich nach Hause kommen können, ohne darauf angewiesen zu sein, dass Hayden das alles abmildert!«

»Warum hast du denn nichts gesagt?«, fragte Cromwell. »Wir hätten daran arbeiten können, wie du so etwas abblockst.«

Sie lachte, und plötzlich war sie ganz gefasst – nur ihre feuchten Wimpern ließen noch erahnen, dass sie geweint hatte. »Ich war es. Ich habe es getan.«

Der Raum schien zur Seite zu kippen, während ich sie anstarrte.

Hayden trat einen Schritt von ihr weg. Ein Muskel zuckte an seinem Kiefer. »Was hast du getan?«

»Ich war es, die die Sachen in ihren Spind gelegt hat«, sagte sie. Kurt fluchte leise, doch niemand beachtete ihn. »Ich wollte nur, dass sie verschwindet. Und ich dachte, sie würde genug Angst kriegen, um abzuhauen.«

Ich war von meinem Stuhl aufgesprungen, bevor ich es selbst merkte. »Ich habe dir nichts getan!«

Doch Hayden hatte sich bereits zwischen uns geschoben. Cromwell wirkte völlig geschockt, und Gabe stand mit weit aufgerissenen Augen da.

»Doch, du bist hergekommen!«, schrie Phoebe.

Rasender Zorn stieg in mir auf und kochte über. »Du hast ein Kaninchen getötet! Und in meinen Spind gestopft! Was stimmt nicht mit dir?«

»Das Kaninchen war bereits tot. Ich bin doch kein Freak.«

»Bist du dir da sicher?« Ich wollte um Hayden herumgehen, doch er ließ es nicht zu. »Und du hast auch die anderen Sachen hineingelegt! Woher wusstest du, wie das Auto aussah?«

Sie schaute jetzt Hayden an, und ihre Unterlippe zitterte. »Ich habe die Fotos gesehen, die Jonathan von dem Unfall hat.«

Ich hätte ihr gerne wehgetan.

»Phoebe«, sagte Hayden ganz leise. In seiner Stimme lag tiefe Enttäuschung. »Du hättest uns sagen können, wie sehr es dich mitnimmt. Ich hätte noch mehr für dich tun können.«

Sie lachte. »Was denn? Du kannst doch nicht die ganze Zeit immer nur meiner Gabe die Energie entziehen.«

Irgendwie konnte ich verstehen, wie sehr meine chaotischen Gefühle ihr zu schaffen machten. Verdammt, sie machten mich selbst auch fertig. Aber trotzdem … »Ich will sie nicht mehr bei meiner Schwester sehen.« Meine Stimme zitterte. »Nicht einmal in ihrer Nähe.«

Phoebe blieb der Mund offen stehen. »Ich würde doch deiner Schwester nichts tun!«

»Du bist irre!«

Sie fing wieder an zu weinen.

Cromwell nahm Phoebe am Arm. »Wir müssen uns unterhalten«, sagte er zu ihr. »Parker, begleite uns bitte.« Er drehte sich mit ausdrucksloser Miene zu mir um. »Du solltest dich ein wenig ausruhen.«

Tränen brannten mir in den Augen, als mir das ganze Ausmaß der Sache klar wurde. Phoebe hasste mich aus tiefster Seele – es war ein scheußliches Gefühl, das mir einen Schauer über den Rücken rieseln ließ. Die drei verließen den Raum, und Kurt folgte ihnen.

Auch Gabe ging langsam rückwärts aus der Küche, die Hände erhoben. »Wow. Familiendrama auf einem ganz neuen Level.«

Hayden starrte ihn an.

»Und ich glaube, ich gehe jetzt lieber in mein Zimmer«, fügte Gabe hinzu.

Wie betäubt sah ich zu, wie er im Flur verschwand.

Es war *Phoebe* gewesen.

»Ember …?«

Langsam hob ich den Blick, um Hayden anzusehen. »Du wolltest mir nicht glauben.«

Er öffnete den Mund, schloss ihn dann aber wieder.

Mein Lachen klang heiser. »Was wird Cromwell mit ihr machen?«

»Keine Ahnung.« Er fuhr sich mit einer Hand durchs Haar. »Ich glaube nicht, dass er sie in die Einrichtung schicken wird, bin mir aber sicher, dass er ab jetzt verstärkt mit ihr arbeitet, um ihr zu helfen, das alles … abzublocken.«

»Es ist nicht meine Schuld.«

Er sah mich an. »Das weiß ich.«

»Deine Liebste ist ziemlich verkorkst, weißt du das?«

Hayden runzelte die Stirn. »Phoebe und ich sind kein Paar.«

»Ja klar.« Ich winkte ab, zu müde, mich über etwas so Offensichtliches mit ihm zu streiten. »Ich kann nicht glauben, dass sie … mich so abgrundtief hasst, dass sie so weit gehen würde.«

»Sie hat … Probleme, Ember. Ihre Gabe ist schwierig.«

»Meine etwa nicht? Doch ich nehme meine Gabe nicht als Vorwand, um andere zu terrorisieren.« Ich spürte, wie ich erbleichte. »Ist es wirklich so schlimm, dass ich hier bin? So schlimm, dass sich jemand getrieben sieht, so etwas zu tun? Bin ich so schlimm?« Meine Stimme brach, und ich unterdrückte ein Schluchzen. »Ich kann nichts dafür, dass ich so bin.«

»Ember.« Hayden streckte die Hände nach mir aus, hielt dann aber jäh inne. »Das alles ist nicht deine Schuld. Und du bist kein schlechter Mensch.«

Ich holte Luft, doch ich bekam keinen Sauerstoff in die Lungen. »Nicht einmal du willst noch in meiner Nähe sein, und niemand ...« Ich biss mir auf die Unterlippe, um nicht loszuweinen. »Niemand will mich hier haben.«

»Das ist nicht wahr.«

Die ganzen Gefühle in mir kochten erneut über. Ich presste die Lippen zusammen, aber sie zitterten trotzdem.

»Es tut mir leid«, sagte Hayden. »Ich wollte nicht wahrhaben, dass es jemand aus unserer Familie war. Ich hätte dir glauben sollen.« Er fuhr sich wieder mit der Hand durchs Haar und griff sich in den Nacken. »Als ich dich heute Abend gesehen habe und begriff, dass du blutest – mein Gott, hat mir das Angst gemacht. Em, mir gefällt das alles nicht.«

Ich hatte keine Ahnung, was ihm nicht gefiel – unser Streit, die Spannungen in seiner Familie, Leute im Wald, die offensichtlich versuchten, mich mit einem Pfeil zu erlegen ... oder dass wir uns beide etwas wünschten, das wir nicht haben konnten? Was der letzte Punkt in dieser Aufzählung zu suchen hatte, wusste ich selbst nicht. Mein Zorn verpuffte. »Mir gefällt es auch nicht.«

»Warum tun wir es dann?«, fragte Hayden und kam auf mich zu. Keine dreißig Zentimeter trennten uns voneinander, und wieder streckte er die Hand aus, diesmal jedoch, ohne innezuhalten. Seine Finger schlossen sich um meinen unverletzten Arm. In der Gewissheit, dass er mich gleich an sich ziehen würde, wie er es in meinem Zimmer getan hatte, fing es in meiner Brust an zu flattern. »Em, ich will nicht …«

»Gabe hat gesagt, Ember braucht meine Hilfe«, rief Liz von der Küchentür. »Oder machst du das schon?«

Ich hoffte, dass er das bejahen würde. Denn dann würde er noch ein bisschen bei mir bleiben und wir würden dort weitermachen, wo wir aufgehört hatten. Ich würde mich dafür entschuldigen, dass ich seine ganze Familie verdächtigt hatte – keiner von ihnen war in Phoebes Taten eingeweiht gewesen –, und er konnte sich dafür entschuldigen, dass er mir nicht geglaubt hatte, und sagen, dass alles gut werden würde.

Hayden ließ meinen Arm los. Der Blick seiner dunklen Augen verweilte für eine Sekunde auf mir, dann drehte er sich um. »Nein.«

Mein Herz zog sich schmerzhaft zusammen. Er schaute sich nicht einmal um, kein einziges Mal, was wahrscheinlich ganz gut war, weil ich mir sicher war, dass mir die Enttäuschung ins Gesicht geschrieben stand.

Kapitel 23

Den ganzen nächsten Tag blieb ich in meinem Zimmer und versuchte zu zeichnen, aber ich brachte rein gar nichts zustande. Was immer ich anfing, sah trostlos und langweilig aus. Als es endlich Zeit fürs Abendessen wurde, war der Boden meines Zimmers bedeckt mit zusammengeknüllten Blättern.

Mr Cromwell bestand darauf, dass die Familie gemeinsam zu Abend aß. Diese Mahlzeiten waren ohnehin immer ziemlich verkrampft, doch heute Abend, nach allem, was geschehen war, erreichte das einen epischen Höhepunkt. Eine bedrückende Anspannung hing über dem Tisch.

»Bäh.« Olivia schob mit ihrer Gabel die Erbsen auf ihrem Teller hin und her.

Ich seufzte und fragte mich, ob ich wohl aufstehen dürfte, wenn ich mein Essen über den Tisch spuckte. Man hatte Olivia nichts von den Geschehnissen des vergangenen Abends erzählt, was das Einzige war, worin ich mit Cromwell übereinstimmte. Mein ausgeleierter Pullover verdeckte den Verband an meinem Arm.

»Erbsen sind wirklich eklig«, sagte Gabe.

»Gabriel«, mahnte Liz. »Erbsen sind nicht eklig, Olivia. Sie helfen dir, ein großes und starkes Mädchen zu werden …«

Ab da hörte ich nicht länger zu und ließ total unauffällig meinen Blick über den Tisch schweifen. Hayden, der mit zusammengebissenen Zähnen auf seinem Stuhl hing, sah mich allerdings direkt an, als ich in seine Richtung schaute. Er hatte das Essen auf seinem Teller nicht angerührt. Ich wandte den Blick ab und richtete ihn aus Versehen auf Phoebe. Sie klammerte sich mit beiden Händen an die Tischkante. Ich konnte immer noch nicht glauben, dass sie hier bei uns beim Abendessen saß, nach allem, was sie getan hatte. Dummerweise hatte ich trotzdem irgendwie Mitleid mit ihr, und ich hoffte für sie, dass ihr jemand Hilfe besorgen würde.

Parker hatte die Nase wie immer in einem Buch. Er schaute nicht einmal auf, als Olivia ihr Glas Milch umwarf, während ich versuchte, sie daran zu hindern, mit Erbsen zu werfen.

Ich sank auf meinem Stuhl in mich zusammen. Dieses Essen konnte nicht schlimmer werden.

»Erbsen!« Olivia schnippte einen ganzen Löffel davon in Gabes Richtung. Gabe warf seinerseits ein Brötchen auf ihren Teller. Sie biss davon ab und fing an zu lachen, wobei ihr Brotkrümel aus dem Mund fielen.

Cromwell verstrickte Hayden in ein Gespräch über die Frage, welche Footballmannschaften an Thanksgiving spielen würden, während Olivia und Gabe weiter mit ihrem Essen herumspielten.

»Können wir hingehen, so wie letztes Jahr?«, fragte Phoebe an Hayden gewandt. »Wir könnten Mittwochnachmittag losfahren und über Nacht bleiben.«

Ich horchte auf. Sie sprachen über die Parade in der Stadt – die große. Würde Cromwell sie hingehen lassen, nach allem, was sie getan hatte?

Hayden hob den Blick von seinem Teller. »Ich weiß nicht. Eigentlich ist mir dieses Jahr nicht danach.«

»Komm schon. Das wird lustig.« Sie zog einen Schmollmund. »Es würde mir wirklich guttun, mal rauszukommen.«

Ich tat so, als hörte ich nicht zu, doch als ich aufsah, trafen sich Haydens und meine Blicke. Er war der Erste, der wegschaute.

Endlich schien auch Cromwell mitzukriegen, was Phoebe da vorschlug. »Ich glaube nicht, dass es dieses Jahr möglich ist, Phoebe.«

Phoebe öffnete den Mund und presste die Lippen dann wieder fest zusammen. Ihr vorwurfsvoller Blick fiel auf mich, als sei es meine Schuld, dass sie in Schwierigkeiten steckte.

Jetzt hätte ich sie gern mit *meinen* Erbsen beworfen.

Mein Magen krampfte sich zusammen, als ich mit der Gabel in das Fleischstück auf meinem Teller pikste, und ich konnte einfach nicht länger hier sitzen. Eine Zentnerlast lag mir auf der Brust. Ohne irgendjemanden anzusehen, schob ich meinen Stuhl zurück und ging in den Flur. Niemand hielt mich davon ab. Wahrscheinlich löste sich damit auch etwas von der Anspannung bei Tisch. Als sei ich diejenige, die verrückte Dinge getan hatte, und nicht Phoebe. Es war kaum zu fassen.

Vor einem der dunklen Wohnzimmer im Eingangsbereich blieb ich stehen und atmete langsam tief durch. Ganz gleich, wie oft ich das tat, die Wände schienen sich immer noch um mich herum zu schließen. Minuten vergingen. Ich stand bloß da und starrte ins Leere.

»Geht es dir gut?«, hörte ich Hayden fragen. »Was ist mit deinem Arm?«

Ich schloss die Augen. »Mein Arm ist okay.«

»Du hast gar nichts gegessen.«

Die schnippische Erwiderung, die mir auf der Zunge lag,

blieb mir im Halse stecken, als ich mich ihm zuwandte. Er stand so nah bei mir, dass ich sein Rasierwasser riechen konnte. »Du auch nicht.«

Hayden schob die Hände in die Taschen seiner Jeans. »Was machst du hier?«

»Nichts. Und du?«

»Auch nichts.« Er nickte, dann nahm er die Hände aus den Taschen und strich sich übers Haar. »Em?«

»Ja?«

Einen Moment lang schwiegen wir beide, dann schüttelte Hayden den Kopf. Er lächelte gepresst. »Vergiss es, wir sprechen uns später.«

Dann war er fort, und ich stand da und hätte am liebsten geweint.

»Du musst dich von ihm fernhalten.«

Erschrocken wirbelte ich herum. An der Wand lehnte Kurt, seine Augen fast völlig von seinem langen, blonden Haar verdeckt. Ich hatte keine Ahnung, wie lange er schon dort gestanden hatte. Offensichtlich lange genug. »Laufen Sie mir hinterher?«

»Nicht ich bin derjenige, der dir hinterherläuft, und ich denke, das weißt du.« Kurt stieß sich von der Wand ab. »Du musst Hayden in Ruhe lassen. Du tust ihm nicht gut.«

Ich ballte die Fäuste. »Ich belästige Hayden doch nicht.«

»In deiner Nähe verliert er alles andere aus den Augen.«

Ich runzelte die Stirn und rieb mir die juckende Haut um die Naht an meinem Arm. »Da habe ich allerdings einen anderen Eindruck.«

Kurt legte kaum merklich den Kopf schief. »Das Leben hat dir ein schlechtes Blatt gegeben. Das verstehe ich. Jeder versteht das.« Er trat vor und verschränkte die Hände hinterm Rücken. »Das Gleiche gilt jedoch auch für Hayden, Gabe und die Zwillinge. Und für mich. Der einzige Unterschied ist, dass wir es geschafft haben, uns damit zu arrangieren. Du nicht.«

Ich öffnete den Mund, doch er kam mir zuvor.

»Was Phoebe getan hat, war falsch, aber kannst du ihr einen Vorwurf daraus machen, dass sie will, dass du verschwindest? Deine Gefühle nehmen ihr die Luft zum Atmen. Und deine Anwesenheit wirkt sich negativ auf Hayden aus, seit er dich das erste Mal gesehen hat. Wenn dir überhaupt an irgendjemandem gelegen wäre – an deiner Schwester zum Beispiel –, würdest du von hier verschwinden. Verlass deine Schwester, damit sie eine echte Chance im Leben hat, und verlass Hayden, bevor er etwas tut, das wir alle bereuen.«

Seine Worte trafen einen Nerv. Blanke Wut kochte in mir hoch.

»Und ich denke, es wäre auch für dich das Beste. Du vertraust uns nicht.« Kurt lächelte. »Und wir vertrauen dir nicht.«

»Und wo soll ich hin?«, fragte ich. »Unter irgendeine Brücke, damit ich nicht mehr Ihr Problem bin?«

Wenn er überrascht war, ließ er es sich nicht anmerken. »Es ist mir egal, wohin du gehst. Geld ist kein Problem. Wie viel brauchst du?«

»Ist das Ihr Ernst?« Das konnte er unmöglich ernst meinen, doch der Ausdruck auf seinem Gesicht sprach für sich. »Wissen Sie was? Es schert mich nicht, was Sie denken oder was Sie wollen. Die einzige Möglichkeit, mich dazu zu bringen, ohne Olivia von hier wegzugehen, wäre, mich wegzuschleifen. Und das würde ich gerne sehen.«

Kurt öffnete den Mund, schloss ihn jedoch wieder. Ich genoss die Befriedigung, ihn zum Schweigen gebracht zu haben. Dann wirbelte ich auf dem Absatz herum und ließ ihn stehen.

Mein Zusammenstoß mit Kurt gab mir neue Kraft. Statt mich in meinem Zimmer zu verstecken, um zu zeichnen oder Olivia dazu zu bringen, mich zu unterhalten, fing ich an, für mich allein mit den Pflanzen zu üben. Jede Nacht, kaum dass im Haus Stille einkehrte, stahl ich mich nach unten und trug vorsichtig eine Pflanze in mein Zimmer. Mit meinem verletzten Arm konnte ich immer nur eine tragen. Mein Zimmer sah aus wie ein Garten voller abgestorbener Pflanzen und diente mir als schmerzliche Erinnerung daran, dass ich immer noch nicht herausgefunden hatte, wie ich meine Gabe kontrollieren konnte.

Falls Kontrolle überhaupt möglich war.

Am Abend vor Thanksgiving saß ich wieder einmal mit einer Pflanze vor mir auf dem Boden. Sechs verdorrte Pflanzenleichen standen bereits in ihren Töpfen in der Zimmerecke. Ich ließ den Blick über die neue – die lebendige – Pflanze wandern, schloss die Augen und versuchte, meinen Kopf leer zu kriegen. Hayden hatte gesagt, es müsse einen Gedanken geben, der die Gabe aktiviere. Er hatte versucht, mit Parkers Hilfe an diesen Gedanken heranzukommen, aber danach war bekanntermaßen alles den Bach runtergegangen.

Parker – es war irgendetwas, das Parker zu mir gesagt hatte.

Ich zog die Nase kraus und hielt den Atem an. Was hatte er gesagt? Dass wir alle irgendwie mit unseren Gaben fertigwerden mussten, alle bis auf Gabe. Es hatte jedoch nichts mit Gabe zu tun, denn er musste gar nichts tun, um klarzukommen. Genauso wenig wie ich, richtig? Ich musste nicht mit meiner Gabe fertigwerden, weil ich glaubte, ich könne nichts dagegen ausrichten.

Ich konnte ja nichts dafür.

Zum Beispiel als Dustin mich auf dem Supermarktparkplatz berührt hatte. Ich hätte gar nicht verhindern können, was dann geschah. Es entzog sich meiner Kontrolle. Es war nicht …

Ich riss die Augen auf und stieß den Atem aus. *Das* war es …

das hatte Parker gesagt. Ich hätte mir eingeredet, keine Kontrolle darüber zu haben, damit ich mich nicht damit auseinandersetzen oder die Verantwortung dafür übernehmen müsste.

Und, Scheiße, vielleicht hatte Kurt recht gehabt – irgendwie. Ich hatte mich zwei Jahre lang in Selbstmitleid gesuhlt. Wenn dies eine olympische Disziplin gewesen wäre, hätte ich es wahrscheinlich ganz oben aufs Treppchen geschafft.

Ich legte die Hände an den kühlen Tontopf. Konnte es das wirklich sein? War die Kontrolle über meine Todesfinger wirklich so einfach, und ich musste bloß daran glauben, die Kontrolle zu haben? Die Verantwortung übernehmen – für meine Gabe?

Nein. Ich habe keine Gabe. Olivia hat eine. Hayden hat eine. Ich habe keine …

»Ich tue es«, sagte ich laut. »Ich tue es jetzt sofort.«

Was war mit meiner Erkenntnis aus dem *Fänger im Roggen?* Ich hatte doch beschlossen, dass ich nicht wie die Statuen im Museum sein wollte, aber exakt so war ich. Genauso funktionierten meine Gedanken. Und auch mein Handeln. Ich hatte alles probiert, außer daran zu glauben, dass ich kein Freak war.

Denn es stimmte nicht, dass ich keine Seele hatte. Ich meine, es gab Momente, in denen ich ihre Existenz ernsthaft anzweifelte – wenn ich darüber nachdachte, was geschehen war, nachdem ich gestorben war, und wie ich mich anschließend gefühlt hatte –, aber ich wollte niemanden verletzen. Die Sache mit Dustin war ein Unfall gewesen. Ich hatte ihn nicht verletzten wollen. Eigentlich wollte ich nie jemandem wehtun. Es gab Situationen, in denen ich insgeheim mit dem Gedanken spielte, weil ich mich bedroht fühlte, aber ich wollte nicht, dass jemand Angst vor mir haben musste.

Das war jedoch nicht alles.

Ich glaubte nicht daran, eine Gabe zu besitzen, aber vielleicht war es doch so. Vielleicht funktionierte meine Gabe nur anders als bei den anderen – womöglich hatte sie einen Auslöser gebraucht, um aktiviert zu werden. Dieser Auslöser war mein Tod gewesen. Wer weiß, möglicherweise wäre ich in jedem Fall zurückgekommen, auch ohne Olivia. Sterben konnte Teil eines großen Plans gewesen sein oder so.

»Okay, jetzt klinge ich ziemlich irre«, murmelte ich und strich mit den Fingern über den Rand des Blumentopfs. »Als sei ich in einen schlechten Science-Fiction-Film hineingeraten, aber es ist immerhin etwas. Glaube ich zumindest.«

Ich zog mir den Topf auf den Schoß. Vorhin hatte ich mich umgezogen und trug jetzt Leinenshorts und ein langärmliges Shirt. Beides war dünn genug, um darin zu schlafen, falls ich jemals beschloss, ins Bett zu gehen. Es war bereits früher Morgen. Alle anderen lagen schon seit einer Ewigkeit in ihren Betten …

Und ich schweifte schon wieder ab.

Ich betrachtete die Pflanze und zog eine Grimasse, als ich die Finger in die dunkle, weiche Erde bohrte. Gut gegossen – Liz kümmerte sich hingebungsvoll um die Pflanzen im Haus. Ich war zu der Überzeugung gelangt, dass sie abgesehen von ihrer anderen Gabe auch noch einen grünen Daumen hatte, weil alle Pflanzen so schön wuchsen.

Bis ich sie tötete.

»Ich habe also eine Gabe. Eine Gabe – keinen Fluch – und die Gabe besteht in den Fingern des Todes, richtig?«, fragte ich mich und kam mir dumm vor, weil ich tatsächlich eine Antwort erwartete. »Man stelle sich vor, wie toll das wäre, wenn ich sie kontrollieren könnte.« An diesem Punkt hielt ich inne. Daran zu denken, führte mich unweigerlich zu der Frage, was alles möglich war, wenn ich sie beherrschen könnte.

Sich anfassen, Händchen halten, küssen … Hayden küssen.

Nicht gerade hilfreich.

Mehrere Stunden lang konzentrierte ich mich darauf, mir

selbst einzureden, ich hätte tatsächlich eine Gabe, bevor ich mich endlich etwas zuversichtlicher fühlte. Erst da zog ich meine erdigen Finger aus dem Blumentopf und holte tief Luft.

Jetzt oder nie. Ich konzentrierte mich auf die Pflanze. Sie war dunkelgrün, und die hohen, schlanken Stiele hatten ein ähnliches Muster wie die Haut einer Schlange. Ich hatte sie zu meiner Lieblingspflanze auserkoren, weil sie so merkwürdig aussah.

Ich atmete tief durch und versuchte, meinen selbstbewusstesten Ton anzuschlagen. »Ich habe eine Gabe.«

Langsam strich ich mit den Fingern über einen glatten Stängel, dann zog ich die Hand zurück und wartete.

Einige Sekunden verstrichen, dann vielleicht eine Minute, dann fünf, und, heilige Scheiße, nichts geschah.

Ich versuchte aufzustehen, aber meine Beine ließen mich im Stich. »Nein«, flüsterte ich und umklammerte den Topf so fest, dass meine Knöchel weiß wurden. Mein Herzschlag beschleunigte sich, bis ein schwaches Rauschen meine Ohren erfüllte. Konnte es ein Ausrutscher gewesen sein? Es gab nur eine Möglichkeit, es herauszufinden.

Ich musste die Pflanze noch einmal berühren.

Es dauerte einige Minuten, mich zu beruhigen, aber als mein Herz wieder halbwegs normal schlug, berührte ich die Pflanze noch einmal. Ich streichelte ihre Blätter. Sie starb nicht. Zehn Minuten lang nicht. Zwanzig.

Ungefähr in der fünfundzwanzigsten Minute fing ich an zu weinen, glaubte ich zumindest. Meine Wangen waren feucht, wenn es also nicht im Haus geregnet hatte, konnten es wohl nur Tränen sein.

Ich *musste* es irgendjemandem erzählen.

Also sprang ich auf die Füße, lief durchs Zimmer und riss mit meinem gesunden Arm die Tür auf. In meiner Aufregung vergaß ich, dass ich sie abgeschlossen hatte. Meine Finger zitterten so heftig, dass ich einige Versuche brauchte, um sie zu öffnen, aber sobald es mir gelungen war, rannte ich durch den Flur und betete, dass Hayden seine Tür nicht abgeschlossen hatte.

Vor seinem Zimmer, drei Türen von meinem entfernt, blieb ich stehen. Was, wenn es ihm egal war? Ich wäre am Boden zerstört. Ich drehte am Knauf, und er gab nach. Mit einem leisen Seufzer der Erleichterung schob ich die Tür auf und gab dann meinen Augen erst einmal Zeit, sich an die Dunkelheit zu gewöhnen.

Seine quer über das Bett ausgestreckte Gestalt ließ sich kaum ausmachen, doch er war da. Weil ich mich noch gut daran erinnern konnte, wie er das letzte Mal reagiert hatte, als ich ihn überraschend geweckt hatte, widerstand ich dem Drang, einfach auf ihn zuzustürzen. Stattdessen tastete ich an der Wand entlang, bis ich den Schalter fand. Helles Licht durchflutete den Raum. Es beeindruckte Hayden überhaupt nicht, aber mir blieb die Luft weg. Ich stand da, außerstande, den Blick von ihm loszureißen.

Die Decke um seine schmalen Hüften gewickelt, hatte er einen muskulösen Arm über seinen Kopf geworfen, und er war nackt. Okay, zumindest vom Nabel aufwärts.

Reiß dich zusammen, befahl ich mir. »Hayden? Wach auf.« Ich kam langsam näher und hob die Stimme. »Hayden! Wach auf.«

Sein Arm fiel von seinem Gesicht, und er blinzelte mehrmals. Langsam stützte er sich auf einen Ellbogen und sah mich schlaftrunken an.

»Gut.« Ich schluckte und versuchte zu lächeln. »Du bist wach.«

Hayden runzelte die Stirn.

»Du musst aufstehen! Du musst …«

Er warf die Decke beiseite und bewies so, dass er nicht komplett nackt war. Er trug eine Schlafanzughose aus Flanell. »Was ist passiert?« Er stand auf. »Geht es dir gut?«

»Ich ...« Ich konnte ihn nur anstarren. Das Bild seines freien Oberkörpers hatte sich wohl doch nicht so genau in mein Gedächtnis eingebrannt, wie ich gedacht hatte. Kleine Details waren mir entgangen – die Linie, die seinen Bauch hinunterlief, die Muskeln, die über seinen Hüften hervortraten.

»Ember, ist alles in Ordnung mit dir?«

»Ja.« Ich schloss die Augen und drehte mich um. »Ich muss dir etwas zeigen.«

»Jetzt? Ember, es ist noch so früh. Kann das nicht warten?«

Sein Mangel an Interesse traf mich, aber ich ließ nicht locker. »Nein. Komm mit. Danach kannst du wieder ins Bett gehen. Okay?«

Hayden murmelte irgendetwas vor sich hin, während er sich ein Shirt vom Boden schnappte und es sich über den Kopf zog. Wortlos folgte er mir in mein Zimmer. Ich schloss die Tür hinter uns ab und zog ihn auf die andere Seite des Bettes.

»Du wolltest mir den Fußboden in deinem Zimmer zeigen?«

Ich atmete langsam aus. »Nein. Ich wollte dir das hier zeigen.« Ohne ihn anzusehen, setzte ich mich auf den Boden und zog die Pflanze auf meinen Schoß. »Bist du bereit?«

»Klar«, sagte er leise und ließ sich auf die Bettkante sinken. »Ember, warum liegen da lauter tote ...« Man sah, wie ihm die Erkenntnis aufging, und für eine Sekunde wirkte er traurig – enttäuscht. Nicht das, was ich erwartet hatte.

»Hayden?«

»Ich habe in letzter Zeit nicht mit dir gearbeitet«, sagte er.

»Ich weiß, aber ...«

»Du hast allein weitergemacht.«

»Nun, erst seit Kurzem.«

»Em, es tut mir leid. Ich habe zugelassen, dass meine eigenen Probleme – meine eigenen widersprüchlichen Gefühle – mir in die Quere gekommen sind.«

Ich sah ihn an und verlor langsam die Geduld. »Es ist in Ordnung, Hayden. Alles verziehen, aber kannst du jetzt einfach mal zugucken …«

»Es ist nicht in Ordnung.« Er stützte die Arme auf seine Knie. »Du hast das ganz allein gemacht, und warum? Nur weil … nun, was auch immer.«

»Hayden.« Ich beugte mich vor und schloss die Hand um das, was ich am leichtesten erreichen konnte – seine Wade. Er versteifte sich, bewegte sich jedoch nicht, obwohl ich fand, dass sein Körper mehr Wärme abstrahlte als normalerweise. »Es ist nicht deine Aufgabe, mich zu kurieren. Ich bin nicht dein Jugend-forscht-Projekt. Du schuldest mir keine Erklärung.«

»Em, du warst kein Experiment für mich. So habe ich dich nie gesehen.«

Ich fragte mich, als was er mich dann sah. »Okay, schön. Aber kannst du mir jetzt nur eine Sekunde zuschauen? Ich muss dir etwas zeigen.«

Hayden nickte.

Ich ließ sein Bein los und schloss die Augen. Es erwies sich als schwerer als erwartet, mich in seiner Gegenwart zu konzentrieren. Als ich mir sicher war, dass ich mein »Ich-habe-die-Kontrolle«-Mantra auf Endlosschleife laufen hatte, legte ich die Hand auf den dünnen Stängel und streichelte darüber.

Auf Haydens verblüfftes Aufkeuchen hin öffnete ich flatternd die Lider. Die Pflanze mit dem Schlangenmuster blieb quicklebendig.

»Em.« Er fiel neben mir auf die Knie, die Augen aufgerissen. »Hast du das gesehen?«

Ich grinste. »Ja.«

»Wie – wie hast du das gemacht?«

»Ich habe geübt, aber erst heute Nacht hat es dann geklappt.«

»Okay.« Er griff nach dem Topf und stellte ihn beiseite. »Fass mich an.«

»Was? Ich glaube nicht, dass das der nächste logische Schritt ist, Hayden. Dies ist das erste Mal, dass ich eine Pflanze nicht umgebracht habe. Lass mich erst noch diesen Sieg ein wenig genießen.«

Er lächelte, was mir für einen Moment den Atem raubte. Es war eine Ewigkeit her, dass ich ihn richtig hatte lächeln sehen, ein Lächeln, bei dem seine Grübchen sichtbar wurden. »Was hast du diesmal anders gemacht?«

Heiße Röte breitete sich auf meinen Wangen aus. »Tatsächlich war es etwas, das Parker gesagt hat. Dass ich mir eingeredet hätte ... keine Seele zu haben, damit ich keine Verantwortung zu übernehmen bräuchte. Aber es ist mehr als das.«

Hayden rutschte näher heran. »Was denn?«

Ich schluckte. »Ich habe mir selbst gesagt, dass ich eine Gabe habe. Ich bin nicht verflucht, verstehst du?«

»Ich weiß – das wusste ich schon die ganze Zeit. Wahrscheinlich musstest du nur daran glauben.«

Mein Blick fiel auf die Stelle, wo seine Hände lagen. Von allen Dingen, die ich fragen und um die ich mir Sorgen machen konnte, entschied ich mich für das absolut Lächerlichste. »Warum waren wir eigentlich sauer aufeinander?«

»Ich sauer auf dich?« Hayden rückte ein bisschen von mir ab. Drei Sekunden vergingen, bevor er weitersprach. »Ich war nicht sauer auf dich, Em.«

Jetzt gab es kein Zurück mehr. Wahrscheinlich würde ich das hier später bereuen. »Aber du hast plötzlich nicht mehr mit mir gesprochen oder ... Zeit mit mir verbracht. Seit der Nacht in der Hütte, als ich dir gesagt habe, meine Eltern hätten über Olivias Gabe Bescheid gewusst ... Und ich dachte, nach dem, was du zu mir gesagt hast, als ich dich aufgeweckt habe … nun, ich weiß nicht, was ich dachte.«

Er holte tief Luft und ließ den Atem langsam wieder heraus. »Es war echt schwer für mich. Ich wollte einfach nicht glauben, dass jemand, den ich kenne, hinter der Sache mit dem Spind steckt und du damit recht hattest, aber es war mehr als das. Ich brauche einfach – *brauchte* wirklich etwas Zeit, das alles für mich klarzukriegen.«

Ich stand auf und strich mir mit beiden Händen über meine Shorts. Ich spürte, wie sein Blick über mich hinwegwanderte. Mir ging auf, dass er wahrscheinlich noch nie meine Beine gesehen hatte. Ohne etwas zu sagen, erhob er sich ebenfalls. »Was ist?«

Er sah aus, als sei er kurz davor, den Rückzug anzutreten und wieder dichtzumachen. Während ich die widerstreitenden Gefühle auf seinem Gesicht wahrnahm, wurde ich von meiner eigenen Courage überrumpelt. »Ich bin nicht sauer, dass du mir nicht geglaubt hast, als ich sagte, es sei einer aus deiner Familie, der diese Sachen macht. Okay, ich *war* sauer, aber ich bin es nicht mehr. Jetzt ist es vorbei.«

»Aber ich hätte dir glauben sollen. Alles deutete auf einen von ihnen. Ich hätte nicht an dir zweifeln dürfen.«

Er hatte jedoch gute Gründe gehabt, mir nicht zu glauben. Es war seine Familie, und Phoebe war ihm wichtig. Wenn ich an seiner Stelle gestanden hätte, wäre es mir ebenfalls schwergefallen zu akzeptieren, was vor meiner Nase lag. »Können wir das nicht einfach abhaken?«

Hayden sah mich an, und seine Augen waren jetzt schwarz wie die Nacht.

Frustriert ließ ich die Arme sinken. »Magst du mich nicht mehr?«

»Doch«, sagte er, ohne zu zögern. »Natürlich mag ich dich noch.«

»Können wir dann nicht einfach Freunde sein?«

Hayden legte sich eine Hand auf die Brust und rieb sich die Stelle direkt über dem Herzen. »Em, es ist schwer, mit dir befreundet zu sein.«

Plötzlich hatte ich einen Knoten im Magen. Kein angenehmes Gefühl. Ich dachte an meine Wirkung auf Phoebe und zuckte zusammen. Was hatte Kurt noch gleich gesagt? Ich tat Hayden nicht gut. »Ich … nun, wow. Ich habe keine Ahnung, was ich darauf antworten soll.«

»So meinte ich das nicht.« Seufzend sah er sich im Raum um. »Hör mal, ich hab das nicht gut erklärt. Bist du nicht müde?«

Ich schüttelte den Kopf. »Und du?«

Sein Blick huschte über mein Gesicht, seine dunklen Augen undeutbar. »Jetzt bin ich hellwach.«

In diesem Moment musste ich mir eingestehen, dass ich keine Ahnung hatte, wohin unsere Unterhaltung führen würde. »Ähm, du kannst bleiben – wenn du willst.«

Er sah mich schweigend an, dann trat er an die Balkontür. Ein wenig verwundert sah ich zu, wie er die Gardinen vor die Tür zog. Als er prüfte, ob die Zimmertür wirklich abgeschlossen war, lag ein kaum merkliches Lächeln auf seinem Gesicht.

»Ich bezweifle, dass jemand nach dir sehen will, aber Vorsicht ist besser als Nachsicht.« Er deutete auf das Bett. Eine leichte Röte färbte seine Wangenknochen. »Du zuerst?«

Ich lief zum Bett und rutschte bis ganz auf die rechte Seite, und plötzlich war ich total nervös. Meine Augen fühlten sich unmöglich groß an, während ich zusah, wie er zum Bett kam. »Wollen wir noch ein bisschen mit der Pflanze üben?«

Hayden kam auf die Seite, auf die ich mich geflüchtet hatte, und setzte sich neben mich aufs Bett. »Nein.«

»Oh.« Ich biss mir auf die Unterlippe und zermarterte mir das Hirn darüber, was ich sagen konnte. Mir fiel nichts ein.

»Es gibt da ein paar Dinge, die ich klarstellen will.« Sein Blick fand meinen und hielt ihn fest. »Phoebe und ich sind nicht zusammen. Tatsächlich gab es zwischen uns nie auch bloß einen Hauch Romantik.«

Ein lächerlich starker Jubel schwoll in meiner Brust an, doch ich kämpfte ihn nieder. »Ich habe gesehen, wie sie dich anschaut. Und in der Nacht des Zwischenfalls mit dem Pfeil habe ich … euch zwei im Wohnzimmer gesehen.«

»Phoebe könnte irgendwann mal … in mich verknallt gewesen sein, doch sie weiß, dass ich nicht zur Verfügung stehe.« Er beugte sich zu mir vor und stützte sich mit einer Hand neben meiner Hüfte aufs Bett. Wir waren uns so nah, dass ich die Wärme spüren konnte, die von ihm ausging. Dann kam er noch näher, strich mir eine Haarsträhne von der Schulter und wickelte sich die dicke Locke um den Finger. Ich erstarrte. »Und das, was du gesehen hast, hast du falsch gedeutet. Ihre Gabe … nun, du weißt, wie sehr sie in letzter Zeit darunter leidet. Ich habe ihr etwas Energie entzogen, damit sie nicht alles fühlt. Das tue ich schon seit Jahren.«

»Ihr zwei schient euch so nah zu sein …«

»Ja, trotzdem war es nicht das, wofür du es gehalten hast.« Er verzog den Mund zu einem schiefen Lächeln. »Sie ist nicht die, der ich nah sein möchte.«

Ich holte tief Luft. Verwirrt drückte ich ihm die Hände auf den Bauch. Ich wollte … dass er mich berührte, so wie neulich in der Hütte, doch er hatte gesagt, es sei schon schwierig für ihn, bloß mit mir befreundet zu sein. Inwiefern macht es das hier leichter? Aber ich konnte nicht – wollte nicht, dass er aufhörte. Haydens warmer Atem tanzte über meine Wange, und seine Augen schienen plötzlich bodenlos. Wenn ich gewollt hätte, hätte ich mich wahrscheinlich in ihnen verlieren können.

»Und es war schwierig, nur mit dir befreundet zu sein, obwohl ich so viel mehr von dir will. Dich jeden Tag zu sehen, dich berühren zu wollen …« Er brach ab und schaute versonnen vor sich hin.

»Woran denkst du?«, flüsterte ich.

»Nun«, sagte er gedehnt. »Ich denke gerade an etwas wirklich Verrücktes.«

»An was denn?« Mein Mund war jetzt noch näher an seinem, ohne dass ich recht gemerkt hatte, wie das passiert war.

»Ich denke daran, dich zu küssen«, sagte er, »und dich zu berühren. Ich kann an nichts anderes mehr denken. Deshalb ist es so schwer, in deiner Nähe zu sein.«

Mein Herz tat einen Satz und beschleunigte dann abrupt das Tempo. Die Anspannung erreichte einen neuen, nie da gewesenen Höhepunkt. Überraschenderweise besaß ich noch immer die Fähigkeit zu sprechen. »Das ist wirklich verrückt.«

»Ja.« Er ließ mein Haar los. »Verrückte Sache.«

»Du solltest lieber an etwas anderes denken«, riet ich ihm, während ich gleichzeitig meine Hand auf seinem Shirt nach oben schob, bis zu seinem Herzen.

Hayden legte mir eine Hand auf den Rücken. Die Berührung schaltete den denkenden Teil meines Gehirns einfach aus. »Woran denkst du denn gerade?«

Er war nah, viel zu nah. Der Duft von Seife und Gewürzen füllte meine Sinne. Ich ließ die Lider sinken. »Daran, dich zu küssen«, gab ich leise zu.

»Ich wünschte, das hättest du nicht gesagt«, murmelte er und schien plötzlich unglaublich ruhig.

»Ich weiß, aber du hast damit angefangen.« Ich holte tief Luft und öffnete die Augen. »Wir sollten das nicht tun. Ich weiß nicht, ob ich es kann.«

»Du hast die Pflanze nicht getötet, Ember.«

»Aber es war nur eine Pflanze. Das hier ist etwas ganz anderes. Ich kann nicht …«

Hayden küsste mich.

Kapitel 24

Seine Lippen berührten meine so zart, als wolle er erst einmal testen, was passieren würde. Ich wagte nicht, mich zu bewegen. Weil nichts passierte, machte er weiter. Sanft und behutsam, dann heftig und hungrig, während unser Kuss leidenschaftlicher wurde.

Meine Welt explodierte.

Freude und Panik schossen gleichzeitig durch mich hindurch. Ich hätte aufhören sollen, aber ich konnte mich einfach nicht losreißen, konnte mich auf nichts anderes konzentrieren als darauf, wie wunderbar seine Lippen sich auf meinen anfühlten.

Und als er mich auf den Rücken drückte, verlor ich mich in diesem Wahnsinn. Alle Erinnerungen an frühere Küsse waren wie weggeblasen. Mein Körper stand in Flammen, mein Herz klopfte wie wild, und das Blut strömte kraftvoll durch meine Adern.

Ein feines Beben lief durch Hayden hindurch, doch er küsste mich weiter. Seine Hand glitt auf meine Schulter, wanderte nach unten zu meiner Hüfte. Ich dachte nicht mehr nach, reagierte bloß noch. Langsam schob ich die Hand von seiner Brust in seinen Nacken, dann zog ich ihn zu mir nach unten.

Er gab dicht an meinen Lippen einen erstickten Laut von sich und zuckte zusammen. In dieser Sekunde, in der mir fast das Herz stehen blieb, trafen sich alle strategisch wichtigen Teile unserer Körper, und was immer ich noch an Selbstbeherrschung besaß, löste sich in Luft auf. Er ließ beide Hände zu meinen Hüften sinken, und ich schlang die Beine um ihn. Mein Puls hämmerte und meine Haut brannte, aber es war mir egal.

Zwanzig Sekunden lang küssten wir uns, berührten wir uns, vielleicht sogar ein wenig länger.

Dann passierte es.

Hayden riss seine Lippen von meinen los, fuhr zurück und löste sich aus meinem Griff. Die Adern an seinem Hals traten hervor und pulsierten.

»Hayden?« Ich atmete schwer.

Er schüttelte den Kopf und legte die Hände auf die Knie. »Ich … brauche nur eine Minute, okay?«

Ich nickte und schlang mir die Arme um den Oberkörper. Das Gift in meiner Berührung hatte ihn also doch erreicht. Pflanzen waren das eine, Menschen waren jedoch offensichtlich immer noch viel zu schwierig. Dann kam mir noch ein anderer Gedanke. »Warum hast du meiner Berührung nicht die Energie entzogen?«

Er löste die Fäuste. »Das mache ich … nie wieder.«

»Verdammt, Hayden. Ich hätte dich umbringen können!« Ich kniete mich vor ihn. »Gott, es tut mir so leid. Ich hätte dir nicht erlauben dürfen, das zu tun.«

»Nein. Es braucht dir nicht leidzutun. Mir tut es nicht leid. Wir … wir müssen einfach … vorsichtiger sein.«

»Du willst mich wieder küssen? Nach dem, was gerade passiert ist?«

»Ja, ich will es wieder tun. Das hier … es ist ein echter Fortschritt.« Er brach ab, und ein Lächeln breitete sich auf seinem Gesicht aus. »Ich meine, es hat eine Weile gedauert, bis deine Berührung sich ausgewirkt hat. Und du hast die Pflanze nicht getötet.«

»Nun, bei *der* Gelegenheit war ich auch in der Lage, mich zu konzentrieren.«

Hayden lachte leise. »Vielleicht kannst du es eines Tages.«

Es kam mir nicht wahrscheinlich vor, dass ich mich auf irgendetwas anderes konzentrieren konnte, als ihn zu küssen, während ich, nun ja, ihn küsste.

»Wie dem auch sei«, fuhr er fort, nahm mich bei den Armen und zog mich eng an sich. »Vorläufig müssen wir eben improvisieren.«

Bevor ich fragen konnte, was das bedeutete, küsste Hayden mich erneut. Diesmal hörte er alle paar Sekunden auf und ließ mich atemlos warten. Schon bald begriff ich, dass er die Zeit der Küsse begrenzte und sich von mir löste, bevor meine Berührung sich bemerkbar machte. Er legte wesentlich mehr Selbstbeherrschung an den Tag, als ihm irgendjemand, ihn selbst eingeschlossen, je zugetraut hätte.

Hayden lehnte sich zurück und zog mich auf seinen Schoß. »Das funktioniert.«

Ich schlang ihm die Arme um den Hals, darauf bedacht, nicht an seine Haut zu kommen. »Mmm-hmm.«

Er lachte leise und drückte seinen Mund wieder auf meinen. Er ging bis an die Grenze und hörte erst auf, als das erste Beben ihn schüttelte, und Gott, es war wie eine süße Folter. Immer wenn ich dachte, ich würde gleich vergehen, zog er sich zurück und atmete dabei genauso heftig wie ich.

»Em, weißt du, wie lange ich mir schon wünsche, dir so nah zu sein und dich zu küssen?« Seine Stimme klang rau und belegt.

Ich drückte die Wange an seine Brust und atmete seinen Geruch ein. »Genauso lange wie ich?«

»Länger«, murmelte er, flocht die Finger in mein Haar und drückte meinen Kopf zurück. »Du bist so schön.«

»Schön?«

»Ja«, sagte er ernsthaft. »Deine Lippen, deine Wangen, deine Augen ... ich finde alles an dir schön. Deine Stärke und wie du dich um deine Schwester kümmerst ...« Er senkte den Blick, und ein Schauer durchlief mich. »Ich bewundere deine Selbstbeherrschung. Deine Willenskraft. Alles. Ich würde nichts an dir ändern.«

Mein Herz schien jetzt die Zügel in die Hand zu nehmen. Ich presste meine Lippen auf seine und verlor mich ganz in dem Rausch, seinen Mund auf meinem zu spüren. Ich wusste nicht, wie lange wir das taten oder an wie vielen verschiedenen Stellen seine Lippen mich berührten, bevor er sich von mir löste, kurz innehielt und dann weitermachte. Ich fühlte mich fiebrig, lebendig und ... und da war noch etwas, das viel, viel stärker war als alles, was ich je empfunden hatte.

Irgendwann später lag ich, eingehüllt in die dünne Bettdecke, neben Hayden. Mit seinem schlauen Kopf hatte er eine Möglichkeit gefunden, mich im Arm zu halten, ohne mich direkt zu berühren. Er blieb auf der Decke, einen Arm und ein Bein über mich gelegt. Ab und zu strich er mir das Haar aus dem Gesicht, und ich kuschelte mich enger an ihn.

»Ember?«

Ich legte den Kopf in den Nacken und öffnete die Augen, damit ich ihn ansehen konnte. Plötzlich wirkte er schrecklich ernst. »Was?«

»Es tut mir wirklich leid, dass ich dir nicht geglaubt habe«, sagte er leise. »Ich werde nicht noch einmal an dir zweifeln.«

»Ist schon gut. Jetzt ist es ja vorbei.« Doch eigentlich war es nicht vorbei. Phoebe mochte für die Sachen in meinem Spind verantwortlich sein, aber mit dem Unfall, bei dem alles angefangen hatte, hatte sie nichts zu tun. Doch im Moment, so eng wie irgend möglich an Hayden gedrückt, wollte ich nicht darüber nachdenken.

»Wann kommt Santa endlich?«, fragte Olivia wahrscheinlich zum hundertsten Mal in der letzten Stunde. Phoebe schaute von ihrer Zeitschrift auf und lächelte tatsächlich.

Ich gähnte. »Nach der Parade, Olivia. Das weißt du doch. Es ist jedes Jahr das Gleiche.«

Sie ließ ihre Barbiepuppe zu der Stelle gehen, an der ich ausgestreckt auf dem Boden lag. »Ich will jetzt Santa sehen!«

»Ich auch.« Ich nahm die Puppe und ließ sie langsam zu meiner Schwester zurücklaufen.

»Hast du schon deine Liste für Santa geschrieben?«, fragte Gabe, was mich total überraschte. »Damit er weiß, was du dir wünschst?«

Olivia sauste zu Gabe herüber und fing an, ihm eine ziemlich detaillierte Beschreibung der Spielsachen zu geben, die sie sich wünschte, während ich die Augen schloss und im Geiste immer wieder die letzte Nacht durchspielte. Nichts konnte das Lächeln von meinem Gesicht wischen oder die Schmetterlinge aufhalten, die in meinem Bauch umherflatterten.

Die letzte Nacht war einfach wundervoll gewesen. Perfekt.

Und anscheinend raubte mir das Glücksgefühl alle Vernunft, denn als Liz mich bat, ihr bei der Füllung des Truthahns zu helfen, stimmte ich zu.

Dann standen wir nebeneinander an der Kücheninsel. Ich wünschte, ich wäre so vorausschauend gewesen, mir das Haar zurückzubinden, bevor ich meine nackten Hände in die Mischung aus Brot, Eiern, Butter und Milch gesteckt hatte.

»Hast du das früher mit deiner Mutter auch gemacht?«, fragte Liz nach einigen Minuten.

Ich knetete den Teig, und rohes Ei quoll mir durch die Finger. »Ja, aber wir … wir haben es immer am Abend vorher gemacht.«

»Und dann auch schon den Truthahn gefüllt?«

Ich nickte. »Ich habe immer von der Füllung genascht, wenn Mom nicht hingesehen hat, aber beim letzten Mal – ich war vierzehn – hat sie mich dabei erwischt. Und gesagt, ich würde Salmonellen bekommen.«

Sie lachte leise. »Meinst du, es müssen mehr Zwiebeln hinein? Brot?«

»Klar.« Nicht dass ich tatsächlich einen Schimmer gehabt hätte, aber wahrscheinlich fragte sie nur, damit ich das Gefühl hatte, etwas beisteuern zu können.

Liz griff in die Schüssel – wobei sie darauf achtete, nicht an meine Händen zu kommen – und pflückte sich ein Bällchen von der Füllungsmasse heraus. Dann sah sie mich mit hochgezogenen Augenbrauen an.

»Willst du?«

Ich starrte sie an, dann entschied ich: *Was soll's?* Ich öffnete den Mund, und sie warf das Bällchen. Mit dem ersten, zweiten und dritten verfehlte sie mich. Als es beim vierten Versuch tatsächlich in meinem Mund landete, lachten wir beide, mein Kinn voller Füllung.

»Weißt du«, bemerkte Liz, während sie Brot zerkrümelte und zu der Masse hinzufügte, »ich glaube, deine Mutter hört dich, wenn du mit ihr redest.«

Ich schaute von der Rührschüssel hoch. »Woher wissen Sie, dass ich mit ihr rede?«

Sie lächelte, und feine Fältchen erschienen um ihre dunklen Augen. »Ich habe dich ein paarmal gehört. Ich finde es gut, dass du das tust. Sie ist immer noch da drin.«

»Glauben Sie das wirklich?«

Liz nickte ernst. »Ja, das tue ich.«

»Was glaubst du?«, fragte Hayden, der gerade in die Küche kam.

Ich erstarrte neben Liz, und alle rationalen Gedanken verschwanden aus meinem Kopf. Ich brauchte keinen Spiegel, um zu wissen, dass meine Wangen knallrot anliefen.

»Nichts, ich rede nur so daher«, sagte Liz mit einem leisen Lachen. »Wir machen gerade die Füllung für den Truthahn. Willst du uns helfen?«

Hayden lehnte sich an die Kücheninsel, nah genug, dass ich sein Lächeln *fühlen* konnte. »Ich denke, ihr zwei habt das ganz gut im Griff.«

Ich warf ihm einen verstohlenen Blick zu. Er trug ein schlichtes schwarzes Shirt und Jeans, womit er umwerfend aussah. Er stupste mit seinem Bein gegen meins, was ihm ein Grinsen von mir eintrug.

Ein plötzliches Kreischen durchbrach die Stille, gefolgt von: »Santa! Santa!«

Ich wandte mich wieder der Füllung zu und knetete sie weiter durch. »Das war dann wohl Olivia.«

Liz lachte. »Das muss ich sehen. Denkst du, du bekommst das hin?«

»Ja.« Ich nickte und blies mir eine Locke aus dem Gesicht, die sofort wieder zurückfiel.

Liz wischte sich die Hände an der Schürze ab und eilte davon. Ich sah ihr nach und nahm stillschweigend zur Kenntnis, dass Olivia ihr tatsächlich etwas bedeutete. »So ungern ich das sage, aber sie tut Olivia wirklich gut.«

»Und wer tut dir gut?«, fragt Hayden, trat hinter mich und platzierte eine schnelle Serie von Küssen auf meine Schulter.

Mir blieb die Luft weg. »Ich denke … du kennst die Antwort auf diese Frage.«

Hayden legte mir beide Hände um die Taille und zog mich wieder an sich. »Hm, musst du es mir vielleicht sogar zeigen?«

»Ich mache gerade Füllung, also solltest du besser …« Er drückte mir die Lippen auf den Hals, dann hinter mein Ohr. »*Oh* …«

Er lachte und trat neben mich, ließ aber seine Hand auf meinem Rücken liegen. »Soll ich dir helfen?«

»Gerne.«

»Gut.« Hayden strich mir eine Haarsträhne hinters Ohr.

Wir machten die Füllung fertig, lachten und redeten über nichts Bestimmtes. Ab und zu war Hayden etwas abgelenkt. Dann hielt er inne, gab mir schnell einen Kuss oder strich mir das Haar aus dem Gesicht. Wahrscheinlich brauchten wir etwas länger als notwendig, um die Füllung in den Truthahn zu bekommen.

Ich wusch mir den Schmodder von den Händen, und Hayden setzte sich gerade neben mich an die Theke, als sein Vater hereinkam. Wenn irgendjemand meine Glücksgefühle im Keim erstickte, dann war es Cromwell.

»Liz hat mir erzählt, dass ihr zwei die Füllung macht. Ich wollte es nicht glauben.«

»Wie bitte? Es steckt ein kleiner Koch in mir.« Hayden lächelte.

Ich trocknete mir die Hände ab und drehte mich um. »Er hat mir geholfen.«

Cromwell zog eine Augenbraue hoch. »Du kannst nicht mal ein Ei kochen, mein Sohn.« Er machte eine kurze Pause. »Oder Brot toasten, ohne es anbrennen zu lassen.«

Ich konnte nicht anders, ich lachte. »Wie süß.«

Hayden musterte mich stirnrunzelnd. »Ich kann sehr wohl Brot toasten.«

»Du hast versucht, dein Brot mit einer Gabel aus dem Toaster zu bekommen – das ist erst wenige Jahre her.«

»Oh. Wow.« Ich grinste Hayden an.

»Vielen Dank, Dad.« Hayden stieß sich von der Theke ab.

Cromwell lächelte ihn an und ging zum Ofen, und ich hatte tatsächlich den Eindruck, als würde er ernsthaft die Füllung begutachten.

Hayden zupfte an meinem Ärmel und deutete mit dem Kopf auf die Hintertür. Mit den Lippen formte er das Wort *draußen.*

Ich nickte und wandte sofort den Blick ab, als Cromwell sich umdrehte. »Also, was habt ihr zwei als Nächstes vor, jetzt, nachdem ihr bewiesen habt, dass ihr beide kochen könnt?«

Hayden zuckte die Achseln. »Ich denke, ich mache ein Nickerchen.«

»Bist du gestern Nacht noch lange auf gewesen?«, fragte er arglos.

Meine Augen weiteten sich, und ich starrte auf den Boden, doch Hayden klang völlig unbeeindruckt. »Ja, ich habe noch ferngesehen.«

»Was hast du vor, Ember?«

»Was?« Ich riss den Kopf hoch. »Oh. Also – ich glaube, ich zeichne noch etwas.«

»Nun, wir essen um drei. Ich erwarte von euch, dass ihr dann da seid.« Sein Blick fiel auf Hayden. Cromwell lächelte, allerdings erreichte das Lächeln nicht ganz seine Augen. »Bevor du gehst, Hayden, würde ich gern einen Moment mit dir reden.«

Ich ging zur Tür, und mein Magen krampfte sich vor Nervosität zusammen. Auf dem Weg in mein Zimmer konnte ich Liz' und Olivias Gekicher hören, das sich unter die Männerstimmen mischte. Ich zog mir ein Kapuzenshirt und Handschuhe an, bevor ich mir meinen Skizzenblock und einen Bleistift schnappte.

Ich suchte mir eine Route, die so weit wie möglich an der Küche vorbei führte, und schlüpfte aus dem Haus. Ich hatte ein etwas schlechtes Gewissen, weil ich nicht mehr Zeit mit Olivia verbrachte. Zwei Jahre lang hatte es nur uns zwei gegeben, und wir hatten weder den Duft von gebackenem Truthahn im Haus gehabt noch so viel Gelächter.

Während ich draußen in der Kälte auf Hayden wartete, redete ich mir ein, dass es ihr gut ging. Fünf Minuten später tauchte er auf, ein breites Lächeln auf dem Gesicht. Die Sonne schien durch die Bäume und erzeugte einen Heiligenschein um seinen Kopf.

»Ist dir nicht kalt?« Er hatte nicht einmal einen Pullover übergezogen.

»Ach was.« Hayden hielt mir die Hand in.

Ich klemmte mir den Skizzenblock unter den anderen Arm und ergriff sie. »Wohin gehen wir? Zur Hütte?«

»Ich dachte, wir könnten einen Spaziergang machen.«

»In Ordnung.« Ich ließ mich von ihm in den Wald ziehen. Vertrocknete Blätter raschelten unter unseren Füßen. »Was wollte Cromwell von dir?«

»Er wollte wissen, was wir aushecken.« Er drückte einen Zweig zur Seite.

»Was? Weiß er von …« Ich konnte mich nicht dazu bringen, »gestern Nacht« zu sagen.

»Nein.« Er lächelte mir beruhigend über die Schulter zu. »Er hat sich nur gefragt, was so läuft, schätze ich. Ich habe ihm gesagt, wir hätten bloß die Füllung gemacht.«

»Er will immer noch nicht, dass du Zeit mit mir verbringst, nicht wahr? Er macht sich Sorgen, du könntest zu Schaden kommen.«

Hayden wandte den Blick ab. »Ich glaube nicht, dass er das noch denkt.«

Ich zog die Augenbrauen hoch.

»Ernsthaft, ich glaube, er weiß, dass ich dich mag und dass nichts etwas daran ändern wird. Er gewöhnt sich langsam an den Gedanken. Also gibt es keinen Grund, sich Sorgen zu machen.«

»Bist du dir sicher?« Nicht in einer Million Jahren würde ich das glauben.

»Ja.« Er drückte meine Hand. »Lass uns jetzt nicht an ihn denken, denn später – nach dem Essen – werde ich mich wirklich ein bisschen aufs Ohr legen.«

»Das liegt an etwas, das in Truthahnfleisch enthalten ist«, sagte ich.

»Trypto-irgendwas, richtig?«

Wir blieben stehen. Ich war mir nicht sicher, wie weit wir gelaufen waren, aber die Sonne brach hier nur noch spärlich durch die Bäume, falls das ein Hinweis war. Hayden legte mir die Arme um die Taille und zog mich an sich. Ich ließ es nur zu bereitwillig geschehen.

»Also, warum wolltest du mit mir hierher?«, fragte ich.

Statt es mir zu sagen, zeigte er es mir – mit seinen Lippen, seinen Händen. Und schließlich lagen wir auf einem Bett aus Laub und probierten aus, wie weit wir gehen konnte. Atemlos und ein wenig benommen lag ich auf ihm und streichelte ihm übers Gesicht.

»Zieh die Handschuhe aus«, verlangte er.

»Nein. Das wäre zu viel.« Das hatten wir in der vergangenen Nacht herausgefunden. Wenn sich sehr viel von unserer Haut berührte, dann, nun ja, reagierte meine Gabe über.

Er legte den Kopf in den Nacken und seufzte. »Dann eben später.«

Ich lächelte und drückte ihm einen Kuss direkt auf die Kehle. »Darf ich dich etwas fragen?«

»Natürlich.« Er schob eine Hand zwischen meinen Pulli und mein Shirt. »Was immer du willst.«

»Was hat dich gestern Nacht zu dem Schluss kommen lassen, dass es okay ist, wenn …«

»Ich mag es, wenn du rot wirst. Es bringt deine Augen noch besser zur Geltung.«

Ich verdrehte besagte Augen. »Halt die Klappe.«

Er lachte leise und strich mir mit seiner freien Hand eine Haarsträhne aus dem Gesicht. »Mir ist klar geworden, dass ich nicht die Kontrolle verlieren würde. Nicht bei dir. Ich …« Er brach ab und lächelt versonnen. »Ich würde dir niemals wehtun.«

Ich spürte, dass mehr dahintersteckte. »Und du hast fest geglaubt, dass ich dir nicht wehtue?«

»Ich habe fest daran geglaubt, dass du nicht die Kontrolle verlierst, Em.« Er ließ die Finger durch mein Haar gleiten. »Tief in dir drin bist du gut, besser als irgendeiner von uns.«

Mir schossen die Tränen in die Augen. Ich schaute weg, weil ich ihn nicht sehen lassen wollte, welche Wirkung diese Worte aus seinem Mund auf mich hatten.

»Hey. Alles okay mit dir?«

»Ja klar«, sagte ich und biss mir auf die Unterlippe. »Es ist einfach so … das war wirklich nett.«

Er löste die Finger aus meinem Haar und legte seine Hand auf meine. »Beantwortest du mir auch eine Frage?« Als ich nickte, fuhr er fort: »Was zeichnest du da? Darf ich es mir ansehen?«

Ich rollte mich von ihm herunter und griff nach meinem Skizzenblock, aber Hayden war schneller. »Hayden – nein – wag es nicht!« Er hielt den zerknitterten Block in seinen anmutigen Händen – Hände, die ich gezeichnet hatte. *Oh Gott.* »Lass den Block zu!«

Er grinste. »Was ist da drin, Em?«

»Bloß irgendwelche Sachen – hör mal, meine Skizzen hat noch nie jemand gesehen.«

»Niemand? Dann wäre es mir eine Ehre, wenn du sie mir zeigen würdest.«

Stöhnend fuhr ich mir mit einer Hand durchs Haar. »Ich bin überhaupt nicht gut. Sie sind wirklich mies. Du willst sie nicht sehen.«

»Deine Wangen sind mal wieder blutrot«, bemerkte er und stützte sich wieder auf einen Arm.

»Nun, dann schau halt nicht hin.«

»Wenn es dir wirklich so viel ausmacht, werde ich mir deine Zeichnungen nicht ansehen.« Er hielt mir den Block hin.

Ich starrte darauf. Ein letztes Geheimnis – vielleicht, und dann? Unsere Blicke trafen sich, als ich den Block von ihm entgegennahm. Meine Zeichnungen waren privates Zeug, so etwas wie das Abbild meiner geheimsten Gedanken. Wenn ich sie jemandem zeigte, war das genauso, als würde ich nackt vor ein Publikum treten, und ich würde mich damit auf eine Weise öffnen, die für mich bisher undenkbar gewesen war. Dann fiel mir wieder ein, wie er ausgesehen hatte, als er zum ersten Mal meine Narben betrachtet hatte. Er hatte sie nicht angestarrt. Er hatte mein Gesicht betrachtet, und zwar nicht deshalb, weil er es nicht ertragen konnte hinzuschauen, sondern weil es ihm egal gewesen war. Sie hatten keine Rolle gespielt.

Ich traf einen Entschluss, und nach ein paar Versuchen gelang es mir, den Skizzenblock aufzuschlagen. Die Handschuhe machten das schwierig. »Die hier ... die stammen von vor dem Unfall. Blumen, Landschaften, und das hier ist Sushi.«

Hayden legte sich neben mich. Er betrachtete die zerquetschte Nase und die Schielaugen. »Wow. Das *war* eine hässliche Katze.«

Ich lachte leise und schlug eine andere Seite auf. »Dad.«

Er hielt meine Hand zurück, bevor ich weiterblättern konnte. »Er sieht nett aus.«

Ich ließ die Finger über das Bild gleiten. Ich hatte es aus dem Gedächtnis gezeichnet und mehrere Versuche gebraucht, um die Kontur seines Kinns und den leichten Höcker auf seiner Nase richtig hinzubekommen. »Das war er auch.«

»Em, das mit deinem Dad tut mir wirklich leid.«

Ich schluckte, nickte und blätterte zur nächsten Seite um. »Das sind natürlich Olivia und Mom. Das hier sind …«

»Die Seneca Rocks, Em, du bist wirklich gut. Das meine ich ernst.«

»Ich weiß nicht. Die Umrisse könnten weicher sein, nicht so trostlos und hart.«

Er beugte sich über mich und blätterte weiter. Er gab zu dem einen oder anderen Blatt einen Kommentar ab, ließ die Finger über die Zeichnung gleiten und blätterte dann zur nächsten Seite. Als er zu der Zeichnung kam, die ich von seinen Händen angefertigt hatte, war ihm wahrscheinlich gar nicht klar, zu wem sie gehörten, doch er ließ sich nicht aufhalten.

Ich schloss die Augen, als er zum ersten Porträt von sich kam. Er sagte nichts. Vielleicht atmete er nicht einmal. Alles, was ich hörte, war das langsames Umblättern von einer Seite zur nächsten.

»Wann hast du die gezeichnet?«, fragte er mit rauer Stimme.

»Die ersten habe ich zwei Tage nach unserer Ankunft hier gemacht und den Rest im Laufe der Zeit.« Ich rieb mir das Kinn und sah ihn endlich an. Er hatte einen geradezu ehrfürchtigen Ausdruck auf dem Gesicht. Seine Augen leuchteten, und er hatte die Lippen gerade weit genug geöffnet, dass ich seine Zähne sehen konnte. »Was ist?«

»Das hätte ich nicht erwartet.«

»Es ist dir sicher irgendwie unheimlich, stimmt's?« Ich klappte den Block zu und warf ihn beiseite. »Aber das sollte es gar nicht sein. Du hast nur so ein Gesicht, das sich ganz aus Linien und Kurven zusammensetzt. Ich … ich musste es einfach zeichnen. Ich hoffe …« Sein Mund unterbrach mich und erstickte, was immer ich an lahmer Ausrede hatte vorbringen wollen. Er beugte sich über mich und küsste mich noch heftiger, bis ich fast den Verstand verlor.

Hayden löste sich widerstrebend von mir und ließ sich auf den Rücken sinken. Er schaute hoch zu den Ästen, seine Miene seltsam nachdenklich.

»Ist alles okay bei dir? Habe ... habe ich dir wehgetan?«

»Nein«, sagte er schnell, suchte nach meiner Hand und drückte sie. »Willst du wissen, warum ich meinem Vater so sehr vertraue? Warum ich fest davon überzeugt bin, dass er dir niemals wehtun würde?«

Nicht das Thema, über das ich gerade wirklich sprechen wollte, doch ich nickte. »Okay.«

Ein flüchtiges Lächeln umspielte seine Lippen. »Wenn ich sage, dass er mir das Leben gerettet hat, ist das keine Übertreibung. Nicht nur einmal, sondern zweimal. Das erste Mal, als er mich in der Pflegefamilie fand. Wenn er mich nicht entdeckt hätte, hätte ich vermutlich nicht überlebt.«

Ich lehnte mich zurück, seine Hand immer noch in meiner. Ich wagte nicht zu sprechen und ließ ihn fortfahren.

»Dort war es ziemlich schlimm. Es gab Tage, an denen ich nichts zu essen bekam. Und wenn man mich dann dabei erwischte, dass ich Essen stahl? Die Schläge waren ... heftig. Und zuerst war in der Einrichtung auch alles besser – viel besser. Dann haben sie etwas gestartet, das sie Anpassungsprogramm nannten, und ich war ein geeigneter Kandidat dafür. Anfangs wusste Cromwell nicht, was alles zu diesem Programm gehörte. Es wurde von Dr. Ishtar geleitet.« Er hielt inne und kniff kurz die Augen zusammen. »Sie haben dort jede Methode angewendet, die du dir vorstellen kannst, Ember. Konfrontationstherapie vom Feinsten.«

»Konfrontationstherapie?«

Er nickte. »Weil Kinder wie ich Probleme damit hatten, ihre Gaben zu kontrollieren, wenn sie ... nun ja, eigentlich immer, setzten uns die Ärzte extremem Stress aus, durch den unsere Gaben immer wieder ausgelöst wurden, bis wir unempfindlich gegen die Auslöser wurden. Einige der Dinge, die sie getan haben, würden dich umhauen.«

Ich hätte gern gefragt, was für Dinge, doch das war wahrscheinlich bloß morbide Faszination. Irgendwie siegte der gesunde Menschenverstand über mich. »Wie lange warst du in dem Programm?«

»Lange genug«, antwortete er und zog seine Hand aus meiner. »Als mein Vater sah, was das mit mir machte – dass es mich buchstäblich in den Wahnsinn trieb –, hat er mich da rausgeholt, und wir sind hierhergekommen. Die Einrichtung und Dr. Ishtar schwören, sie hätten das Programm seither verändert. Ich weiß, dass er gesagt hat, er würde dich dorthin schicken, aber das würde er niemals tun, Ember. Auch wenn es funktioniert, ist das Anpassungsprogramm einfach grauenvoll. Die Dinge, die ich tun musste …« Er verstummte für ein paar Sekunden. »Wie dem auch sei, er würde das nie tun.«

»Wie kannst du dir da so sicher sein?«

Hayden hob kurz den Kopf und lächelte. »Weil er weiß, dass es mir wehtun würde, wenn so etwas mit dir passieren würde.«

»Es tut mir so leid, dass du das durchmachen musstest, Hayden. Es kommt mir so falsch vor.«

»Nun, jetzt ist es ja vorbei.« Sein Lächeln verschwand, und er streckte die Hand nach mir aus. »Wie viel Zeit haben wir noch bis zum Essen?«

»Ungefähr zweieinhalb Stunden.«

»Hm.« Er zupfte an meinem Shirt und zog mich zu sich herunter, damit er seinen Mund auf meinen drücken konnte. »Viel zu wenig.«

Kapitel 25

Der Rest der Thanksgivingferien kam mir unwirklich vor – alles war großartig. Ich fürchtete fast, ich befände mich in einer Traumwelt, und wenn ich aufwachte, würde ich in mein reales Leben zurückkehren müssen. In einer bizarren Wendung des Schicksals überreichte mir Cromwell am Sonntagmorgen dann auch noch die Schlüssel von meinem Jeep.

Ich hob den Kopf und schaute auf Hayden herunter. Es juckte mich in allen Fingern, ihn zu berühren, aber er sah im Schlaf so zufrieden aus, dass ich ihn nicht stören wollte. Also strich ich stattdessen mit den Fingern über meine eigenen Lippen. Sie fühlten sich geschwollen an. Wir hatten uns oft geküsst, bevor er mich behutsam, nur noch ein Shirt und ein Laken zwischen uns, an sich gezogen hatte.

Wir hatten uns wirklich sehr oft geküsst. Es kam mir vor, als würden wir *nichts* anderes mehr tun. Na ja, nicht ganz.

Wir taten auch noch andere Dinge. Reden. Anfassen. Mit den Pflanzen üben. Küssen. Essen. Schlafen. Noch ein wenig mit den Pflanzen üben. Jeden Abend schlich er sich in mein Zimmer, und alles war fast wie damals in der Hütte.

Oh, ich vermisste die Hütte.

Hayden bewegte sich, legte mir einen Arm um die Taille und zog mich näher an sich. Ich musste mich gegen seinen Brustkorb stemmen, um nicht auf ihn zu fallen. Nicht dass ich etwas dagegen gehabt hätte, aber länger als eine Minute ging so etwas nicht. Was schon mal ein Fortschritt gegenüber zwanzig Sekunden war, doch woher sollten wir wissen, ob es Haydens Gabe war, die uns die zusätzliche Zeit verschaffte?

Es gab keine Möglichkeit, das herauszufinden, es sei denn, ich berührte jemand anderen.

»Kommt nicht infrage«, murmelte ich und legte die Wange an seine Brust, dorthin, wo sein Herz schlug. Dann schloss ich die Augen und stieß einen kleinen Seufzer aus.

Das Einzige, was wir nicht ansprachen, war der Unfall. Und von mir aus wollte ich das Thema nicht anschneiden. Meine Gedanken wanderten zurück zu den Ordnern in Cromwells Arbeitszimmer. Ich hatte nicht die Absicht, Hayden davon zu erzählen. Im Moment war einfach alles zu perfekt, um es zu ruinieren. Nun, fast perfekt.

Denn ich wurde den hartnäckigen Gedanken nicht los, dass, wenn alles so perfekt war, das Ganze normalerweise in einem einzigen großen, verheerenden Flammenball endete.

»Was ich aus dem *Fänger im Roggen* gelernt habe?«, wiederholte ein Schüler vor der Klasse.

Mr Theo kniff sich in den Nasenrücken. »Ja, das war die Frage.«

Der Schüler lehnte sich auf seinem Stuhl zurück. »Also, ich habe gelernt, dass ich in diesem Halbjahr in Englisch wahrscheinlich durchfallen werde.«

Die ganze Klasse brach in Gelächter aus. Mr Theo wirkte, als wäre er mit seiner Geduld fast am Ende, und ließ erkennen, dass seine sonst so lockere Art ins Wanken geriet. So hatte er schon seit Beginn des Unterrichts ausgesehen.

Ich setzte ein Lächeln auf, obwohl es sich anfühlte, als schlüge mir jemand einen Eispickel in die Schläfe. Als es klingelte, stieß mit mir wahrscheinlich auch Mr Theo einen Seufzer der Erleichterung aus.

Der Rest meiner Vormittagskurse rauschte an mir vorbei. Mein Herz fing unerwartet an zu klopfen, als ich Hayden sah, der an meinem Spind lehnte, wo er auf mich wartete. Als sei es nichts Besonderes, legte er mir einen Arm um die Schultern und streifte mit den Lippen meine Schläfe.

Mehrere Kids schauten zu uns herüber – überwiegend Mädchen, die aussahen, als würden sie ihre Prada-Schuh-Imitate dafür geben, an meiner Stelle zu sein.

»Hast du Hunger?«

»Hab ich immer.« Ich schob eine Hand in meinen Pullover. »Imbissbude?«

»Wenn du nichts dagegen hast, dass Phoebe und Gabe sich uns anschließen?«

»Überhaupt nicht.« Es war nicht total gelogen, aber es bedeutete auch, dass wir so tun mussten, als wäre nichts. Das mit uns war schließlich noch nicht offiziell.

Andererseits hatte Hayden sich die öffentliche Zurschaustellung seiner Zuneigung eben keineswegs verkniffen.

Phoebe und Gabe saßen bereits im Imbiss, als wir hereinkamen. Ich schob mich als Erste auf die Bank, dann Hayden. Sein gesamter Oberschenkel presste sich an meinen. Ich zog mir eine Locke hinter dem Ohr hervor und spielte damit herum.

Phoebes strahlender Blick wanderte zwischen uns hin und her, bevor er auf Hayden liegen blieb. Sie und ich redeten immer noch nicht miteinander. Ich gab mir zwar Mühe, in ihrer Nähe meine Gefühle zu unterdrücken, doch ich war mir nicht sicher, ob es funktionierte.

»Fährst du morgen mit Jonathan nach Charleston?«, fragte sie. »Parker kommt auch mit.«

»Nein, ich will lieber zum Unterricht.« Hayden streckte sich und ließ dann die Hände in den Schoß sinken.

»Ich glaube, ich würde schwänzen.« Gabe durchforstete die Speisekarte.

»Hat er vor, den ganzen Tag fort zu sein?«, fragte ich, und vor meinem inneren Auge tauchten unwillkürlich gewisse Akten auf.

»Fast«, antwortete Hayden. »Wahrscheinlich ist er nicht vor dem späten Abend zurück.«

»Oh.« Ich nahm einen Schluck von meiner Limo. Hatte Olivia beim Essen nicht erwähnt, dass Liz sie morgen in die Schule begleiten würde? Irgendeine Exkursion mit Theatervorstellung. Das bedeutete, dass niemand zu Hause sein würde.

Gabe sagte etwas, aber ich hörte schon nicht mehr zu, und mir war plötzlich eiskalt – zitternd saß ich neben einem Jungen, der glühende Hitze abstrahlte. Morgen war perfekt. Außer meiner Mom würde niemand zu Hause sein – und wenn man ehrlich war, sie zählte nicht. So bald würde ich nicht wieder eine Gelegenheit finden, mir die Ordner anzusehen.

Doch wollte ich wirklich wissen, was darin stand? Was war, wenn ich etwas in Erfahrung brachte, das alles änderte? Was, wenn ich auf einen Beweis stieße, dass Cromwell für den Unfall verantwortlich war?

Haydens Hand auf meinem Oberschenkel riss mich aus meinen Gedanken. Ohne die Miene zu verziehen, versetzte ich ihm unter dem Tisch einen Tritt. Er drückte zur Antwort mein Bein.

Wenn ich es tat – und ich wusste bereits, dass ich es tun würde –, musste ich mich auf die Möglichkeit gefasst machen, dass Hayden mich für immer hassen würde, weil ich seinen Vater oder ein anderes Mitglied seiner Adoptivfamilie entlarvte. Phoebes Aktionen mit meinem Spind hatten das nicht vermocht, aber das hier war anders, schlimmer.

Ich sah Hayden an, dessen Lippen ein kleines, verschwörerisches Lächeln umspielte. Bei diesem Lächeln wurde mir gewöhnlich ganz heiß, diesmal fühlte es sich hingegen an, als läge ein Eisklumpen in meinem Magen.

Am selben Abend sprach ich alles mit Mom durch. Das lief ziemlich gut – ich redete zwanzig Minuten mit mir selbst –, aber ich nahm es ihr nicht länger übel. Hier ging es nicht nur um meinen Dad oder mich oder Olivia.

Mom würde nie wieder mit mir sprechen. Sie reagierte lediglich auf Olivia, und soweit ich es mitgekriegt hatte, hatte sie auch das in letzter Zeit nicht oft getan. Olivia begriff nicht warum, und ehrlich gesagt, ich auch nicht.

Vor dem Abendessen zeichnete ich mit Olivia. Abgesehen davon, dass dieses Kind sich vehement weigerte, auf dem Papier zu bleiben, hatte meine Schwester wirklich Talent, mehr als ich in ihrem Alter. Olivia hatte neben ihrer Gabe ohnehin viele Talente. Sie war irgendwie perfekt.

Eher aus Gewohnheit als aus irgendeinem anderen Grund checkte ich meine E-Mails und räumte dann noch mein Zimmer auf, während ich auf Hayden wartete. Am Vortag hatte er alle Pflanzen aus dem Raum entfernt, bis auf die Schlangenpflanze. Sie stand jetzt auf meinem Schreibtisch, als Erinnerung an meinen Erfolg.

Sie war immer noch lebendig, und irgendwie liebte ich diese Pflanze.

Als ich die Zimmertür leise über den Teppich scharren hörte, schaltete ich den Computer aus und drehte mich mit meinem Schreibtischstuhl herum. Beim Anblick seines schiefen Lächelns fühlte ich schon wieder dieses leichte Flattern in der Brust.

»Keine Pflanzen?«, fragte ich.

Hayden schüttelte den Kopf und schloss die Tür. »Ich dachte, wir tun zur Abwechslung mal etwas Normales.« Er zog eine DVD aus seinem Hosenbund und warf sie mir zu.

Ich fing sie auf und schaute mir die Rückseite an. »Ist der Film nicht gerade erst ins Kino gekommen?«

»Dazu sage ich nichts.« Mit einem selbstgefälligen kleinen Lächeln zog er sich sein Kapuzenshirt über den Kopf und ließ es auf den Boden fallen. Das langärmlige Hemd, das er darunter trug, rutschte einige Zentimeter hoch. »Em, wenn du mich weiter so ansiehst, werden wir uns bestimmt keinen Film ansehen.«

Errötend sprang ich auf und machte mich daran, die DVD einzulegen. Es war nicht meine Schuld, wenn ich ihn womöglich ein bisschen angestarrt hatte. Er hatte nun mal diese Wirkung auf mich. Erst versuchten wir auch, uns den Film anzusehen – ehrlich. Aber als Hayden das Haargummi aus meinem Pferdeschwanz herauszog und an meinen Haaren herumspielte, wurde es einfach viel zu schwer, sich weiter darauf zu konzentrieren.

»Ich mag es, wenn du das Haar offen trägst.« Er zog die Finger durch meine Locken.

So entspannt neben ihm fielen mir langsam die Augen zu. »Es ist ein totales Durcheinander. Ich muss sie mir dringend schneiden lassen.«

Haydens Finger erstarrten. »Nein. Lass dir auf keinen Fall die Haare schneiden. Sie sind wunderschön.«

Ich würde mir nie wieder die Haare schneiden lassen. Nie wieder. »Konzentrier dich auf den Film.«

»Das tue ich doch.«

Nein, tat er nicht. Er ließ zwar mein Haar in Ruhe, legte mir jetzt jedoch die Arme um die Taille und zog mich an sich. Ich kuschelte mich mit dem Rücken an ihn und versuchte, mich auf meinen Plan zu besinnen. »Darf ich dich etwas fragen?«

Er gab einen bestätigenden Laut von sich. Sein Atem ließ das Haar an meiner Schläfe flattern.

»Hast du etwas dagegen, wenn ich morgen zur Schule fahre?« Ich hielt den Atem an.

»Nein.« Seine Arme schlossen sich fester um mich. Mir wurde an vielen Stellen gleichzeitig warm.

»Ich dachte, ich könnte selbst fahren, weißt du? Ich bin schon so lange nicht mehr gefahren, und ich glaube, es wäre schön, es mal wieder zu tun ... allein.«

In ungefähr einer Nanosekunde hatte Hayden mich in seinen Armen umgedreht. Ich musste mich mit den Händen an seinen Schultern abstützen, um Halt zu finden. Er sah unglaublich ernst aus. Oje, das lief gar nicht gut. »Was ist?«, fragte ich und versuchte, mich nicht davon ablenken zu lassen, wie das bunte Licht aus dem Fernseher über sein Gesicht glitt.

»Em, wenn du allein zur Schule fahren willst, brauchst du mich nicht um Erlaubnis zu fragen«, sagte er und schob mir eine Locke hinters Ohr. »Du kannst tun und lassen, was du willst.«

»Ich weiß. Das ist nicht der Grund, warum ich gefragt habe.« Ich fühlte mich schrecklich dabei, ihn anzulügen. Schrecklich wegen der Sache, die ich morgen vorhatte. Schrecklich, weil sich alles ändern konnte, falls ich tatsächlich etwas finden sollte.

»In Ordnung.« Er schaute mir forschend mit seinen dunklen Augen ins Gesicht. Mein Magen sackte mir in die Kniekehlen. »Em, magst du das hier? Ich meine, wir haben nicht wirklich darüber geredet.« Eine schwache Röte erschien auf seinen Wangen. »Du weißt schon, über uns.«

Eine Welle der Erleichterung schlug über mir zusammen, aber dann wurde mir klar, dass auch das jetzt ein ernstes Gespräch war. Es war *das* Gespräch. Hatten wir bereits »Benennungsterritorium« betreten? Irgendwie kam mir das genauso wichtig vor wie die Akten in Cromwells Arbeitszimmer.

Ich lehnte mich zurück. »Was ist denn mit uns?«

Hayden fuhr sich durchs Haar, dann ließ er die Hand auf sein Knie sinken. »Ich weiß wirklich nicht, wie ich das zwischen uns in Worte fassen soll.«

»Ich auch nicht.«

»Du weißt, dass ich … dich mag?«

Mögen klang ziemlich lahm. »Ja klar.«

»Schon seit einer ganzen Weile, und nun ja, ich will nicht, dass meine Gefühle für dich deine Gefühle für mich beeinflussen.«

Ich runzelte die Stirn. »Äh …«

Ein winziges Grinsen erschien. »Was ich meine, ist – ich weiß nicht, was ich meine.« Er lachte verlegen und schüttelte den Kopf. »Ich kann so etwas nicht besonders gut. Ich schätze, ich versuche zu sagen, dass ich nicht weiß, ob das zwischen uns vielleicht nur deshalb besteht, weil du mich berühren kannst.«

So hatte ich es noch gar nicht betrachtet, doch ich verstand, warum er es tat. Meine Optionen waren schmerzhaft begrenzt. »Hayden, du fragst mich, ob ich dich nur deshalb mag, weil du der einzige Typ bist, den ich anfassen kann?«

Er senkte den Blick. »Ja, ich schätze, das ist es, was ich frage.«

Ich rutschte näher an ihn heran. »Ich mag dich, weil ich dich berühren kann.«

Hayden riss den Kopf wieder zu mir herum. Er öffnete den Mund, aber ich hob eine Hand. »Warte. Das ist nicht alles. Als ich damals herkam, habe ich dir nicht vertraut – ich habe tatsächlich keinem von euch vertraut. Von allen hier warst du jedoch am nettesten zu mir. Du hast mit mir geredet und … an mich geglaubt. Du hast mich nicht wie einen Freak behandelt.«

»Weil du kein Freak bist«, antwortete er ernst.

»Ich habe mich zwei Jahre lang wie die Königin der Freaks gefühlt, aber in deiner Nähe ging es mir nie so. Wie dem auch sei, du bist witzig, und du bist nett. Und du bist klug. Ich vertraue dir – wie nicht zu übersehen ist. Ich habe dir Sachen erzählt und gezeigt, die nicht einmal Adam weiß.« Ich schüttelte den Kopf. »Und du bist ...«

»Heiß?«, fragte er in gespielter Unschuld.

Ich lachte. »Das auch, doch es ist längst nicht alles. Ich mag dich. Ich mag dich wirklich.« Selbst das klang dumm in meinen Ohren. »Ich weiß nicht.« Mein Puls raste, und meine Handflächen fühlten sich eklig an. »Sagt dir das irgendetwas?«

»Ja«, antwortete er leise.

»Ich weiß nicht, was das alles bedeuten soll. Ich habe ... so etwas noch nie gemacht, aber ja, ich mag dich.«

Hayden fasste mich an den Armen. »Du weißt, dass ich dich toll finde.«

Ich wusste, dass mein Gesicht in Flammen stand. Wahrscheinlich nickte ich.

»Und ich«, er legte sich meine Hände auf die Brust, über sein Herz, »empfinde für niemanden sonst so.« Hayden schloss die Augen, und in dem Moment hatte ich wirklich das Gefühl zu brennen. »Also, was bedeutet das für uns?«

»Wir ... gehen miteinander?«

»Nein.« Sein Gesichtsausdruck war voller Verlangen, doch da war noch eine andere Regung, die mich gleichzeitig glücklich machte und mir Angst einjagte. »›Miteinander gehen‹ klingt nicht richtig.«

Ich schluckte, außerstande, den Blick abzuwenden. »Was dann?«

»Ich denke, das weißt du.« Hayden zog mich an sich und legte sich hin, seine Finger auf meinem Rücken. »Willst du, dass ich es sage?«

»Ja«, flüsterte ich.

»Komm näher.«

Ich senkte den Kopf. »Nah genug?«

Hayden schloss auch diesen winzigen Abstand zwischen uns noch und streifte meine Lippen mit seinen. Es war bloß eine Berührung, doch ich hörte auf zu atmen. Als der Kuss leidenschaftlicher wurde, vergaß ich die Welt um uns herum und die Tatsache, dass er die Frage nicht beantwortet hatte. Nicht dass das nötig gewesen wäre. Dieser Kuss war weit jenseits jeder idiotischen Benennung unserer Beziehung. Dieser Kuss war besonders. Als ich spürte, wie sich Haydens Finger verkrampften, löste ich mich von ihm. Wir hatten es übertrieben. Wir atmeten beide schwer, und eine plötzliche Erkenntnis haute mich um.

Es war möglich, dass dies das letzte Mal war, dass ich ihn küsste. Es gab mir einen schmerzlichen Stich. Würde Hayden es mir je verzeihen, wenn ich Cromwell entlarvte?

Wahrscheinlich nicht.

Und ich wollte keinen weiteren Moment mit ihm ungenutzt verstreichen lassen. Seine Hände wanderten über meinen Rücken, über meine Schultern. Als er etwas Abstand zwischen uns brachte, legte ich leise Protest ein. Dann waren seine Hände jedoch wieder in Bewegung, stahlen sich an meinem Oberkörper hinab und dann unter mein Shirt. Seine Knöchel streiften ganz leicht meinen Bauchnabel. Sofort durchströmten mich Feuer und Eis.

Irgendwie landete mein Shirt auf dem Boden, und es hätte mir eigentlich peinlich sein müssen. Noch nie hatte ich mich so vor einem Jungen gezeigt, und mit den Narben … doch in dem sanften Licht und unter Haydens leidenschaftlichem Blick hatte ich mich in meinem ganzen Leben noch nie perfekter gefühlt.

Er behielt sein Shirt und den Rest seiner Sachen an. Natürlich konnten wir nicht allzu weit gehen, aber ich spürte trotzdem durch seine Kleidung hindurch seine Wärme, und es fühlte sich unglaublich an – vor allem, als er mich mit beiden Händen um die Taille fasste und mich an sich zog, während er immer wieder Küsse auf meine Lippen hauchte und wir uns gemeinsam im selben Rhythmus bewegten.

Es waren die denkbar einfachsten Berührungen, die mir am meisten unter die Haut gingen. Ihm einfach nur so nah zu sein, fühlte sich tausendmal besser an als alles, was ich mir ausdenken konnte, und mir war, als würden Blitze durch meine Adern schießen, wann immer er meinen Namen flüsterte.

Unter all diesen wunderbaren Gefühlen dehnte sich mein Herz so gewaltig aus, dass ich mir sicher war, es würde gleich aus meiner Brust hervorbersten. Ich wusste, was es war. Ich wusste, was ich fühlte.

Ich liebte ihn.

Von dem Augenblick an, als ich unter die Dusche ging, war mir flau, und das Gefühl hielt an, als ich in meinen Jeep stieg. Statt auf die übermächtige Stimme in mir zu hören, das Ganze zu vergessen, machte ich mich daran, meinen Plan in die Tat umzusetzen. Nervosität, Aufregung und Grauen erfüllten mich zu gleichen Teilen, aber ich kam mir auch irgendwie knallhart vor.

Wie eine Spionin oder so etwas.

Ich würde geduldig drei meiner Vormittagskurse absitzen, bevor ich verschwand. Länger zu warten, wäre riskant gewesen. Ich war viel zu früh in der Schule. In den Fluren herrschte ungewöhnliche Stille, und meine Schritte hallten im Gang wider. Als ich zu meinem Spind kam, konnte ich ein leichtes Schaudern nicht verhindern. Ich erwartete fast, dass die Deckenlampen flackernd erloschen und ein schauerlicher, einhändiger Hausmeister mit nur noch einem Zahn im Mund sich auf mich stürzte.

Jetzt kam ich mir nicht mehr ganz so knallhart vor.

Ich schüttelte den Kopf, um das Bild loszuwerden, und konzentrierte mich auf meinen Spind. Obwohl ich wusste, dass nichts drin sein würde, machte er mich immer noch nervös. Phoebe hatte mich echt traumatisiert.

Ich atmete tief ein, schloss die Augen und öffnete die Tür. Zwei Sekunden vergingen, dann vielleicht eine Minute, und ich riskierte es, ein Auge zu öffnen. Der Spind war natürlich leer.

Als sich die Englischstunde ihrem Ende näherte, wurde mir zu allem Überfluss auch noch etwas übel, und meine Schläfen fühlten sich an, als würden sie von dem Druck in meinem Kopf explodieren. Meine Nervosität hatte mich jetzt voll im Griff, und ich wusste, dass ich kneifen würde, wenn ich so lange wartete, wie ich vorgehabt hatte. Als es nach der zweiten Stunde läutete, sammelte ich in aller Eile meine Sachen zusammen und verließ rasch das Klassenzimmer.

An der Schultür blieb ich stehen. Dicke Regentropfen klatschten auf das Pflaster. Mein Haar war fünf Sekunden davon entfernt, sich in einen riesigen, krausen Ball zu verwandeln. Unschlüssig biss ich mir auf die Unterlippe. Als ich über meine Schulter schaute, hätte es mich fast umgeworfen.

Neben dem Eingang zum Sekretariat stand Mr Theo und unterhielt sich mit einem anderen Lehrer. Er brauchte nur den Kopf zu drehen, und ich war aufgeflogen. Dann schaute er tatsächlich hoch und sah mich direkt an. Ich ging ein paar Schritte von der Tür weg, doch er zog nur eine Augenbraue hoch, lächelte und wandte sich dann wieder seinem Gesprächspartner zu.

Ich konnte es nicht glauben. Und ich konnte nicht länger hier stehen bleiben. Ich drückte die Tür auf, und im selben Moment riss der Himmel noch weiter auf und ließ jetzt Schneeregen herunterprasseln. Mir kam es vor, als sei es kalt genug für richtigen Schnee.

Es erwies sich als schwieriger, mit abgefahrenen Reifen über die regennassen Straßen zu fahren, als ich es in Erinnerung hatte. Ungefähr vierzig Minuten später parkte ich den Jeep jedoch vor Cromwells großem Haus.

Bis auf die Knochen durchnässt ging ich durch die Garage hinein und überzeugte mich dabei davon, dass alle Autos weg waren. Dann schlüpfte ich aus meinem nassen Pulli und hängte ihn in der Küche über die Rückenlehne eines Stuhls. Selbst mein dünnes Shirt darunter war nass geworden, aber ich konnte jetzt keine Zeit darauf verschwenden, mich umzuziehen.

Halb rennend, halb schlitternd lief ich über die Dielenböden. Die Statuen und Gemälde schienen mich zu beobachten, als ich den rechten Flügel betrat. Vor Cromwells Arbeitszimmer blieb ich stehen und versuchte erst einmal, zu Atem zu kommen. Es gab die Möglichkeit, dass die Tür abgeschlossen war – wenn ja, hatte ich einen Tag verschwendet, an dem mein Haar morgens ausnahmsweise gut ausgesehen hatte.

Eine leise, nervige Stimme in meinem Kopf flüsterte, dass ich gerade dabei war, etwas Unrechtes zu tun. Ich steckte meine Nase in die persönlichen Angelegenheiten anderer Leute. Meine Gründe dafür waren allerdings gewichtiger als die dummen, kleinen Skrupel, in die Privatsphäre anderer einzudringen. Richtig?

Ich griff in meine Tasche und strich mit den Fingern über die Münze. Angeblich brachte das Glück. Nun, jetzt brauchte ich ein wenig Glück. Ich drückte gegen die Tür. Sie öffnete sich knarrend, und ein Schwall eiskalter Luft kam mir entgegen.

Nachdem ich die Stimme, die wegen dieses moralischen Frevels in mir aufschrie, in ihre Schranken verwiesen hatte, ging ich zu dem glänzenden Eichenschreibtisch. Meine Güte, mein Gewissen benahm sich, als plante ich, etwas Schreckliches zu tun. Wo war diese Stimme, wenn ich bei Prüfungen und Computerspielen schummelte?

Doch das war wahrscheinlich nicht dasselbe.

Ich zog eine Schublade auf. Keine Schlüssel. Ich nahm mir die zweite und die dritte Schublade darunter vor und schließlich die in der Mitte. Der Schlüsselring schimmerte mir entgegen. Ich schnappte ihn mir und wirbelte herum.

Die Schlüssel fühlten sich eigenartig schwer in meiner Hand an. Nach mehreren Versuchen fand ich den richtigen und zog die Schublade der Anrichte auf. Einen kleinen Moment zögerte ich, denn die kleine Stimme war wieder da und flüsterte mir zu, dass mir vielleicht nicht gefallen würde, was ich vorfand.

Ich ignorierte sie und griff zuerst nach Kurts Akte, ohne irgendeine Vorstellung, was mich erwartete.

Die ersten Seiten enthielten grundlegende Informationen: Geburtsdatum, Anschrift und einen kurzen Überblick über seine Gaben. Anscheinend besaß er weitreichende Fähigkeiten auf dem Gebiet der Gedächtnislöschung und war in der Lage, ausgewählte Erinnerungen zu entfernen, während er andere unangetastet ließ. Adam war ein perfektes Beispiel dafür gewesen. Er hatte sich an alles erinnern können – nur an mich nicht. Hayden hatte jedoch gesagt, wer immer das bei Mom gemacht hatte, hätte es nicht richtig hinbekommen. Während ich Kurts Ordner betrachtete, bezweifelte ich, dass er die Sache so dermaßen vermasselt hätte. Die Person, die hinter dem Autounfall steckte, hätte doch sicherlich gewollt, dass Mom auch Olivia für tot hielt.

Ich strich mir das Haar aus dem Gesicht und blätterte zur zweiten Seite weiter. Bingo.

Es war kein Vorstrafenregister – zumindest kein offizielles, aber Kurt hatte schon in jüngeren Jahren einiges auf dem Kerbholz gehabt: Einbruch, Raub und tätlicher Angriff. Alles vor seinem einundzwanzigsten Lebensjahr, was ich nicht für eine so große Sache hielt – Menschen änderten sich. Die psychologische Einschätzung auf der dritten Seite ließ mich jedoch aufmerken.

Kurt wurde als jemand beschrieben, der bösartige, narzisstische Persönlichkeitszüge zeige, gepaart mit asozialen und paranoiden Neigungen, seit seine »G.« sich gezeigt hätten. »G«, nahm ich an, stand für »Gaben«. Ich brauchte kein Psychologiestudium, um zu wissen, dass einige der Begriffe nicht auf den herzlichsten, liebenswürdigsten Charakter schließen ließen, aber nichts deutete darauf hin, dass er ein ausgewachsener Psychopath war.

Enttäuscht stopfte ich seine Akte zurück in die Schublade und griff nach der von Parker. Beim Lesen fragte ich mich langsam, warum Cromwell überhaupt Akten über sie hatte. Warum bewahrte er diese Informationen auf? Cromwell war Bürgermeister, kein Psychologe, und solche Dinge gehörten in ein klinisches Umfeld.

Die Angaben zu Parker stellten keine Überraschung dar. Cromwell kommentierte seine Unfähigkeit, die Gedanken anderer auszublenden, was zu antisozialen Tendenzen führe. In Phoebes Ordner fanden sich ebenfalls Bemerkungen zu ihren Schwierigkeiten, ihre empathischen Fähigkeiten zu kontrollieren, und daneben eine relativ frische Notiz über ihre Reaktion auf mich. Darunter hatte Cromwell einen Behandlungsplan festgehalten, in dem Blockadetechniken beschrieben wurden, an denen er mit ihr arbeiten wollte.

In Gabriels Akte fand sich insgesamt nicht viel.

Olivias Mappe enthielt ihren Lebenslauf mit dem ganz normalen Zeug, wie den Namen unserer Eltern, aber es stand nur eine einzige Sache über ihre Gabe darin: »ein Wunder«. Ich starrte für eine Weile auf die Buchstaben, legte den Ordner zurück und machte Anstalten, nach meinem zu greifen.

Dann sah ich jedoch einen weiteren Ordner mit der Aufschrift »T. G.«, sonst nichts. Neugierig nahm ich ihn heraus und schlug ihn auf. Die erste Seite war genauso geschwärzt worden, wie ich es mir bei Geheimpapieren vorstellte. Ich blätterte zur zweiten Seite weiter, dann zur nächsten. Es war alles geschwärzt worden. Stirnrunzelnd legte ich die Akte zurück in die Schublade und nahm meine heraus.

Ich bereitete mich auf das Schlimmste vor und erwartete, Dinge wie »schlecht erzogen« und »übellaunig« als Charaktereigenschaften zu sehen. Daher überraschte es mich, als ich auf der ersten Seite gar nichts vorfand. Keine einzige verdammte Bemerkung – kein Lebenslauf, kein Geburtsdatum, lediglich das Datum, an dem Hayden und Kurt bei mir zu Hause aufgetaucht waren, demselben Tag, an dem sie mich hergebracht hatten. Verwirrt blätterte ich weiter, wobei ich mich bei dem Gedanken an das, was ich sehen würde, bereits innerlich wand. Und Gott, wie sehr ich mir wünschte, meinen Handschuh herunterzureißen und Cromwell zu erwürgen.

Ich hatte nicht einmal einen verdammten Namen. Die spärlichen Notizen bezeichneten mich als »Projekt E.«.

Projekt E. hat eine instabile Gabe. Die Fähigkeit, mit einer Berührung handlungsunfähig zu machen und sogar zu töten, erinnert stark an Projekt J. Projekt E. ist ebenfalls eine geeignete Kandidatin für das Anpassungsprogramm. Zum gegenwärtigen Zeitpunkt weist nichts darauf hin, dass sich ihre Gabe kontrollieren lässt. Vorsicht ist geboten.

Meine Finger schlossen sich um das Papier, bis die Seiten anfingen zu zerknittern. Anpassung? Für mich? Dann konnte er sich schon mal auf meinen Fußabdruck auf seinem Hintern einstellen. Und seit wann glaubte er, dass ich eine Gabe hatte? Wenn ich mich recht erinnerte, hatte er sie das letzte Mal als *unnatürlich und falsch* bezeichnet.

Ich warf meine Akte wieder zu den anderen, und weil ich mich nicht zurückhalten konnte und außerdem sauer und verwirrt war, griff ich nach Haydens Mappe. Ich setzte mich hin und schlug sie auf. Mein Blick fiel sofort auf den unteren Teil der Seite. Genau wie bei Kurt und den anderen fand sich dort sein Lebenslauf, doch ich wusste, dass die wirklich interessanten Dinge auf Seite zwei und drei stehen würden.

Tu es nicht.

Aber ich wollte es tun, und ich brauchte etwas, das mich von meinem dringenden Wunsch ablenkte, Cromwells Arbeitszimmer anzuzünden. Ich fand eine Menge über Haydens Gabe, das ich noch nicht gewusst hatte. Als Enerpath konnte er sich fast jede Form von Energie zunutze machen: mit Luft ein Haus zum Einsturz bringen, Feuer aus der Elektrizität in der Luft entstehen lassen und sogar den Boden wie bei einem Minierdbeben in Bewegung versetzen. Es war alles ziemlich beeindruckend … und beängstigend. Ich blätterte zur nächsten Seite weiter und zuckte zusammen.

Einmal, zweimal, dreimal – so oft musste ich die Seite durchlesen, bevor mein Hirn die Worte darauf akzeptierte. »Oh mein Gott«, flüsterte ich.

Man hatte Hayden nicht aus seinem Zuhause fortgeholt, weil seine Eltern Angst vor ihm gehabt hatten, aber ich verstand, warum er gelogen hatte. Die Wahrheit hätte zu sehr wehgetan – zu viele Fragen aufgeworfen, zu viele Erinnerungen geweckt.

Er war noch ein Kind gewesen – mein Gott, erst fünf Jahre alt. Viel zu jung.

Und er hatte seine ganze Familie umgebracht.

Kapitel 26

Ein vergilbter Zeitungsartikel, der zwischen die Seiten zwei und drei geschoben worden war, berichtete detailliert und völlig emotionslos über die schrecklichen Ereignisse.

Das Haus war niedergebrannt. Es hatte in einem der Schlafzimmer im oberen Stockwerk begonnen, sich nach unten ausgebreitet und schließlich das ganze Haus erfasst. Es hatte nur einen einzigen Überlebenden gegeben – Hayden.

Ich rieb mir mit dem Handrücken über die Augen und war schon dabei, den Ordner wieder zuzuklappen. Aber ich blieb ganz unten auf der Seite hängen. Die Male, in denen Hayden um Beherrschung gerungen hatte, blitzten vor mir auf. Der Tag, an dem Kurt mich zu Boden gestoßen hatte, und der, an dem ich das Auto in meinem Spind gefunden hatte und die Mülltonne explodiert war. Die Gelegenheiten, bei denen wir uns gestritten hatten und ich den deutlichen Geruch von Rauch wahrgenommen hatte – es hatte nach brennendem Ozon gerochen – nicht nach Feuer. War das einer der Gründe gewesen, warum er sich von mir zurückgezogen hatte? Vielleicht war es nicht bloß mein Misstrauen gewesen. Vielleicht hatte er Angst gehabt, meinetwegen wieder die Kontrolle zu verlieren, wovor sowohl Parker als auch Kurt mich gewarnt hatten.

Ich schluckte den Kloß in meiner Kehle herunter und klappte die Mappe zu. Die Traurigkeit brannte sich wie Feuer durch mich hindurch. Ich konnte mir nicht einmal ansatzweise vorstellen, was er durchgemacht hatte – was er immer noch durchmachte. Mein Herz fühlte sich an, als würde es aufreißen. Die Schuldgefühle wegen Dustins Tod, die ich mit mir herumtrug, waren nichts im Vergleich zu dem, was er empfinden musste.

Jetzt, da ich Haydens Akte gelesen hatte, war mir das, was Cromwell über mich dachte, oder das Anpassungsprogramm gar nicht mehr wichtig. Wenn überhaupt, gab es mir umso mehr Grund, einen Weg zu finden zu kontrollieren, was immer ich für eine Gabe hatte. Ich hatte gedacht, es hätte mich schlimm erwischt – dass das, was mir widerfahren war, das Schrecklichste aller Zeiten war. Jetzt wusste ich, dass das nicht stimmte.

Gott, ich kam mir so dumm vor.

Ich legte Haydens Akte zurück und wollte gerade die Schublade schließen, als ich eine weitere Akte sah, die nur mit Initialen beschriftet war: »J. G.« Ich nahm sie heraus und schlug sie auf. Darin lag das Foto eines Mädchens. Es war ungefähr in meinem Alter, doch das Bild wirkte alt und grobkörnig.

Wer immer das war, es war ein hübsches Mädchen gewesen, mit langem, braunem Haar und einer Brille, die auf ihrer Nasenspitze saß. Das Foto fing jedoch auch einen völlig verängstigten Ausdruck in ihren Augen ein. Noch neugieriger als zuvor blätterte ich in der Akte und hielt bei einer Seite mit Notizen in Cromwells Handschrift inne. Das meiste davon, wie der volle Name des Mädchens und jedwede Information, die Aufschluss über ihre Identität gegeben hätte, waren geschwärzt worden wie in dem anderen Ordner. Es war jedoch immer noch genug übrig, das ich lesen konnte, und was ich erfuhr, schockierte und verwirrte mich maßlos.

Cromwell hatte mich von vorne bis hinten belogen.

Dieses Mädchen war Teilnehmerin des Anpassungsprogramms gewesen, was sich als ein kompletter Fehlschlag erwiesen hatte. Sie war völlig außerstande gewesen, ihre Gabe zu kontrollieren, und hatte in der Einrichtung Selbstmord begangen.

Sie war erst sechzehn gewesen, und sie hatte die Fähigkeit besessen, durch Berührung zu töten.

Mit zitternden Händen klappte ich ihre Akte zu. Ich wusste nicht, wie ich das verarbeiten sollte. Es hatte noch jemand die gleiche Gabe besessen wie ich? Sie hatte sich umgebracht, weil sie sie nicht kontrollieren konnte? Ich wollte ihre Akte gerade zurücklegen, als ein Stapel Papiere herausrutschte und mir in den Schoß fiel.

Genau wie im Fall von Haydens Akte konnte ich zuerst nicht wirklich glauben, was ich sah. Dann drang es allerdings langsam zu mir durch. Schwindel und Übelkeit stiegen in mir auf. Ich ließ den Ordner fallen.

Zeitungsausschnitte über Dad und seine Arbeit im Krankenhaus vor dem Unfall, Artikel, die ich nach seinem Tod zu lesen nicht ertragen hatte. Bei den Zeitungsausschnitten war auch ein Stundenplan – mein Stundenplan aus meinem ersten Jahr an der High School. Aber das war nicht alles, es gab auch Wegbeschreibungen zu unserem Haus und zu Dads Krankenhaus und … *oh mein Gott.*

An die Artikel war außerdem eine Speisekarte des Salt of the Sea angeheftet, des Restaurants, zu dem ich in der Nacht des Unfalls unbedingt hingewollt hatte. Darauf standen mehrere Daten gekritzelt – das letzte, das Datum des Unfalls, war eingekreist. Die Erkenntnis kroch über mich hinweg wie kalte

Finger über meine Wirbelsäule. Die Blätter rutschten mir aus der Hand.

Ein Rauschen füllte meine Ohren. Mehrere Minuten lang konnte ich mich nicht rühren, konnte nicht einmal atmen, während mir der Boden unter den Füßen wegbrach.

Nein, nein, nein.

Die handschriftlichen Anmerkungen – alles Geschriebene – sahen aus wie von Hayden verfasst. Er hatte mich lange vor der Zeit, die er zugegeben hatte, heimlich beobachtet – er hatte den Stundenplan aufgeschrieben, die Wegbeschreibungen, das Datum des Unfalls. Nicht nur Kurt oder Cromwell, sondern sie alle drei waren daran beteiligt gewesen. Und vielleicht sogar auch die anderen Kinder von Cromwell.

Die Zeit schien still zu stehen, dann kniete ich mich hin, um in aller Hektik die Papiere einzusammeln. Keuchend rang ich nach Luft. Ich musste hier raus – Mom holen, Olivia suchen. Das Rauschen in meinen Ohren machte es mir schwer, einen klaren Gedanken zu fassen, doch alles, was ich wusste …

»Was machst du da?«

Mit einem Aufschrei sprang ich auf die Füße und fuhr herum.

An der Tür zum Arbeitszimmer stand Hayden. Regen lief ihm aus dem Haar übers Gesicht. Seine Haarspitzen kringelten sich an den Schläfen und auf den Wangen.

»Ember?«

Mein Herz schlug so schnell, ich hätte schwören können, dass mein Shirt flatterte.

»Was tust du im Arbeitszimmer meines Vaters?« Er tat einen Schritt in den Raum hinein, dann noch einen. »Warum bist du nicht in der Schule?«

Ich beäugte die Tür hinter ihm und versuchte unauffällig, die Schublade zuzuschieben. Sie ließ sich nicht bewegen. »Ich … ich tue gar nichts.«

»Nenn mich verrückt, aber ich glaube dir nicht.« Sein Blick glitt über mich hinweg, dann hinter mich. Seine Augen verengten sich. »Du hast in den Akten meines Vaters gelesen?«

»N-nein«, stammelte ich.

Er sah hoch, und sein Blick schien mich zu durchbohren. »Du bist unsere Akten durchgegangen, nicht wahr?«

Ich antwortete nicht, denn ernsthaft, was hätte ich in diesem Moment sagen sollen? Also trat ich zur Seite, während ich versuchte, die Entfernung zwischen der Tür und Hayden abzuschätzen. Ich bezweifelte, dass ich an ihm vorbeikommen würde.

»Ich wünschte, du hättest das nicht getan.« Auf seiner Miene lag beherrschter Zorn, aber auch Enttäuschung.

Ich brauchte Zeit. Ich musste ignorieren, dass mir das Herz brach, dass ich mich am liebsten hingesetzt und geweint hätte. Denn nichts von alledem würde helfen. »Warum hat er überhaupt Akten über jeden von uns? Ist das normal? Tut ein normaler Mensch so etwas?«

»Schwänzt man die Schule, um in Dingen herumzuschnüffeln, die einen nichts angehen?« Die Kälte in seiner Stimme schockierte mich. Nichts erinnerte mehr an den Jungen aus der vergangenen Nacht, der mich im Arm gehalten und mich so geküsst hatte, als würde er … als würde er mich so lieben wie ich ihn.

Ich machte einen Schritt nach hinten.

»Ember, was hast du da hinter dem Rücken?«

Ich schüttelte den Kopf. Hayden kam einen Schritt auf mich zu, und ich setzte mich in Bewegung. Keine Ahnung, warum ich es überhaupt versuchte. Als ich einen Sprung in Richtung Tür machte, hielt Hayden mich an der Taille fest und zog mich zurück. »Lass mich los!«

Er schloss die Finger um meine Handgelenke, schob mich rückwärts gegen die Wand und presste mich dagegen. Die Papiere – die Beweise – flatterten erneut zu Boden. »Erst wenn du mich angehört hast.«

»Ich will nichts von dem hören, was du zu sagen hast!« Ich rang darum, nicht zu weinen, aber meine Augen füllten sich bereits mit Tränen. Das Gefühl, verraten worden zu sein, der Schmerz, ging so tief, dass ich keine Luft bekam. »Wie konntest du nur?«

»Hör mir zu.« Er ließ den Kopf hängen. »Ich könnte dir niemals wehtun. Verstehst du das nicht?«

Ich presste die Lippen aufeinander und drehte den Kopf weg. Er *hatte* mir wehgetan. Er hatte mich entzweigerissen.

»Em …«

»Wie konntest du?«, flüsterte ich noch einmal. »Wie konntest du das tun?«

Ein Muskel zuckte in seinem Kiefer. »Es war ein Unfall, Em. Ich habe gar nicht kapiert, was da passiert …«

Ich stieß mich von der Wand ab, doch er drückte mich zurück.

»Hör mir zu, Ember. Ich könnte dir nie wehtun. Ich kann es nicht.« Hayden sah mich fest an. Seine Augen waren sanfter, als ich sie je gesehen hatte. »Ich liebe dich – ich liebe dich, seit ich dich zum ersten Mal gesehen habe.« Ich erstarrte. Nur mein Brustkorb bewegte sich, während ich mühsam nach Luft rang.

»Ich hatte mir die ganze Zeit einzureden versucht, dass nur eine Art Fürsorglichkeit mich dazu trieb, dich im Auge zu behalten. Jedes Mal, wenn ich aus Allentown wegfuhr, habe ich mir gesagt, ich würde nicht zurückkommen. Dann tat ich es doch wieder. Ich konnte einfach nicht anders. Zwei Jahre lang bin ich immer wiedergekommen. Ich musste sicher sein, dass es dir gut ging.« Haydens Lider schlossen sich flatternd. »Du musstest dich allein um deine Schwester und deine Mom kümmern, aber du warst so stark und so fest entschlossen, es zu schaffen. Und an dem Tag, an dem du zur Bank gegangen bist, habe ich mir so sehr gewünscht, mit dir zu reden – dich in den Arm zu nehmen.«

Mein Herz fühlte sich an, als würde es gleichzeitig zerbrechen und leichter werden. Mir wurde schwindlig.

»Ich weiß – *ich weiß*, wie verrückt das klingt, aber es war, als würde ich dich kennen. Ich wusste, dass du zeichnest, wenn du aufgeregt bist. Ich habe gesehen, wie sehr du deine Schwester liebst. Wie tapfer du warst, um weiter in diese verdammte Schule zu gehen. Und ich habe dich so oft heimlich beobachtet, dass ich jedes einzelne falsche Lächeln von dir kannte. Nie habe ich dich lachen hören. Ich wollte dir doch die ganze Zeit nur helfen, denn dann hättest du vielleicht wenigstens einmal gelächelt und es auch so gemeint.«

Ich schüttelte den Kopf und wünschte mir nichts mehr, als dass er aufhörte – *er sollte einfach aufhören.*

»Ich dachte, es würde es leichter machen, wenn ich bei dir bin, aber erst, als ich dich kennengelernt hatte, dich wirklich kennengelernt hatte ... Ich glaubte ja *vorher* schon, dich zu lieben.« Er presste die Lippen aufeinander, wandte jedoch für keine Sekunde den Blick von mir ab. »Ich hatte ja keine Ahnung. Dabei wissen es alle. Mein Vater wollte, dass ich mich von dir fernhalte, weil er wusste, was ich für dich empfinde. Und Kurt denkt, mein Urteilsvermögen sei gestört – dass ich wieder die Kontrolle verlieren werde.«

Hatte ich die Gespräche zwischen Kurt und Liz, die ich belauscht hatte, falsch gedeutet? Ich hatte angenommen, Kurt spräche von Cromwell, er hatte seinen Namen allerdings gar nicht erwähnt. War das überhaupt von Bedeutung?«

»Aber ich habe begriffen, dass ich nie die Kontrolle verlieren würde, und das liegt an dir – weil ich dich liebe. Das habe ich gestern Abend versucht zu erklären, Ember. Ich liebe dich.«

»Tu das nicht«, flüsterte ich fast schon flehend. »Sag mir das nicht.«

»Es ist aber wahr. Ich liebe dich.« Er schloss die Finger um meine Handgelenke, schob den Handschuh nach unten und entblößte meine Haut.

»Hayden …«

»Ich habe getötet«, fuhr er fort, und seine Züge verzerrten sich. »Du musst die Wahrheit erfahren, Em.«

Ich stieß ein Schluchzen hervor. Er war es gewesen, immer er.

»Du kannst mich auf ewig hassen, aber es wird nichts daran ändern, was ich für dich empfinde.«

Er drückte seinen Mund so heftig auf meinen, dass er alles erstickte, was ich hatte sagen wollen. Das hier – das war so falsch, doch als er meine Handgelenke losließ, berührte ich ihn nicht, wie ich es hätte tun sollen. Ein Funke völlig unlogischen Vertrauens flammte in mir auf. Ich packte ihn vorn an seinem nassen Pullover und zog ihn an mich.

Hayden gab einen leisen, kehligen Laut von sich, bevor seine Lippen plötzlich meine wiederfanden. Seine Hände glitten zu meinen Hüften, unter mein Shirt. Verzweifelt schrie die Stimme der Vernunft in meinem Hirn, das alles sei falsch, aber statt zurückzuweichen, drückte ich mich nur noch enger an ihn.

Und dann, als ich dachte, ich würde ernsthaft den Verstand verlieren, streiften seine Finger die Narbe über meinem Bauchnabel. Es war, als würde ein Eimer mit Eiswasser über mich gekippt. Ich stieß ihn von mir – so heftig ich konnte.

»Nein – stopp. Ich kann das nicht.«

Hayden atmete schwer. Obwohl er so aussah, als widerstrebe es ihm zutiefst, ließ er mich los und trat zurück. »Em …«

»Nicht. Ich kann das nicht!«, schrie ich, überrascht darüber, wie jämmerlich ich klang. »Du kannst mich nicht lieben. Weißt du, wie krank das klingt?«

Er sah aus, als hätte ich ihm einen Schlag in die Magengrube verpasst, doch das war nichts im Vergleich zu meinen eigenen Gefühlen.

»Du musst mich gehen lassen, Hayden. Bitte.«

Hayden schüttelte den Kopf. »Lass es mich dir erklären …«

»Was denn erklären?«, brüllte ich. »Du hast meinen Vater getötet – du hast mich getötet, verflucht noch mal!«

»*Was?*«, stieß er hervor.

»Ich habe die Dokumente gesehen, Hayden! Ich habe sie gesehen. Du hast es im Grunde selbst zugegeben.«

Er legte die Stirn in Falten. »Ich habe keine Ahnung, wovon du redest. Ich hätte nie und nimmer zugegeben, für diesen Unfall verantwortlich zu sein, weil es nicht stimmt! Wie kannst du das von mir denken?«

Gott, er klang so ehrlich, so aufrichtig, als würden die Worte ihn zerreißen. Aber die Beweise – die Beweise lagen direkt vor mir auf dem Boden.

Ich ließ mich auf die Knie fallen und griff nach der Speisekarte, um sie ihm unter die Nase zu halten. »Das ist die Speisekarte von … von – das verstehe ich nicht.« Ich drehte die Speisekarte um.

»Es ist eine Speisekarte aus dem Smoke Hole Diner. Und nein, ich weiß nicht, wie sie dorthin gelangt ist.«

»Nein, nein, nein. Das war keine Speisekarte vom Diner!« Ich drehte sie hin und her. »Das hier ist – war eine Speisekarte vom Salt of the Sea.«

»Ganz offensichtlich nicht, Ember.«

Ich schaute auf und schüttelte den Kopf. Hayden hatte die Arme vor der Brust verschränkt und sah sauer aus. »Nein. Auf der Speisekarte standen Termine! Das Datum des Unfalls war eingekreist. Es war deine Handschrift! Zeitungsartikel über meinen Dad, mein Stundenplan …« Ich griff nach ihnen, nur um festzustellen, dass auch sie nicht das waren, was ich zuvor gesehen hatte.

Die Zeitungsausschnitte berichteten von Cromwells Wahl zum Bürgermeister. Der Terminplan bezog sich auf Ratssitzungen. Es waren Wegbeschreibungen nach Morgantown. »Ich verstehe das nicht. Das ist nicht das, was ich gesehen habe!«

»Ich habe diese Papiere nicht angefasst.«

»Ich weiß – das weiß ich.« Ich ließ sie fallen und lehnte mich zurück. Hayden hatte nicht von dem Autounfall gesprochen, als er gesagt hatte, er habe Menschen getötet. Oh Gott. Er hatte von dem Feuer gesprochen und ... und ich hatte ihn angeschrien, wie er so etwas hätte tun können ...

»Ember, was ist los mit dir? Verdammt, bist du deshalb heute allein in die Schule gefahren? Damit du in unseren Sachen schnüffeln kannst?«

Ich ließ den Kopf in die Hände fallen. Nichts ergab einen Sinn. Ich wusste, was ich gesehen hatte, und doch war es nicht da.

»Und trotz allem vertraust du mir immer noch nicht. Du denkst wirklich, ich hätte dir oder deiner Familie etwas angetan? Dass ich zu so etwas fähig wäre?« Er stieß ein bitteres Lachen aus. »Moment. Was sage ich da? Du hast meine Akte gelesen. Du weißt, warum ich in Pflege genommen wurde. Also, ja, ich schätze, man könnte denken, ich hätte auch deinen Vater ermordet.«

»Nein.« Ich nahm die Hände vom Gesicht. »Du hast deine Eltern nicht ermordet. Es war ein Unfall. Du wusstest noch nicht, wie du deine Gabe kontrollieren solltest. Du bist kein Mörder, Hayden.«

Stumm schaute er mich an.

»Ich ... ich glaube, ich verliere den Verstand. Das tue ich wirklich.«

Aller Zorn wich aus seinen Zügen und wurde von Besorgnis verdrängt. Er hockte sich hin und umfasste sanft meine Schultern. »Ember, was ist los?«

»Es tut mir leid«, flüsterte ich. »Es tut mir leid, dass ich diese Dinge zu dir gesagt habe. Ich weiß nicht, was ich mir dabei gedacht habe. Ich weiß, was ich gesehen habe, aber es ist nicht mehr da. Es tut mir leid – es tut mir leid, was mit deiner Familie passiert ist. Es war nicht deine Schuld.«

»Das ist jetzt gar nicht wichtig. Geht es dir gut?«

Ich lachte, denn ich fühlte mich wirklich seltsam. Mein Gehirn verarbeitete nichts mehr richtig. Mir ging es keineswegs gut. Entweder spielte mir mein Verstand einen schrecklichen Streich, oder ich wurde gerade verrückt.

»Em?« Er strich mir mit den Fingern über die Wange. Nur eine einfache, sanfte Berührung, doch sie fuhr mir durchs Herz wie ein Messer. Wie konnte er mir das je verzeihen? »Em, du siehst nicht besonders gut aus.«

»Mein Kopf tut weh.« Tatsächlich hatte ich schon seit dem Englischkurs Kopfschmerzen. »Ich will hier weg. Können wir einfach weg von hier?«

Hayden sah mich einen Moment lang an, dann nickte er. Wir nahmen uns die Zeit, trockene Sachen anzuziehen, bevor wir in seinen SUV stiegen. Er beugte sich vor und wischte mit dem Arm über die beschlagene Windschutzscheibe. »Em, hast du dich irgendwie komisch gefühlt, bevor du dir die Papiere angesehen hast?«

»Nein.« Ich starrte aus dem Fenster. »Ich hatte nur Kopfschmerzen, aber ich hatte auch noch nichts gegessen.«

Hayden blieb am Ende der Einfahrt stehen. »Möchtest du etwas essen? Dann können wir auch darüber reden, was du gesehen hast.«

Ich nickte. Wir fuhren schweigend den Highway entlang, der sich durch die Landschaft zog, bis ich es nicht mehr aushielt, nicht zu wissen, was er dachte, oder mich nicht noch einmal entschuldigen zu können. »Hayden, es tut mir leid. Ich hätte deine Akte nicht lesen sollen. Das geht nur dich etwas an.«

»Ich hätte dir davon erzählt, Em. Ich wusste nur noch nicht, wie. Ich dachte, du würdest ... Scheiße!« Er trat mit aller Macht auf die Bremse.

Ich wurde nach vorn geschleudert. Ein schwarzes Auto tauchte vor uns auf – ein Zweitürer. Kein Porsche, doch der Wagen kam mir trotzdem bekannt vor, und er stand mitten auf der Straße.

Die Reifen schlitterten über die regennasse Straße und verloren die Bodenhaftung, als Hayden das Lenkrad zum Gegensteuern herumriss. Wir waren viel zu schnell gewesen, um so abrupt zum Stehen kommen zu können. Der Wagen wurde auf die andere Fahrspur geschleudert, fuhr auf zwei Reifen, und eine Sekunde lang hingen wir irgendwie in der Luft. Dieser Moment katapultierte mich zwei Jahre zurück in die Vergangenheit.

Ich hörte Hayden fluchen.

Und dann wurden wir zur Seite geworfen, während der SUV weiterschlingerte. Eine Explosion warf mich in meinen Sitz zurück. Mir blieb das Herz stehen, und meine Lungen zogen sich schmerzhaft zusammen, als das Auto auf der Fahrerseite landete, dann auf dem Dach, dann auf meiner Seite. Der Aufprall erschütterte jeden Knochen in meinem Körper. Alle Luft wich aus meinen Lungen, und mein Kopf knallte mit einem dumpfen, abscheulichen Geräusch gegen die Beifahrerscheibe.

Es krachte, als der SUV sich erneut überschlug. Ich konnte nicht einmal schreien. Es war, als wäre man in einer quälenden Erinnerung gefangen, die einen nicht aus ihren Fängen lassen wollte. Mein Kopf knallte wieder gegen die Scheibe, und diesmal zersplitterte das Glas durch den Schlag.

Etwas Metallisches riss auf und drückte sich in mein Fleisch, während wir von der Straße rutschten und über den Randstreifen schlitterten, bis der SUV schließlich auf der Fahrerseite liegen blieb.

Minutenlang konnte ich mich nicht rühren, ich war zu benommen und kaum imstande zu atmen. Blut, nass und warm, lief mir seitlich am Kopf herunter. Irgendetwas stach in mein rechtes Bein und machte es taub. Ich versuchte, mich umzusehen, aber die Bewegung tat zu weh. Neben den Stimmen aus dem Radio konnte ich hören, wie sich die Wagenräder drehten.

Wie durch ein Wunder wurde ich immer noch von meinem Sicherheitsgurt festgehalten, und ich war am Leben, ich war … *Hayden.* Ich hörte ihn nicht, konnte ihn nicht sehen.

Panisch ignorierte ich die Wellen von rot glühendem Schmerz und drückte gegen den Airbag, bis ich meine Umgebung wieder sehen konnte. Der Airbag auf der Fahrerseite war zusammengefallen. Hayden lehnte an der zerbeulten Tür, reglos und voller Blut.

Und unter all diesem Blut war er bleich, so, so bleich.

»Hayden!« Ich versuchte, mich vorzubeugen, aber der Sicherheitsgurt riss mich zurück. »Hayden! Wach auf! Bitte – oh Gott. Bitte, sei nicht tot.« Meine blutverschmierten Finger rutschten von der Schnalle des Sicherheitsgurts ab.

Er rührte sich nicht. Ich konnte nicht einmal erkennen, ob er noch atmete, und es gelang mir einfach nicht, den Sicherheitsgurt zu lösen. Panik stieg in mir auf, Schreie hallten in meinen Ohren. Irgendjemand musste uns doch helfen! Hayden musste am Leben sein – *er musste* einfach.

So etwas konnte doch nicht noch einmal passieren. Nein. Nein, nicht noch …

Die Beifahrertür wurde aufgerissen, und ich erschrak. Doch

ich hörte auf, mich zu wehren, hörte auf zu schreien. Jemand war da, um uns zu helfen. Alles würde gut werden.

Arme fassten mich um die Taille, während eine Hand nach dem Sicherheitsgurt tastete. Ich war zu erleichtert, um bloß darüber nachzudenken, was geschehen würde, wenn diese Person mich berührte. Ich konnte den Blick nicht von Hayden losreißen, um nachzusehen, wer mich aus dem Wagen zog. Für eine Sekunde schwebte ich in der Luft, und der Regen prasselte mir ins Gesicht und vermischte sich mit meinen Tränen. »Bitte, helfen Sie ihm! Bitte!«

Dann wurde ich losgelassen.

Mit der Hüfte zuerst schlug ich auf dem nassen, harten Boden auf. Frischer Schmerz raubte mir den Atem. Ich rollte mich auf den Rücken und sah blinzelnd durch den prasselnden eisigen Regen zu dem dunklen Schatten auf, der über mir stand. Langsam hob ich den Kopf. An der Gestalt – dem Gesicht – erkannte ich einen Menschen, dem ich vertraute, jemanden, der uns helfen würde.

»Bitte, helfen Sie ihm«, flüsterte ich und hievte mich mühsam auf die Knie.

Ohne jede Vorwarnung traf mich ein Stiefel am Kopf. Alles wurde erst weiß, dann schwarz.

Kapitel 27

Als ich zu mir kam, wurden mit sofort zwei Dinge bewusst. Ich fror erbärmlich – mir war so kalt, dass meine Zähne klapperten und ich meine Zehen nicht mehr spürte. Und ich konnte die Arme nicht bewegen.

Ich öffnete die Lider und sah nichts als Dunkelheit. Es war schwer, irgendetwas zu erkennen, bis sich meine Augen an die Finsternis gewöhnt hatten. Dann aber fiel ich auch schon kopfüber in den Ausflippmodus, was dem Hämmern in meinem Schädel nicht gerade zuträglich war.

Ich befand mich in einem Keller – einem alten Keller, in dem Dinge aufbewahrt wurden, die niemand mehr haben wollte. Die Wände schienen eine schleimige Oberfläche aufzuweisen. Ich brauchte mehrere Sekunden, um zu begreifen, dass Wasser daran heruntertropfte, das sich in einer Lache auf dem Boden sammelte und meine Jeans durchnässte. Das dünne Tanktop, das ich drunter gezogen hatte, bevor ich das Haus verlassen hatte, klebte jetzt wie ein eiskaltes Laken an mir. Ich hatte keine Ahnung, wo mein Kapuzenshirt hingekommen war.

Das war der Moment, in dem ich wirklich durchdrehte.

Ich strampelte mit den Beinen und versuchte aufzustehen, bekam aber die Arme hinter meinem Rücken nicht frei. Sie waren an irgendetwas festgebunden – an ein dickes, kaltes Rohr, das sich mir ins Kreuz drückte. Metall schnitt mir in die Handgelenke, während ich verzweifelt kämpfte, um sie freizubekommen. Damit erreichte ich jedoch nur, dass die Haut aufriss und noch mehr Blut floss.

Aus einer der dunklen Ecken kam ein Quieken, dann hörte ich, wie etwas durch den Raum huschte.

Das Herz klopfte mir bis zum Hals. Ich hörte auf, mich zu bewegen, und starrte blind in die Dunkelheit. Zwei Knopfaugen wurden sichtbar. Kreischend riss ich die Beine hoch, wobei ich irgendetwas an den Schienbeinen spürte – mehrere raue, behaarte Leiber.

Ratten.

Ich schrie so laut ich konnte, bis meine Kehle sich anfühlte, als würde sie mir aufgerissen. Ratten liefen mit über den Zementboden kratzenden Krallen zurück in die Ecken. Ich stemmte mich gegen das Rohr und versuchte mich loszureißen, bis meine Finger taub wurden. Entsetzen überwältigte mich und ich war kurz davor, völlig den Verstand zu verlieren.

Mir kam jegliches Zeitgefühl abhanden. Meine Kehle war so rau, dass mein Schreien eher wie ein Stöhnen klang. Ich spähte in die Düsternis, davon überzeugt, dass sich alles bewegte – Ratten, die darauf warteten, dass ich ohnmächtig wurde, um mich anzunagen. Ein hysterisches Lachen entrang sich mir – sie konnten ja nicht ahnen, dass der erste Biss sie töten würde. Mein Verstand spielte mir Streiche. Ich war mir sicher, dass ich mehr als einmal über mir eine Bewegung hörte, doch niemand antwortete auf mein Rufen. Niemand kam. Würde ich so sterben? Würden mich die Ratten oder der Blutverlust umbringen? Oder würde ich erfrieren? Denn ich war mir sicher, dass ich bereits ziemlich unterkühlt war. Irgendwann war es so weit, dass ich hätte schwören können, dass die Schatten meinen Namen flüsterten und nach mir riefen wie ein irrer Chor des Todes.

Über mir wurde eine Tür geöffnet. Mit dem Geräusch eines umgelegten Schalters sprang an der Decke eine Glühbirne an, blitzte einmal auf und leuchtete dann wieder weniger stark. Schritte kamen die Treppe herunter. Zuerst waren nur Stiefel zu sehen, dann Jeans, Hände in Lederhandschuhen, ein bis zu dem Ellbogen hochgekrempelter dicker Pullover … und dann schwand jede Hoffnung, dass das hier noch gut ausgehen konnte.

Ich presste die Augen fest zusammen und tat so, als schliefe ich – oder als sei ich tot.

Die Schritte kamen näher und hielten inne, und Füße stießen gegen meine Zehen. »Ich weiß, dass du wach bist.«

Ich bewegte mich nicht, wagte nicht zu atmen. Nicht einmal, als das Rauschen in meinen Ohren zu einem schrillen Piepsen wurde.

Ein Seufzer war zu hören. »Ember, ich kann deine Gedanken lesen. Ich weiß, dass du wach bist. Mach dir das hier nicht noch schwerer. Oder mir.«

Ich riss die Augen auf. Mir war nicht klar gewesen, wie nah mir dieses Ungeheuer war, aber uns trennten nur Zentimeter. »Warum?« Meine Stimme kam heiser und schwach heraus.

Mr Theo lächelte mich an – es war das gleiche Lächeln, das er auch auf dem Gesicht hatte, wenn er unterrichtete. »Ich hätte gedacht, dass das inzwischen offensichtlich ist.«

Das war es jedoch nicht. »Ich verstehe es nicht.«

»Tut mir leid, dass ich dich so lange habe warten lassen. Ich musste erst den Unterricht beenden.« Er hob eine Ratte am Schwanz hoch. »Schmutzige kleine Biester.«

Ich schluckte die Galle hinunter, die mir die Kehle hochstieg. Seine Worte gaben mir einen Hinweis auf den Zeitrahmen. Stunden waren verstrichen, wenn er mit dem Unterricht fertig war.

»Du siehst aus, als sei dir kalt.«

»Das … das stimmt auch«, flüsterte ich.

Er warf die Ratte beiseite und stützte die Hände auf die Knie. Theo seufzte. »Du hättest das alles vermeiden können. Beim letzten Mal habe ich mich darum bemüht, dass es schnell geht.«

Ich sah wieder in seine Richtung. »Ich verstehe das alles nicht. Ich dachte … ich dachte, Sie mögen mich. Dass Sie …«

»Dass ich dich verstehe? Mit meiner schrecklich, schrecklich traurigen Geschichte über eine kranke Mom und Kinder, die mich gehasst haben? Tut mir leid, das war nicht ganz die Wahrheit. Meine Mutter war ein kaltherziges Miststück, das dachte, ihre Kinder seien Freaks. Sie hat meine Schwester und mich in die Einrichtung verfrachtet, als ich gerade mal sechs war. Wirklich, das hier – all das – ist nichts Persönliches.«

»Das ist es nicht?«

Er runzelte die Stirn, nahm seine Brille ab und legte sie beiseite. »Ich habe es in der Nacht des Lagerfeuers versucht. Du wärest bloß eine weitere Jugendliche gewesen, die durch die Schuld ihrer betrunkenen Freunde zu Tode kommt. Leider bist du jedoch rechtzeitig zur Seite gesprungen. Dann in der Nacht, als du durch den Wald gelaufen bist. Das schien mir sogar noch perfekter zu sein, vor allem nach all den abscheulichen Dingen, die du in deinem Spind gefunden hattest. Ich bin davon ausgegangen, dass man der Empathin die Schuld geben würde, aber du hast wieder überlebt, und niemand hat das Mädchen in Verdacht gehabt.«

Mein Gehirn arbeitete sich langsam durch den Sumpf aus Angst und Verwirrung. »Damit werden Sie nicht durchkommen.«

»Ach nein?« Er klang völlig entspannt. »Als ich das letzte Mal nachgeschaut habe, lag Hayden im Krankenhaus, und dank deiner Pläne herumzuschnüffeln weiß ich, dass Jonathan Cromwell nicht in der Stadt ist. Bis einer der beiden begreift, was los ist, wird es bereits zu spät sein.«

»Nein – nein, Sie irren sich.«

»Das Traurige ist, dass sie dich tatsächlich finden könnten, wenn sie wollten. Phoebe könnte deine Gefühle erspüren. Parker könnte einfach in deine Gedanken eindringen, wie ich es selbst so oft getan habe, und es herausbekommen. Aber ich muss sagen, ich glaube nicht, dass ausgerechnet sie sich allzu große Mühe geben werden.«

In diesem Moment hätten sie mir nicht gleichgültiger sein können, aber ich wusste, dass ich ihn dazu bringen musste weiterzusprechen. Das taten doch die Leute im Fernsehen auch immer. Vielleicht hatte ich Glück, und er würde zur bösen Schlussrede des Erzschurken ausholen, und dann … was? Ich würde erfrieren. Das klang nach einer besseren Option als alles, was er vorhaben könnte. Ich verdrehte die Handgelenke. Die Handschellen waren mit Blut, Wasser und Schweiß überzogen. Vielleicht bestand ja eine Chance, dass ich hinausschlüpfen konnte. Nicht sehr wahrscheinlich.

Er wippte auf den Fersen und griff in seine Tasche. Dann zog er eine kleine, silberne Münze hervor – meine Münze – und hielt sie hoch. »Ah, ich sehe, du erkennst sie wieder. Es ist die gleiche Münze, die ich dir gegeben habe. Wie hätte ich sonst in dein Köpfchen hineingelangen sollen? Ich brauchte entweder etwas von dir, oder du musstest etwas von mir bei dir tragen.«

Plötzlich fügte sich alles zusammen. Die Zeiten, in denen mir in seinem Kurs immer schwindelig oder übel geworden war, wenn ich mit ihm geredet hatte. Er war in meinem Kopf gewesen und hatte darin herumgewühlt. Und als Parker meine

Gedanken gelesen hatte, hatte er einen Pullover von mir in der Hand gehalten – eine Verbindung zu mir.

»Sie sind Telepath.«

Mr Theo beugte sich vor und tätschelte mir mit einer behandschuhten Hand den Kopf. Ich zuckte zurück. »Kluges Mädchen. Außerdem kann ich jemandem Gedanken in den Kopf setzen. Ihn dazu bringen zu glauben, was immer ich ihn glauben lassen möchte.«

»Und – und die Papiere, die ich gefunden habe? Sie haben dafür gesorgt, dass ich die Zeitungsartikel und die Speisekarte zu sehen glaubte – weil ich die Münze bei mir hatte?« Wenn ich die Hände frei gehabt hätte, hätte ich mir selbst eine Ohrfeige verpasst. »Warum wollten Sie, dass ich diese Dinge sehe?«

»Weil ich wusste, dass das deine größte Befürchtung war – und etwas, das du erwartest. Ich habe mir ausgerechnet, dass du dann weglaufen würdest, was mir die Chance gab einzugreifen.« Er bückte sich, hob eine weitere Ratte vom Boden auf und warf sie von sich. Der dumpfe Aufprall und das schrille Kreischen ließen mich schaudern. »Als ich dich beim Verlassen der Schule gesehen habe, bin ich dir gefolgt. Ich hätte damit rechnen sollen, dass Cromwells kleines Wunderkind dir ebenfalls hinterherfahren würde. Ich habe gesehen, wie ihr eure Thanksgivingferien verbracht habt, du unartiges, unartiges Mädchen.«

Mir wurde schlecht in dem Wissen, dass er heimlich in meine privatesten Gedanken gespäht hatte.

»Das alles spielt jetzt allerdings keine Rolle mehr.«

»Ich verstehe nicht, warum Sie das tun.« Ich hasste es, wie meine Stimme brach und ich am ganzen Körper zitterte.

»Weißt du, Telepathie ist nicht meine primäre Gabe. Keiner dieser Gedankentricks gehört dazu. Ich habe mir in der Einrichtung einige Fähigkeiten angeeignet.« Als er meine Reaktion bemerkte, lächelte er. »Oh ja. Die Einrichtung hat sich als nützlich erwiesen. Verstehst du, Menschen, die eine Gabe haben – wie wir –, können unter der richtigen Förderung weitere Gaben hinzugewinnen. Aber meine eigentliche Gabe? Nun, warum zeige ich sie dir nicht einfach?«

In kranker Faszination sah ich zu, wie er einen Handschuh abstreifte. Immer noch lächelnd griff er nach einer der toten Ratten. Innerhalb weniger Sekunden begann sie zu zappeln und zu quieken. Mir klappte der Unterkiefer herunter, während mein Herz schmerzhaft hämmerte. »Sie – Sie können Tote wiedererwecken.«

»Genau wie deine kleine Schwester.« Er warf die Ratte gegen die Wand, und das Tier knallte mit einem übelkeitserregenden Knirschen dagegen. Es bewegte sich nicht mehr. Mir wurde schlecht. »Du und ich, wir haben eine Menge gemeinsam.«

»Nein«, flüsterte ich.

Gelassen zog er seinen Handschuh wieder an. »Oh doch. Verstehst du, ich bin wie deine Schwester …«

»Sie sind ganz und gar nicht wie sie!«, schrie ich.

»Und *du* bist genau wie *meine* Schwester.« Langsam erlosch sein Lächeln. »Das Ganze hat vor über zehn Jahren begonnen. Und es ist komisch, wie klein die Welt ist.« Er strich mir eine Strähne feuchter Haare aus der Stirn. Obwohl ich mich bemühte, nicht zurückzuzucken, konnte ich es nicht verhindern. »Ich arbeite – nun, ich *habe* für die Einrichtung gearbeitet. Aber jetzt nicht mehr.«

»Wirklich?«

Theos Hand schnellte vor und legte sich um meinen Arm. »Du kannst aufhören, dich zu wehren. Du kommst hier nicht mehr raus.«

Ich biss mir auf die Lippen. »Bitte, lassen Sie mich gehen.«

Theo schaute stirnrunzelnd auf mich herunter. »Was für eine abscheuliche Wunde du da am Bein hast. Kein Wunder, dass die Ratten uns umkreisen.«

Mein Magen krampfte sich zusammen. Ich konnte es mir nicht leisten, darüber nachzudenken. »Warum tun Sie das?« Meine Stimme schwoll zu einem heiseren Jammern an. »Wer hat sie dazu getrieben, das zu tun? Cromwell? Die Einrichtung?«

Er sah auf und schaute mir zum ersten Mal in die Augen. »Tatsächlich war es dein Vater.«

Mein Herz machte einen Satz und setzte dann für einen Schlag aus. »Nein.«

»Dein Vater war kein guter Mensch.«

Ich fing wieder an, an dem Rohr zu zerren, während ich verzweifelt den Kopf hin und her warf. »Nein! Sie lügen. Nein!«

»Lass das. Du tust dir bloß selbst weh.« Er packte mich an den Armen. »Du wolltest die Wahrheit wissen. Ich habe dir die Wahrheit gesagt. Dein Vater war ein geldgieriger Bastard, der seine Seele verkauft hätte, wenn das seine Taschen gefüllt hätte.«

Ich trat nach ihm und verfehlte ihn um Längen, aber meine mangelnde Koordination hinderte ihn nicht daran, wütend zu werden. Er packte mein Bein und presste seine behandschuhten Finger in die Wunde. Ich öffnete den Mund, um zu schreien, doch es kam nur ein lautes Schluchzen heraus.

Er ließ mein Bein wieder auf den Zementboden fallen. »Dein Vater hatte vor, Olivia an den Höchstbietenden zu verkaufen. Was glaubst du denn, wie die Einrichtung überhaupt von ihr erfahren hat? So etwas kommt öfter vor, als man denken würde. Eltern lieben ihre Kinder – selbst wenn sie totale Freaks sind –, aber mit Geld lassen sie sich fast immer überzeugen.«

»Sie lügen. Mein Dad hätte so etwas nie getan.«

»Du hast ja keine Ahnung. Hast du gewusst, dass deine Urgroßmutter eine Gabe hatte? Nein. Ich sehe, dass du es nicht gewusst hast. Sie war eine Heilerin und hatte keine Scheu, ihr Talent zu nutzen. Dein Vater hat sehr viel über Gaben geforscht. Er fand heraus, dass die Eigenschaft typischerweise weitergegeben wird und sich in kommenden Generationen mitunter sogar noch verstärkt – sieh mich an, wenn ich mit dir rede!« Er presste wieder die Finger in die Wunde, bis ich der Aufforderung Folge leistete.

Ich biss mir auf die Lippen und schmeckte Blut.

Sein Griff lockerte sich. »Er wusste, dass eins seiner Kinder höchstwahrscheinlich eine Gabe hatte. Ich glaube, er hat gehofft, dass du es sein würdest. Ja, er hatte, lange bevor Olivia auf die Welt kam, Kontakt zu uns aufgenommen. Als du jedoch älter wurdest und keine Gabe erkennen ließest, brauchte er ein weiteres Kind. Er hat nicht verstanden, dass er, was dich anging, lediglich ein wenig länger hätte warten müssen.«

Es zerriss mir das Herz, obwohl mein Verstand gegen das rebellierte, was er sagte. Und dann geschah es. Ich spürte, dass etwas sanft hinter meinen Augenlidern entlangstrich. Nicht so wie bei Theos barbarischer Art des Gedankenlesens, bei der mir speiübel wurde. Ich glaubte schon, ich hätte es mir nur eingebildet, doch das Gefühl einer Präsenz am Rande meines Bewusstseins blieb.

Parker?

Ich war mir nicht sicher, aber verdammt, ich hoffte es. Stumm fing ich an, in Gedanken Mr Theos Namen zu sagen und dass ich mich in einem Keller befände. Ich hoffte und betete, dass es Parker war – nicht Mr Theo –, der in meinem Kopf herumfuhrwerkte … und dass ich nicht gerade den Verstand verlor.

»Ich weiß nicht, was er mit deiner Mutter vorhatte. Vielleicht war sie auch in das Ganze eingeweiht. Hast du jedoch gewusst, was er mit dir machen lassen wollte?« Er drehte meinen Kopf und zwang mich so, ihn anzusehen. »Er wollte, dass jemand mit meinen … Gaben die Übergabe regelt. Dein Vater sollte Olivia für ein hübsches Sümmchen Geld hergeben. Ich sollte für ihn dafür sorgen, dass du glaubst, Olivia sei gestorben.«

»Nein, nein, nein.« Ich drehte mich von ihm weg, und Tränen des Zorns und der Angst liefen mir übers Gesicht und mischten sich mit Blut. Das konnte nicht wahr sein. Das durfte einfach nicht sein.

»Doch. Ich kam, um die Übergabe zu regeln, aber dein Vater hatte plötzlich seine Meinung geändert. Er wollte sie nicht mehr hergeben. Ich nehme an, er hatte nicht damit gerechnet, dass deine Mom so dagegen aufbegehrt. So oder so, am Ende hat es keine Rolle gespielt.«

Ich erstarrte. »Der Unfall … das waren Sie.«

»Der Unfall war einfach nur ein Unfall.«

»Nein. Das stimmt nicht. Cromwell …«

»Cromwell ist ein Lügner! Der Unfall war genau das – ein Unfall. Ein verrückter Unfall, von dem ich ursprünglich gedacht hatte, dass er mir in die Hände spielen würde, da dein Vater jetzt von der Bildfläche verschwunden war. Ich bin nach dem Unfall in der Nähe geblieben, weil ich abwarten wollte, was die Einrichtung von mir erwartet. Verstehst du, man hatte mir nicht gesagt, über welche Gabe Olivia verfügte, und zu der Zeit war es mir auch gleichgültig. Und dann sah ich Jonathan Cromwell dort herumschnüffeln.«

»Ätzend für Sie, was? Er hat die Pläne der Einrichtung durchkreuzt«, stieß ich hervor und hasste diesen Mann vor mir aus meinem tiefsten Inneren.

Er feixte. »Du hast keine Ahnung, oder? Olivia und ihre Gabe könnten mir nicht gleichgültiger sein. Und die Einrichtung ist mir noch gleichgültiger. Ich arbeite nicht länger für sie.«

Ich hörte auf, gegen meine Fesseln anzukämpfen. »Wie meinen Sie das?«

Theo begegnete meinem Blick, und ich schauderte unwillkürlich. Ich hatte schon oft davon gehört, dass Menschen der Irrsinn anzusehen war, aber ich hatte es noch nie selbst erlebt – bis jetzt. »Nachdem ich Cromwell hatte herumlungern sehen, wusste ich, dass irgendetwas im Gange war. Und dann, als sein Sohn immer wiederkam, wuchs meine Neugier noch mehr. Das war meine Chance. Verstehst du? Der Einrichtung gegenüber fühlte ich mich nicht wirklich verpflichtet. Ich bin bloß dort geblieben, damit ich Jonathan im Auge behalten konnte. Als ich sein Interesse an dir bemerkte, habe ich die Einrichtung verlassen und einen Job hier angenommen, wo ich ihn weiter beobachten konnte. Du würdest staunen, wie weit man mit ein wenig Gedankenkontrolle kommt. Dann bist du aufgetaucht. Perfekt.«

»Warum?«

»Meine Schwester war älter als ich. So strahlend und schön, und ihre Gabe war ein schrecklicher Fluch.«

Eis schob sich jetzt durch meine Adern.

Er beugte sich so dicht vor, dass er beinahe gegen mich stieß. »Sie konnte mit einer einzigen Berührung ihrer Hände töten. Julie wollte niemandem etwas antun, doch sie konnte nichts dagegen machen. Sie hat es nie gelernt.«

»Oh mein Gott«, murmelte ich.

»Hast du ernsthaft gedacht, dein Drang, dir die Akten anzusehen, wäre von ganz allein gekommen?«, fragte er. »Ich habe dir diesen Wunsch eingepflanzt. Ich wollte, dass du siehst – dass du weißt –, *was* sie mit meiner Schwester gemacht haben.« Er hielt inne, und in meinen Schläfen begann es zu hämmern. »Natürlich hat er alles über mich herausgestrichen. Mit seinem größten Versagen konnte er einfach nicht leben.«

»Verschwinden … Sie aus meinen Gedanken.« Ich rang nach Luft. Mein Kopf fühlte sich an, als würde er gleich explodieren. Mr Theos Lippen zuckten, und der Druck in meinem Schädel ließ wieder etwas nach. »Ich kann nicht zulassen, dass er Erfolg hat. Nicht nachdem er meine Schwester im Stich gelassen hat. Das ist der Grund hinter dem Ganzen, Ember.«

»Cromwell? Er hatte doch mit dem Projekt nichts zu tun!«

Theo lachte auf. »Cromwell lässt dich nur das wissen, was er dich wissen lassen will. Es sind immer nur Halbwahrheiten. Das ist alles, was er zu bieten hat. Cromwell war in der Einrichtung für meine Schwester zuständig. Er war verantwortlich für ihre Behandlung – ihre Anpassung. Er hat meine Schwester sterben lassen. Hast du überhaupt eine Ahnung, welchem Horror man sie dort ausgesetzt hat?«

Ich musste nachdenken. Ich hatte das Gefühl, dass mir die Zeit davonlief, was nicht hilfreich war.

»Sie haben sie gezwungen, alles Mögliche zu berühren – lebendige Wesen, Ember. Tiere. Menschen. Weißt du, was das mit ihr gemacht hat?«, fragte er. »Es hat sie langsam umgebracht. Tag für Tag haben *sie* sie umgebracht. Und Cromwell stand bloß daneben und hat es zugelassen. Also, betrachte dies als einen Gefallen, den ich dir erweise.«

»Sie wollen mich töten, damit ich mich nicht selbst töte?« Wieder zerrte ich an dem Rohr. »Wissen Sie, wie irre das klingt?«

Er stand langsam auf. »Ich habe dir die Münze gegeben, damit ich dich im Auge behalten kann. Um zu sehen, was Cromwell mit dir macht.«

Tief sog ich die modrige Luft in meine Lungen. »Warum wollen Sie das tun?«

»Ich werde dich töten, weil Cromwell sich schon immer jemanden mit einer todbringenden Gabe gewünscht hat – jemanden, der seine Gabe kontrollieren kann. Weißt du, welche Macht damit einhergehen könnte? Aber er hat meine Schwester im Stich gelassen. Also wird er dich auch nicht bekommen.«

Keuchend versuchte ich weiter, von dem Rohr freizukommen. »Cromwell wird wissen, dass Sie es waren. Er wird es herausfinden.«

Er legte den Kopf schief. »Glaubst du wirklich? Cromwell war in der Einrichtung so mit meiner Schwester beschäftigt, dass er mich nie auch nur eines zweiten Blickes gewürdigt hat. Er weiß nichts von meinen Gaben. Nur die höheren Ränge wussten, wozu ich in der Lage bin, und das wurde geheim gehalten. Wir sind einander mehrfach über den Weg gelaufen. Er hat mich nie erkannt. Kein einziges Mal.«

Ich versuchte wieder, etwas Sauerstoff in die Lungen zu kriegen. »Sie sind verrückt.«

»Verrückt?«, wiederholte er. Mein Blick verfolgte jede seiner Bewegungen. Er suchte nach etwas. »Vielleicht stimmt das sogar. Meine Schwester war alles für mich. Und Cromwell hat sie mir weggenommen. Jetzt werde ich ihm etwas wegnehmen.«

Ich lachte, und es klang ebenfalls ein wenig wahnsinnig. »Ich bedeute ihm überhaupt nichts. Er mag mich nicht einmal.«

»Oh doch. Du bedeutest Cromwell sogar sehr viel. Du würdest mir danken, wenn du wüsstest, was die Zukunft für dich bereithält.«

Etwas Metallisches glänzte im Licht der Glühbirne. Mein Magen krampfte sich vor Entsetzen zusammen. »Dann sagen Sie es mir! Sagen Sie es mir!« Theo richtete sich zu seiner ganzen Größe auf und warf einen amüsierten Blick über seine Schulter. »Darf ich dich etwas fragen?«

Panik erfasste mich. »Natürlich. Fragen Sie nur.«

»Wie fühlt es sich an zu sterben?«

»Machen Sie mich los, und dann zeige ich es Ihnen.«

Er lachte über meine Antwort, jetzt aufrichtig belustigt. »Du hast Kampfgeist. Das gefällt mir.« Er kam wieder zu mir, die Hände hinter dem Rücken.

»Warten Sie. Warten Sie!« Ich versuchte, ihn hinzuhalten. »Wenn der Unfall nur ein Unfall war, was ist dann mit meiner Mom passiert? Sie – sie wurde gelöscht. Wer hat ihr das angetan?«

»Deine Mom? Keine Ahnung. Spielt das eine Rolle? Sie denkt ohnehin schon, du wärst tot«, erwiderte er. »Also, wirst du meine Frage beantworten?«

»Fahren Sie zur Hölle.«

Theo ging neben mir in die Hocke. »Hast du Angst davor zu sterben – diesmal wirklich zu sterben? Denn es wird keine Olivia da sein, die dich ins Leben zurückholt.«

Blanke Furcht packte mich, denn ja, ich *hatte* Angst vorm Sterben.

»Warten Sie. Ich kann immer noch …«

»Oh, das weiß ich. Ich habe mir genau überlegt, wie ich das anstelle. Ich könnte dich hier unten lassen. Irgendwann würdest du sterben, entweder vor Hunger oder vor Kälte, doch das erscheint mir unnötig grausam.« Er löste seine bis dahin hinter dem Rücken verschränkten Arme.

Ich sah sie sofort. Ich sah nichts anderes.

In der rechten Hand hielt Theo eine Pistole.

Mein Instinkt übernahm die Kontrolle. Ich trat wild um mich. Statt an der Hand traf ich ihn mit dem Bein seitlich am Gesicht. Nach kurzem Schock erholte er sich viel zu schnell wieder. Er sprang vom nassen Zementboden hoch, riss die Waffe herum und zielte jetzt direkt auf mein Gesicht.

Ich wollte nicht an diesem kalten, fürchterlichen Ort sterben. Nicht ehe ich Gelegenheit gehabt hatte, meiner Mom und Olivia Lebewohl zu sagen. Nicht bevor ich Hayden sagen konnte, dass ich ihn liebte …

Sein Finger bewegte sich zum Abzug, und ich wusste, dass ich sterben würde, diesmal wirklich. »Es ist nichts Persönliches.«

»Bitte! Warten Sie …« Meine Stimme brach vor Panik. »Tun Sie das nicht …«

Ein greller rotgelber Blitz blendete mich, und ich wartete – wartete auf das unausweichliche Gefühl von Metall, das durch Fleisch und Knochen fetzte.

Kapitel 28

Der Schmerz kam jedoch nie, und die Schreie, die durch den Keller gellten, waren nicht von mir.

Mr Theo wirbelte von mir weg und fiel zu Boden, als Flammen die untere Hälfte seines Körpers verschlangen. Wie gebannt von dem verstörenden Tanz schaute ich zu, bis er sich in eine Pfütze stürzte, die groß genug war, um die Flammen zu löschen. Danach bewegte er sich nicht mehr.

»Ember?«

Hayden stand am Fuß der Treppe. Er sah wüst aus – zerrissener Pullover, dunkle Flecken auf der Vorderseite. Ich nahm an, dass das Ding an seinem Handgelenk ein Krankenhausarmband war. Die eine Hälfte seines Gesichtes war blutig und sein Haar auf der Stirn davon ganz verklebt. In diesem Moment aber war er das Schönste, was ich je gesehen hatte.

Bevor ich reagieren konnte, war er bei mir. Auf seinem Gesicht lag eine verblüffende Mischung aus Entsetzen, Schmerz und Erleichterung. Hayden umfasste mit beiden Händen mein Gesicht. Es scherte mich nicht einmal, dass es wehtat. »Ember, oh Gott, Ember, bitte, sag etwas.«

Ich begann gleichzeitig zu weinen und zu brabbeln und erzählte ihm Dinge, von denen ich mir sicher war, dass er sie bereits selbst herausgefunden hatte, während er sich seinen Pullover über den Kopf zog und versuchte, ihn mir um die Schultern zu legen. Hinter ihm sah ich Kurt in seinem Cowboymantel, der mit einem Stiefel Theo anstieß.

»Heilige Scheiße«, murmelte Kurt kopfschüttelnd. »Ist das nicht der Englischlehrer aus der Highschool?«

Hayden spähte hinter mich und fluchte heftig. »Kurt, komm her. Em, halt nur noch ein kleines Weilchen durch, wir holen dich hier raus.«

»Wie … wie habt ihr mich gefunden?«, fragte ich, unkontrolliert zitternd.

»Parker hat dich aufgespürt, mit Phoebes Hilfe.« Sein Atem fühlte sich herrlich warm an auf meiner eiskalten Haut – etwas, wovon ich gedacht hatte, dass ich es nie wieder spüren würde. »Als ich im Krankenhaus aufgewacht bin und mitgekriegt habe, dass du nicht da warst – dass man dich an der Unfallstelle gar nicht gefunden hatte –, wusste ich, dass etwas nicht stimmt. Ich habe die Zwillinge angerufen, die Kurt Bescheid gesagt haben. Sie haben mich abgeholt, und dann sind wir herumgefahren, bis wir dich spüren konnten.«

»Mist«, murmelte Kurt. »Die Dinger sind aus Metall. Die kriegen wir unmöglich auf.« Er schlüpfte aus seinem Mantel und warf ihn mir über. »Um Himmels willen, Ember, hör auf zu zittern. Du reißt dir ja die Haut von den Handgelenken.«

»Ich … ich k-kann nicht anders.«

»Schon gut.« Hayden zog Kurts Mantel enger um mich. Er streichelte mir über Gesicht und Stirn. Ein starkes Beben durchlief mich, als er mir das Haar hinter die Ohren schob. »Em, du musst die Augen aufmachen und mich ansehen.«

Mir war gar nicht bewusst geworden, dass ich sie zugemacht hatte.

»Ich muss das Metall schmelzen, um dich freizubekommen.« Er hielt inne, und in seinen Augen glänzte der unbedingte Wille, mich zu beschützen. »Du musst absolut stillhalten.«

»O-okay.«

Hayden sah Kurt an und nickte. »Sorg dafür, dass sie sich nicht bewegt.«

»Geht klar.« Kurt kam näher und stöhnte. »Verdammt – hier gibt es Ratten. Ich hasse Ratten.«

»I-ich auch, a-aber ich glaube, sie ha-hassen mich noch mehr«, antwortete ich.

Kurt lachte, ein echtes, aufrichtiges Lachen. »Vertrau mir, das ist auch gut so.«

Ich lehnte den Kopf an Haydens Brust, während er hinter mir umhertastete. Seine Körperwärme fühlte sich so himmlisch an, dass ich das erste Auflodern intensiver Hitze ignorierte, doch dann spürte ich Schmerz. Echten Schmerz.

Ich versteifte mich.

»Beweg dich nicht«, flüsterte er. »Weißt du, dass du uns geholfen hast, dich zu finden?«

Ich zuckte zusammen und hielt die Augen fest geschlossen. Ich hätte es wissen können, als er sagte, er müsse das Metall schmelzen. Die Hitze, die notwendig war, um das zu bewerkstelligen, musste absurd hoch sein. Meine Handgelenke fühlten sich an, als hätte jemand sie in einen Ofen gesteckt. Ich presste das Gesicht an seine Brust und wimmerte.

»Em? Weißt du das?«, wiederholte er seine Frage und entlockte mir endlich eine Antwort.

»N-nein.«

»Ja, du hast die ganze Zeit an Mr Theo gedacht und daran, dass du in einem Keller bist. Ohne dich hätten wir nicht gewusst, dass wir hier unten suchen müssen. Das hast du wirklich gut gemacht, Em.«

Sengender, rot glühender Schmerz schoss durch meine Arme, aber es gelang mir stillzuhalten. Das schmelzende Metall brannte wie die Hölle. Doch es funktionierte. Die Handschellen lockerten sich bereits.

»Nur noch ein kleines bisschen, dann sind wir fertig.«

»Es hat sie ganz schön erwischt, Hayden«, sagte Kurt, als sei ich überhaupt nicht da. »Du musst dich beeilen. Ihr Bein blutet ziemlich heftig.«

Wahrscheinlich weil mein Puls gerade durch die Decke ging. Das Brennen an meinen Händen und alles, was passiert war, brachte mich an meine Grenzen. Ich musste jedoch verhindern, dass sie mich, falls sie scheiterten, zu meiner Schwester brachten. »V-versprecht mir, dass ihr mich nicht zu Olivia bringen werdet. Falls d-das hier nicht funktioniert ...«

»Es wird funktionieren«, unterbrach Hayden mich. »Und wenn nicht, ich werde nicht verlieren.«

»I-ihr dürft Olivia nicht noch einmal benutzen. D-das lasse ich nicht zu.«

»Verdammt, streite nicht mit mir darüber!«

In diesem Augenblick wurde mir klar, dass Hayden alles – und jeden – aufs Spiel setzen würde, damit ich überlebte. Aber ich konnte sie dem nicht aussetzen. Nicht noch einmal. Dank Haydens und Kurts vereinten Anstrengungen schmolzen die Handschellen so weit, dass sie auseinanderbrachen. Meine Muskeln schrien protestierend, doch das ignorierte ich.

Ich packte Kurts Hand, meine Handgelenke waren nur noch rohes, Blasen werfendes Fleisch. Ihm klappte der Unterkiefer herunter, und eine Mischung aus Furcht und Ungläubigkeit glitt über seine Züge. »Lasst nicht zu, dass Olivia mich so sieht. E-erlaubt ihr nicht, mich zu berühren. Bitte.«

Kurts Blick flog zu Hayden, dann zu mir zurück. »Okay, okay.«

»Verdammt, Kurt«, brüllte Hayden. »Ich werde sie nicht einfach sterben lassen!«

Doch Kurt war, kaum dass ich ihn losließ, schon auf den Beinen und wühlte in seiner Tasche. »Jonathan hat Beziehungen im Krankenhaus, Hayden. Er ist bereits auf dem Weg. Ich rufe ihn an.«

Heißer Zorn ging von Hayden aus. »Wenn ihr irgendetwas passiert …«

»Ich weiß. Dann bringst du mich um.« Kurt holte sein Handy hervor und fluchte. »Ich muss nach oben. Hier habe ich keinen Empfang.«

»Ich bringe sie hoch. Geh nur.« Hayden drehte sich wieder zu mir um und hatte Kurt bereits vergessen. Er zeichnete mit seinem Blick jeden Zentimeter von mir nach, jede einzelne Schnittwunde, jeden Kratzer und jeden Bluterguss. Seine Stimme war heiser. »Em, ich dachte – ich dachte, ich hätte dich verloren.«

»N-nein. Ich bin noch da.«

Hayden beugte sich vor und legte seinen Mund auf meinen. Ich ließ mich in ihn hineinfallen – in seine Wärme und seine Liebe. Als er sich wieder von mir löste, leuchteten seine Augen in dem schummrigen Licht.

»Ich will n-nach Hause.«

»Erst ins Krankenhaus«, sagte er. »Danach fahren wir nach Hause. Zusammen.«

Mein Blick fiel in die dunklen Nischen des Kellers – den Bereich, von dem ich gedacht hatte, er würde meine letzte Ruhestätte sein. Ich betrachtete die feuchten, schimmeligen Wände und sah über Haydens Schulter zu Mr Theo hinüber – der auf den Beinen war, die Pistole in der Hand.

»Hayden – pass auf …«

Zu spät.

Hayden schnappte nach Luft und schob sich vor mich, als

wolle er mich mit seinem Körper abschirmen. Ich kämpfte wie wild, sodass Hayden nach links taumelte.

Mr Theo traf nicht, doch er zielte bereits wieder.

Mit letzter Kraft rappelte ich mich auf. Ich hörte Hayden meinen Namen brüllen, aber ich konzentrierte mich völlig auf Mr Theo. Der fummelte an der Waffe herum. Wegen seiner vielen Brandwunden konnte er sich nur ruckartig bewegen. Zorn und Verzweiflung verliehen mir ungeahnte Kräfte, und ich katapultierte mich über den glitschigen Boden. Der Schmerz spielte keine Rolle – nichts spielte eine Rolle, außer Mr Theo aufzuhalten.

Die Waffe richtete er jetzt nicht auf mich, sondern er zielte direkt auf Hayden. Ich reckte mich, stieß eine Hand unter sein verkohltes Hosenbein und schloss sie um das klebrige Fleisch an seinem Knöchel. Er zuckte einmal, dann noch einmal. Sein ganzer Körper erstarrte, sogar seine Finger. Die Waffe rutschte ihm aus der Hand und fiel mit lautem, endgültigem Klirren auf den Boden. Ich hielt ihn immer noch fest.

Mr Theo fiel auf die Knie, die Arme zur Seite ausgestreckt wie ein gefallener Engel. Ein fahles Grau jagte ihm über die Haut, Adern traten hervor und wurden dunkler, als hätte jemand mit einem Kohlestift die feinen Linien nachgezeichnet. Er starrte mich durchdringend an, den Mund zu einem stummen Schrei geöffnet. In diesem Sekundenbruchteil trafen sich unsere Blicke.

Ich spürte, wie meine Lippen sich zu einem Lächeln verzogen.

Ein gewaltiger und schrecklicher Krampf schüttelte ihn, dann rollten seine Augen in ihren Höhlen nach hinten, und er fiel mit dem Gesicht voraus in die kalte Pfütze. Mr Theo bewegte sich nicht mehr.

Während der nächsten Stunden entglitt mir die Realität immer wieder. Als ich an einem warmen Ort erwachte, streckte ich die Hand nach Hayden aus. Meine Finger griffen ins Leere, bis jemand sanft meinen Arm zurücklenkte.

Cromwell trat in mein Blickfeld. »Hayden geht es gut. Er lässt sich nur noch einmal untersuchen.«

Blinzelnd drehte ich den Kopf in die andere Richtung. Ein weißer Vorhang flatterte, und eine Maschine piepste. In weiter Ferne waren Stimmen zu hören. Oder waren sie ganz nah? Von da an war alles irgendwie nebelhaft. Jemand in einem Arztkittel entleerte eine Spritze in den Schlauch, der sich aus meinem Arm schlängelte, was meine Beobachtungsgabe nicht unbedingt verbesserte – ganz zu schweigen davon, dass ich das Gefühl hatte, halb über dem Bett zu schweben.

»Was immer Sie tun, berühren Sie ihre Haut nicht.« Cromwell – ich war mir ziemlich sicher, dass es Cromwell war. Vermutlich redete er mit dem Arzt.

Es gelang mir nicht, die Augen wieder zu öffnen. Ich fühlte mich angenehm taub. Losgelöst. Eine Tür öffnete und schloss sich. Ich hoffte, dass es Hayden war. Mit angehaltenem Atem wartete ich, wartete, hoffte, schwebte weiter.

»Das ist also Projekt E?«, ertönte eine weibliche Stimme, die ich nicht kannte.

»Ja, das ist sie.«

»Wollen Sie, dass wir sie übernehmen? Wir hätten sofort einen Platz für sie frei.« Die Stimme der Frau war leise und melodisch. Sie klang wie Mom. Das gefiel mir.

»Nein«, antwortete Cromwell nach längerem Schweigen. »Sie ist jetzt eine von meinen. Und sie ist sehr wichtig.«

»Dann sollten Sie besser auf sie aufpassen. Es wäre doch schade, wenn Sie auch sie verlieren würden.«

Dann schwebte ich immer weiter nach oben durch die Decke und hinein in ein strahlendes, warmes Nichts.

»Es tut weh. Ich kann das in Ordnung bringen.«

»Nein. Olivia, fass es nicht an.« Ich drückte gegen den Arm, der zu dicht vor meinem Gesicht schwebte. »Es ist alles gut. Mir geht es gut.«

Sie hockte sich hin, und die Matratze neigte sich zu einer Seite. »Emmie, warum bist du verletzt?«

Ich drehte langsam den Kopf und schaute zur Decke hoch. Wie sollte ich einer Fünfjährigen erklären, dass mein verrückter Englischlehrer mich hatte töten wollen? Gar nicht. Also beließ ich es bei dem, was ich ihr erzählt hatte, seit ich mit ihr an meiner Seite aufgewacht war. »Ich hatte einen Unfall.«

»Mit Hayden?«

Mein Herz zog sich zusammen. Ich war erst seit Kurzem wach, und Olivia war der einzige Mensch, den ich bisher zu Gesicht bekommen hatte. »Ja, mit Hayden.«

Ihre Unterlippe zitterte. »Ich mag keine Unfälle.«

»Ich weiß, Schätzchen, aber jetzt ist alles wieder in Ordnung.«

»Versprichst du mir das? Keine Unfälle mehr?«

Ich versuchte zu lächeln, doch es war eher ein Zusammenzucken. Als ich das erste Mal aufgewacht und ins Badezimmer gehumpelt war, hatte ich mich gründlich im Spiegel betrachtet. Meine eine Gesichtshälfte sah aus, als hätte jemand darauf eingedroschen. Ich hatte eine Beule von der Größe eines Golfballs an der Schläfe. Auch jetzt schmerzte jeder Zentimeter Haut, jeder Muskel fühlte sich zerrissen an, und jeder Knochen tat mir weh. Am Bein und an meinen Handgelenken hatte es mich am schlimmsten erwischt. Laut Olivia hatte man mich mit über hundert Stichen genäht, also zog ich achtzig von dieser Summe ab. Den größten Teil meiner Hände konnte ich nicht sehen, weil sie mit dicken Mullbinden verbunden waren.

»Emmie?«

»Keine Unfälle mehr. Versprochen.« Ich versuchte, mich aufzusetzen, doch eine Welle des Schwindels drückte mich wieder auf den Rücken. Mit einer Grimasse fiel ich ins Kissen zurück. Ich hatte das Gefühl, nicht ganz bei mir zu sein, ich war müde und verdammt durstig. »Olivia, willst du mir einen Gefallen tun?«

Sie nickte eifrig.

»Kannst du mir etwas zu trinken holen?«

»Ich kann dir Saft holen. Ich kann dir helfen.«

»Saft wäre großartig. Olivia …« Sie war bereits vom Bett gesprungen und an der Tür. »Olivia, ich hab dich lieb.«

»Ich hab dich auch lieb, Emmie!« Dann flog sie aus dem Zimmer, und ich hörte ihre kleinen Füße den ganzen Weg die Treppe hinunter trappeln.

Noch einmal versuchte ich langsam, mich aufzurichten. Es funktionierte nicht. Ich starrte an die Decke, bis meine Lider sich flatternd schlossen. Das Nächste, was ich mitbekam, war ein Besuch von Cromwell, der meinen Schreibtischstuhl quer durch den Raum zog und sich an mein Bett setzte.

»Wo ist Olivia?«

»Du hast geschlafen, als sie den Saft nach oben gebracht hat.« Er deutete auf den Nachttisch. Dort stand mein Saft. Ich hatte furchtbaren Durst. »Jetzt ist sie bei Liz. Glaubst du, du kannst dich aufsetzen?«

Mit seiner Hilfe gelang es mir, lange genug aufrecht zu sitzen. Meine Kehle brannte, aber ich leerte das ganze Glas, bevor ich mich wieder hinlegte.

»Ich fühle mich … echt komisch.«

»Im Krankenhaus hast du Schmerzmittel bekommen und heute Morgen noch einmal. Erinnerst du dich nicht daran?«

Ich runzelte die Stirn. »Nein.« Vom Krankenhaus war mir nur in Erinnerung geblieben, dass ich durch die Deckenbalken geschwebt war. Ich war wohl ziemlich high gewesen.

»Ich muss mit dir reden. Fühlst du dich einem Gespräch gewachsen?«

»Okay«, sagte ich, aber es gab etwas in Zusammenhang mit dem Krankenhaus, an das ich mich erinnern sollte. Es war da, am Rand meines Gedächtnisses, verschwommen und gerade eben außer Reichweite.

»Parker und Hayden haben mir das meiste von dem erzählt, was passiert ist. Ich kann dein Misstrauen mir und meinen Absichten gegenüber verstehen, aber ich hoffe, du hast mittlerweile verstanden, dass es ungerechtfertigt ist.«

Ich hatte den Eindruck, dass das eine sehr geschickte Art war zu fragen, ob ich meine Lektion gelernt hätte. »War Parker etwa wieder in meinem Kopf?«

»Wir dachten, es wäre einfacher, als dich dazu zu bringen, alles noch einmal zu durchleben.«

Okay, das sah ich ein – so einigermaßen. »Sie haben also mit seiner Schwester gearbeitet.«

Cromwell stieß einen leisen Seufzer aus und nickte. »Es ist sehr lange her und war vor Hayden und den anderen. Theo war noch ein Kind, und ich hatte keine Ahnung, dass er die gleiche Gabe besaß, die auch Olivia hat. Seine Schwester hatte eine bemerkenswerte Gabe.«

»Bemerkenswert?«

»Sie war die Erste, Ember. Niemand vor und niemand nach ihr – bis zu dir – hatte jemals diese Art von Gabe aufgewiesen. Nachdem das mit ihr passiert war, wollte ich das Gleiche nicht noch einmal versuchen.« Er hielt inne, und ein kleines Lächeln erschien. »Ich hatte nie die Absicht, dich in die Einrichtung zu schicken. Du solltest nicht das gleiche Schicksal erleiden wie sie. Ich erwarte nicht von dir, dass du mir glaubst, aber du hast keine Ahnung, wie sehr mir ihr Tod zugesetzt hat. Sie war der Grund, warum ich angefangen habe, nach anderen Kindern mit einer Gabe zu suchen, in der Hoffnung, sie zu finden, bevor es zu schwer werden würde, ihre Gaben unter Kontrolle zu bringen.«

»Aber … Sie haben mit ihr gearbeitet? In dem Programm?«

»Ja«, gab er zu. »Es ist lange her, Ember.« Mehr wollte er offensichtlich nicht dazu sagen. Doch seine nächsten Worte lenkten mich ohnehin von dem Thema ab. »Nach dem, was ich mir zusammenreimen konnte, scheint es so, als hätte Theo dir die Wahrheit über deinen Vater gesagt. Er wollte die Vormundschaft für Olivia einem der Ärzte der Einrichtung übertragen. Es tut mir leid. Ich weiß, das ist nicht das, was du hören möchtest.«

Nein. War es nicht. Ich wusste nicht einmal, wie ich damit umgehen sollte – was ich denken oder wo ich anfangen sollte. Im Moment nahm ich nur einen schmerzhaften Stich in der Herzgegend wahr.

»Es tut mir wirklich leid.«

Es konnte auch an den Medikamenten liegen, doch er wirkte tatsächlich mitfühlend. »Wird denn niemand irgendetwas tun, um sie aufzuhalten? Man kann doch Eltern nicht erlauben, ihre Kinder zu verkaufen.«

»Die Einrichtung war früher nicht so, und glaub mir, es wird jetzt etwas unternommen«, sagte Cromwell, und in seinen Augen blitzte Zorn auf. »Darüber brauchst du dir jedoch im Moment keine Gedanken zu machen. Ich weiß, es fällt dir schwer, dich nicht damit zu beschäftigen, aber was du jetzt brauchst, ist Ruhe, um gesund werden.«

Was ich brauchte … ich wusste selbst nicht, was ich brauchte.

»Es gibt da eine Sache, über die ich noch mit dir reden wollte.« Er holte tief Luft. »Ich weiß, dass du mit meinem Sohn gearbeitet hast. Wir haben uns gestern Nacht sehr lange unterhalten.«

»Oh«, flüsterte ich.

»Ich habe immer gewusst, dass er nicht auf mich hören würde, wenn es um dich geht. Es überrascht mich nur, in welchem Maß er sich über meine Wünsche hinweggesetzt hat.«

»Er … er wollte mir bloß helfen.«

Cromwell zog eine Augenbraue hoch, und der gelassene Ausdruck auf seinem Gesicht verrutschte ein ganz klein wenig. »Wie es scheint, hatte Hayden seine eigenen Motive.«

»Ich verstehe nicht.«

»Ember, ich weiß, dass … da etwas ist zwischen dir und Hayden. Ich will ehrlich zu dir sein, ich bin nicht begeistert darüber. Neben anderen Sorgen lebt ihr beide unter meinem Dach, aber wahrscheinlich war es gut, dass er nicht auf mich gehört hat.«

»Wirklich?«

»Kurt hat mir erzählt, dass du ihn im Keller angefasst hast und dass deine Berührung ihm nichts anhaben konnte. Es scheint, als hätte ich Hayden unterstützen sollen, als er mich seinerzeit gebeten hat, mit dir zu arbeiten.«

»Ich kann niemanden … lange berühren. Vielleicht für eine Minute.«

»Das ist aber schon ein Wunder, im Vergleich zu vorher.«

Mir fiel ein, dass die gleiche Formulierung in Olivias Akte gestanden hatte, doch ich beschloss, es dabei bewenden zu lassen. »Ja, wahrscheinlich.«

Cromwell beugte sich vor und streckte eine Hand aus. »Ich muss mich davon überzeugen, ob es wahr ist.«

»Ist das Ihr Ernst?« Der Blick, den er mir zuwarf, sagte mir, dass es sein voller Ernst war. Ich seufzte, zu müde, um mich mit ihm zu streiten. »Wenn es nicht funktioniert, nun, ich schätze, Sie werden es merken.« Dann berührte ich ihn an der Hand. Seine Finger fühlten sich glatt an, wie die eines Mannes, der seine Hände nie für etwas anderes benutzte, als einen

Stift zu halten. Einige Sekunden verstrichen, ungefähr dreißig, bis er zufrieden zu sein schien.

»Ein Wunder«, murmelte er wieder. Er stand auf. »Wir unterhalten uns später weiter. Ruh dich ein wenig aus.«

»Mr Cromwell?«

Er ging zur Tür und drehte sich noch einmal um. »Ja?«

»Ist … ist Theo tot?«

»Ja.«

Ich atmete bebend aus. »Ich weiß nicht, wie ich mich dabei fühlen soll.«

Cromwell kam zurück an mein Bett und musterte mich einen Moment lang. »Glaub keine Sekunde, dass Theo dich nicht getötet hätte. Er sah es so, dass du die Zukunft vor dir hattest, die seiner Schwester zugestanden hätte. Und du musstest dich verteidigen, hast allerdings noch mehr als das erreicht.« Er setzte sich auf die Bettkante und lächelte.

Wahrscheinlich war es das erste Mal, dass er mich anlächelte, als meinte er es auch so.

»Hayden ist vielleicht nicht mein leiblicher Sohn, doch er ist das Wichtigste auf der Welt für mich. Wenn du Theo nicht aufgehalten hättest, hätte er meinen Sohn erschossen. Du hast Hayden das Leben gerettet.«

Etwas Hässliches krampfte mir den Magen zusammen. »Aber ich habe wieder jemanden getötet.«

»Das erste Mal war ein Unfall, Ember. Und das hier? Nun, daran wirst du dich nie gewöhnen. Doch mit der Zeit wirst du lernen zu akzeptieren, was du getan hast. Ruh dich aus, Ember.« Ohne sich noch einmal umzuschauen, verließ er das Zimmer.

Ich hatte den Eindruck, dass er wie jemand klang, der wusste, wie es war zu töten. Das konnte jedoch auch am Schmerzmittel liegen. Ich war mir nicht sicher.

Stille breitete sich um mich herum aus, und ich rutschte unruhig in meinem Bett hin und her. Dieses schreckliche Gefühl machte mir weiterhin Sorgen. Ja, Theo hatte vorgehabt, mir – und Hayden – in den Kopf zu schießen, aber ich hatte ihn getötet. Und ich war mir ziemlich sicher, dass ich dabei gelächelt hatte.

Das konnte nicht gut sein.

Was würde Olivia sagen, wenn sie es erfuhr? Was würde meine Mom sagen? Ich hatte jetzt zweimal getötet, aber diesmal – diesmal war es anders gewesen. Ich hatte es tun *wollen.* Ich presste die Augen fest zusammen. Was Hayden denken würde, wusste ich bereits. Vielleicht war das der Grund, warum er noch nicht nach mir gesehen hatte. Er hatte einmal gesagt, ich sei tief im Innern gut, besser als sie alle. Ich bezweifelte, dass er jetzt immer noch so dachte.

Eine Weile lag ich nur da und versuchte, an gar nichts zu denken, und endlich schlief ich wieder ein. Als ich das nächste Mal die Augen öffnete, war es Nacht geworden.

»Ember.«

Beim Klang seiner Stimme setzte mein Herz ein oder zwei Schläge aus. Das Bett neigte sich. Finger strichen mir das Haar aus dem Gesicht und verweilten so lange wie möglich. *Hayden.*

»Hallo, du«, flüsterte ich.

»Wie fühlst du dich?«

Ich versuchte, mich aufzurichten. »Nicht mehr so schwummrig. Besser.«

»Gut. Ich habe mehrmals nach dir gesehen, aber du hast immer geschlafen. Ich wollte dich nicht wecken.«

»Ich wünschte, du hättest es getan.«

Hayden lächelte. »Hast du meine Visage vermisst?«

Ich suchte ihn nach sichtbaren Wunden ab. »Alles okay bei dir?«

»Mir geht's top.«

Ich sah ihn an und wollte mir jeden Zentimeter seines Gesichts einprägen. »Du bist wirklich hier, richtig? Ich habe keinen medikamentenbedingten Traum oder so was?«

Er legte die Stirn in Falten. »Nein. Ich bin hier.«

»Ich … ich dachte, du willst mich nach allem, was passiert ist, vielleicht nicht mehr sehen.«

»Em, manchmal denkst du ziemlichen Blödsinn.«

Meine Lippen zuckten, aber ich wurde ziemlich schnell wieder ernst. »Es tut mir alles so leid. Die Sache mit den Akten und … was ich getan habe. Ich wollte niemanden töten. Und trotzdem habe ich es schon zweimal getan.«

Ich wischte mir über die Augen und spürte, dass ich mal wieder kurz davor war, die Fassung zu verlieren. »Es tut mir leid. Ich wollte nicht, dass er dich verletzt. Ich wusste nicht, was ich sonst hätte tun sollen.«

»Pst, nicht doch.« Er zog mich an sich und drückte mich ganz sanft an seine Brust. »Die Sache mit den Akten interessiert mich nicht mehr. Glaubst du wirklich, das wäre jetzt überhaupt noch wichtig für mich? Nach allem, was du durchgemacht hast?«

»Und … was ich mit Theo gemacht habe?«

»Du hast getan, was du tun musstest. Es ändert nichts daran, wer du bist. An deiner inneren Schönheit. An deinem Charakter. Oder an dem, was ich über dich denke.«

Dicke Tränen rollten mir über die Wangen. Hayden hielt mich weiter fest, bis die Panik und die Angst langsam nachließen. Der Griff, mit dem ich mich in seinen Pullover gekrallt hatte, lockerte sich, und als ich den Kopf hob, beugte er sich vor und drückte mir einen süßen Kuss auf die Lippen, der alle meine Sorgen und Zweifel zum Schweigen brachte. Mit dieser einen einfachen Berührung wusste ich, dass alles gut werden würde.

»Erinnerst du dich noch, wie du mir erzählt hast, was du am Winter am meisten liebst?«, fragte er.

»Ja, ich glaube schon.«

Er war so schön, wenn er lächelte. »Komm, ich helfe dir beim Aufstehen.«

Anschließend half Hayden mir auch, zur Tür zu humpeln. Dort schnappte er sich eine Steppdecke und wickelte mich darin ein. »Mach die Augen zu.«

Ich zog die Augenbrauen hoch, tat es aber. Ich hörte, wie die Tür geöffnet wurde, und kalte Luft strömte herein. Dann wurde ich ohne jede Vorwarnung hochgehoben.

»Lass die Augen zu, Em.«

»Hayden, was machst du?«

»Dich tragen«, antwortete er mit unterdrücktem Lachen in der Stimme.

»Das habe ich mir auch schon zusammengereimt.«

Er drückte mich fest an sich, als er mit mir hinaus auf den Balkon trat. Ich spürte seine Lippen auf der Stirn. »In Ordnung, du kannst die Augen aufmachen.«

Ich tat es, und in diesem Moment warf mich die Schönheit des Ortes, vor dem ich mich einst so gefürchtet hatte, schier um. Der fallende Schnee glitzerte im Mondlicht wie tausend funkelnde Sterne. Er schwebte in dicken Flocken herunter, breitete eine schwere, weiße Decke über den Zweigen der Ulmen aus und ließ schon jetzt die schroffen Felsen der Seneca Rocks ganz weich erscheinen.

»Es ist … es ist wunderschön.«

»Ich dachte mir, dass dir das gefallen würde.« Er zog mich noch fester an sich.

»Ich liebe es.« Ich legte den Kopf in den Nacken. »Hayden.«

»Hm?« Er senkte den Kopf, sodass seine Haare über meine Stirn strichen.

Es fühlte sich wie Seide auf meiner Haut an – wie seine Stimme, sein Blick. Schon wieder war ich den Tränen nah, aber diesmal waren es Glückstränen, und obwohl ich gedacht hätte, dass es schwer sein würde, diese Worte auszusprechen, kamen sie mir ganz leicht über die Lippen. »Ich liebe dich.«

Ganz so wie der Blick, den er mir zugeworfen hatte, als er meine Zeichnungen von ihm gesehen hatte, flackerte das Staunen über sein Gesicht. »Du hast ja keine Ahnung, wie lange ich darauf gewartet habe, dass du das sagst.«

Mein Lächeln wurde noch breiter. »Zwei Jahre plus/minus eine Woche?«

Hayden grinste, und seine Augen waren so dunkel wie der Nachthimmel. »Ja, das kommt ungefähr hin. Weißt du, was ich jetzt tun will?«

»Mich küssen?«

Und wir küssten uns. Unsere Lippen berührten sich. Die Welt verblasste, und es gab nur noch Hayden und mich. Erst in der allerletzten Sekunde, als es nicht mehr anders ging, lösten wir uns voneinander.

»Ich liebe dich, Ember.«

Lächelnd schmiegte ich den Kopf an seine Brust und seufzte leise. Hinter dem Balkon, über den verschneiten Bäumen und den ansteigenden Hängen der Berge, löste sich ein Stern vom Himmel und fiel zur Erde.

Das aktuelle Programm

496 Seiten · € 17,00 (D) · ISBN 978-3-492-70542-4

400 Seiten · € 15,00 (D) · ISBN 978-3-492-70589-9

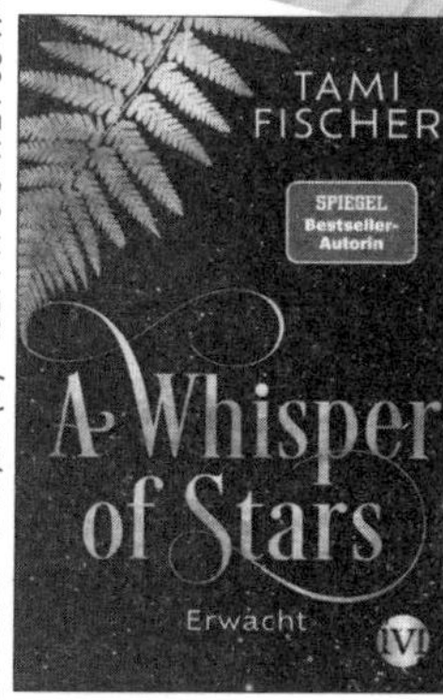

304 Seiten · € 15,00 (D) · ISBN 978-3-492-70549-3

480 Seiten · € 15,00 (D) · ISBN 978-3-492-70579-0

480 Seiten · € 15,50 (D) · ISBN 978-3-492-70577-6

© Freepik/Winkimages

Neue Bücher, spannende Zusatzinhalte und tolle Gewinnspiele findest du in unserem Newsletter: piper.de/newsletter

IVI

piper.de/ivi